>>---- 中宣部2023年主题出版重点出版物

>>---- 2023年宁夏主题出版重点出版物扶持项目

黄河黑山峡

樊前锋 • 著

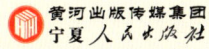
黄河出版传媒集团
宁夏人民出版社

第三章　浪尖上的爱

滔滔长峡行：水路上阅尽百年人间事 / 117

浩浩黄万里：反对三门峡，赞同黑山峡 / 126

泉眼山，宁夏扬黄灌溉开始的地方 / 139

"铁裁缝"，隐藏功名，沅江泵里展露冲天志向 / 152

徐迎水，寄身河畔，满怀柔情遇爱西海固 / 160

浙江老庞与两个四川女人 / 171

第四章　凝结陕甘宁

扬水直上西海固，喝上黄河水的人都叫"李高兴" / 185

九省区争辩多年，迎来"八七"分水方案 / 197

陕甘宁合建盐环定扬黄工程 / 210

老厅长细说高氟水之害 / 222

水利人的婚礼：想吃宴席，忙里偷闲嫁个汉子 / 237

第五章　润泽红寺堡

沙海筑长路，中秋林邀月 / 247

他说，干不成，死了没脸去见马克思 / 265

第2027号提案 / 273

喀秋莎站在峻峭的岸上 / 287

扬水催生全国最大的一个易地搬迁安置区 / 297

第六章　止渴大宁东

深山有梦，挖煤的畅想煤变油 / 319

壮志凌云，小省区要干一项世界级工程 / 326

汲水黑山峡，很多专家抱憾终身 / 341

建成鸭子荡，为现代工业注进黄河的血脉 / 349

首倡水权转换，破解用水难题 / 365

第七章　滴灌贺兰山东麓

江河窖里藏：节水，是个永恒的话题 / 381

集雨布、补水机，感动无数的外国访客 / 394

山脚下，一串串水珠跌落在干渴的大地上 / 412

马儿庄，200方水滋养一亩良田 / 421

第八章　见微知著江河情

种出来的大产业：植绿六百里，沟通东西方 / 431

黄河之滨，一群子孙，筑牢国家能源安全堤坝 / 446

百万移民扎根，绿水青山回归 / 467

红灯警讯频传：忧思水安全，直面水危机 / 484

尾声　深情的幸福河 / 492

序章

细处的母亲河

万里黄河最壮阔的风景，不是瀑布，而是开河。

春季开河，迎风独立于大河之畔，感官意识是别样的。一块块挤满河道的冰块，在相互撞击中争相东拥而去。高处的冲了过去，低处的俯身而起，冰块激起高高的水柱和冰碴，让河面猛烈抖动。无数冰块在奔流中发出隆隆轰鸣，粉身碎骨的响动犹如惊雷不绝于耳。它们咆哮着决然直下，最终消失在前方的暖阳里。

五千次封冻，五千次开河，五千次交替，一条大河盛满中华民族的过往、当下和将来。

无数黄河水利人的青春年华，在虔敬而寂寞的守望中度过，林立功也不例外。他身材清瘦，中等个儿，两鬓霜染，双眸炯炯有神，洋溢着浓浓的书卷气。在一次文艺与黄河的座谈会上，我遇见差三个月就退休的他。轮到林立功发言时，他滔滔不绝地介绍自己如何从一名泵站运行工成长为一名水利记者，说了好几分钟，没有切入正题，现场响起厌倦的私语声。而我觉得林立功不一般，他似乎藏了一肚子好话要说。

散会后，我跟着林立功走出会场，只见他把右手食指和中指伸过头顶，意犹未尽地对并肩行走的人说："当我们的老祖先头顶一轮红日，在黄河两岸劳动时，大多数地球人还很蒙昧。他们以开河的无畏，顽强生存。"

黄河在历史上是一条桀骜不驯的河流。与黄河水从上游一起来的泥沙、卵石等淤积堆叠，一旦形成局部陡坡，河流就会改道，改而再淤，淤而再改，永无止境。"三十年河东，三十年河西"，中国人的这句谚语就是从黄河改道的变迁中总结出来的。从大禹治水，再到潘季驯束水攻沙，中华民族一直在与黄河水旱灾害作斗争，但受生产力水平和社会制度制约，黄河流域的人们对幸福生活的渴望大多难以实现。

黄河，是一种精神，是一种血脉，是一种情感。在文明的进程中，黄河流域有三千多年是全国政治、经济、文化中心，以黄河流域为代表的我国古代发展水平领先世界。黄河，塑造出中华民族自强不息的伟大品格。

黄河的波涛一直翻卷在历届党和国家领导人的广阔心田。

2021年10月，习近平总书记在黄河入海口考察时指出："共产党是干什么的？是为人民服务的，为中华民族谋复兴的，所以我们要不断看有哪些事要办好、哪些事必须加快步伐办好，治理好黄河就是其中的一件大事。"党的十八大以来，习近平总书记走遍沿黄九省区，考察黄河流域生态保护和发展情况，明确提出"节水优先、空间均衡、系统治理、两手发力"的治水思路，这是总书记关于治水重要论述的思想主线。黄河流域生态保护和高质量发展上升为重大国家战略，一张黄河治理的崭新蓝图徐徐铺开。

林立功40年亲历治黄，目睹黄河从灾害频仍到岁岁安澜。"中国共产党带领人民，经过几代人的艰辛探索和不懈努力，使黄河治理和黄河流域经济社会发展取得了巨大成就，创造出黄河岁岁安澜的历史奇迹。"他以诗人的口吻说，"母亲河温暖的怀抱涵养了中华儿女对家园深沉的爱。"

水安全是黄河流域最大的"灰犀牛"。我国是世界上13个贫水国之一，和很多国家一样，我国江河提供的水资源接近或已到极限。黄河水资源总量仅为长江的7%，却承担了全国12%的人口、17%的耕地、50多个大中城市的供水任务，水资源利用率高达80%，人均水资源占有量为全国平均水平的27%。

黑山峡，甘肃与宁夏交界处一道绝美的黄河长峡。

林立功对黑山峡的热爱无与伦比。他是"西海固之子"，饱尝缺水之苦，有幸成为黄河水利人，对黑山峡一往情深。黑山峡河段长约71公里，是黄河上游最后一个可以修建高坝大库的理想河段，在黄河治理开发中具有承上启下的战略地位，陕西、甘肃、宁夏、内蒙古四省区长期以来对它的开发抱有期待。林立功清楚，历届党和国家领导人对淡水资源的珍视，就生动而真切地呈现在黑山峡。1952年，黑山峡河段开发与南水北调同时提出。之后，甘肃、宁夏因大坝选址陷入跨世纪争论。历届党和国家领导人的意见，像雪片一样飞向黑山峡。参与论证的一批批专家，长者作古，青年变老。时光飞逝，只留下人们对母亲河的审慎。

从全国来说，宁夏是水资源严重短缺的省区之一，人均占有水资源量不足全国平均水平的1/10，低于西北其他四省区。在国家黄河"八七"分水方案实施后，随着经济社会的发展，缺水之困一直搅扰着宁夏这个欠发达省区。黑山峡河段建起高坝大库，成为陕西、甘肃、宁夏、内蒙古几千万受水地区老百姓的期待。

70多年反复论证，70多年痴心等待，70多年深情呼唤，黑山峡变得声名赫赫。在这条河段开发求而不得的漫长岁月，宁夏干部群众直面缺水与发展的现实，在万般困顿中拿出破冰开河的勇气，迎难而上——没有多取一滴黄河水，建成全国超大型能源化工基地；在沿黄平原上安置了百万移民；开辟了享誉世界的贺兰山东麓葡萄酒产业区……

闭眼一想，这该付出了怎样的努力！

联合国人类环境和世界水资源大会屡次警告：人类在能源危机之后，下一步即将面临的是淡水资源危机。中国人均水资源占有量只有世界人均水平的1/4，排在世界第110位。向地球激增的人口供水，是一项极其艰巨的任务。不说非洲和中东，就说新加坡，它大部分用水从邻国马来西亚购买。不过，即使西方发达国家也面临缺水之困，生活在美墨边境线上的美国人照样饱尝缺水的滋味。旷日持久的俄乌冲突，引来了评论家的另一种预测：未来国际争端，不是为石油，而是为淡水资源。

我想，因为水，我得多请教林立功。

旁人轻视了林立功，我却和他成了无话不谈的朋友。有一回，谈到水资源短缺，他向我展示了翻拍的两张照片。

这是两张让人垂泪的老照片。

第一张照片，是个妇女的背影。这妇女跪在龟裂的土地上，低头呵护一株青苗，两只光脚丫嵌进泥土，散发出干涸苦焦的悲怆。我没看见她的脸，但我看见了曾经的西海固大地。林立功说这张照片拍摄于1993年，那时西海固遭逢大旱，水库干涸，水井无水，地表干土层深达15厘米。人们从远处挑水解救庄稼，青苗救不活，改救土豆，能救活一窝是一窝。因为缺水，西海固被联合国粮食开发署称为最不适宜人类生存的地区之一。

第二张照片，拍摄于同一年。苏丹战乱，民不聊生，饿殍遍野。南非摄影师凯文·卡特闯进非洲，把镜头对准饱受离乱的人们。一天，凯文·卡特目睹了令人震惊的一幕：有个瘦得皮包骨头的小女孩，走在去救济所的路上，因体力不支而倒地，不远处一只秃鹫正贪婪地盯着她，垂涎三尺。摄影师飞快地按下快门，定格了这悲情的瞬间。缺水和贫困是孪生兄弟，苏丹全年平均降水量不足100毫米。

"任何时候，我们都不应忘记淡水资源的短缺。"林立功边说边往我的茶杯里续水，听他说话，我能感到一种干渴冒火的气息。

淡水资源管理不善和水资源滥用，是绝大多数国家面临水资源短缺的主因。尽管很多国家在水资源保护上持续用力，但是淡水资源的短缺以及水危机从未远离。

如今，水资源已经成为我国严重短缺的产品，成了制约环境质量的主要因素，成了经济社会发展面临的严重安全问题。作为一种重要的战略性资源，水资源在西北的紧缺态势还将持续，并越发凸显。在全国，宁夏是唯一全境属于黄河流域的省区，面临水资源严重短缺和生态极度脆弱的挑战，具有典型性。这里既有大型的能源化工基地、引黄灌区等发展基础较好的地区，又面临巩固脱贫攻坚成果的繁重任务。党中央赋予宁夏以特别的担当——建设黄河流域生态保护和高质量发展先行区。

"这是国家要让一个最缺水的省区，交出一份把绿水青山转化成金山银山的'黄河答卷'。"林立功对我说。

一天上午，林立功在办公室接完一个电话，激动得原地跳了起来。这一举动吓坏了同事，他却乐呵呵地从办公桌后面绕出来，用力拍着我的肩膀说："河段开发，又见曙光！"

林立功眼眶湿红，倏然涌出的泪水像黄金一样闪亮。2022年，国家加快开发黑山峡的前期工作。林立功关注半生的黑山峡，如今河段开发有了新动向，他怎能不为之热泪盈眶？

"走，我们一起去看黑山峡。"林立功用手背抹掉了眼泪。

"没动工，有啥看头？"我问。

"看头大啦！黑山峡的看头，总在千里之外。"他破涕为笑。

"哦？"我和在场的人一怔。

"期盼黑山峡的几十年，干旱缺水的宁夏通过自身挖潜、自我革命，破解了许多用水难题，支撑了经济社会的发展。"林立功动情地说，"还有，要建一座高坝大库的绝大多数技术难题，都在过去几十年的争论中得以解决。"

听到这里，我的心怦然一动。

世界上再没有任何一条河流，像黄河一样，一直作为一个民族和一个国家的象征；世界上再没有任何一条河流，像黄河一样，使一个民族的历史与河流治理紧紧地联系在一起。黄河黑山峡，不仅是一条河段、一道长峡、一方水域，它所触及的更是人类共同的话题。每一条江河都是人类最宝贵的淡水资源，过去的大半个世纪，黑山峡变成了一种期盼、一种情感、一种象征，变成了黄河儿女对人类与淡水资源和谐共处的一种热情向往。想到这些，我们应林立功的邀请一起走向黑山峡。面对母亲河，当我们聆听到一桩桩人与淡水资源的互动关联时，不由得一遍遍想到她的破冰开河。

大河之上，盘桓着我们的欢乐与忧伤。

第一章

狂澜旱塬相接处

　　黑山峡，黄河一道峻峭磊落的长峡，静静矗立在甘肃、宁夏两省区的边界上，目睹了干旱缺水与洪涝灾害的对立，见证了几千年来中国农民与一条大河的生死相依。时至今日，长峡依然亲历着人类为了生存和发展所付出的一切努力。面对黑山峡，我们想到了根基、摇篮和国脉。古今治水，一直关乎民族生存、文明进步和国家强盛。

长峡以北，20万军民抗洪胜金关

　　青海高原的细雨，延绵了一个多月，从盛夏一直下到初秋。雨量不大，可是降雨面积广，接近10万平方公里的区域都在同时下雨。自然降雨和高山冰雪融化之后生成的很多径流，在不动声色中沿着草地以及花丛的底部缓缓流动，聚攒成无数支流，支流再拥进黄河干流，最终形成澎湃浩荡之势。像极了黄河正源中最长的卡日曲，从5个微小的泉眼发端，构成的那扎陇查河，竟是黄河源头最长的一条河流。

　　黄河源地区是见不得这种降雨天的。这一年反常得很，平均降水不超140毫米，却刷新了几十年来降水量的纪录。

　　这种大面积降雨造成的后果，极其严峻。高原草甸、沼泽以及雪山涌出的涓涓细流，在看似静默之中形成一种磅礴伟力，不断让径流系数变大。黄河之水天上来，当水汽化作雨雪，落在巴颜喀拉山北麓，就会在黄河源汇聚成无数溪流。从扎陵湖、鄂陵湖算起，黄河有了一条明显的航道。百川聚首，黄河在高原上聚攒起她70%的水量，在青海遨游1694公里后，永不回头地踏上万里征途。黄河走过四川境内174公里，深情爱抚美丽的阿坝草原；又经门堂流进甘肃玛曲，把生命之水送进甘肃；一过兰州，黄河经桑园峡、乌金峡，走靖远和景泰，以掘地穿山之势撕开一道深长而细窄的峡谷——黑山峡，飞泻到宁夏。黄河走完397公里的宁夏之旅，一头深深扎进辽阔的内蒙古草原，蜿蜒东去，朝向大海。

这条雄浑壮阔的河流，既能掀起开山劈峡的滔天巨浪，也能引发主河道的洪灾。果不其然，黄河源地区这次旷日持久的降雨，给沿黄地区老百姓的生产生活造成了极大困扰，正在施工的龙羊峡水库，承受着7000立方米/秒的洪水冲击，岌岌可危！龙羊峡水库300公里之外，下游的刘家峡水库蓄水量已达到饱和。山洪暴发，江河横溢，几十年不遇的情势，使黄河中上游地区感到空前压力。

青海告急！

甘肃告急！

宁夏告急！

内蒙古告急！

1981年9月11日，党中央、国务院向青海、甘肃、宁夏、内蒙古四省区人民政府和龙羊峡水电工程局发出《关于加强黄河上游防汛工作的紧急通知》，指出："八月中旬以来，黄河上游连续降雨，河水急剧上涨，龙羊峡水电站入库流量已经超过水电站施工围堰设计的校核标准，严重威胁到施工围堰的安全。施工围堰，如果溃决，或漫决，将会给青海、甘肃、宁夏、内蒙古四省区广大人民群众生命财产造成很大的威胁。"

四省区六十万军民奔向堤坝，奋战在防洪抢险的最前沿。

黑山峡，甘肃、宁夏两省区的交界处。

黑山峡，一道峻峭而壮美的长峡。峡谷河段全长约71公里，起自甘肃靖远县兴隆乡大庙村，止于宁夏中卫沙坡头区小湾村。黑山峡里，两山相夹，岭高坡陡，峡谷相连，只露出上方一线天，这是黄河治理开发与保护的天赋宝贵资源。河段出口2公里的宁夏境内，被认为是修建高坝大库的理想坝址。全国一解放，黑山峡就走进了水利人的视野。1958年，宁夏回族自治区成立这一年，水电部与宁夏提出在黑山峡建高坝大库，提高调节径流能力，满足宁夏、陕西、内蒙古发展灌溉农业需求。几十年过去了，高坝大库建设悬而未决。此时，黄河之水咆哮着正从黑山峡冲进宁夏平原。

黑山峡几十公里开外的河堤上，防洪指挥部的帐篷里，自治区主席马信凝神端坐在一只板凳上，全神贯注地收听广播正在播报的党中央下达的抗洪抢险命令。

防洪指挥部里，几张木桌拼起一个简易的工作台，几名工作人员围着电话、电台一刻不停地与黄河上游抗洪部门进行联系。现场略显嘈杂，马主席不时抬起头，焦虑的目光透过帐篷开口处望向远方。堤坝上人影绰绰，所有人都在忙碌着。解放军指战员与干部群众驾驶大卡车、拉架子车，争分夺秒地转运沙袋。他们正在想尽一切办法加高加固堤坝，试图用这种方式驯服肆虐的洪水。最近几天，自治区人民政府为了应对不测，已经动员20万军民上了800里黄河两岸。

青海、甘肃、宁夏、内蒙古四省区防洪抢险的艰巨性，在党中央的通知中一听便知。

"青海省和龙羊峡工程局广大职工坚定信心，鼓足干劲，发扬一不怕苦、二不怕死和连续作战的大无畏精神，调集一切可以调集的力量，千方百计加高加固围堰，为抢保围堰安全而战斗。"

"刘家峡水电站直接关系到三省区（甘肃、宁夏、内蒙古）和兰州的安全，在增派部队加高加固刘家峡黄土副坝的同时，甘肃省人民政府要做好抢险准备，加强大坝检测，确保大坝安全。"

"甘肃、宁夏、内蒙古三省区要确保黄河沿岸工农业生产，人民生命财产和包兰铁路的安全。刘家峡水电站在万一情况下可加大泄量腾空库容，甘肃、宁夏、内蒙古要做出妥善安排，尽量减小在刘家峡水电站需要加大泄量时造成的灾害。"

上游的刘家峡水库，此时可谓悬在宁夏人头顶的一个随时有可能倾覆的巨大水盆，凶险莫测。接到党中央、国务院《关于加强黄河上游防汛工作的紧急通知》后，宁夏回族自治区人民政府接连下达防洪抢险一号、二号命令，自治区主要领导分别奔赴宁夏800里黄河沿线9处险要工段现场指挥，加固堤防，确保包兰铁路和人民群众生命财产安全。自治区主席马信坐镇的胜金关，是黄河大堤上最险要的一段。

胜金关防洪抢险的最前沿，驻宁某部老虎连的官兵在加固加高堤坝。当地干部职工一边转移河畔600多户居民，一边手拿镰刀帮老百姓抢收即将成熟的水稻。水电部李部长乘坐一架直升机，盘旋在胜金关上空察看，转而飞向上游的刘家峡。

防洪指挥部里，红机电话骤然响起。

国务院值班首长指令："龙羊峡施工围堰洪水还在持续上涨，刘家峡大坝已经不支，随时都会崩溃。为确保兰州安全，刘家峡放水是必要举措。刘家峡泄洪，宁夏必须担当起确保黄河大堤与包兰铁路安全的任务，同时应对超过6000立方米/秒的洪峰。"

罕见的洪水威胁着宁夏黄河两岸。1981年9月16日黎明，黄河洪峰以5290立方米/秒的流量冲出黑山峡，一泄如注，奔向宁夏中卫胜金关。这是一个非常糟糕的现象，黄河宁夏段自古洪水灾害频仍。这里的洪水主要来自上游的兰州及以上地区，当洪峰流量超过4000立方米/秒，洪水就会淹没黄河两岸的滩地，危及农田、村庄和渠道。当洪水流量超过5000立方米/秒，河势激荡，猛烈摆动，塌岸毁地的现象就会随处可见，严重威胁黄河两岸人民群众的生命财产安全。

这天下午，奔腾的黄河水像脱缰的野马，横冲直撞。水面翻卷着白浪朝河岸汹涌而来，淹没了两岸的连片农田，轰隆隆的塌岸声不时传来。黄河左岸，与河面平行的是一条跃进渠，跃进渠紧挨着包兰铁路。

宽阔的黄河水面，在这里变得很窄。

变窄的黄河水面，在这里激流汹涌。

什么原因呢？

不用细究，一目了然。左岸一座丁字坝、右岸一座丁字坝，相向而立，伸进黄河，它们在河道上快要"手挽手"了。这种情形导致河面变窄，黄河流速倏然变快，水势异常凶猛。上游冲来的激流猛烈地撞击着丁字坝，形成一处处咆哮的漩涡。

丁字坝是依坝迎水而筑的扎进黄河的一道长坝，呈"丁"字形。眼前这两座丁字坝，是两个接壤的县分别修筑的，目的是控导河势，防止湍急的水流冲毁堤坝。现在，它们起了反作用。

"中卫、中宁两个县私自修了这两处险工？"马主席背着手在指挥部里来回踱步，强压怒火反问道。

"两个县的县长都怕自己的地盘被淹。"站在边上的自治区水利局局长皱起眉，"他们这么干，结果让两座丁字坝在黄河上'握手'，河面变窄，险情加大。"

"他们看似守土有责。"马主席说。

"实际上是自扫门前雪！"水利局局长应了一句。

"中卫、中宁两县的负责同志忘了什么叫唇亡齿寒。"马主席顿了顿，望向河面，"在黄河上防洪抢险，没有全盘意识是要出大问题的！"

"两县水利部门库存的炸药已全部送上了丁字坝——"水利局局长说到这里，停下来看了一眼主席秘书。秘书会意地接过话茬："两个爆破组已准备妥当，可是，可是两县的负责同志不肯炸坝，纷纷讲情，都说、说——"

"他们怎么说？"马主席问。

"都说炸坝容易修坝难。"秘书说。

"还有呢？"

"县长们还说，这两座丁字坝也是水利工程。"

"哼！是不是水利工程他们说了不算。"马主席斩钉截铁地说，"我这个自治区主席说了也不算！"马主席回过头，手按压着额头，有些恼火。"他们把丁字坝修成这样，既不科学也不合理，如果出了大问题，难脱干系！"马主席的目光落在了自治区水利局局长身上，"请吴尚贤快来。这事，他说了算！"

为确保降服泛滥的洪水，确保包兰铁路不出岔子，马主席叫水利局局长请吴尚贤火速赶到胜金关，参与决策。吴尚贤定力非凡，是水利界的"活字典"，擅长处置黄河浪尖上的各种棘手问题。胜金关位于宁夏中卫沙坡头区镇罗镇，北面是绵延起伏的山峦，南面是滔滔的黄河，包兰铁路从山河之间穿过。听名字，就知胜金关是一处雄关要隘。传说明代的一位将军奉命驻防这里，见关隘险峻，"谓其过于金徙潼关"，故而取名"胜金关"。此时，胜金关变成了决胜洪灾的主阵地。

"吴老总正在赶来的路上。"水利局局长连忙说。

"哦。"马主席的嘴唇颤动了一下，像是蹦出了这么一个字，再没吭声，低头走出指挥部。

百米之外是河堤。一部分军民正用卡车、架子车转运来石块和沙袋，加固堤坝，全力避免黄河水涌进跃进渠。马主席看河的当口，洪水向他示了威，一股白浪咆哮着落进了跃进渠，不大一会儿工夫，竟把跃进渠冲出一道两米宽的缺口。这个缺口怎么堵也堵不住，像个粗犷的汉子咧开大嘴，要以气势逼退对手。老虎连指战员站在没过胸腔的洪水里，手挽手筑起人墙，为扛着沙袋堵截缺口的干部群众争取时间。时间一分一秒过去，主河道的洪峰逐渐变大，跃进渠的缺口也逐渐变大。战士们筑起两道、三道人墙，但根本不能解决问题。老虎连退出缺口，眼见明晃晃的黄河水大股大股灌进跃进渠。渠道水位在一寸一寸升高，指战员们在跃进渠的后方重新筑起一道人墙。黄河与跃进渠平行，跃进渠又与包兰铁路平行。肆虐的洪水一旦漫过跃进渠，包兰铁路非被冲毁不可。

在人与水的对峙中，血红的夕阳跌落山后。

此时，黄河下游传来消息，说是几公里外的一处河心岛上，一个放羊老汉被困住了。按说河畔居民都已撤走，谁也说不清这老汉是如何赶着羊只闯进危险地带的。河水猛涨，干部群众已无法采取好的营救措施。老虎连接到指挥部命令，连长带着两名战士驾驶一艘冲锋舟在浪涛中飞驰而去。龙羊峡、刘家峡泄洪之后，黄河宁夏段的塌岸现象随处可见，先前的河心岛不断地被洪水淹没。冲锋舟赶到河心岛，战士们找见被困的老汉时，河水已经淹到他两膝关节处。原本凸起的河心岛消失了，羊群也消失了。老汉怀里抱着一只小羊羔，吃力地站在滔滔洪流中，在绝望中等来了救援。

两座丁字坝助长了泛滥河水的咆哮之势，除了爆破组，参加抗洪抢险的人一律撤离丁字坝。他们一步三回头，张望着横在黄河上的被河水拍打着的丁字坝。爆破人员在丁字坝上移动着，他们即将在黄河上弄出一次非凡的响动。

"龙王爷何时到？"马主席抬起手腕，瞅一眼手表，皱眉发问。

灯下，帐篷里的工作人员面面相觑，没人能够回答这个问题。宁夏沿黄地区全线都在防洪抢险，各地公路交通都有受阻情况。在场的人都清楚，马主席急切想要见的吴尚贤已是花甲之龄，正在抱病赶来的路上。

当指挥部陷入短暂的沉默之际，外面忽然传来一阵急促的脚步声。大家一抬头，望见一位身穿中山装、手挂木棍当拐杖的老人正朝这边风尘仆仆地走来，脚上的方口老布鞋踩得地面咚咚作响。老人清瘦，大高个儿，满头霜发，鼻梁上架了一副厚厚的近视眼镜，额头上鼓起一个亮晶晶的大包。老人额头上的这个包，是早些年长出来的，几个女儿劝他手术切除，他摆摆手总说无妨，没有必要，自此额头上的这个大包就成了老人的标志。即使素不相识的人，仅凭额头上这个鼓起的大包也能辨认出他是谁。

"我的龙王爷，可等来你喽！"马主席迎上前，用力握住老人的手。没错，来人正是著名水利专家吴尚贤。

他俩握着手，谁都没松开。

"吴老总，我在等你。"马主席看着吴尚贤粗糙微黑的脸颊，问，"这一回发大水，明显比1964年宁夏出现的特大洪水流量小，可是这一回防洪抢险为啥要比当年紧张？吴老总啊，咱们得尽快拿出一个降服洪水的办法。"

"这一回困难大，是有原因的！"吴尚贤站在原地，上气不接下气地说，"刘家峡泄洪是一方面，另一方面，是黄河的河床与1964年不同了。"吴尚贤的气息有些粗重，胸脯在明显地起伏着，"当年河床较深，堤防离河岸较远，河道面积宽敞，通过6000立方米/秒的洪峰流量比较顺利。这十几年来，黄河上没发过特大洪水，河床普遍淤高，有些村庄围河造田，修了许多小型的水利工程，导致河道的断面不断变窄，黄河水位也随之抬高。为防止河岸坍塌，我们在两岸修了很多码头，也抬高了水位。"

"我是问，你有何办法降服它，我的龙王爷呀！"马主席没松开紧握的手，用左手接连拍着吴尚贤的手背。

"马主席，你问了我两个问题，我回答了第一个问题，还没来得及回答第二个。"吴尚贤咳嗽了一声说。

"对，请你现在回答第二个问题！"马主席说。

"黄河宁夏段的这些问题呀，都能解决！有人说，这两天洪峰一过就没事了，还有人说，洪峰会变大！"吴尚贤彻底把气喘匀了，说，"主席，在我看来这两种说法都不怎么可靠。只要龙羊峡和刘家峡水库不出问题，宁夏和上游不下雨，洪峰流量不会变大。但是，也不能就此认为这两天洪峰一过，宁夏就没有事情了。洪峰持续时间的长短，取决于黄河上游的水势变化。"

"吴老总，主席是叫你拿办法，解决眼前困难。"水利局局长急切地说，"刘家峡放水了，李学智书记着急，跑到甘肃去察看。这里，黄河水已灌进跃进渠，包兰铁路这一段眼见着要垮掉。党中央下了命令，必须保住包兰铁路！"

吴尚贤点了点头，说道："这条跃进渠，早年修造时我是知情的。我刚才看过现场，心里也有了主意。"

"吴老总，你倒是快讲啊！"水利局局长又急了。

"请立即炸掉河面上那两座丁字坝！"吴尚贤抬起手，边揩额头上的汗边说，"它们的建造不合理，把河面裁小了，从而造成黄河水流湍急的现象。不过，根本原因还是上游来水过大。"

霎时，现场一片安静，耳畔只听见空气在流动。

"是的，立即炸掉这两座丁字坝！"吴尚贤斩钉截铁地说，"马主席，在场的同志们，请大家姑且当我是技术权威。"

马主席点了点头，把目光从吴尚贤身上移向别的同志。"我完全同意吴老总的炸坝方案！"水利局局长率先表态。在场的工作人员也纷纷表态："炸掉两座丁字坝，疏通主河道，应该当机立断！"

"只有先炸掉两座丁字坝，我们才能解决后面的问题。"吴尚贤分析道，"洪水冲毁跃进渠的内堤，大量涌进渠道，水流量变成

50立方米/秒。然而，跃进渠下游一部分地段高出包兰铁路路基2米多，洪水一旦漫过跃进渠，情况将十分危险。毫无疑问，包兰铁路镇罗堡到石空段就会被洪水淹没。"

胜金关前，洪水肆虐，炸毁两座丁字坝迫在眉睫。这时，指挥部的一台对讲机里传来前线的最新消息："指挥部、指挥部，决口撕大到20米，大量黄河水涌进跃进渠。"这是一个糟糕透顶的讯息，指挥部里的空气凝固了，聚在这里的人一怔，目光全聚焦在吴尚贤的脸上。

"请大家不要着急！"吴尚贤一边说话，一边环视四周，"决口已经变大，光靠我们解放军战士筑人墙堵决口是堵不住的，这样容易造成人员伤亡。从这一刻起，我们必须改变战术，果断放弃强攻，改打弱点。"所有人屏住呼吸，继续听吴尚贤说下去。"我们可以利用跃进渠与黄河平行的特点，有选择地扒开跃进渠的一段里渠，让跃进渠的渠道接通黄河下游。与此同时，我们在跃进渠用沙袋筑起一道坝，把灌进跃进渠的洪水重新逼回到黄河。"

吴尚贤话音一落，指挥部里响起一片质疑声。

"跃进渠的功能能否形成一个循环？"

"这么做，我们能否收到预期效果？"

"一旦失败，黄河水就会冲毁包兰铁路！"

吴尚贤听到争论，心里一急，抬起右脚使劲儿朝地面一跺，又用手中的木棍戳得地面咚咚响。"来不及争论了！同志们，我以一名水利老兵的荣誉来保证，用我之策，是今天解除黄河险情的唯一办法。"

在这节骨眼上，工作台上一部红机电话骤然响起，是国务院值班首长的问询电话。决策的重要时刻，马主席把电话递到吴尚贤手中。吴尚贤向国务院值班首长扼要报告拟定的治水方案："为今之计，我们只有放弃强攻，改打弱点……照我的方案，保准成功。倘若出现差错，我和马主席一起承担责任。"吴尚贤向中央首长打包票时，与马主席的目光触碰在一起，彼此会心地点了点头。

吴尚贤的疏河新方案得到了确认。

决战胜金关不得有任何闪失！

轰隆隆——轰隆隆——一连串巨响，震得指挥部的帐篷猛烈摇摆。两座丁字坝，在像是把大地撕开了一道裂口的爆破声中，轰然消失在滚滚洪流中。河面变宽了，河水急流猛进，一路朝东。

在指挥部的统一调度下，全体军民连夜退出黄河决口处。在场的5000军民、300辆汽车和架子车，分成两路，一路人马在跃进渠下游一段打坝截流，另一路人马掘开跃进渠与黄河的连接处。军民手上的马灯、汽灯、手电筒，在与洪魔的鏖战中四下晃动，编织出一张明亮的大网，把漆黑的夜晚变成了白昼。

吴尚贤的疏河方案中有一个难点决定成败，那就是广大军民如何在洪水肆虐的跃进渠下游顺利地完成打坝截流。只有实现了打坝截流，才能把跃进渠的洪水重新逼回黄河。执行这项任务的一路人马飞速地搬运麦草、草袋、石头和沙袋。起先，战士们把80斤重的草袋填进渠道，但草袋根本承受不住洪水的冲击，即刻被激流卷走。

千钧一发之际，指战员计上心来。他们看见跃进渠靠近包兰铁路的一侧，生长着几棵粗壮的大榆树。战士们把绳索的一头绑在大榆树根部，再把绳索的另一头拴在卡车上，横跨渠面牢牢绷起一道绳索，等同于一道保险绳。一个排的战士跳进渠道，双手拽着绳索站在淹及胸膛的洪水里，用身体筑成一道人墙，堵截凶猛的浪头。接着，第二道人墙、第三道人墙筑起。其余人员飞快地在后方用沙袋、草袋和石头垒包砌石，严格执行指挥部的方案。

在这个分秒必争的急迫夜晚，胜金关河堤上的全体军民，发扬一不怕苦、二不怕死的精神，克服了场地窄小、水流湍急的困难，沉着应战，严格执行疏河方案。第二天拂晓，跃进渠被扒开的一段里渠接通了黄河下游。人们利用跃进渠与黄河平行的特点，让洪水通过这条渠形成一个循环，把洪水引进黄河主河道。

肆虐奔腾的洪水被降服了！

天大亮时，云雾散去，一轮红日高高挂在天穹，水面被殷红的阳光映照得粼光闪闪。前一天肆虐的洪水，通过跃进渠，乖乖回流进了黄河，吴尚贤的办法奏效了，指挥部里的气氛变得轻松起来，胜金关的险情就这么被彻底消除了。吴尚贤的一系列建言，阻止了黄河岸边一场重大洪灾的发生。转天，跃进渠一道5米深、30米长的决口被军民用草土围堰的方法堵住，彻底解除了洪水对包兰铁路的严重威胁。

之后几天，高达5000立方米/秒的洪峰全部顺利通过宁夏，自治区党委、政府领导20万军民，紧急转移安置4万群众，抢收10万亩农作物，大大减轻了灾害。即便这样，洪水在宁夏仍然造成1名抢险队员牺牲，4500间房屋受淹倒塌，沿岸60多万亩农田受淹，300座坝垛码头被冲毁，中卫、中宁、吴忠一带多处堤防决口的重大损失。防洪抢险最为艰难的时刻，宁夏军民加固加高防洪大堤300公里，保障包兰铁路畅通无阻，青铜峡水电厂、叶盛黄河大桥、青铜峡铁桥安然无恙。

八百里黄河宁夏段，重归安澜。

长峡向南，
百万西海固人和旱田庄稼一起喊渴

　　黄河宁，天下安。

　　黄河，是世界上最复杂、最难治理的河流之一。

　　这条寄托着中华民族情感的母亲河，也是一条充满忧患的河流。她不但孕育了世界上最发达的农业文明，更让无数中国人与她生死相依。古语云：天下黄河富宁夏。黄河流经宁夏造福了灌溉便捷的宁夏平原。当大河泛滥，洪水滔天，胜金关惊心动魄的一幕发生时，南部的西海固却在喊渴。西海固——这个刚硬传神的地理称谓，统领起宁夏的半壁河山。一条大河隔出的北部与南部，构成了两样天地。

　　西海固，位于宁夏南部山区，是西吉、海原、固原、隆德、泾源、彭阳等地的统称。中华人民共和国成立初期，当地设有西海固回族自治区，因而人们习惯把这里称为西海固。西海固名气大，大在它是一个被联合国粮食开发署确定为最不适宜人类生存的地区之一，苦瘠甲天下。西海固生态脆弱，干旱少雨，土壤贫瘠，资源匮乏，灾害频仍，水土流失严重。在漫长的过去，西海固人靠天吃饭，山路难行，教育薄弱，住所简陋，缺医少药，老百姓没有支柱产业，生产生活受限，困难重叠交织。时人形容西海固的贫困，竟引用《庄子·让王》中"三日不举火，十年不制衣"之句。

"阻碍咱西海固发展最关键的，不是别的，排第一位的是水！"父亲揸着右手食指，在林立功眼前画出一道长长的线。

固原县红星旅社门口，19岁的林立功一边左顾右盼，一边听父亲唠叨。林立功中等个儿，清清瘦瘦，眼睛很有神采，平静中透出一种年少老成的深邃。红星旅社门口是一处乘客降乘点，林立功瞅着人来人往的嘈杂街市，心想着等固原走中宁的长途班车一到，自己两脚一跳上班车，就再也不必听父亲的训诫了。父亲在县政府上班，是个穿制服的，热心县上的事情，每天傍晚下班回家总会自顾自地说起一连串的新近传闻，说来说去，三句话总是离不开水。尤其是父亲那句口头禅——深井干涸水断流，麻雀渴了喝柴油，听得他耳朵都起了茧。

"这一回你去川里上班，是给咱西海固办大事去的。"

父亲说着话，随手拎起一只军用大网兜，郑重地递到林立功手上。网兜里塞着背包和洗脸盆，还有牙刷、牙缸、香皂、毛巾等生活用品。父亲语重心长地说："你记住喽，到了固海扬水管理处，一定要服从上级的工作安排，用心学习专业知识。趁年轻，一定学上一身好本领，只有这样才能把水给咱西海固引来，解决一部分乡亲的吃水种粮困难。"父亲说到这里，像猛然想起什么，提高嗓门，"哎，差一点儿就忘记了，这几天中宁县胜金关那一块，黄河正在发洪水，你千万要注意安全。"

"大，这话你说了十遍了。"林立功把脸别了过去。

"哎，娃啊。"父亲看不惯他的表现，以一种恨铁不成钢的口吻说，"你可能还不知道，想到固海扬水管理处去上班的娃娃多了去了，能排一公里的长队，你要珍惜机会。实际上你是知道的，要不是我跟咱们县长相熟，这一回肯定轮不到你去固海扬水管理处报到。"

"嗯。"林立功摸了一下鼻子。

"你不去，在县城是个待业青年。"父亲说。

"嗯。"

"你到固海扬水管理处去上班，往好听处说是给咱西海固人造福去了，说得难听点儿是县上帮你解决了就业。林立功，你要时常掂量自己。"

"我没让你跑去求县长。"林立功不爱听，顶了父亲一句。

"在西海固，管水的人都是人梢子。"父亲望着他清澈的眼睛，很有耐心地说，"咱们西海固缺水，吃水不够，耕地不够，争水争地的纠纷多得很！民国时期，在西海固管水的叫龙官，也叫农官，农官说话分量很重。"父亲顿了一下，又继续严肃地说，"啥原因呢？老话是这么说的，宁当一个龙官，也不当七品的知县。这各条河渠上，都有民选出来的龙官，龙官负责办水利上的事。你爷爷16岁那年当上了龙官，受到四乡八村的敬重。我虽然在县政府工作，但我还是想让你跟水打交道，既能帮助自己，也能帮到别人，尤其是咱西海固这么极端缺水的地区。"

"大，我心思还真没在这个上面。"林立功皱起眉。

"瓜娃！"父亲气呼呼地，一巴掌拍向他的脑壳，"为了水的事，我去求一回县长不算走后门！出门之前对你说了多少次，你忘了吗？为了水，你那在旧社会当过龙官的爷爷，殁在了给公社修水库的工地上，至今让我们当儿女的心痛。还是为了水，你那没出息的叔叔跑到邻省给别人当上门女婿，改名换姓，没有尊严。"

林立功听着，不敢再吭声。

说到底，林立功是不愿离家几百里去上班，但又实在拗不过父亲。去年高考失利，他报名参加了县里的招工考试，一切顺利，以优异的成绩被录取。他先是被分到县水泥厂，不愿意去，又分配到县制药厂，去了两天就打了退堂鼓，说闻不惯生产车间里的那股子味。父亲见他十分抗拒，感到忧愁，就硬着头皮找到县长。县长思考了一下，提出叫林立功走川区，由县上推荐参加固海扬水的工作。林立功对扬黄和水利工作没概念，但他心里另有打算，心想完全可以借此机会走一趟川区，看一看黄河两岸富庶的金秋时光。父亲说过，男子汉生来是要干一两件大事情的，这样才不算虚度年华。不过，林立功知道父亲常说的干大事，不过是把北面的黄河水远远地扬到南面的西海固山区。

"我告诉你，你的新单位正在建设的固海扬水工程红火得很！"父亲说话没完没了，送儿子出门总有无数个叮嘱，"固海扬水，可了不得的。这个工程，专门让黄河水往高处流，一条水路那是用成捆成捆的钞票铺出来的。"见林立功无动于衷，父亲脖子一歪，有些激动地又抬高嗓门说，"毛主席去世的第二年，工程上马，这不但是西海固人的大事，也是西海固人对一辈子心向黄河的毛主席最隆重、最庄严的告慰。"

开往川区的长途班车开来了，嘎一声刹停在父子俩眼前。司机长按喇叭，长途班车发出一阵焦躁而急迫的声响。不等父亲把话说完，林立功拽起大网兜，转身飞快地奔上长途班车。父亲急忙跟到车门口，发现已不见林立功的影子，只好仰头皱眉冲车窗大喊："林立功，把我的话一定记住喽！"

林立功第一次走出西海固，像一只单飞的快活小鸟，自由地翱翔在蓝天白云之间。长途班车驶出固原城，老黄牛撒懒一样迈开疲惫的四蹄缓缓向北行进。翻过一道高大的黄土山梁，长途班车的一侧出现了清水河。清水河里没有水，干涸的渠道却一直跟着公路向前延伸。这条枯瘦的河流，时远时近地出现在车窗外和林立功的视野里。大地上兀立的一道道山包，光秃秃的，像壮汉手背上暴起的青筋一样明晃晃的。过了三营镇，山势变缓，植被越来越稀疏，窗外刮来的风里热浪滚滚，是一种焦躁干渴的气息。这种干渴的气息在之后越来越浓，以至于林立功时不时会舔一下嘴唇。

长这么大，林立功成天梦想着走出大山，到平原上走一走、看一看。对这次去固海扬水管理处上班的事儿，林立功内心是十分抵触的，但在行动上并没有表现出来。他想，如果实在不适应新单位，立即掉头往回跑。长途班车走出固原城不久，光滑的柏油路面消失了，北去的路全是土路和沙石路。

同一个省区，南部与北部却是两个不同的天地。北部洪灾大，南部旱情重，第一次出远门的林立功在一天之内就体会到了这种差异。长途班车歪歪扭扭地行驶在尘土飞扬的土路上，他隔着车窗，先看见道旁一条断流的小河，又看见一个干涸的水库。再往前走，看不见整块的玉米地，只有低洼处土壤墒情较好的地方，偶尔冒出一簇半人高的玉米。持续大旱把玉米叶晒得像旱烟叶一样干枯泛黄，仿佛手一揉就碎。稀稀拉拉的玉米，顽强地存活着。班车迎面不时能遇见一些卡车，这些卡车的车厢鼓鼓囊囊的，都装有一只超大的储水"胶囊"。这是政府从200公里之外的地方运来的水，专门解西海固之渴。这些卡车从公路的某一个岔道拐进去，钻进了绵延起伏的群山，最终把水送到人畜断水的村庄。山路崎岖狭窄，多数情况下，卡车离村还有好几里时就得停下。司机就地与赶来的村民"交接水"，渴疯了的羊群也会远远地扑来。

生长在县城的林立功，既不掌握山区群众因缺水而引发的一连串困难，也没听过这首西海固人编排的民间快板：

大山深处道路险，山高坡陡行路难。
深沟都是烂泥潭，要访邻居得半天。
人畜饮水靠人担，驴车无法到门前。
一年四季雨水少，春种秋收靠老天。
山上种树难成活，要养牛羊无草原。
冬天无煤来取暖，烧炕就用牛粪填。
漫漫岁月艰苦史，件件回忆都心酸。
……

离开家乡三小时，车过同心县城，司机停车歇息。林立功尾随别的乘客下了车，站在原地环顾四周，眼前出现了一片完全陌生的天地。长途班车停靠在一排低矮的土坯房前，这些土坯房的墙上挂着各式各样简陋的面食招牌，可都不忘写上四个醒目的大字：味美价廉。林立功吃惊地发现，这里的屋顶上竟然没有瓦片，土坯房一律土苍苍的。仔细瞧，屋顶用泥巴抹得平整光溜。他自小生活在县城，见惯各样的瓦房土房，第一次看见没有瓦片的土坯房，这对他来说的确稀奇。

刮着风，扬着沙，地面浮土淹过了脚踝。这里的天空灰蒙蒙的，四周没有一棵树，初秋的太阳像一只失色的玉盘孤独地悬在天空。在这种环境下，眼前的一切景致并不明朗。林立功感到口渴，从网兜里掏出一只搪瓷缸，挨个面馆找水喝。奇怪啊，这里一长排的面馆一概不对外提供开水。林立功四处碰壁后，在车站找到一处房门紧闭的锅炉房。他和几个同车的青年小心翼翼地推开木门，发现锅炉房对他们也不友好。锅炉正面高高挂着一张纸板，上面赫然写着几个歪歪扭扭的大字：打水2角。锅炉房里有个水泥槽，两个水龙头上挂着生锈的链锁。林立功一见，抿抿嘴唇，摇了摇头。

林立功喝不上水，嘴唇干得起了皮，还裂了血口子。百无聊赖的他只好抱着搪瓷缸坐在一家面馆门口的台阶上，等司机和同车的人吃完饭再登车出发。台阶上站着一个戴着黑框近视眼镜的中年男子，腋下夹了个人造革提包，斯斯文文的样子，怎么看都像一个吃公家饭的。

"叔，你好！"第一次出远门的林立功，鼓足勇气跟陌生人搭话，"同心县这地方看起来像是平川，可为什么全是沙子啊？"

这人听见了，瞥了他一眼，操一口西海固方言笑着回答："这地方属宁夏的中部干旱带，全县没有几处绿洲。这里的沙子呢，都是被风从遥远的沙漠刮过来的。"

"县城也没见几棵树，这里的人不栽树吗？"林立功问。

"是人咋能不栽树呢？"这人有些惊诧地瞅了一眼林立功，

继而笑道，"同心县人年年都栽树。在县城，有些生长了20多年的树，至今长不到一人高。为了栽树，人们从几十里外的地方拉水浇树，可是一到不下雨的大夏天，树苗还是成片地枯死。同心县流行一个顺口溜，是这么说的——春天栽树秋天拔，冬天熬了罐罐茶。啥意思呢？秋季枯死的小树苗，一到冬天就被人当成燃料烧了。"

"我明白了，这里干旱少雨，就连老百姓的房顶都不用搭瓦片。"林立功由衷地发出一声叹息。

"这么说也对，降水量过小的地方，屋顶没必要遮瓦片。"中年男子说。

"我刚发现，这里打一杯开水得花两毛钱。"

"是的，这里水比油贵。"

"啊？"林立功吃惊地张大了嘴巴。

"这位小同志，没必要惊讶。"这个中年男子望着他，眼睛瞪大了说，"同心县的县长下乡，口渴了，端着一只茶缸东家进西家出，硬是在老百姓家讨不来一杯白开水。县长的衣服脏了，乡下的苦水洗不干净，索性就不洗了。"

"这，这县长还这么干？"林立功笑问。

"年轻人啊，你不信吗？"中年男子眉头一皱，拧成一束盛开的眉骨花，"我讲的是一段真人真事。在大家的印象里，县长肯定比乡里的老百姓条件好，对吧？但在缺水的条件下，县长和老乡是一样苦恼的。县长没水洗衣服，只好把自己的脏衣服一股脑儿卷起来，胡乱塞在床铺底下，只等下乡的工作一结束，就走银川去开会。银川有黄河水，县长一到开会的地点先抽空把脏衣服洗了，等晾干了再带回来穿。"

林立功听到这里一怔。

"怎么，你不信县长会这么干？"中年男子没有笑，表情严肃了起来，"宁夏这地方地处内陆，远离海洋，每年平均降水量只有200多毫米，分布不均，可每年的蒸发量却在1500毫米左右，非常干旱！像西海固，山田旱地，在有雨水的年份，每亩小麦的产量只有100来斤。"这人顿了一下，又说，"当然，人的活动加剧了干旱发生的概率，中部干旱带的水土流失是最严重的。"

"什么是中部干旱带？"林立功随口问。

"宁夏，在胡焕庸线的西北侧。"中年男子解释道，"胡焕庸线你可能不知道，宁夏实际上就在400毫米降水量分界线的西北侧。宁夏的西、北、东三面，分别被腾格里沙漠、乌兰布和沙漠、毛乌素沙地包围。"见林立功点了点头，这人又继续说，"按降水等值线划分，宁夏分为南部黄土丘陵区、中部干旱风沙区、北部引黄灌区。这三个地区，南部黄土丘陵区占宁夏土地总面积的22%、中部干旱风沙区占53%、北部引黄灌区占25%。北部引黄灌区凭借黄河水的灌溉之便，素有'塞上江南'之称，用宁夏1/2的耕地，产出了3/4的粮食，创造了90%以上的GDP和财政收入，是宁夏的精华地带。我们一早从南部黄土丘陵区乘车出发，目前歇脚的地方正是中部干旱风沙区。"

"听您这么一说，所谓天下黄河富宁夏，只红火了宁夏北部引黄灌区。"林立功恍然大悟，说完抿了一下干巴巴的嘴唇。

"没错！"中年男子见林立功有悟性，乐呵呵地说，"咱宁夏人均可利用水资源量500多立方米，远低于世界人均1700立方米缺水警戒线，也是全中国水资源最匮乏的省区之一。"这人见林立功听得认真，又说，"我国是贫水国，人均水资源量严重不足。多年来，我国地表水资源年均为2万多亿立方米，平均到每个人，不到2000立方米，相当于世界人均水资源占有量的1/4。全国有670座城市，一半以上存在不同程度的缺水现象。其中，严重缺水的城市有100多个。民国十八年，海原、固原、隆德三县因为旱情严重，一年之内饿死7万人。"

中年男子意犹未尽，又说起西海固大修水坝的往事。修水库，目的是把山泉水跟雨水聚攒起来，用于生产生活。党和国家十分重视抗旱工作，西海固干部群众一直在与干旱作斗争。30多年来，西海固投工最多、声势最浩大的，是大修水库的壮举。修水库，得打坝，几十万方、几百万方、几千万方的黄土砂石，都得依靠农民肩挑筐背。起初架子车都很少，即便有架子车，在西海固大山里也派不上用场。西海固的干部群众为了水，凭借最简单的工具，采用最原始的办法，在大地上建成190多座中小型水库。建成的这些水库，使一部分人畜饮水问题得到了解决。此外，还扩大了50万亩水浇地。这50万亩土地，也就成了西海固地区最早的水浇地。

"现时西海固的焦点，在固海扬水工程建设上。"中年男子滔滔不绝地说着，似乎打开了自己情感的闸门，索性在面馆门前的台阶上坐下来，与林立功肩并肩。"固海扬水正在建设，过几年就能建成。固海扬水的设计任务：其一，解决25万人的饮水问题；其二，解决50万只牲畜的饮水问题；其三，造出50万亩水浇地。当然，这并不能完全解决西海固的缺水问题，但会大大缓解西海固的缺水困难。"

"固海扬水工程有这么牛？"林立功不由问道。

"当然，这个工程只要一建成，光发展水浇地这一项，就超过了西海固地区几百年来发展水浇地的总量。新华社咋说的，它向世界宣告，固海扬水工程是咱们亚洲最大的人畜饮水工程。"中年男子动情地说。

　　"亚洲最大？"

　　"没错，亚洲最大！固海扬水工程费劲得很，前几年热火朝天地开了工，每年都有上万名民工在忙着建泵站、修渡槽、修渠道。你想一想，黄河在北部的低处，要把黄河水一节一节地扬到高出四五百米的西海固，困难得有多大？！"

　　林立功和中年男子一问一答，谝到起劲处，面馆里传出一阵对骂声。林立功扭头一看，只见掌勺的师傅手拿一根擀面杖正和几个伙计骂骂咧咧地把几个青年男女连推带搡往门外赶。"饭馆能做出一碗面给大家吃已经很不容易了，我晚上回队里，也是排队等生产队队长拿茶缸分水吃的。"掌勺师傅火冒三丈，当众咆哮。

　　眼前这一幕，让林立功有些莫名其妙。而中年男子早已判断出事情的原委，嘴里嘀咕着又是水惹的事。林立功从地上一骨碌爬起来，挤在围观的人群里，猜想着纠纷起因。果不其然，中年男子说得没错。刚才，长途班车一停下，这几个青年走进饭馆各点了一份炒糊馍，吃罢感到口渴，不由分说闯进厨房，硬从掌勺师傅的开水瓶里倒了两杯白开水。岂料，他们的这个举动惹怒了掌勺师傅。四个青年，三男一女，被掌勺师傅和饭馆的伙计撵出了门，他们顿时感到很没面子，双方的争执越发激烈。几个青年为喝一口水也不甘示弱，他们的理由是充分的，说吃完饭，饭馆既然不给一碗面汤喝，就得给食客供应一杯白开水。掌勺师傅却说，这地方的饭馆一概不供应白开水，是约定俗成的。双方互不相让，气氛相当紧张，掌勺师傅手上的擀面杖冒着怒气飞来飞去。

"呀，消消气，大家都住手。"

中年男子跳进人群，展开双臂，把对峙的双方隔开。

"哎，这个事情好说！"这人笑着先对掌勺师傅说，"师傅呀，这几个年轻人可能是头一回出远门，并不了解同心县缺水的严重情况。"接着，他又扭头笑着对几个年轻人解释，"同心县是真缺水啊！在这里，的确是这么一种情况。有一回，我路过同心县城，问一家旅社的人讨一杯水喝，旅社老板有些难为情，说你先登记住宿吧，这样才能供应饮用水。我觉得他们啬得很，也特别好奇，一打问才知旅社给顾客准备的饮用水是从几十里外运回来的。"

双方听中年男子这么一说，不再像刚才那么激动了。这时，开长途班车的光脑壳司机挤进人群，"马后炮"地站出来息事宁人。

"误会了！这根本不是个事儿！"

光脑壳司机大手一挥，扫视了围观人群一圈，笑着说："大师傅别冒火，年轻人也别发怒，听我说啊，同心缺水特严重，城乡都一样。有一回，县上提出要搞啥电化蒸馏水，把海军部队的专家都请来了，专门研究怎么把苦水变成甜水。后来，蒸馏水有了，但后面的事情就没法再说了。"光脑壳司机顿了顿，继续说，"蒸馏水代价大得很，老百姓吃不起这种水。另外一个原因是，娃娃们喝了这种水之后不好好长骨头，据说水里缺钙。还有一回，同心遭了大旱，县上干部押着卡车，拉着'胶囊壳子'下乡送水，给一个村分水时，这个村子大，有一半人没分到水，这一下出了大乱子！"

"有啥不得了的？"有个看热闹的人急切地问。

"没分到水的老百姓硬说县上干部把水私吞了，一生气，不听劝，直接给自治区党委书记打电话、发电报！"

大家听完，哄堂大笑。

"为了生存，为了能喝上一口水，很多西海固人不得不背井离乡。"光脑壳司机撇着嘴，脸上浮现一丝悲壮之色，"我没说错吧？这几十年里，我们西海固人都是这么说的：有本事的上新疆，没本事的下平凉。"大家又是一阵大笑。

光脑壳司机"话事"的水平极高，不用岔开话题，还是说水，不但把对峙的双方惹笑了，还让自己变成了话题核心。

"没什么好笑的。去年夏天，我有一回急踩刹车，碰碎了装水的罐头瓶子。过同心时吃了一顿饱饭，盐好重啊，吃罢喝不上水，口干舌燥。开车往中宁走，我在路上渴得都动了掬一把自己的尿水喝的心思。"

掌勺师傅与几个青年男女的火气，被司机一句尿水的玩笑话扑灭了，双方又都觉得好没趣，彼此还给对方说了"对不起"。长途班车重新上了路，吃力地颠簸在同心县向北走的一段长长的土路上。林立功靠窗坐着，这扇车窗总是关不严实，遇见路面上的一道埂，车窗准会被震得哐当作响。看不见的细沙，悄悄钻进车窗下围，不一会儿，车窗玻璃的底部和座位扶手上就蒙上了一层比两枚一分钱硬币摞一块还厚的沙土。车过一个叫北堡子的地方时，路面浮土太厚，淹没了长途班车的四只车轮。司机无奈，只好抱歉地通知全体乘客下车，一起帮忙推车。林立功他们推着班车走了一截路，这才走出浮土路。林立功没喝上一滴水，这天清早出门时母亲给他带的馍馍也一口没吃。没水喝，什么胃口都没有。

下午，班车走出了干涸的清水河川，又翻过了长山头的一个农场。再往前走，出了一道峡口，缓缓爬上一道高高的大坡。林立功隔着车窗朝北望去，眼前远远出现了一片平展的绿洲，既有桃李争妍的庭院，也有枝叶茂盛的树林。最关键的是，路畔上有渠道纵横的水系，正哗啦啦地流淌着甘甜的黄河水。

"哎呀，好家伙，天地不一样啦！"

"这里的水咋就四处乱淌着呢？"

"平原跟咱西海固真是两个世界。"

同车的几个青年男女扒着车窗，什么也不顾地放声感叹。"南面北面是彻彻底底的不一样啊！"有个女青年喜悦地说，"一路上天色灰蒙蒙的，看不见几棵树木，看不见几株草，也看不见几间房屋，满眼都是沙丘。班车一到这里，处处是平展展的川地啊，有树有水，你们看那一片白杨林。"这女青年激动地把手伸出窗外，"哎，看那一棵粗壮的大槐树。对，恐怕得咱们三个人手拉手才能环抱得住。"

听他们这么一讲，林立功猛然拥有了另一种感受。一股温润潮湿的气息从车窗外扑来，一瞬间，他心上的焦躁舒缓多了。这天，林立功平生第一次从山区来到川区，第一次看见了平原绿洲。林立功看到的地方是中宁县古城镇。古城镇不简单，是旅人从宁夏中部干旱带进入平原的第一站，也是黄河离荒漠最近的乡镇，当然还是川区与荒漠的接壤处。但凡从这里走进宁夏平原的旅人，都会拥有同样的感觉。宁夏北部，自古被人们誉为"塞上江南"，在这里，凿渠引水灌溉良田的历史能追溯到秦汉时代。战国后期，强大的秦人重视经略东方和南方，也重视开拓西北边疆。有开拓，有巩固，就有凿渠引水。著名的秦渠、汉渠和唐徕渠，共同滋养出宁夏平原的美丽丰饶。

"书上总说宁夏平原是塞上江南，"有人轻声说道，"但咱们南部的西海固过于糟糕。"

"宁夏北部的平原是黄河上游著名的古老灌区，也是地球半荒漠地带上的一片灌溉绿洲。"只听一个浑厚的男中音缓缓说道，"两千年来，人们利用这里独特的自然地理条件，把水资源向有利于人类的方向转化，终使这里变成赛秦川、似江南的富庶之乡。"林立功扭头一看，见说话的人正是之前与自己漫谈过的那个中年男子。"引黄灌溉，造就了今天的宁夏川。每年开春，平原上的人们都要举行一次开渠仪式，年年岁岁，岁岁年年，重复着内心对水资源的敬畏和感恩。"说着，这人与林立功的目光碰触了一下，又爽朗地说道，"直到今天，面对一碧千里的宁夏平原，我们仍能感到开闸的那份神圣与庄严。"

哦，宁夏北部的平原，之所以被称为"塞上江南"，全然因为引黄灌区。沧桑之变，不愧为人类文明史上利用和改造自然的一大杰作，其典型性比之埃及尼罗河流域毫不逊色。

不过，有水和缺水的地方，差别竟如此之大？

林立功沉思着。

·
·
·

黄河冲出黑山峡，梦想朝着高处流

长途班车停靠在终点站中宁县车站。

车一驶进中宁县车站院子，林立功便看见了接他的人。在院里的一棵大柳树下，摆着一张掉光了漆皮的旧木桌，木桌缝隙处插有一张硬纸板，上面用毛笔写了几行小楷——接林立功、徐迎水……固海扬水。木桌边上，停了两辆架子车，几个青年正围在木桌前闲聊。林立功拎起军用大网兜，双脚一沾地，径直往木桌跟前走去。

把装行李的大网兜放到脚边，林立功从裤兜里掏出县政府的一封介绍信，双手毕恭毕敬地递上，自报家门，说是从西海固赶来报到的。

"欢迎你，小林同志。"为首的接应人看罢介绍信，热情地和他握手。这时，有人抱起他的大网兜飞快地放到一辆架子车上。

同车的四个青年男女也凑到木桌跟前，掏出各自的介绍信。原来，这几个在同心县汽车站与人发生争执的青年，和林立功一样，都是从西海固来固海扬水管理处报到的。接应的人热情周到，把他们的行囊码放到架子车上。收拾停当，有个接应人拉起塞满行李的架子车，他们五个青年跟随着，徒步朝郊外走去，原来固海扬水管理处并不在繁华的县城，而是设在离县城两公里远的乡下。

从中宁县城到固海扬水管理处，徒步得走二十来分钟。走在路旁成排的白杨树下，秋阳已经不再炽烈，绿荫小径上只落下一地斑驳的光和惬意的凉。年轻人在同一辆班车上颠簸了一整天，彼此便飞快地熟络起来。

"嘿，没想到咱们居然是一伙的！"带头跟饭馆掌勺师傅起冲突的小伙挑起话头，主动跟林立功攀谈。

"是啊！没想到我们会是同事。"林立功笑道。

"我叫徐迎水，家住交二处。"小伙扶起压得很低的黄军帽，露出两道剑眉，乐呵呵地说。

"交二处？"林立功疑惑地问。

"大名鼎鼎的交二处你不知道？"徐迎水有些惊讶。

"西海固人都知道，交二处是交通部第二工程局第二工程处，驻地在西吉县夏寨水库边上。"另一个小伙插话。

"交通部的？咋住水库边上？"林立功疑惑不解。

"交二处是一个流动单位，我爸在交二处做事。他们在西海固修路，负责修一条从甘肃兰州到陕西宜君的公路。"徐迎水自豪地说。

"这么说你来西海固没多久啊。"

"是的，我前年才来西海固。"徐迎水笑着挠了挠头，"从我出生到现在，跟我爸流动了好几个省，河南、青海和四川都去过。"

"我叫林立功，土生土长的西海固人。"林立功热情地自我介绍，"今年19岁，高考失利，通过招工来到这里。"

"我高考也失利了，原因是我的英语交了白卷。"徐迎水嬉皮笑脸地说。

"啊，交了白卷？"

"这不惊讶！"徐迎水露出一种无助的表情，"就像我们交二处的驻地，守着一座水库但还缺水吃。我们随父母来到西海固，一转学才知道县上缺英语老师。读了几年高中，没上过一堂英语课。考英语时，我只做选择题。"

"这样啊！"林立功忍不住笑了。

"填报志愿时，我也失误了。"徐迎水边走边说，"军校录取分数相对低一些，按说我是能够通过军校招录的。我自小喜欢军人，一心想报考军校。我爸反对得很，他是一个多次负伤的老兵，生怕我考上军校。填报志愿的前一晚，我爸和我谈了很久，我顺从了他。但成绩一出来，全家都后悔了。"

徐迎水嘻嘻哈哈地介绍自己，相当坦率，并不隐瞒父亲对他报考军校的阻拦。林立功从徐迎水的谈吐间感受到这人性格耿直。

"喂，朋友，我叫吴买骡。买，买卖的买；骡，骡子的骡。"刚才插话的小伙个头不高，清瘦得很，看样子体重还不到一百斤，他很自然地给林立功做了自我介绍，"我和徐迎水是一起的。虽然我不是交二处子弟，但我家在交二处附近的村上。徐迎水家搬到水库没几天，我俩在学校就认识了。"

"呀，你的名字真是有趣！"林立功忍不住说。

"我的名字是我爷爷取的。"吴买骡扭头瞅了一眼道旁一人高的玉米田，舔了一下嘴唇，"在旧社会，我爷爷是富汉家的一名长工，给富汉既种地又放羊，慢慢有了些积蓄，终于当上了佃户。西海固山地旱田多得很，我爷爷娶我奶奶进门之前，许诺买回一头骡子帮家里耕地，好让我奶奶少出点力。爷爷的诺言，没有兑现。到了我爹，也没能兑现。我爹只养了几只瘦弱的小羊。我爷爷一直不死心，把希望寄托在我这里，在我出生的那一天，毫不犹豫地给我取名叫吴买骡。"

吴买骡说话像是在拉家常，他说自己的家事时根本不笑，倒把听众惹得笑到肚子痛。走在最后面的是一名女工，脸颊上晒出了"红二团"。她一路沉默着，没有吱声。听他们说到有趣处，才会咯咯咯地笑得长辫子在肩上一抖一抖的。

固海扬水管理处声名在外，办公条件却简陋得很。机关不在县城，就设在一个村庄边上的一片土坯房里。土坯房后墙紧挨着庄稼地。管理处的办公区由两部分组成，一部分是新盖的土坯房，但不够用，只好又租用了当地老乡的十几间土坯房。这天傍晚，林立功一行人走进管理处院子，几个干部立即招呼他们洗漱。他们从架子车上卸下行李，拿着脸盆和毛巾去打水。从缺水的山区来到川区，林立功居然不懂怎么打水。管理处的办公环境简陋，但早已用上自来水。他们五个青年站在汲水器前，不会用，都不敢动弹。接待他们的一名干部看出了这些青年的窘迫，上前用手掌轻轻一按汲水器，自来水就哗啦哗啦地淌了出来。林立功、徐迎水、吴买骡的第一感受是，平原上吃水用水比老家西海固便捷得多。林立功接了半盆水，弯腰趴在水槽上利索地洗脸。忽然，他吃惊地发现，洗过脸的水泛着浓重的浑黄色。再看，盆底沉淀了一层沙。

"呀，黄河水给我们接风洗尘了！"徐迎水自嘲道。

林立功觉得也是，扭头冲他笑了笑。

接待他们的干部叫他们带上行李，三绕两拐走到南面两间土坯房前，指给他们说，几个男生住一间，隔壁这间留给女生住。林立功进门一看，屋子墙是刷过的，铺有水泥地面，摆了几张高低床。虽无别的陈设，但很整洁。他觉得，虽然这里是土坯房，但条件并不像外观上那么糟糕。他弯腰收拾床铺，听见一个干部说，这两间宿舍只是一处临时住所，按照计划，这批新招录的95名技术工人会被派遣到甘肃学习，参加为期一年的实操训练，为将来的固海扬水工程全线贯通作技术储备。

几个年轻人面面相觑。林立功想问去甘肃什么地方学，可没等开口，这个干部就说到了开饭时间。大家各自从行李中找出碗筷，在干部的引领下朝食堂走去。跟随这个干部，林立功他们在几间土坯房之间绕来绕去。来到食堂门口，只见几个中年男子正簇拥着一位衣着土气的老人站在门口的台阶上。老人腰上系了一根军用腰带，方口布鞋上沾满泥巴，一张瘦脸上满是倦意，额头鼓起一个大包，只是嘴上叼着烟斗显得很有气势。在前面领路的干部停下脚步，林立功他们几个也站住脚。徐迎水瞅着眼前的老人，拽了一下林立功的衣袖嘀咕："这农民老汉威风得很嘛。"

"甭瞎说！"领路的干部听见了，低声严肃地纠正，"这老汉不是别人，是咱们自治区大名鼎鼎的水利专家吴尚贤，既是水利局的总工程师，还是宁夏水利的'活字典'。吴老总陪自治区主席解除了黄河胜金关险情，又在堤坝上忙了两天，没吃好没睡好，咱管理处领导心疼，专门接吴老总就近来吃一顿晚饭，休息休息。"

吴尚贤一进固海扬水管理处的院子，立即被几名记者堵在食堂门口。记者们来意明确，非得请吴老总忙里偷闲谈几句。

说不清什么缘由，林立功第一次遇见吴尚贤，内心便觉得十分亲切。他从骨子里喜欢这种从容质朴的学者形象，又觉得自己似乎与这位老人存在某种联系。在他这里，这的确是一种美好的感觉。食堂门口被记者们堵严实了，他们几个来报到的新职工只好耐心地站在边上等，林立功竖起耳朵仔细听着。

　　"吴老总，都说您是宁夏水利的'活字典'。我们知道，您毕业于重庆中央大学，在国民党的黄委会工作过。之后，您挨过批斗，受过磨难，还被下放当过农民。可即便这样，也并没有妨碍您有一颗赤子之心和满腔爱国热忱。像这次胜金关治水，您出了大力，请您谈一谈自己的遭遇。"

　　吴尚贤连忙摇头，抬起双手冲记者们做关门状。

　　"记者朋友们，我首先要声明一点，"吴尚贤灰白的络腮胡茬颤动着，"防洪抢险的胜利，是在党中央的统一指挥下，青海、甘肃、宁夏、内蒙古四省区几十万军民携手奋战，付出巨大代价争取到的。至于让我谈一谈过去的遭遇，说一说我过去所遇到的不公，我觉得说这个是最没意思的。党中央不是号召我们，一切向前看嘛！"

　　记者们笑了笑，点了点头。

　　"光阴似箭，一眨眼我今年都60多岁了。"吴尚贤笑着说，"我上了岁数，每一分钟都是宝贵的。与其和你们说那些过去的事，还不如谈谈现在的工作呢。"吴尚贤顿了顿，继续说，"我最讨厌那种嘴里发牢骚、身子不动弹的人。"

　　记者们由衷地笑了。

　　"面对这次洪水，治理黄河的人该有怎样的气魄和胆识？像在胜金关，您主张炸掉两座丁字坝，让洪水通过跃进渠再流进黄河。"有记者问。

"是党中央指挥了这次黄河上的抗洪抢险。"吴尚贤提高了嗓门，"自治区有决心打赢这一仗！当自治区的负责同志征询我的意见时，我就有了一种责任，必须大胆负责。我所采取的策略不仅来自我的工作经验，还有很大的科学根据。我们水利人在黄河上做事，有了科学依据，就应该大胆实践。"

话说到这里，固海扬水管理处的负责人打断了记者采访，说吴老总需要吃饭、休息，请记者朋友们多多见谅。吴尚贤把烟斗含在嘴里，眯缝着眼冲记者们略带歉意地笑了笑，说请大家多多反映抗洪军民的事迹。扭过头，吴尚贤往食堂走了几步，正要进门时忽然又扭头扬起大手，说请记者朋友们留步。

"哎，记者朋友们，我有话要说。"吴尚贤匆匆走下台阶，神情肃穆地说，"这次防洪抢险之所以取得胜利，还有一个关键点。"

记者们呼啦又围了上来，边听边在采访本上刷刷记录。

"眼下，正在建设的龙羊峡水库调蓄了7000立方米/秒的洪峰，如果没有黄河上游的龙羊峡水库，这一次洪灾所造成的后果无法想象。有了龙羊峡，兰州城避免了大水灾，宁夏全境避免了大水灾，内蒙古也安然无恙。"

吴尚贤说这话时，显得有些动情。林立功站在远处听得两耳一热，直觉告诉他，这位水利专家绝非庸俗之人，一定还有很多话要说。果然，吴尚贤说："我请记者朋友们呼吁一下我们的黑山峡！黑山峡，也就是大柳树水利枢纽工程。全国一解放，确切地说是1952年，我们的这个高坝大库工程就被提上了议事日程，甘肃和宁夏为选址而争论不休，因此在这个节骨眼上，龙羊峡率先开工。"

有记者问："莫非您是龙羊峡建坝的反对者？"

"不，我是龙羊峡工程的积极拥护者！"吴尚贤神情严肃地回答，"龙羊峡工程开工时，几度遭到甘肃和宁夏两省区的强烈反对，我当时就亮明了观点：青海是国家的青海，龙羊峡也是黄河的龙羊峡，开发利用是国之大计，我个人没什么好反对的。"吴尚贤长长舒了一口气，"这次黄河水灾有力地证实，国家先建龙羊峡是一个英明的决策。不过，我恳请大家多多呼吁在黄河黑山峡建起高坝大库，这迫在眉睫。高峡出平湖，黑山峡是大自然赐予我们的一处绝佳的坝址。"

之后，林立功弄清楚了，吴尚贤不但是治理黄河的专家，他还对西海固抗旱、蓄水十分关心，提出过独到的治理措施。吴公毕生都在实践和思考黄河治理、宁夏平原引黄灌溉、水库淤积、人畜饮水等问题。他很早就倡导一户打三眼窖，这样可解决五口之家两三年的人畜饮水问题，为西海固微灌农田、防旱抗旱发挥积极作用。

黑山峡，黑山峡，这个名字第一次钻进林立功的耳朵。

第二天一早，固海扬水管理处召开干部职工大会。

会场是一处临时露天会场，就设在食堂门前，挤满了人。三张带抽屉的木桌拼出一个主席台，占据了食堂的入口。固海扬水管理处的几位负责人端端正正地坐在主席台上，参会的有老职工也有新招录的95名职工。新职工没有纪律观念，坐在各自的小板凳上交头接耳，像是山坡上一群散漫的羊。林立功和前后左右的人一聊，才知他们绝大多数来自西海固各县。

　　刚刚相识的热情，让新职工们有着说不完的话。他们第一次走上工作岗位，第一次在单位参加会议，露天会场在他们的私语声中像是自由集市的一角。徐迎水是一个活跃分子，他坐在小板凳上，跷起二郎腿，在前排人后背捣一拳，等对方转过身来，他却扭头瞅着并排的林立功。对方气得吹胡子瞪眼，徐迎水却并不理睬，装作没事人一样，懒洋洋地把嘴巴搭在林立功耳旁说："哎，朋友，这里的条件实在太糟糕，虽然我们的西吉县城有时也缺水，但无论什么时候总能喝上一杯热茶吧。一来这儿，我们几个人合住一间小小的土坯房，就连呼吸都感到十分困难。"不等林立功回应，徐迎水继续乐呵呵地说，"出门之前，我妈对我说，只要觉得不习惯可以随时扭头回西海固。"

　　林立功也不确定自己能否安心留在这里。

　　"我来固海扬水管理处是没有办法的办法。"林立功胡乱应付了几句，"我去年高考时差了一分，失利了，只好通过招工考试接受县上的分配和推荐。不过，只要今后还有参加考试的机会，我非得再考一回，好歹上一个大学。"徐迎水笑了笑，露出鄙夷的神情："喂，林立功，时运不济。不过，从今天起，你有绰号了，就叫'差一分'。"林立功一听，后悔自己话说多了。

　　主持人摆弄着桌上的话筒，挂在一根高高的水泥电线杆上的喇叭发出一阵阵刺耳的声响。主持人清一清嗓子，喂喂喂连喊了几声，说现在开会，请新来的职工们保持肃静，务必注意会场纪律。主持人讲了一段开场白，林立功这才弄清楚，这个职工大会与单位老职工没有多少关联，主要是开给新职工的。几分钟后，主持人带头鼓掌，请出管理处的马处长给大家讲话。

主席台正中间，马处长起身朝大家点点头，算是见面打了招呼，坐定后挺直上身。马处长大约50岁，左脸颊上挂着一道明显的疤痕。林立功觉得像是刀疤，一道不怒自威的刀疤。新职工一看这张脸，都安静了。

"娃娃们，都坐端，好好听我讲几句话。"马处长操一口西海固话，土得掉渣，"固海，啊，我们固海扬水，任务是要解决一部分同心人、海原人、固原人的生活和生产用水问题，以及牛羊的饮水问题，还得管几十万亩土地的灌溉。这项工程从1978年的夏天开始干，遗憾得很，几年了还没建成。固海扬水是宁夏最大的扬水工程，也是亚洲最大的人畜饮水工程。"说到这里，马处长一只手举过头顶，像战士举起了炸药包，"要我说，工程建设的艰巨性好比一场战役。"

马处长说话，林立功和徐迎水听着觉得十分亲切。

"哎，你们不信？我是一名抗美援朝的老兵，我敢说，固海扬水的艰巨性不亚于一场战役。几年前，这个扬水工程宣布动工，自治区领导手心里捏着一把汗，水电部部长手心里也捏着一把汗。为啥？工况太复杂，要钻山岭，要过沙漠，我们国家的水利施工队没有承担过如此大规模、高难度的水利工程。我看图上一个个符号，就像过去看作战地图一样，它们都是敌人的一座座碉堡，都是敌人的一道道陷阱。

"泉眼山知道吗？固海扬水的第一个泵站叫泉眼山泵站，这个泵站建设最关键，把工程建在黄河水流中。固海扬水，要靠这个泵站从黄河取水。在湍急的水流中修建筑物，必须采取草土围堰的办法，把黄河水与施工现场分离。一个月里，我们上千名农民工和技工泡在黄河里，打赢了这第一仗。不过，类似困难一个接一个，我们一个接一个攻克。我们知道，西海固的许多老百姓缺水喝，还渴着呢，因此不敢有一星半点儿的懈怠。

"新来的职工们，现在有一个光荣的任务即将落在你们的头上。刚才我讲了，每年有上万名农民工在200多公里长的建设现场修泵站、挖渠道、垒渡槽、建变电所。你们不用风餐露宿搞基建，但你们有你们的责任。你们有知识、有文化，管理处把你们当成宝，你们是为固海扬水工程储备的技工力量。我们固海扬水工程将来建成后，你们是要保证这项水利工程长期安全平稳运行的重要人物。眼下，你们得勤学知识、苦练本领，把自己变成有知识的水利人。幸运得很，我们有一条捷径可以走，那就是向先进的甘肃扬水学习。固海扬水与甘肃景电已协调妥当，要派你们去甘肃学习一年，地点在黑山峡。"

在马处长的讲述中，固海扬水工程的功能和任务，在这批新招录的年轻人心中变得神圣起来。心性桀骜的徐迎水听见马处长说新来的职工都是重要人物时，不由得眉头紧锁，神情肃穆。说来奇怪，马处长讲话时会场上安静极了，没有一丝杂音，只能听见几只飞来的鸟儿啁啾着扰乱空气的流动。

黑山峡，这个地理称谓又一次跳进林立功的耳朵，他脑海闪现出昨天报到时遇见吴尚贤的情景，老人嘴上叼着一支没有点燃的烟斗，眯眼瞅着大家，他能嗅到空气中飘来的一股烟草味儿。林立功又想起吴尚贤说的话："建成一个黑山峡水利枢纽工程，黄河有禀赋。黑山峡本身就是大自然赐予人类的一处绝佳的高坝大库。"

林立功狂想着,黑山峡啊黑山峡,你究竟是怎样的一个地方?为何新中国一成立,你就走进了黄河水利人的视野?关于你的报告,为何一次次放在历届党和国家领导人的案头?黑山峡,你为何至今仍让人割舍不下呢?

　　两天后的一个清早,林立功和同伴站在固海扬水管理处的院子里等车,他的脚边立着自己的那只军用大网兜,网兜里塞满了全部行李。昨晚接到通知,今早要来车送他们去甘肃景电学习,为期一年。

　　今天,他们凌晨5点起床,捆扎行李,吃罢早餐后便站在院里等候。要走远路,单位食堂还给每人供应了一袋榨菜和两个馍馍。接近早上7点,单位雇的几辆长途客车开进了管理处的院子。

　　带队干部吹响哨子,发出登车信号,大家分组有序地相帮着上了客车。与几天前刚来时比,新职工的纪律性增强了许多,不再那么散漫。几分钟后,客车从院子里鱼贯而出。林立功乘坐的客车缓缓驶出大门,挂在食堂门口电线杆上的高音喇叭刺啦了几下,忽然响起来,传出新闻播报的声音:"新华社9月26日电,中共中央、国务院、中央军委今天向青海、甘肃、宁夏、内蒙古四省区党政军领导机关,各级防汛指挥部,水电、气象、电信等部门,参加黄河防汛抢险的广大干部、群众和人民解放军指战员发出贺电,祝贺黄河上游防洪抢险斗争取得决定性胜利。"

　　车厢安静极了,大家竖起耳朵倾听播音员的播报。

　　坐在客车前排的带队干部精神大振,站起身拍一下司机的肩膀,司机会意地立即把车靠路边停稳。"欣闻黄河上游洪峰,已经顺利通过内蒙古自治区的包头地区……今年八月中旬以来,黄河上游地区连续降雨，河水持续上涨，到九月中旬，玛曲、唐乃亥等地出现了新中国成立以来最大的洪水，严重威胁着正在建设中的龙羊峡水电站以及青海、甘肃、宁夏、内蒙古广大地区的安全。在水情紧急的情况下，有关省、自治区党委、人民政府、军区和中央有关部门领导亲临前线，组织广大军民奋起抗洪。广大军民万众一心，发扬一不怕苦、二不怕死的革命精神，顶风雨，战恶浪，始终信心百倍地英勇奋斗在堤防闸坝和水电站上……"

青年人在防洪抢险斗争胜利的喜悦中，走向传说中的黑山峡——

是黑山峡中涌出的黄河水，隔出宁夏的两样天地，南部西海固在喊渴，北部平原却在遭受洪灾。黑山峡是这批青年服务社会之前学习本领的第一站。林立功怀着激动的心情倚着车窗，想象着，倘若黑山峡河段的这座高坝大库早一天建成，就一定会像吴尚贤老人说的那样，这一次来的洪峰会收敛很多，干旱的西海固老百姓也能早一天喝上黄河水。但在许多年之后，林立功充分意识到，黑山峡远比自己想象的更丰厚。那天，车队出了中宁县城，先过了黄河渡口，又朝甘肃兰州方向驶去。

走向黑山峡，青年们的欢笑和憧憬透过车窗飘向蓝天和远方。谁都没有预料到，林立功、徐迎水等青年一生都将围着黑山峡打转。

第二章

走进黑山峡

　　著名琴曲《流水》在中华文明的长河中流淌了两千多年，抒发了世人对山泉、溪流、江河、湖海的无限遐想。琴曲清新顺畅，流水不尽，充满人与自然的和谐之音。1977年，琴曲搭载"旅行者"二号、一号探测器飞往太空，寻觅知音，寻觅地球以外的淡水资源和临水而居的生命。水，在中国文化中具有重要的象征意义。上善若水，是中国人对水的敬畏。人们崇尚善行如水，期盼河流泽被万物。

河畔夜话：
一条河段，两个省区，几种方案

是谁第一个提出在黑山峡河段修建高坝大库？直到今天，我们也没能找到可靠的证据性资料。过去的70年，黑山峡吸引了全国水利专家的关注。伴随着共和国成长的进程，黄河上的一道长峡牵动着历届党和国家领导人的目光。

整整40年前，青年林立功开始关注黑山峡。

那么，人们为什么要在黄河上修坝呢？

我们国家水利资源的开发构想始于20世纪初。孙中山先生在《建国方略》和《三民主义》中提出，利用长江和黄河龙门的水力，代替劳动力发展生产。抗日战争时期，国人也曾提出开发黄河中游的方案。1945年，国民政府全国水力发电工程总队兰州勘测处曾在朱喇嘛峡进行勘测规划，但是直到中华人民共和国成立前，黄河主干道上也没出现一座水电站。兴修水利，是中华民族赖以生存发展的重要条件，也是治国安邦的重要措施。1946年，中国共产党就成立了治河机构，拉开了人民治黄的序幕。黄河规划委员会在1954年编制完成《黄河综合利用规划技术经济报告》，这是中华人民共和国兴修黄河水利的第一个重要规划，提出为满足黄河防洪、发电和灌溉需要，要建龙羊峡、刘家峡、黑山峡、三门峡综合性枢纽工程。林立功他们乘车走向黄河时，规划中的这四座大型水利工程，刘家峡、三门峡都已建成，龙羊峡在建，唯独黑山峡没有动静。

黑山峡在哪里呢？

和同伴一起去甘肃学习的那天清早，这个问题一直萦绕在林立功的脑海中。从固海扬水管理处去往甘肃景电，虽说两地之间只有100多公里路程，可省际公路坑坑洼洼，很不好走。沿途只要遇见甘肃景电的站点，客车就会临时停下，这时就有一拨固海扬水管理处的新职工被交接过去，分到某一处泵站参加实习。走走停停大半天，95名新职工就像蒲公英的种子撒了一路。林立功、徐迎水、吴买骡等20名职工被分到了一个叫五佛的泵站。

五佛泵站是甘肃景电的首级泵站，也是客车的最后一处停靠点。带队干部猫着腰站在车头，一手紧抓车厢栏杆，笑容可掬地对大家说，五佛泵站位于甘肃省景泰县富庶的五佛川。"五佛川"这三个字很传神，让林立功听起来心旌荡漾。半下午，客车穿过景泰县城，根本没停，而是直接朝东北方向驶去。出城没几分钟，客车一头钻进重重群山。山体土苍苍的，植被十分稀疏，还淤着细细的流沙，猛看上去，像是明亮的沙丘。客车沿着一条坑坑洼洼的山路颠簸了将近一个小时，路两侧的群山一一退去，眼前豁然开朗。一瞬间，黄河两岸的平原出现了。带队干部兴奋地说，五佛川到了。林立功心想，五佛川不应是宽大的川地平原吗？可这里实则是山，很大的山，山川相接。

客车一拐弯，顺山脚爬上一道长长的缓坡。缓坡是台地，缓缓流动的黄河水与之并行。车子沿着缓坡一条不宽不窄的小路往前走，路的右侧是一座依山而建的古代寺院——五佛沿寺。这座古寺有黄河边上一个罕见的千年悬崖石窟，带队干部指点着说，五佛沿寺石窟始建于北魏时期，曾因为有蒙古族盐商长期投宿于此而被称为"盐寺"。又因离黄河仅有咫尺之遥，盐寺在之后又被人们称为"沿寺"。古寺背山面河，因石窟内塑有五尊大佛又得名"五佛寺"。悬崖上的石窟内部宽敞，存有小佛千尊，头像一律朝向黄河。五佛乡得名，显然是与沿寺里的五尊大佛有关。

古寺石窟俯瞰着脚下的河流，当地的不少老乡站在黄河一处古渡口，翘首等待一艘往来于两岸之间的渡船。五佛川的老乡坐船一过黄河，也便脱离了景泰县辖区。河对面，嵌在绿荫深处的一处处村庄，属于邻县靖远的地界。

傍晚，客车吃力地爬上台地的最高处。一过五佛沿寺，眼前出现了一栋撼人心魄的建筑——一座雄伟的扬水泵站。四根巨大的管道从河面爬上峭壁，把黄河水一级一级提上五佛川，送往整个景泰川。这里是景泰川的第一期电灌工程。夕阳浮在山顶，顺着山坡流淌在泵站、村庄、寺院、庄稼地和黄河古渡上，散发出橘红色的柔光。

"哎，大家请注意，五佛泵站到了！"

带队干部在车厢里站直了身子，高喊一声。

客车在一排漂亮的青砖瓦房的外墙下停稳，带队干部第一个跳下车，与前来迎接的泵站负责人握手。大家拎着各自的行李，说说笑笑地挨个儿下了车。坐在后排的林立功并不急，而是痴痴地倚窗回望原野。周围一片一片的玉米，成行成列，矩阵一样列队在坡下的平原地带。微风轻拂，沉甸甸的玉米棒子岿然不动，只有长长的叶片在风中翻滚。五佛川的秋收时节，是一幅美好的乡野风光图。林立功在路上听带队干部讲过，这里的人们通过电力提灌，把黄河水扬上来滋润着景泰川，经过人们的努力，景泰川从荒滩坡地被改造成良田沃野。百闻不如一见，眼前的青草绿油油的，玉米棒子金灿灿的，一派丰收景象。他想，西海固人几时才能吃上黄河水，几时才能让干旱山区变得殷实富裕起来。

夕阳下，远山的轮廓绵延起伏似是大河涌动的波浪。林立功拎起自己的军用大网兜跳下客车，只见五佛泵站的干部职工已经列成两队，站在泵站门口用热烈的掌声欢迎他们的到来。与带队干部说话的，当然是五佛泵站的负责人。林立功拎着大网兜朝门口走去，与这位负责人目光相触时，两人都愣住了，眼熟得很啊！这位负责人鼻梁上架着近视眼镜，有点谢顶，但仍梳了一丝不苟的背头。

"哎，小同志，我们又见面了。"这位负责人吃惊地冲林立功伸出一只友好的大手，"你我有缘，只是当时没想到。"

握手的那一刻，林立功有一点蒙。

"嘿，小伙子忘性大！一周前，我们见过。"

"噢！您啊，和事佬。"林立功有些不可思议地感叹。他一下子想起从西海固到中宁县报到的那天与这人一路同车，到中宁县城才分手。林立功向一头雾水的带队干部解释道："几天前，我们从西海固同车走中宁县城，一路上我们经历了难忘的事情。"带队干部笑呵呵地对林立功说："林立功，你知道吗，这位是甘肃景电管理局五佛泵站的杨站长。郑重说明一下啊，杨站长的老家也在西海固。"

"难怪！"林立功望着杨站长，激动地说，"我知道了，您是西海固人，因而您对西海固、对固海扬水工程十分关心。"

"没错！最重要的一点是，咱们都是水利人。"杨站长又对带队干部说，"上回在西海固到中宁县的班车上，我和小林聊了一路。"说话时，杨站长抹了一把脑壳上稀疏的头发，又热情地指着泵站边的庄稼地，以一种自豪的口吻说："景泰川虽说没有沙漠戈壁，但搁在过去啊，大地荒着呢。但是这里的荒滩比起西海固来说平整得多，我们管理局通过三级扬水，把黄河水提上来，让新开垦的庄稼地得到灌溉。短短几年，五佛川周边几个乡镇都得到了发展，变了样。"

"小林，你们今后在杨站长领导下多学习本领。"带队干部叮嘱道，"但凡不懂的，要多请教师傅和站长。"

林立功点点头，徐迎水几人也跟着点点头。

从全国来说，甘肃景泰川灌溉管理局起步早，五佛泵站更是名不虚传。单拿这些青砖绿瓦的办公区和宿舍来说，这里的基础设施远远超过固海扬水管理处。早在1960年代，甘肃景泰川灌溉管理局一成立，就着手建设扬水提灌工程，把黄河水从五佛的河湾处逐步抬高380米，提灌景泰川。这里开发建设得早，老百姓获益也早。凭借黄河水灌溉，景泰川形成了30万亩的景电一期灌区，诞生了一条山农场。甘肃省依托景泰川，解决了一部分粮食和蔬菜供应问题。

晚餐，五佛泵站的食堂设了接风宴。

五佛泵站的晚餐简单又美味，每人一大海碗洋芋揪面片，外加杂拌凉菜和鸡肉，分量很足。林立功几人饥肠辘辘，坐在矮板凳上，围着桌子敞开肚皮快活地吃。吃罢，食堂变成会议室，大家坐在原地听杨站长致欢迎词。杨站长精神饱满地站在大家面前，面带笑意，放开嗓门，说来到五佛泵站的20多个宁夏青年都将成为泵站的机电运行工。这个工种，是与泵站紧紧联系在一起的。甘肃、宁夏原本是一家，大家一来，就和五佛泵站的干部职工成了一家人，真诚欢迎宁夏青年。杨站长说这些话时深情地看向众人，最后把目光落在带队干部脸上。

　　"感谢杨站长和五佛泵站的热情接纳！"带队干部也动情地说，"我们派来的每一个宁夏青年，从今天起都将是新五佛川人。"

　　坐在人群里的徐迎水叫了一声好，附和说感谢五佛泵站提供的实习机会，说罢还带头鼓起掌。在这种融洽的气氛里，杨站长说，他提前看过大家的简历，知道大家全是来自西海固各县的高中应届毕业生，又即兴提问——泵，泵是什么？

　　杨站长突然抛出的问题，让大家沉默了好几秒，竟无人吭声回应。徐迎水前后左右地瞅来瞅去，说："我叫徐迎水，我来回答这个问题。"徐迎水似乎是怕冷场，举起右手自告奋勇地站了起来，"泵，水泵的泵，不难理解，它能够把黄河水从低处虹吸到高处。泵，体型小，本领大，它把黄河水能引到农民伯伯的庄稼地里去，也能让黄河水流到乡里人家的水缸里。不知我的理解对不对？"

　　徐迎水回答完，并不着急坐下，而是用手拨开眼前一缕头发，两眼紧盯着杨站长，只等点评。

"这位同志答对了一半。泵，按用途可分为气泵、水泵和油泵。"杨站长话还没说完，徐迎水又抢了话。

　　"哎，杨站长！"徐迎水看一眼窗外，又把目光收回来，有些流里流气地说，"我对泵的大小形状以及功能用途是一无所知的。我呢，是西海固山区的一只旱鸭子，先是稀里糊涂到固海扬水管理处报到，又被派到甘肃五佛泵站，一不小心闯进了你的水帘洞，可我至今还没学会凫水。我要是学会了凫水，平原上的人根本不敢叫我是山狼，但我们西海固人一定会叫我鸭子——一只会凫水的鸭子。不好意思啊，请站长海涵。"徐迎水嬉皮笑脸地说完，弯腰朝杨站长行了一个拱手礼。

　　在场的人都笑了，杨站长也不恼，示意他坐下。

　　"有谁告诉我，机电运行工是干什么的？"杨站长继续提问。岂料，在场的宁夏青年居然没有一个吭声的。杨站长用手背碰了一下带队干部，低声询问："唉，怎么是一群什么都不懂的'泥鳅'？来之前，你们单位都没给新职工做基础知识培训吗？"带队干部涨红了脸，回答说："前一段时间，大家只顾防洪抢险，来不及搞培训。再说，我们也没能从甘肃搬请到专家啊。"杨站长听完，清了清嗓子说："简单地讲，机电运行工的职责就是开水泵、关水泵，把闸刀扶起再拉下。但这项工作绝不简单！"

　　"未来，你们将成为机电运行工。"杨站长皱了皱眉，又用一种坦率的口吻说，"五佛泵站是首级泵站，和宁夏固海扬水工程的泉眼山泵站一样，地位重要。在我们五佛泵站，光水泵就有30多种。说到电机，有60多种，很多设备都像一个庞然大物。我平时看这些大型设备，总觉得它们像一只只巨大的蜗牛。我们用的是10千伏、20千伏的高压电，开关闸刀时，如果不按规程来操作，稍有失误就会造成亡人事故。当一名泵站机电运行工，等于选择了一个高危职业。"杨站长的语气变得严肃起来，这份严肃里又流露出很大的诚恳。

听到这里，吴买骡缩了一下脖子，倒吸了一口凉气，忍不住瞅了瞅旁边的一名女工。女工用牙咬住下嘴唇，低头盯着地面。站在一旁的徐迎水挠着头皮，有些惊悚地打起哈欠。林立功的情绪也不高，左手抠着右手掌心，心里犯怵，但因与杨站长是老相识，并没有表现出不安的情绪，只是勉强装作一副用心在听的样子。

"说到底，我今天代表五佛泵站要说的只有一句话：凡是宁夏来学习的同志，务必跟随班组长，做到用心不走神，安全作业。"杨站长或许也意识到，自己一味地强调安全，已经吓着了这批实习工，于是又笑盈盈地说，"泵站无小事，为了能把黄河水扬上去，造福更多的老百姓，泵站的工作总得有人做。当然，当了机电运行工，必须在岗位上养成谨慎负责的良好作风。"

最后，带队干部宣布，来五佛泵站学习的20多名宁夏职工，从明天早上开始跟班实习。晚上，也得轮流跟师傅上大夜班。

从食堂回宿舍的路上，星星满天，月牙儿渐渐丰盈，从河面上刮来的风带着阵阵湿润的气息。林立功没话找话，问了带队干部一个问题，说自己在今天来的路上一直想，黑山峡在哪里呢？黑山峡究竟是什么样子呢？

"哦，你听说过黑山峡？"带队干部在一棵大槐树下停住脚步，吃惊地问。泵站寂静，晚风吹拂着繁盛的树冠，枝叶摇曳，发出沙沙的声响。

"我从西海固来中宁县的第一天，在固海扬水管理处院子里遇见一个老汉。老汉厉害得很，被一群记者围着问东问西。我听得出，那老汉讲话很有感情。老汉答完问题，还请记者呼吁，争取黑山峡水利工程早日开建。"

"哈哈哈。"带队干部爽快地笑了，"你遇见的这个老汉，是自治区水利局的总工程师吴尚贤，大家要么叫他吴老总，要么叫他龙王爷。在旧社会，吴尚贤就是一个出色的水利专家。马鸿逵拿枪逼他搞水利，他不干，跑到兰州投奔甘肃水利局局长黄万里。你知道黄万里是谁吗？黄炎培先生的第三个儿子，留美归来的，大城市不待，专门跑到咱们大西北的黄河上游治水。1949年，王震将军率大军进新疆，走到甘肃河西走廊时，在酒泉遇见了吴尚贤。当时，吴尚贤正在沙河堡搞地下引水工程。王将军约见吴尚贤，邀请他跟大军一起进疆兴办水利，可人家吴尚贤硬是没去。"

"啊？"林立功吃惊地张大嘴巴。

"王震将军搬请不动吴尚贤是有原因的，"带队干部的语气变得凝重起来，"率大军进疆路上，他四处邀请技术人才一起进疆。当时，吴尚贤在临泽县沙河堡搞了一个截引地下水的工程，他还是沙河堡的工程处处长。兰州一战，国民党马步芳的部队溃败，吴尚贤主持的工程只干了一半，当时他手上还掌管着一批车马和400名技工与民工。吴尚贤认为，共产党也是需要兴修水利的，因而他坚守岗位，不让财产受损。没多久，他的助手，一个姓张的技师被王震将军派飞机送进了新疆。"

"那么，吴老总与黑山峡有什么关联呢？"

"嗨，关联可大了！吴尚贤是宁夏青铜峡人，全国解放后，他一回宁夏，又当上了宁夏水利界首屈一指的专家，宁夏所有水利工程都会咨询他或由他主持。但是，黑山峡高坝大库的提出者究竟是谁，我说不清。可以肯定的是，吴尚贤几十年来一直心心念念不忘黑山峡，为工程的开建奔走呼号。"

带队干部意犹未尽，继续说："林立功同志，刚才你问我黑山峡究竟在哪里，我告诉你，现在你脚下的五佛泵站也算黑山峡河段。"

林立功惊呼："不可思议！"

"黑山峡因峡谷中的峭壁含有锰、煤呈现青黑色而得名。广义上的黑山峡河段总长185公里，由红山峡、五佛川、黑山峡三部分组成。狭义上的黑山峡河段，就是我们口头上常说的黑山峡，全长71公里，河水从甘肃大庙村入峡，在宁夏中卫小湾村出峡。我们此刻所处的五佛泵站离大庙村只有十几公里，正是黑山峡的进水口。黄河一进黑山峡，河道变窄，两面山势相夹，几乎没有一个大的缺口。"

"这么说，我这会儿就在黑山峡的怀抱中？"

"没错！"

"我懂了，"林立功激动地说，"大柳树高坝大库的坝址在出峡口，位于宁夏，是甘肃、宁夏两省区争论的焦点。"

"是！全国刚解放，水利部部长傅作义一上任就知道了'黑山峡'这个名字。1954年，水利部黄河规划委员会编制出《黄河综合利用规划技术经济报告》，第一次公开提出开发黄河黑山峡河段这一构想，足见它的重要性。从龙羊峡到黑山峡，这一河段水资源丰富，开发条件也比中下游优越。新中国成立后，这里一直是我国水电开发的重点河段。开发黑山峡，灌溉、防洪、发电，承上启下的调节与反调节作用大。比如，还能解决黄河宁夏段至内蒙古段的凌汛。凌汛，是春季开河时，下游开得晚、上游开得早，冰凌阻塞河道导致洪水暴涨的现象，轰炸机扔炸弹都不好使。"

"过了30年，这个工程为啥没建成？"林立功问。

"这个工程根本没动工，怎么能建成呢？"带队干部摇摇头说，"傅作义掌管水利部时，出了两套方案：第一个方案是在黑山峡进口21公里处，即甘肃境内的小观音建一座高坝，再到黑山峡的峡谷出口位置，即宁夏境内的大柳树建一个低坝，两个坝址相距48公里；第二个方案是在宁夏大柳树建起一座高坝大库。转眼将近30年了，尽管甘肃、宁夏两省区都极力赞同工程尽快上马，党中央也是同意的，然而因为种种原因，这个工程走走停停，不论是哪种方案都很难一下子实施。"

"拖到了现在？"林立功吐一下舌头。

"瞧你林立功这表情！"带队干部悠悠地说着，随手从上衣口袋摸出一根带有过滤嘴的香烟，划一根火柴点着。抽一口，烟头的火光明晃晃的，映出他一脸的愁绪。"过去几十年，甘肃和宁夏围绕这条河段的开发屡有争议。绝大多数人说不清其中缘由，不过你成了一名水利新兵，今后是有机会见到吴老总的。两省区的争论，吴老总是当事人。你感兴趣的话，将来可以当面向这位前辈请教，他人很好。"

驻足在大槐树下，树叶在风中沙沙作响，像是有人在黑夜里窃窃私语。林立功第一次听到有关黑山峡的传闻，虽然没头没尾，但他却听出黑山峡河段的开发是一项非凡的工程。耳畔传来黄河之水的惊涛拍岸声，让林立功和带队干部都感觉到五佛川的温润里裹着几分凉意。林立功心想，六盘山与黄河水连接起来的甘肃和宁夏，一定有智慧和能力携手迎来黑山峡的开建。

淬火成钢，
把玩美国将军萨凡奇的小刀

晚饭刚过，宁夏银川，一栋砖混二层小楼里。

国庆节前，气温骤降，室内早早生起了炉火。吴尚贤坐在一张竹圈椅上，炉火映红了他沧桑的面容，脸上的褶皱像他勘察过的河流、渠道一样纵横遍布。他用火钳夹住一把小刀在蓝色的火焰上烧，烧到刃口通红时，溅出点点的火星。这时，他飞速从炉火上抽出火钳，猛地插进预备好的冷水桶里。只听刺啦一声，一股浓浓的白烟夹杂着热浪喷出，弥散到整个房间，冷水桶里不断冒出一个个水泡。两分钟后，取出来的小刀黑乎乎的，过一阵再看，刀刃微微泛出青蓝色，闪着耀眼的光。

吴家小女儿听到声响，赶忙跑来。

"爸爸，怎么回事？"女儿看着满屋的白烟问。

"哦，我的刀钝了！"吴尚贤看一眼女儿说。

"街上有的是磨刀师傅，还劳您费这劲儿。"

"哎，街头磨刀和淬火是不一样的！"吴尚贤笑呵呵地捏着手上的小刀端详，"架起火炉烧红刀刃，再把小刀插到凉水桶一激，这就叫淬火。一经淬火，就能增加刀刃的刚度和强度，再使用时就锋利了许多。"

女儿若有所思地点点头，笑了笑。她是一名高三学生，准备迎接明年的高考，正在加紧复习功课。忽然她问父亲，最近是不是又要开黑山峡的会议。吴尚贤点了点头。女儿急忙说："您开会就开会，千万别跟人置气。"

"嗯！这是我工作上的事，你只管好好复习，争取明年考出一个理想的成绩，去读一所喜爱的大学。"吴尚贤边说话边把小刀塞进皮质刀鞘。从抗战胜利前一年算起，这把小刀已陪伴他将近40年。当年，吴尚贤大学刚毕业，意气风发，立志一生要从事水利工作，碰巧遇见了美国水利工程专家萨凡奇中将。萨凡奇受邀来华，对三峡进行考察，帮国民政府拿出了所谓的"萨凡奇计划"。那一回，他和老师陪同萨凡奇中将考察了几个月。分别之际，萨凡奇把这把小刀赠给了他。

吴尚贤也曾陪同萨凡奇考察过黄河。这位美国水利专家仅在三门峡逗留了几天，就提出了几条有关泥沙和淹没问题的意见。因为解放战争的爆发，萨凡奇没有机会在黄河的浪尖上一显身手，便带着随从急忙离开了中国。

此时，前门吱嘎一声被人推开。

不等父女俩回过神来，楼下就传来踩踏木梯的嘎吱声，一个瘦高的中年男子裹着冷风轻快地走进书房。门帘一挑，来人是一位熟客。一米八几的个头，鼻梁很高，颧骨是缩进去的，鼻翼下侧的八字纹犹如刀镌刻般划过嘴角，给人一种谨严之感。这人是自治区水利局的专家，比吴尚贤小十几岁，名叫张存济。张存济今晚来访，一定是与即将召开的会议有关。在黑山峡建高坝大库，张存济与吴尚贤的理想是一致的。

张存济，此公也非庸人，哈尼族，原籍云南，毕业于清华大学水利系，是宁夏滴灌的最早倡导者。张存济出身于书香世家，父亲早年留学美国，是民国时期化工领域的高级工程师，母亲龙文媛是土司的女儿。张存济的姑父傅鹰，是享誉中外的化学家，姑母张锦是我国有机化学领域的早期女博士，新中国成立初期曾担任清华大学副校长。兄长张存浩，新中国成立后毅然结束在美国密歇根大学化学工程系的学习，返回祖国。兄长的决定是果决的，从旧金山一踏上回国的轮渡，美国就开始阻止中国留学生回国。值得一提的是，兄长张存浩是我国高能化学激光奠基人、分子反应动力学奠基人之一，长期从事催化、火箭推进剂、化学激光、分子反应动力学等领域的研究，还是国家最高科学技术奖获得者，就连天宇间运行的小行星，还有一颗被永久命名为张存浩星。

受兄长影响，张存济也是一个博学且较真的人。说起来，与吴尚贤一样，张存济学的是水利，服务社会后，痴迷于大江大河。他并不怎么注重人际关系，但有一点与吴尚贤不同。张存济着装考究，一丝不苟，尤其是冬季，戴一顶鸭舌帽，穿一件笔挺的呢子大氅，皮鞋面亮得能映出人影。这些年，张存济死死盯住黑山峡，因与吴尚贤持有相同的学术观点，二人私交甚好。

张存济有学者的忘我精神，干工作心无旁骛，只是生活能力差得很，不时会闹出这样那样的笑话。有一回，妻子叫他去菜市场买一只老母鸡，他手上捏着钱出了门，边走路边思考学术问题。在市场上转了一圈后，他拎回一只大公鸡。在院里的公用水龙头下处理鸡毛时，一个眼尖的邻居说："哎呀，张工啊，你公母不分！"张存济一怔。邻居又说："你老婆让你买老母鸡炖汤，你咋买回了只大公鸡？"张存济一看，这下糟了，大公鸡红殷殷的冠子还直愣愣地竖着。经人提示，他才知道公鸡、母鸡最明显的区别在鸡冠上。他摸着下巴颏思忖着，计上心来，向邻居借来一把刀，切掉鸡冠，拎回家交差。

到家后，妻子说："炖鸡汤很慢，挺费时间的，你要是着急上班，自己先下把挂面凑合着吃。"张存济着急上班，便把一锅凉水架在灶头上，还没开火就下挂面。用凉水煮挂面，等出锅时，面条已煮成了一锅糨糊。妻子生气地埋怨他四体不勤、五谷不分。他涨红了脸，揣了个冷馍馍溜出了家门。

日常工作中的张存济，像一头气势骇人的狮子。他较真，不唯上，只信奉科学，一就是一。相关单位邀请专家搞评审论证，起先必然会把张存济请去，岂料张存济一去，反倒生了不少"麻烦"。眼见一个能成的项目，只因他直言不讳，跟邀请他的单位对着干，竟然导致项目流产。有一回，银川市政府举行银新东干沟的论证会。银新东干沟朝东排水，横跨汉延渠。张存济说朝东排水不可取，还说长官意志不能凌驾于科学之上。这句话惹得市上领导很不高兴。几个月后，渠道修成，水还真排不出去。一遇黄河涨水，水还会倒灌。领导为了美观，强令技术员在汉延渠上造了一座跨度大的拱形桥。拱形桥建了一半，发生倾斜，这位领导气急败坏，扬言要追究技术员的法律责任。

这位领导一发怒，技术员吓得要死。受了委屈的技术员思来想去，只好去恳求张存济帮忙。张存济察看了这座拱形桥，火冒三丈，喊娘叫老子地骂了一遍，指天发誓要为技术员主持公道。张存济约上吴尚贤，一起去这位领导的办公室。吴尚贤坐镇，张存济指着那位领导的鼻子说："渠你都不该挖，你还造一座拱形桥？渠没修好，桥没造好，是长官意志惹的祸！出事后倒打一耙，你居然要追究技术员的法律责任，那么好啊，我和你打一场工程技术与长官意志的官司。"

经他这么一骂，这位领导意识到了自己的失误。后来，造大桥的事偃旗息鼓，这位领导还向技术员道了歉。

....

张存济连夜造访吴尚贤，谈的还是黑山峡。

张存济在另一把圈椅上坐定，吴家女儿端来沏好的茶水，张存济点一下头算是回应。重新参加工作这几年，张存济成了吴家的常客，隔上十天半月，两人就聚在一起，随时随地开小范围的茶话会，讨论水利工作，彼此交换意见。

"吴老总，过几天自治区政府要在银川开会，"张存济止住脸上的笑说，"这次阵仗大，专门讨论黑山峡灌区规划，应邀参加会议的有国家民委、水电部、黄河水利委员会的，还有宁夏、陕西、内蒙古的负责同志。"

"这一回我们要有所预备。"吴尚贤捏着空烟斗指向茶杯，示意张存济喝水，"半个月前，水电部李部长为防洪抢险乘直升机来到宁夏，我们在胜金关的大堤上见了面，李部长带来的专家极力说服我，要我赞同黑山峡工程在甘肃小观音开建。"见张存济愣住了，吴尚贤又说，"我向李部长报告，说明了在甘肃小观音建坝的不妥之处。说完我的观点，李部长表扬了我，说他自己没去过宁夏大柳树坝址，这回乘直升机只能在低空粗略地看一眼，等下回再来宁夏，还要详细走访。"

"您是怎么说服李部长的？"张存济笑问。

"当天胜金关大堤上风高浪急，我说，黑山峡河段是龙羊峡到龙门之间唯一可建高坝大库的峡谷，而宁夏大柳树一级高坝方案优于两级开发方案。在大柳树建起一座高坝大库，与甘肃小观音两级开发方案的工程投资相差无几。在宁夏筑坝，库容会多出40亿立方米，多蓄的水等于再造一个刘家峡水库，有助于调节，可实现综合利用，陕甘宁和内蒙古老百姓的受益面广。"

"算上这次，甘肃小观音坝址已经是第三次落空了。"张存济喝了一口茶，把茶杯一直端在手上。

"没错。"吴尚贤从圈椅上站起来，背着手，眼睛盯住墙壁上的黄河"几"字弯地形图。"甘肃小观音头一回落空时，还是苏联来的专家帮助我们宁夏出了力。原本1954年黄委会的报告中已经制定了在黑山峡建小观音高坝、在大柳树建低坝，可当时我们没有话语权，苏联专家组一来，就看出了端倪，说黑山峡河段可以建一个高坝，不然，就糟践了这么好的一个天然的理想坝址。这么一来，甘肃小观音的开建想法落空。1958年宁夏回族自治区成立，甘肃与宁夏的争论就有了。"

"第二回争执呢？"张存济笑了笑，望着吴尚贤说，"我知道第二次对甘肃方案的反对与你有很大关系，但详情不知。"

"是啊，悬得很！"吴尚贤在地图前背着手踱步，"甘肃小观音第二次落空是在1974年，当时，电力部已经拨款给甘肃，要在甘肃小观音动工建高坝，说是小观音以灌溉为主。咱们自治区主要负责人同意了，但是，一经我与同仁汇报，他感到十分后悔。宁夏赶紧先向党中央发电报，又紧急派人进京，指出甘肃小观音建坝引水难度较大、投资高，而且灌溉为主一说不切实际。我以此为由，面陈中央，这为推翻甘肃小观音的动工方案起到了较大作用。"

吴、张二人聊着聊着，不知不觉谈到即将在银川召开的会议。这一回，从中央部委到地方上的关联省区，来开会的专家比较多，大约有70人。张存济提醒，这次或许有专家会对宁夏大柳树坝址的工程地质提出疑问，我们得未雨绸缪，及早建议自治区在会议期间安排与会同志考察一回黑山峡，实地察看宁夏大柳树坝址。如果时间宽裕，最好把黑山峡甘肃段、宁夏段都走一遍。

此时，国家已经把黑山峡水利枢纽工程列进"六五"计划。宁夏水利工作者试图通过这次会议，在水电部、黄委会的主持下，由宁夏、陕西、内蒙古三省区联合做工作，请国家重新对黑山峡灌区做详细调查、规划。

"让黄河水惠泽陕西、甘肃、宁夏、内蒙古缺水地区，发展工农业，是黄河的时代价值。我们不能让黄河水白白流进大海，再蒸发掉。"张存济说。

"存济啊，说到这里，倒是说在点子上了。"吴尚贤在地图前站定，扭头有些激动地揸出一根手指，"把黄河的事情办好，从来不是某一个省的事情。在这次银川会议上，我们要有所建议，争取把论证工作的重要文件以及论证意见，以陕西、宁夏、内蒙古三省区人民政府的名义向党中央作一次联合报告。"

"最好是请一些超脱的人做论证。"

"希望争论早日结束，黑山峡早一天上马。"

"是啊，甘宁两省区关于黑山峡的争论，既是经济利益之争，也是现实问题，我们无法以对错来论。"张存济一激动，站起身手舞足蹈地说，"如果仅仅是经济利益这一个理由，那么，甘肃和宁夏把这个理由是搬不上台面的。如果工程因此而迟迟不能上马，我们是愧对后世子孙的。"

　　在思想的激烈碰撞中，墙上时钟的指针缓缓指向凌晨。吴尚贤在烟斗里新填了烟丝，透过飘荡的烟雾瞅着说话的张存济。旁边漆皮开裂的书桌上，齐整地摆放着一摞稿纸，这是吴尚贤已经预备好的会议发言稿。他们是河的子孙，又是黄河水利人，追求在黄河，理想在黄河，拥有大河一样锲而不舍的精神。

甘肃培养了宁夏第一批扬水技工

我国是一个干旱缺水相当严重的国家，大陆性季风气候显著，水资源分布不均，时程变化大。降水量从东南沿海向西北内陆递减，依次可划分为多雨、湿润、半湿润、半干旱、干旱五种地带。降水量分布不均造成全国水土资源不平衡现象，长江流域和长江以南耕地只占全国的36%，而水资源却占全国的80%。黄、淮、海三大流域，水资源量只占全国的8%，而耕地却占全国的40%。

林立功和同伴走进五佛川，开始了为水而奔忙的一生。这天是他第一次跟班实习，吃罢晚餐，去上夜班。

距此40年后，2022年夏季，我和林立功在宁夏水利厅柳办连续谈话十几天。林立功即将退休，在单位并无紧要工作，他真诚地对我说，与一个作家兄弟畅谈黑山峡，就是他最急迫的一项工作。柳办，也叫大柳办，全称是宁夏大柳树水利枢纽工程前期工作办公室。在甘肃省水利厅，下设有一个黑办。无论是宁夏柳办，还是甘肃黑办，都在围绕黑山峡河段的开发做前期工作。林立功一点儿不显老，眼睛明亮，着装考究，静静地坐在我对面说起他在五佛泵站实习，成长为一名水利人的故事。我说，你上班实习第一天走进黑山峡，再到眼见着要退休仍围着黑山峡在做工作。

"哎呀，作家兄弟，你提醒得对！"林立功猛地站起身，动情地握紧了我的手，"唉，只在此山中，云深不知处。你不这么提示我，我自己还都联想不到呢！是啊，从1981年走进甘肃五佛泵站实习算起，我和那一批水利人的前途命运，早已跟黑山峡结合在了一起，早已跟黑山峡同生死、共命运了！"

"你们看嘛，"林立功指着办公室墙上的一块牌子说，"看牌子嘛，宁夏大柳树水利枢纽工程前期工作办公室。"他望着我，乐滋滋地说，"没想到我退休前所在的这个部门，跟黑山峡仍有直接关联。柳办这个机构，是1991年夏季经自治区人民政府批准成立的。柳办成立前一个月，有位中央领导视察宁夏，对宁夏党政负责同志明确表示，赞成宁夏大柳树水利枢纽工程，并要求有关方面尽快决策。细想起来，过去的几十年里，历届党和国家领导人都关注到了黑山峡河段。"

接着，我们把话题扭过来，回到林立功的第一个夜班。

林立功说，在当时，甘肃五佛泵站是一个与世隔绝的地方。这没什么奇怪的，很多黄河水利人的工作都是远离城市和人群的。五佛泵站建在红石峡的黄河边上，这里峡口敞开，水流平缓，但往下游走，两岸山势就立即收紧变窄。那里是狭义上的黑山峡——依次是甘肃小观音和宁夏大柳树。

这天的实习经历，让林立功刻骨铭心。

晚上7点半，林立功和吴买骡一起上夜班。带班师傅名叫张志国，40多岁，见面自我介绍说是甘肃本地人。张师傅废话不说，一丝不苟地强调工作纪律："跟班学习时，你们不能擅自触碰机器上的任何按键。有话要说时，不得乱喊乱叫，一般情况下，对话采取打手势的方式。在泵房，噪声是会盖过高喉咙大嗓子的，说不清的话，走出泵房说。"张师傅交代完，领他们踩着3米多高的钢梯，爬上泵房。

隆隆作响的泵房震耳欲聋，林立功一进门便蒙了。各样机器摆在那里，红灯绿灯不停地闪，几个身穿工装的职工，正盯着检测系统看数据。张师傅皱着眉，绷起脸，以一种挑剔的眼神冲一名职工打起手势，似乎有什么让他不满意的地方。跟在张师傅身后，林立功茫然不知所措，两只手都不知该往哪里放。他明显感到，张师傅正在隆重地向他们几个新人显示威望。机房是一处要地，沅江泵把黄河水大股大股地扬上来，再通过泵站流进渠道，分配到五佛川的平原和广大的景泰川。

张师傅带他们看完泵房，又领林立功走出泵房，来到与泵房连接的一处钢框架上。站在这里，能在漆黑中听见黄河水在脚下哗哗地流淌。泵房外清静了许多，可他们几个人的耳朵里仍然嗡嗡作响，好一阵都静不下来。张师傅借一束灯光指着泵站的入水口，对他们说，你们今晚的任务没有别的，只是察看水泵。这个过程，眨眼睛没问题，但千万不能打瞌睡。张师傅没把话说完，吴买骡就急了，说这有啥好看的呢？

"这个工作十分重要！"张师傅没想到会有新人反问他，眉头一皱，严厉地说，"我年轻时第一次来泵站上班，师傅带我做的第一件事就是领我来看泵。泵能够吞吐黄河水，但泵实际上也很娇弱。黄河来水的流量不一样，流量小时，钻进泵的水就少了。问题就在这里，水量减少时水泵的入水口会出现漏洞，空气就有可能钻进水泵。"

"空气钻进水泵有啥影响吗？"另一名新职工问。

"问题大了！"张师傅觉得这话问到了关键处，坦诚地说，"空气钻进水泵，水泵就不好好转动，甚至会罢工。不但如此，还会把电压搞得忽高忽低，这样十分危险。水泵倒流，电机倒转，上不了水，很容易把水泵和电机烧坏。"

"上不了水，会有啥后果？"林立功追问。

"这可不得了啊，是天大的事情，会死人的！"张师傅把嗓门提高了许多，语气严肃似闪着红彤彤的警示灯。林立功想，此时天黑，眼前看不清楚，张师傅的表情应该是凶巴巴的吧。接着，他又听见张师傅说："电压不稳就会跳闸，这时我们得迅速关掉高压电。我们的高压电非比寻常，3.5万伏的电压，非常恐怖。在泵站上如果因公殁掉一个人，这可是一件不得了的事情！泵站安全运行无小事，但在过去几年，我们并不能完全杜绝。几个泵站把人胳膊腿打伤打折，甚至要了命的都有。"

林立功倒吸一口凉气，没敢吭声。倒是吴买骡说了话："唉，我们昨天听杨站长讲了许多，以为是些吓唬人的话。"

"杨站长没有吓唬你们。你们不把电机知识、水泵知识以及运行知识熟练掌握好，你们就当不好一个水利人。黄河水利人，没知识不行，有知识没实践也不行。有了知识和实践，你们做不到谨慎小心，也是干不成的。"

张师傅说完，脸上露出一丝怅然的笑。

林立功、吴买骡还领受了一项重要任务。当天晚上，他们在观察水泵的同时，每隔一小时就清理一次拦污栅。拦污栅是扬水泵站的前哨，简单说它是横在水泵入水口前的一张大网。黄河上游的一些杂物随着黄河水一路漂来，拦污栅就能拦截它们，不让它们钻进水泵。养护拦污栅，绝对是一个十分繁琐的过程。每隔一个小时，他们就得动手把拦污栅上的杂物清理干净。

"清理拦污栅是一项极其重要的工作！"张师傅伸出双手，挥拳劈掌，神情严肃地告诉他们，"黄河上漂来的杂草多，都会被拦污栅堵住。隔一段时间，我们就得清理拦污栅，以免它被杂物堵塞。假如拦污栅被堵，那么上水也会被堵。水流不进去，空气就会钻进水泵，水泵就会被损坏，严重影响上水效率。"

"拦污栅管理不当造成的损失，眼睛看得见吗？"林立功问。

"当然！"张师傅认真地掰着手指说："比方，咱们泵站每秒上一方水，这一方水能灌溉一亩良田。如果拦污栅堵塞了，肯定上不了一方水，或许只上五成。上五成水，最多灌溉五分地，工作效率一降，给国家造成电费、水费、人力和物力的浪费。所以说，清理拦污栅的工作是非常重要的。"

"有些草捞不上来咋办？"吴买骡望着漆黑的河面问。

"你得动脑子，想出办法啊！墙角有几把5米长的铁耙，它们能帮上你。拦污栅不好清理时，你绝不能为了捞草而把自己掉进黄河。"张师傅说完，指了一下泵房与钢框架连接处摆放的几把铁耙，转身走进泵房。

第一天跟班实习，夜晚是那么漫长。泵站设备发出隆隆声响，使林立功找不到打盹的条件。置身高分贝的环境下，他的脑子里嗡嗡的，只是那时并不知何为噪声污染。师傅不忙时，几个新人走到屋外透气，林立功疲乏地靠在钢框架的一根栏杆上，吴买骡两只手抓住栏杆俯下身去。林立功仰望天空，数着头顶的星星，两道剑眉一上一下地跳跃。想到自己若是在县城安分就业的话，每天按时上班下班，这会儿肯定不是在黄河上守夜。想到这里，林立功的心里顿时泛起一股无助而苦涩的味道。

回想起来，这个夜晚多少让人有些手足无措。按张师傅说的，林立功和吴买骡每隔一个小时，便拿起一把长长的铁耙，站在钢框架的栏杆前，弯腰去捞下方拦污栅里的杂物。他们观察一阵水泵，跟上张师傅抄一遍仪表上的数据，还得用温度计测量水泵的温度。林立功长这么大，从来没有熬夜经历，张师傅却说："当你立志要成为一名黄河水利人时，非得从泵站上的一点一滴学起，习惯泵站上的一切，包括熬夜。"

早上8点，徐迎水跟他师傅来接班，林立功在张师傅的带领下交班。徐迎水第一次进泵站实习，似乎还带着一种无比激动的心情。与林立功擦肩而过时，徐迎水一只手使劲儿拍在林立功的后背上。林立功身体一震，扭头用两只布满血丝的眼睛无神地瞧了一眼。他懒得和徐迎水说话，只想回宿舍躺在铺上，大睡一觉。

白天休息，林立功路过食堂门口，瞥见掌勺大厨正在屋外绞一只辘轳。他上前一看，才知道是单位食堂里的大厨在水窖里汲水。林立功震惊啊，没想到五佛泵站守着水，望着水，扬着水，自己要用黄河水居然还这么困难。五佛泵站远离繁华城镇，职工平日里看病难，出行难，回家难，尤其是青年职工找对象更难。他们在黄河边上日夜看管扬水泵站，虽然扬水十分便捷，但他们却吃不上干净的饮用水。比如，泵站职工把黄河水挑回来，灌进水窖，得先等净化后把黄河水变成窖水再饮用。大厨说，他们有时放漂白粉、石灰粉或明矾，等水沉淀后再用辘轳汲水上来。

林立功拎起另一只水桶，系上绳索，主动帮大厨打水。

这个举动让人喜悦，大厨根本没想到。借着汲水，林立功说出了心中的困惑："咱们是一家水利单位，守着黄河，居然还打水窖储存生活用水，这水的质量能过关吗？"大厨不用干活，两手抬抱在胸前，咧嘴快活地说："这眼水窖是我们在杨站长的指导下修的。不是我吹捧杨站长，这个水窖实在妙得很。"

"您说这个水窖妙得很？"林立功一怔。

"是啊！"大厨乐滋滋地竖起大拇指，"水窖修好后，省城专家化验了水质，说是完全达到饮用水标准。你想不到吧？"

"是给水里放明矾了？"

"不，没放明矾，奥妙全在修水窖上。"

"哦？我弄不懂！"林立功一脸蒙。

"杨站长是西海固人，修这个土水窖时，他拿出了西海固的办法。"掌勺大厨笑呵呵地说，"这活儿，人家杨站长做得细致。杨站长把这水窖的打法，叫什么'丈五三头停'。它是上下小、中间大的圆形土窖，从地面的进入孔到水面约5米，从水面到窖底约5米，中间直径5米，只在存水部分作黏土防渗。嗨，没想到这种修水窖的技术和经验相当成熟。"

"我还是没搞明白。"

"这么简单，还不明白？"掌勺大厨白了他一眼，继续解释道，"用这种土水窖存水，不易腐坏。这水窖的秘密在于，深达6米，有自清的作用，水存上好多年都不腐坏。深不到6米的浅水窖，水质往往会因有微生物活动而腐坏。起初，杨站长打这个土水窖时，大家都持一种怀疑态度，之后服了！"

"西海固人打水窖存水的本领，是世界第一等的。"话到嘴边，林立功又咽了回去。辘轳把水汲了上来，林立功两手各拎一只水桶，尾随背着手的掌勺大厨往食堂走，两只水桶随着身体有节奏地晃动，他尽量不让水洒出去。

在五佛泵站实习的第三天，一早下起了小雨。林立功睁开惺忪睡眼，看了看腕上手表，心说糟了，要迟到了。他跳下床，匆忙推一把正酣睡的吴买骡，没刷牙洗脸就冲出宿舍。宿舍离泵房有300米远，先得绕过四周栽满柳树的食堂，穿过站长办公室门前，再往前才能走到噪声很大的泵房。

林立功把气氛带坏了，吴买骡心上一片焦躁，也没洗漱，提起鞋后跟就飞奔而去。"嗨，为一个月18块6毛钱，我们被发配到这荒郊野岭。"吴买骡完成一个百米冲刺，弯腰撑着膝盖，堵在林立功前面大口喘气。

"哎，立功，等一下。"吴买骡从上衣口袋抽出一张纸，在林立功眼前晃，"昨晚起夜睡不着，我借月光写了一篇日记，你瞧一瞧。"林立功一怔，接了过去，边走边看。吴买骡是这样抒发自己来到五佛泵站的心境的："在嗡嗡作响的机房，旋片的声音，轴承的声音，电机的声音，黄河水翻滚的声音，合起伙来，震得我两耳发麻。我遥望着山岭，陪伴我的只有寒冷的星空。我守在机房，嘴里数着一只羊、两只羊……苦苦地等待天亮。日出东方时，我回宿舍才能上床……孤独的泵站上，我是孤独的运行工。大河边，泵站上，多么无聊的时光。我要高喊一声：趁早改行！"

"吴买骡，你家买上骡子了吗？"林立功读罢，把纸塞回买骡手上，以一种非常不屑的口气说，"18块6毛钱月薪，你吴买骡嫌少，有本事你回西海固大山里去挣。就你，还敢嚷嚷着改行？！"

"哎，立功，你别寒碜人嘛！"吴买骡皱眉挠头好不尴尬。

"我没挖苦你，可你不干运行工，回到西海固吃水都犯难！"

"工作环境糟糕，噪声让我大脑沉闷，我就想发牢骚。"吴买骡有些羞愧地把纸塞进衣兜，"运行工守泵站，一辈子多枯燥。"

听吴买骡这么说，林立功心里咯噔一下，也彻底没了把握。是啊，在这轰鸣不绝的泵站机房里工作一辈子，这是一种多么无趣的人生啊！去年参加高考，差了一分，他心想一有机会就再考，接受大学教育。这个想法，让他在很多时候变得坚定，而吴买骡的话让他崩溃。

林立功不吭声，他觉得自己在对待吴买骡的态度上失之偏颇。吴买骡的忧愁，明明就是全体实习工的担忧，只不过他一针见血地把话题抛出来，大家有什么不能直面和讨论的呢？两个人并肩走到泵站机房跟前，吴买骡忽然高兴地说："今晚吊坡村放电影，下了白班吃罢晚饭，咱们去看电影？"

"真的？有电影看？"林立功迎着吴买骡的目光兴奋地问。

"嘿，这你又不懂了吧，"吴买骡脸上放着光，心里的阴霾早已散去，"这五佛乡是甘肃省景泰县经济实力较强的一个乡镇，因而这个地方群众文化丰富，电影胶片在几个村轮流转。"吴买骡乐呵呵地说，"搁在咱们西海固，看电影很难，农民的娱乐活动就是抱上一只篮球，争来抢去。"

下了班去看露天电影，成了这一天最漫长的等待。

吊坡村在五佛泵站的南面，相隔不过千米。走出泵站大门，下了一个大土坡，拐过一道弯就到了。村里半是砖瓦房，半是土坯房，经济状况明显比西海固强得多。一进村，他们发现前些日子防洪抢险筑起的沙袋墙，还有垒起的矮土墙，一处接一处地横在巷口以及老乡的前墙后院外围，似乎还散发着些许潮湿的气息。他们打问到，放映电影的地方在村庄中心，必须从巷口往里走。林立功几人走在村道上，喜悦地左顾右盼。那些临时筑起的防洪矮墙像一个个碉堡，又像一座座绵延的丘陵。让他们大开眼界的是，在一道墙根下的一摊积水里，居然有大大小小的鱼儿在扑腾翻滚。

　　先是林立功看到了，大叫着："这水里有鱼啊，也不见有人抓！"大家顺着林立功手指的方向望去，果然看见有鱼。几个伙伴立即凑上去看稀奇，只听徐迎水感叹道："哎，我长这么大，还从来没见过这么长的鱼。"

　　"是黄河鲇鱼。"有个过路的老汉笑着对他们说。

　　"咋不逮？多浪费！"吴买骡问。

　　"逮呢。"老汉回话，"黄河发大水，全乡都淹了，大量鱼儿随水游来，多到我们根本逮不过来。"

　　林立功几人面面相觑。

　　"这两天田里的积水渗了下去，黄河鲇鱼都现了身，一米长的鲇鱼在田里胡乱蹦跳，它们回不了黄河了。"老汉说这话时，面露得意之色，让一伙儿青年羡慕得很。林立功知道，是黄河水长了五佛川、景泰川人的精神。

　　村子中央，四面民居围拢的一处空旷的露天场地上，周边村庄的人也闻讯赶来，宽大的白色幕布前挤满观影的群众。村里男女老幼坐在板凳上，外来的人大多席地而坐，林立功、吴买骡、徐迎水他们站在放映机旁。吴买骡主动和放映员套近乎，打探到晚上放映的电影是《战洪图》。

都没想到，电影《战洪图》讲的是与水有关的故事。

电影一开始，林立功的双眼就被剧情紧紧牵引。这部电影的场景是在河北、天津交界的一个名叫冀家庄的地方。1963年秋季，冀家庄的高粱将要收割之时，人们在田里忙碌，乡上正在筹建扬水站，工作人员拉上架子车从天津运回一台水泵。乡上的水利工作者报告说水面又大涨了，短短一小时涨起不少。水利工作者的这一预警没有引起大家重视，很快，一场特大洪水袭击了冀家庄，即将成熟的庄稼被积水淹没。大队书记丁震洪带领群众奋战在抗洪抢险的堤坝上，在这千钧一发之际，他们接到县委紧急通知：为保障津浦铁路和天津市城区安全，县上要在冀家庄执行炸堤分洪任务。大队书记丁震洪审时度势，带领群众坚决拥护县委的决定，舍小家，为大家。然而，王茂是一个顽固的反对派，他处处阻挠，在大堤上专门搞破坏。县公安局来查，揪出了坏分子。丁震洪带领全体社员，最终战胜洪水，夺取了当年的农业丰收。影片结尾处，字幕显示：秋后，毛主席向全党全社会发出"一定要根治海河"的伟大号召。

电影播放完毕，观影人群散去。对林立功来说，这部与水利有关的彩色电影是切合实际的，他一看就有一种亲近感。他觉得，当一名合格的黄河水利人，脸上有光，是对社会有重大益处的。走在回五佛泵站的路上，吴买骡似乎也受到了很大启发，大谈剧中的水利工作者认真负责，精准判断出特大洪灾的来临；他还说电影中的水利人建成了一座扬水站，扬水站一定有人守，守扬水站的人又一定是咱们机电运行工。

吴买骡的话，引得大家一阵大笑。此时已是深夜，黄河水面上刮来的风裹着阵阵凉意。

转眼到了国庆节，五佛川的天气忽然变凉了许多。吴买骡边走边说："电影里的女团委书记，人漂亮，尤其是穿一件红上衣，显得特别朴实大方。"结伴返回的一个女工接话："吴买骡找对象，就挑穿红衣服的找。"另一个女工起哄："吴买骡，吴买骡，有没有买到骡子根本不重要，最关键的是要当上一名优秀的机电运行工。女团委书记欣赏的，是一个专注的、有技能的机电运行工，对吧？"这个女工说罢，其余几个女工都捂嘴咯咯咯地笑了。

"不算什么，我能做到，也能娶到！"吴买骡笑着冲自己竖起大拇指，"如果遇到一个对我好的女孩，她叫我守泵站，我就陪她在僻静无人的地方，守一辈子泵房。"吴买骡的生活充满欢乐，经常会逗个乐子，惹人欢笑。

他们在夜风中说说笑笑，漫谈理想，憧憬未来，青春的热情像一团升腾的火焰。走到五佛泵站门口，有人发觉少了徐迎水几个人。是不是掉队了？林立功朝路上回望，远处黑黢黢的，没有人影，只见路旁一排垂柳的枝条在摇曳。

林立功坚信，优秀的文艺作品能够鼓舞人。他对我说，在甘肃五佛泵站实习时，新职工远离宁夏，情绪普遍不稳，但是自打看了电影《战洪图》后就有所转变。嫌苦怕累的吴买骡不再怨天尤人，而是跟师傅认真学习技能。不出一周，他们在泵房就学会了开机、停机和签写工作票，还学会了清理拦污栅。

然而，电影中正义的力量很难打动像王茂那样的坏分子，剧中人王茂四处捣蛋，唯恐天下不乱，最终被公安机关绳之以法。五佛泵站的这批实习工实际上也是鱼龙混杂的，除过吴买骡，几乎都是来自西海固各县的干部子弟。有六七个男孩留着披肩发，穿着时兴的大喇叭裤，说话流里流气的，从背影看去怎么都像是女人。来五佛泵站时间一长，这几个家伙熟悉了环境，常常在宿舍聚众饮酒。这种现象，是林立功和吴买骡不能容忍的。

这伙人里，徐迎水地位显赫，是挑头的。

看完电影回泵站的那天深夜，徐迎水和几个人半途消失，直到第二天下午大家才看见他们。林立功百思不得其解，又不好多问。这个谜团，半个月后才被揭晓。那是一个月色皎洁的夜晚，月光穿窗而入，照得宿舍亮堂堂的。

咚咚咚，急促的敲门声传来，惊醒了林立功。

"谁呀？"林立功揉着惺忪睡眼，从铺上坐起。

"是我，迎水！"徐迎水在门外喊。

"都睡下了，有事明天说。"

"开门，有好事才来找你。"

徐迎水不依不饶，连喊几声，不见开门，又提高了嗓门。林立功生怕惊到四邻，犹豫了一下趿拉上解放鞋，不情愿地开了门。徐迎水嘴里喷着一股酒气，说请林立功到自己宿舍说话。林立功不去，要关门，徐迎水飞快地用肩膀顶住门，又把一只脚插进门缝。林立功一看这情形，索性摆手示意走一趟。

还未进徐迎水的宿舍，林立功便嗅到刺鼻的烟酒味儿。宿舍门敞开着，烟雾缭绕中，有五六个人围坐在一张小桌前，放肆欢笑，桌上还摆了两只烧鸡和几瓶白酒。林立功走进去，这几个家伙也不正眼瞧，仿佛压根没看见他似的。他一扭头，捂住鼻子想走，徐迎水不同意，用力一搡，他打了一个趔趄。

"各位，这是我朋友林立功。"徐迎水响亮地拍了两巴掌，又指着林立功说，"我管他叫'差一分'！高考时，他差了一分，于是乎跟咱们一起来了泵站。"吃喝的几个青年暂停下来，齐齐以稀奇的、略带几分钦佩的目光看着林立功。林立功被众人打量着，很不自在。徐迎水又说："我和林立功同坐一辆班车先到固海扬水，又从固海扬水坐同一辆车到五佛，所以，林立功是我哥们儿！"

徐迎水说到这里，大家纷纷起身跟林立功握手。

酒肉场上的热情让林立功觉得有些恍惚，有人拿来一只不知谁家的吃饭碗，咕咚咕咚倒满了酒。有人搬来一把椅子，不由分说地把他按坐在椅子上。有人忙不迭地递上香烟，他说不会抽都不成，只好接过来别耳朵上。有个叫高操戈的，精瘦、干练、个头不高，嚷嚷着叫大家举杯。林立功连说自己不会喝酒，可一满碗的白酒已经递到他手上。他一推辞，徐迎水就说："你和大家第一次聚，第一个酒得喝。"林立功端着碗里的酒，心想，今天这酒若不喝，他们可能要误会自己，以为自己不合群了。

林立功学着大家的样子，扬起脖子把酒往肚子里灌。放下碗，他只觉得从口腔、食道再到肠胃都是火辣辣的。不等别人让，他弯腰随手撕下一只鸡腿就往嘴里送，当然也顾不得去问这鸡肉的来路。才几分钟，第一次喝酒的他便满面涨红，脑袋瓜子有些眩晕。这下，他和大家的气氛融洽多了。徐迎水也不劝他，忙着与别人推杯换盏，只让林立功多吃鸡肉。林立功也不客气，好多天没吃肉了，索性解个馋。

凌晨2点，大家酒足饭饱。林立功要回宿舍睡觉，他们偏偏不让。徐迎水说："立功，不用着急走，后面还有小节目。"林立功茫然不知。徐迎水拽着他的胳膊，跟众人走出宿舍。他们勾肩搭背，绕到泵站门外一片空旷处停下。这块空地是泵站职工开辟出来的一个篮球场，每天晚饭后这里就是职工的乐园。但到了半夜，篮球场就变成了徐迎水他们的"角斗场"。这一伙顽皮的家伙，占据了这里，像斯巴达人那样用拳头分出胜负。徐迎水在这一伙人里，之所以说话算话，能够出众，完全是仗着拳头硬。几天前，徐迎水在这个篮球场陆续打败挑战者，当上了扛把子。

"今天选二哥！"徐迎水站在球场的正中间，两手撑腰，威风凛凛地公布这场比赛的规则，"不能踢裆，不能插眼，不能捣太阳穴，你们六个里选一个当二哥。不走后门也不准讲情，更不搞论资排辈。哎，有志不在年高，谁拳头厉害谁胜出。"

林立功晕晕乎乎的，胃里翻江倒海，呕吐感袭上嗓子眼。他一屁股坐在地上，在酒精的作用下他变得话多了起来，语言凌乱，坐都坐不稳。过了一会儿，篮球场上的冷风吹得他清醒了许多，可心里很难受，呕吐感和不适感猛然加重。

赛场上，情绪高涨的两名"角斗士"登台亮相。高操戈与一个大高个儿交手，两人不是在玩摔跤，而是自由搏击，手脚并用，以降服对方论输赢。大高个儿依仗身体优势，抡起拳头，左右开弓。小个子高操戈轻巧地挪动步伐，不时躲闪，避开重击。十几个回合下来，大高个儿没有击中一拳，倒是把自个儿累得气喘吁吁，就连摆拳的力量都减弱了许多。高操戈轻巧地移动着，猛然从地上弹起，腾空后砸出一记重拳，不偏不倚正好打中大高个儿的鼻梁骨。只此一拳，大高个儿立即蹲在地上用双手捂住面颊。几秒钟后，指缝间有鲜血冒出。

高操戈没有见势停手的意思，后退几步，又猛地冲上去飞起一脚，把大高个儿踹翻在地。大高个儿弓腰侧躺在地，痛苦地呻吟起来。此时，由于大高个儿没有认输，按照规则他们还要打下去。高操戈生怕被大高个儿逮住喘息之机，果断乘胜猛打，一跃骑在这人身上，左右开弓，打出一组快拳。雨点般的拳头齐齐落在对方脖子上。大高个儿再无还手之力，连呻吟声都没了，倒在地上动弹不得。观众不由心惊胆寒，嘴里感叹，没想到小个儿的高操戈如此生猛。

徐迎水在关键时刻喊了叫停的口令。

这一架，只用了三分钟，高操戈完全立了威。另外几个人见高操戈是硬茬，能下狠手，谁也不敢扑上去试探。他们纷纷捂嘴打起哈欠，说明天一早还得上班，这会儿应该睡觉喽，以此掩饰自己的胆怯；还说高操戈身手矫捷，能当二哥。徐迎水笑嘻嘻地宣布，高操戈今后就是二哥。

说罢，他们这才想起大高个儿，俯身察看这人的伤情。

"迎水，他奶奶的，我感觉鼻子不对！"大高个儿缓缓地说。

"鼻子？你啥感觉？"徐迎水蹲在跟前问。

"可能是鼻子歪了，也可能是鼻梁骨断了。"

"比谁拳头硬又不是比谁个头高，你打不赢，早些喊一声服了不就对了吗？还不至于挨这么重的打。"徐迎水以一种关切的口吻说，"要花的医药费，由哥几个给你凑。"接着，徐迎水又有些勉强地问，"哎，要是你鼻子歪了、断了咋办？"

"我借机请假去景泰县城逛一圈。"大高个儿语气兴奋。

"杨站长问你怎么伤的，你咋说？"徐迎水又问。

"我说……我上班爬机房楼梯时摔了一跤。"

听大高个儿这么一说，徐迎水和哥几个全笑了。有的夸大高个儿是一条好汉，有的恭维大高个儿是人才，硬把这伤弄成了工伤。他们一番夸赞，仿佛大高个儿在今晚根本没有输掉这场决斗，就连大高个儿自己都龇牙咧嘴地笑出了声。林立功觉得无趣，原本是休息时间，可自己怎么就和这几个一起喝酒，喝完酒还一起观看斗殴。是啊，水利人守望泵站的生活的确枯燥，可这种解闷方式让他无语。走出西海固时，他只想看一回平原上的世界，准备参加第二次高考，可现在林立功特别恨自己。

五佛川的胸怀容下一群不羁青年

　　五佛泵站，甘肃景泰大型扬水工程的首级泵站。

　　这些日子，林立功意识到能来这里学习是幸运的。景泰川扬水工程是一次成功的实践，把黄河水用14个电泵机组分成12级，提到448米高的干旱川区。景泰川是腾格里沙漠边缘地区，有了黄河水的浇灌，这里草木青青，庄稼丰硕，一块浓郁的绿洲嵌在了荒凉大地。

　　景泰川的变化让邻近的宁夏人体会到什么叫沧桑之变。有了甘甜的黄河水，有了植被和庄稼，"风卷黄沙滚滚来，青草渠道一夜埋"的景象一去不返。林立功躺在宿舍床上，闭上眼，脑海里总是浮现出西海固的干山枯岭、沟沟岔岔。他想，唯有在五佛泵站学好知识，最好读完大学，才能更好地服务西海固。他暗下决心，一定要趁年轻多学新知识。

　　过了几天，一个休息日，林立功决定走一趟景泰县城的新华书店，购买学习资料。黎明前，他步行到附近村碰运气，赶巧，他在村口搭上了一辆进城运水泥的拖拉机。拖拉机进城是不会空跑的，车厢里坐满了人。拖拉机沿一条土路颠簸，路上的车辙印记明显，这应该是农用车碾轧出来的。风吹雨淋，不见浮土，两道车辙伸向远方。拖拉机手是个热情的中年男子，见林立功是个陌生面孔，一问得知他是从宁夏来五佛泵站实习的，对景泰川还不怎么熟悉，话便多了起来。

"搁在三年前，你想走一趟景泰县城可费劲啦！"拖拉机手扭头瞥一眼挤在车厢里的林立功，起了个话头，"我们景泰县城，是最近几年从40公里外的芦阳镇搬到一条山镇的。县城若不搬，咱走县城来回得两天。"

"搬县城？为什么？这可不是一件小事。"林立功随口问道。

"景泰川，米粮川，说的就是咱这一片。"拖拉机手眼睛盯路，两手紧抓方向盘，兴奋地说，"咱们一条山镇这一片，是甘肃省的一个大粮仓。"

"哦？"

"细说，是你们水利人立了大功！"

"哦，这话咋说？"

"你刚从宁夏来到我们甘肃这片，并不清楚。"拖拉机手是一个欢乐的人，他在轰鸣声里大喊，"我这个人嘛，嗓门大，但说话不夸张。我们景泰县在过去旱得很，雨水少得可怜，好在黄河从我们家门口流过。为了用好黄河水，全县人民艰苦奋斗，拼命大干扬水工程，打隧道、削山头、填深谷，硬是把黄河水扬高了448米。你知道吗？1974年，县上建成了甘肃省景泰川电力提灌工程，黄河水从你待的五佛泵站爬上了五佛川和景泰川，灌溉出大片良田。借助黄河水，一些省属单位在景泰川大建农场、大办企业。没几年，一条山镇面貌大变，繁华程度还超过了县城所在地芦阳镇。"

"这样，县城就有了搬迁的基础。"林立功回应一句。

"是的，但搬一座县城并不容易。起初，省上没批准。但是景泰人没放弃，大家在一条山镇先建了一个招待所，招待所营业了，没有挂牌子。省城兰州的领导来了，县上的人就说这可能是一个省属单位，也可能是一个加工厂。在一条山镇的省属单位多，省城来的领导也不多问。接着，新成立的农机局、物资局、农副产品公司集体把办公室放到了一条山镇上。景泰县半个新县城，就这么悄悄建了起来。"

"最后怎么搬的？"林立功一听，乐了。

"到了1977年，我们甘肃省委书记宋平来景泰县，先走了芦阳镇，之后来到一条山镇。一条山镇凭借便捷的水利条件，快速发展了起来，这优势是芦阳镇没法比的。两个镇一比较，省委书记触动非常大。宋书记这次下来，了解到干部群众的普遍愿望，认为搬迁县城是景泰县全县人民的一个美好愿望。很快，省委、省政府批准了县城的搬迁计划。1978年1月，景泰县委、县政府顺利迁到一条山镇，之前建成的各单位也纷纷挂出牌子，不再遮掩，不再偷偷摸摸办公。"拖拉机手说完，哈哈大笑起来。

水利万物，甘肃景泰川的巨变，是黄河水使然。

2022年夏季的一天，林立功告诉我，黄河水滋养出的景泰川给了他震撼和启发，正是这一次搭乘老乡的拖拉机进县城，他下定决心要当一名优秀的水利人。那天，他心潮澎湃，立志学好本领，一定要回到家乡西海固，专门搞工程建设，发展水利事业。他那时天真得很，梦想学成本领重回西海固的深沟大岔，建一个小坝，把各路山泉、山洪和雨水聚攒起来，再利用小水泵扬水，让一个个山村的人畜用水能有保障。这个听起来有些幼稚和鲁莽的想法支撑他度过了一年的实习期。

午饭时间，林立功在县城的新华书店买到了一大摞高中复习资料。书店工作人员见他买的书多，送给他一个蛇皮袋子装书。他把一蛇皮袋子书扛到肩上，在县城街道上四处打问返回五佛川的车辆。可能来时的好运气用光了，返回时他再没遇上顺路的拖拉机。眼见无车可搭，他咬咬牙下了狠心，扛起半袋子书朝回走。15公里的路程，他左右肩交替扛，一直从中午走到夜幕降临。

走到五佛寺脚下，只见嵌在山体上的五座大型雕像正慈爱地张望着黄河。他朝前走，上了一道缓坡，远远看见泵站门口围了一圈人，一向寂静的五佛泵站变得异常嘈杂。扛着蛇皮袋子走了一路，他肩酸背痛，疲累到了极点。当他蹒跚地走到跟前，才知是附近农场和村里的三四十号村民堵死了泵站大门。为首的是几个70来岁的老汉，这伙人里头有男有女，大多数都是青年壮汉。他们把泵站大门围了个水泄不通，每个人似乎都很生气，好几个人手上拎着铁锨把粗的木棍，还有两个青年各操一杆土枪。

"泵站把偷鸡贼交出来！"

带头的老汉火气很大，一开口，山羊胡子瀑布般顺嘴角抖动。四周附和声此起彼伏。

"若不交出贼人、不给赔偿，我们不走！"

杨站长与泵站几名职工被困在人群当中。杨站长额头冒汗，连忙赔礼，说这事十分恶劣，等查清后保证会给大家满意的答复。

林立功心里一惊，愣住了。他很快从一个30来岁、扯着哭腔的妇女嘴里听出事情的原委。原来最近半个月，她和邻居几户人家散养的鸡丢失了十来只，她很纳闷，五佛川路不拾遗，社会治安向来很好，家里怎么会不断丢鸡呢？有一回，听人说，看见几个小年轻拎着鸡鬼鬼祟祟地朝泵站走。今天中午，村里又有人丢了鸡，她和大家一起往泵站方向追。过了渠道，看见一地鸡毛。再往前走，在一道土埝下方看到一堆灰烬。再追，到了泵站门口，发现了不少骨头。再到泵站附近的商店打问，售货员不敢说谎，说泵站的几个年轻人拎来一只鸡换走了两包香烟。

这个妇女讲完，群众更加愤怒了，再也不能容忍，叫骂声海啸般从大门挤进泵站。杨站长越听越窝火，也已经判断出事情的大概，认定此事必与宁夏来的实习工有关，肯定和那几个穿大喇叭裤的脱不了干系。想到这里，杨站长并不放心，生怕群众冲进院子再生事端。若是这样，反而增加了解决问题的难度。泵站上，有眼色的老职工搬来一把靠背椅子，让来人中的年长者坐下。杨站长又急忙叫人去商店，买来几扎啤酒，请来人享用。啤酒搬来，在场的男人先是推辞几番，接着每人手上拿了一瓶，现场气氛稍微缓和了些。至少，无人再扬言要闯进院子揪人。

"丢了鸡，事情如此复杂，你们都能摸着找过来，说明你们是这个！"杨站长揸起右手大拇指，冲为首的老人说。

"村上人养几只鸡也不容易。"老人温和地说。

话音刚落，砰——人堆里传出一声刺耳的枪响。

栖落在五佛寺大型雕像肩膀上的群鸟被惊飞了，扑棱着翅膀慌乱地飞走了。林立功心中一颤，手一松，扛在后背上的蛇皮袋子跌落在地。

宁夏青年来到甘肃景电实习，人心不稳。这些桀骜难驯的年轻人，要从一名社会青年转变成一名合格的黄河水利人，需要学习新知识，适应新环境。这个角色的转变，并不是所有人都能顺利实现的。这天晚上，枪声一响，林立功受了惊，脑袋反而清醒了。他猜想，老乡丢鸡的事必定与徐迎水、高操戈有关。

幸运的是，枪虽然响了，却没有伤到人。

枪响是一个意外。村上的一个青年左手拎着啤酒喝，右手捏着土枪扳机，顺势坐在泵站大门口的台阶上歇息。没想到，放在扳机上的手指一扣，把枪打响了。枪管喷出一道火光，把子弹从头顶送上天，像是闪电。

"唉！走，回吧，没啥闹头啦！"领头的老汉叹息一声。

"为啥要走？他们还没给说法呢。"有个年轻人问。

"你还能要回来个屁说法！"

"咱们不揪偷鸡的贼人了？"

"响了枪，咱们有理的事都变成没理的咧。毕竟，泵站是国家的水利单位，是一个相当重要的机构。"老汉咂巴着嘴，意味深长地说完，又冲众人挥了一下手，"咱们先回，让杨站长自己去调查，相信会给咱们一个结果。"

老汉说这话时，瞅了瞅杨站长，杨站长对老汉用力点了点头。老汉彬彬有礼地说，给国家泵站添麻烦啦。杨站长答，泵站给村上添麻烦啦。带头老汉是有威严的，前脚刚走，几十个青年男女就尾随而去，隐遁在苍茫暮色里。

凌晨，杨站长办公室，一盏昏暗的灯下。

徐迎水坐在办公桌下方一把椅子上，正接受杨站长和景电保卫处两名干事的询问。两名干事约摸30岁，都穿一身没有肩章领花的笔挺军装，腰间扎腰带，腰带上还都插着红色枪套。徐迎水记得父亲从部队转业回来后也干过保卫工作。那是在四川成都，父亲也扎军用腰带，上面别着上了实弹夹的手枪。有一回，他趁父亲换衣服把枪偷偷拿出来玩，一扣扳机，子弹从自家院里一株大槐树上穿了个洞，射进一面水泥墙。父亲听到枪声，扑过来一脚把他踹倒在地……这会儿，眼前的两名保卫干事一语不发，有个干事起身时，右手就按在腰间的枪套上。

徐迎水垮着腰，两眼无神，低头默默地盯着水泥地。

"尿样子，把腰板挺直了。"一名保卫干事厉声说。

"知错认错，还有余地。"另一名干事也说了话。

徐迎水涨红了脸，立即挺起胸脯，端端正正坐起。他清楚，他们几个偷鸡的事情是抵赖不过去的。他把一张羞愧的脸缓缓抬起来，与两名保卫干事的目光触碰在一起，露出几分怯色和不安。

几次外出偷鸡的龌龊事，徐迎水一一招认。因为犯事人员不是本单位职工，都是来实习的宁夏职工，甘肃景电保卫处派来的两名干事觉得处理起来有难度，商议一番后认为最好的办法是把肇事者遣返宁夏。保卫干事给出处置办法：其一，请泵站告知宁夏固海扬水管理处，终止几名犯事者的实习，由固海扬水管理处对他们进行处置；其二，鉴于五佛泵站疏于对实习人员的管理，由泵站出资对老乡进行赔偿，就高不就低，以此获得对方谅解，息事宁人。

清早，林立功下了班，见徐迎水几人坐在宿舍床铺上，一个个垂头丧气，耷拉着脑袋，像是斗败的公鸡，一言不发。回到固海扬水管理处会有什么后果呢？显然他们清楚。固海扬水工程还没建成，目前培训的运行工只是作为工程建成之后的预备人员。如果因为偷鸡这件事而被遣返宁夏，等待他们的，必定是被固海扬水管理处解除劳动关系，从哪里来再回哪里去。

"迎水，你们不要着急，我去求杨站长。"林立功说。

"算了。"徐迎水颤动着嘴唇，说出了这两个字。

"技术没学到，就这么回去，后果你知道吗？"

"大不了被固海扬水管理处辞退。"

"接着呢？你又该咋办？"

"回西海固老家。"

"哦，你回到县上，家里人光彩？"

林立功问到了痛处，徐迎水埋下头不吭声了。另外几个犯错的青年听见了，也意识到后果的严重性，面面相觑，露出懊悔的神情。事已至此，能有什么好办法呢？闯祸时什么都不顾，现在硬着头皮只能等遣返。

"事情还有余地，"林立功坐到椅子上，看着他们说，"我觉得或许还有挽回的余地。"

"立功，怎么挽回？"高操戈从床上一骨碌爬起来。

"想一想嘛，倘若你们不被送回固海扬水管理处，继续学技术，固海扬水管理处也不能把你们送回西海固，那么能保留你们实习机会的，只有杨站长。"林立功和盘托出自己的想法，"我去求杨站长，你们每人立即写一份深刻的检查。求情的话，我找杨站长去讲。但结果如何，我没有十足的把握。"

"立功，试一试吧。我们嘴馋偷鸡吃，被单位开除了，这样会遗臭万年。"高操戈沮丧地说，"我出西海固时，我爹在家待客，亲戚朋友来了二三十人，专门欢送我去固海扬水管理处上班。我向大家打保票，一定要干出个名堂。要是就这么打道回府，丢死人了！"

林立功看一眼手腕上的表，急切地说："离上班还有50分钟，杨站长今天早上一进办公室，第一件事肯定不是泡茶读报，而是要给固海扬水管理处打电话通报此事。"大家不由得紧张了起来。林立功顿了顿："我先找杨站长，拖延时间。你们写出检查，集体送到站长办公室。"

时间紧迫，大家齐齐趴在床铺上写起检查。

林立功的分析没有错。他掐着上班时间敲开杨站长办公室的门。进门那一刻，杨站长正抱起电话在拨号，不巧的是对方电话一直占线。杨站长两眼布满血丝，脸上灰灰的，显然是昨晚忙得没睡觉。见林立功进门，杨站长笑了一下，努努嘴示意他坐下说话。

"立功，你有什么事情？"杨站长拎着话筒问。

"杨站长，我……我是来举报的。"林立功说。

杨站长一愣，脸上露出惊讶之色："还有谁参与了？"那表情仿佛在说，林立功挑战了他的调查结果。

"我，还有我，我举报我。"林立功挠着头皮。

"你怎么了？"

"我没去偷鸡，但我吃了鸡。"

"此事与你无关。"杨站长摆了摆手。

"我没问鸡的来路，也算同犯。"

"单位有纪律，泵站不是讲义气的地方。"

"我们宁夏来实习的，给泵站抹黑了。"

"林立功，你直说来意。"杨站长有些不耐烦。

"好，杨站长，我说！"林立功坦然地望着杨站长，说出了心中所想，"来到五佛泵站实习这段时间，我逐渐了解到，运行工上班的地方几乎都在荒山野岭，甚至是一些人迹罕至的地方。在这种恶劣的环境下，我们要从一个老百姓转变成一个水利人，的确需要时间和磨砺。成为一名合格的水利人，并非一件容易的事，我们20多个人分到五佛泵站实习，得到了一个很好的学习机会。我们中间有几个人犯下严重错误，某种程度上讲，他们还没来得及喜欢上泵站，还没来得及喜欢上水利。"

"唉，你们多数是干部子弟，早被惯坏了。"杨站长放下电话，恨铁不成钢地说，"你希望泵站给那几个坏家伙一次机会，是吗？"

"是的。"林立功顿了顿，不谈徐迎水他们被遣返的后果，嘴里却冒出两句富有哲思的话，"徐迎水他们的思想和行为，也受到水和水文化的影响、支配。这样，徐迎水他们更应朝着一名水利人转变，当一名合格的水利人。"

杨站长听完，俯在桌上哈哈大笑："立功呀，你跟我解释一下这狗屁逻辑。啊，他们偷鸡摸狗，被你说成是受到水和水文化的影响和支配？"

"站长，是这样的，"林立功没有丝毫犹豫，飞快地说，"水的大历史，代表着文明和文明的起源。您看，世界的文明都是以水域为载体而构成的。我们说一说世界四大文明古国吧，以黄河流域和长江流域形成的是中华文明，以印度河、恒河流域形成的是印度文明，以两河流域形成的是巴比伦文明，以尼罗河流域为中心形成的是古埃及文明。显而易见，四大文明古国都与水利有关，都与大江大河有关。在阿拉伯半岛，水坝构成了阿拉伯半岛文明。再说我国新疆的坎儿井，坎儿井在一个没有生命存在可能性的地方，居然养育了绿洲和人类。京杭大运河沿线，代表了中国城市自古以来最美的风景、最发达的经济，这都是沿着水、沿着河流形成的。水的历史就是文明的传承。"

"林立功，这是你领导对你讲的？"杨站长吃惊地问。

"我高中学了历史和地理，来到泵站，看了水，有些联想。"

"林立功，你接着说。"杨站长瞅着他。

"凡是沿水域而形成的城市，能够代表一个地区的文明以及文明程度。西海固虽然干旱缺水，但个别地方是不缺水的。像上流水，那边有个二水营，二水营有一个地方叫一眼泉。当地人能喝上甘甜的山泉水。二水营那地方，近一百年来，可是出过不少人物啊。二水营虽然是个山村，但有水，有花，有草，经济出色，自然就出人物。我觉得这一切变化，都得益于水，这一切的基础都在于水。"

"林立功，替人说情不讲一个'求'字。"杨站长脸上开朗了起来，"倒是把这几个坏家伙之所以劣的根源，引向了哲学层面。"

"固海扬水工程一建成，水会扬到西海固。有了水，有了良田沃野，经济得到了发展，就能使人的思想意识发生根本性的变化。"林立功说，"水，就是生命之源。有了水，解决了温饱，大家就会思考更高的追求。人们对花鸟鱼虫有了热爱，就会尊重各种生命体。这样，人与自然构成了一个命运共同体。那么，人当然会规范自己的言行。"

话说至此，杨站长痛快地点了一下头。

此时，站长办公室的门被敲响了。门一开，第一个走进来的是徐迎水，几个犯错的人也尾随而入，紧接着来五佛泵站实习的宁夏学员全部到齐。徐迎水低头把检查呈到杨站长案头，顺势靠墙根站定，像是静静等待受审一样。与这件事情无关的学员也来了，这出乎林立功的预想。屋里站满了人，杨站长被围在里圈。沉寂了好几秒，有一个女工鼓足勇气说："杨站长，我们打搅了您……"

"你们要说的，林立功对我讲了。"杨站长低沉着嗓音说，"正上班的人，赶紧回到工作岗位上去；不上班的，自行安排。"

"迎水他们可以留下吗？"这个女工不安地问。

"由我来争取。"杨站长简短地说。

午饭时，大家又在泵站食堂遇见了杨站长。那会儿，杨站长和林立功一起陪保卫处两名干事在吃饭。两名干事忙了一宿，上午在泵站职工宿舍休息了一阵。这会儿，杨站长找他俩商量一番，拿出了另一个处理办法。吃罢午饭，他们结伴去了村里。杨站长和林立功诚挚地向老乡致歉，加倍赔偿老乡的经济损失，这个举动得到了周边村民的谅解，风波就此平息。事情一了，两名保卫干事乘一辆吉普车离开了五佛川。林立功和杨站长站在路旁，目送吉普车拐过五佛川的一道大弯，心里这才踏实许多。

晚上熄灯前，徐迎水、高操戈他们几个来到林立功的宿舍，千恩万谢地说着感激话。高操戈握住林立功的手不放，说林立功这一回是谋定而动，帮大家解了围，要不然大家肯定要被送回固海扬水管理处了，多没面子。

吴买骡从床铺上翻身坐起，用手指着高操戈的鼻子："高操戈，如果这一回被遣送回去，你们几个必定被固海扬水管理处开除。到时，你们怎么回西海固？还能像初来报到时一样光彩吗？"

"唉，买骡说得很对，我要吸取教训。"高操戈低声说。

"我们从今往后，都得约束自己的言行举止。"徐迎水一只手搓着半张脸，忽然想起什么，扭头支支吾吾问道，"立功，你今早到杨站长办公室求情，对杨站长说了什么？为啥杨站长痛快地答应我们留下来？"

"我没说啥，"林立功说，"是五佛川老乡的胸怀大。"

崔敬乾：一条远去的大河

　　泵站上的超大型沉江泵，像一个威武雄壮的汉子，暴怒地倾吐出滚滚的黄河水。沉江泵是黄河上常见的一种水泵，这种冰冷的大铁疙瘩，在水利人眼里却是真正的宝贝。冬灌结束后停水检修，林立功在沉江泵的胸膛里钻进钻出。超大型沉江泵的直径在1.7米以上，无论高矮胖瘦，人在它的内部都能伸展腿脚，自由活动。五佛泵站人和甘肃景电人的胸怀，如同超大型沉江泵一样，宽阔、包容。

　　林立功上班累了，会站在拦污栅上方的钢框架上望着黄河，听黄河的波涛声。日复一日的实习工作，让林立功与泵站建立起一种深厚的感情。五佛泵站是甘肃景电的首级泵站，其重要性不言而喻。正是五佛泵站，把黄河水直接抽送到水管网络，通过二级泵站、三级泵站，不断把水往高处和远处扬。有了黄河扬水，才有了五佛川，才有了景泰川。泵房，当然是安置水泵、电动机、管道和辅助设施的场所，辅助设施包括大量的计量设备，比如流量计、真空表、压力表、温度计等。有一回，林立功对吴买骠说，泵站像是一个人的五脏六腑，水泵与电动机就是左心房和右心室。

黄河，这条大约160万年前逐渐生成的河流，从青藏高原出发，一路流经中国九个省区。她像一条纽带，连接着中国的往昔、当下和未来。正是因为黄河，中华民族的文化历史才能够孕育生成。林立功在值守夜班时，找到了慰藉心灵的乐趣。在泵房隆隆的机电声和水泵声中，他的心潮如黄河水一样澎湃。在热烈的情愫里，他提起笔在纸上写出自己的第一首诗歌作品。

　　　　寂静的夜色里，

　　　　星星在云堆里欢快地追逐、嬉戏。

　　　　冷风从峡口吹来，

　　　　黄河的波涛威武雄壮。

　　　　轰鸣的泵房里，

　　　　我静静地望着宽阔的河面，沉思。

　　　　扬水，提灌，走向高处。

　　　　大地开始漩流鲜活的血液，

　　　　荒芜的田园重获青春。

　　　　……

这首涂鸦之作是献给黄河的，是他原原本本表达心绪的文字。这首诗歌写出后，他贴上邮票，郑重地投寄给《景泰县报》。只隔了10天，他竟然收到了县报寄回的样报和一张2元钱的稿费单。

这是林立功的文字第一次变成铅字。

《景泰县报》的副刊编辑是个热心肠，对林立功青眼有加，来信鼓励："林立功同志，现代抒情诗、散文诗有多种多样的表现手法，无论如何，较其他文学样式来说，诗歌更能直接有力地表现作者的主观世界。作者品质的成长和思想的锻炼，也直接关系到作品的创造力以及作品的价值。读了你的作品，我欣喜地得知你是一名从宁夏来甘肃的实习运行工，你在寂寞枯燥的工作中，保持了一种幸福乐观的情绪，我替你高兴。没有生活就没有作品，没有好的感情就没有好的作品，我祝你越来越好！"

食堂门口有一面墙，开辟出了一个学习栏，每期《景泰县报》和《甘肃日报》都会张贴在上面。泵站职工的业余生活是枯燥的，除了每天傍晚打一场篮球，再无娱乐可言，因而大家都会关注学习栏。林立功发表的那首诗歌被工作人员醒目地贴了出来。《景泰县报》的编辑很有趣，不但发表了他的作品，还在末尾备注了作者简介：作者林立功，系宁夏来五佛泵站实习的一名运行工。

"哎，林立功，你真行啊！"

这期县报张贴出来那天中午，林立功一出食堂就被高玉珠叫住。女工高玉珠站在学习栏跟前，手舞足蹈地跟他说话。高玉珠也是被固海扬水管理处派来的实习运行工。她谈不上漂亮，很是干练，个儿高，人长得周正，不胖不瘦，胸脯饱满，浑身散发着劳动者的健康美。林立功知道，高玉珠思想成熟，与他有很多相似的地方。比如高玉珠也在业余时间学习文化知识，准备参加高考。

"没想到啊，你林立功既能给人排忧解难，实习成绩又好，还会写这么漂亮的诗歌啊！"高玉珠眼里流露出毫不掩饰的欣赏，仿佛在说，咱们这拨来实习的人真是藏龙卧虎。

"玉珠，过奖了。"林立功有些难为情地摆摆手。

"我没必要恭维你，真诚向你学习。"高玉珠说。

"也向高玉珠同学学习。"

"哎呀，你倒是好谦虚。"

说到这里，有人在喊高玉珠。高玉珠冲林立功挥一下手，和另一个女生走开了。自打这天起，林立功明显感觉到，但凡遇见高玉珠，她都会用一种热烈的目光追逐他。一个女孩看上一个男孩，那目光一定是不一样的。林立功性情沉静，有知识，人缘好，实际上对他眼热的女孩大有人在。比如，五佛泵站有一个杨姓姑娘，很爱跟他说话，可他觉得不现实，自己实习期满是要回宁夏的。比如，有一个从宁夏同来的张姓姑娘，皮肤白净，待人温柔，只是身材有些富态。林立功不喜欢胖丫头，总躲着。此时，高玉珠对他的留意，让他产生了一种喜悦感、一种幸福感。有时，林立功和人讨论工作，高玉珠就站在边上静静地听，不时认真地盯着他看。有时，她在路上遇见林立功，忽然就会脸红。林立功对高玉珠是有好感的，因而也乐意沉浸其中。

这种美好的感觉支配着林立功，他期待与高玉珠多一些交流。

此时，五佛泵站发生了一桩意外事件。

这起意外事件，至今仍镌刻在甘肃五佛泵站人的记忆里，烙印在那一批宁夏运行工的心田。这个事件的主角是徐迎水和他的师傅崔敬乾。

崔敬乾，50来岁，一米八九的个头，精瘦精瘦的。林立功、徐迎水他们第一次见到崔敬乾师傅时，他穿一身中山装，大热天还戴一顶圆帽。崔敬乾其貌不扬，很多时候保持着一种深沉的缄默。年轻的同事在一起漫谈，若是遇上感兴趣的话题，崔敬乾的额头立时会盛开一朵"眉骨朵"花，双目炯炯有神，操一口东北话加入讨论，一开口便逻辑缜密。林立功和吴买骡刚来五佛泵站，有一回在爬泵站的框架梯时遇见了崔师傅，他俩立即侧身，礼让崔敬乾先行通过。岂料，崔敬乾古怪得很，反而站在一边，不苟言笑地招了一下手，示意他俩先行通过。双方错身而过，林立功静静地望着崔师傅的身影，不由感叹："这人比我爹年龄还大咧，行事稳当，有章法。真没想到，在这个偏僻荒凉的泵站上还有这么温和儒雅的人。"吴买骡说："这人一看就是一个老派的知识分子。你看嘛，人家见咱们给他让路，他也立即给咱们让。这叫什么？与谦下之人行谦下，谦下非谓曲背折腰也。"林立功一听，眼睛亮了："这啊，反倒体现出人家身上的一种风度。"此后，林立功和吴买骡格外尊重崔敬乾。

随着时间的推移，他们越发觉得崔敬乾像一个隐世高人。崔敬乾的非凡来历，林立功是从老职工和徐迎水那里听来的。徐迎水是崔敬乾的徒弟，对师傅特好奇，没事时总爱向旁人打问自己师傅。这一打问，不得了啦，他听到一个震撼人心的消息：

解放战争时期，年轻的崔敬乾就读于哈工大，跟外籍教员专门学习飞机制造。新中国百废待兴，尤其是抗美援朝战争爆发后，用自己制造的飞机来装备人民军队更为迫切。保家卫国的战争启动，国家飞快地成立了重工业部四局，全力筹建中国的航空工业学校，培养自己的航空技术人才。崔敬乾如鱼得水，是哈尔滨航空工业学校最年轻的副教授。几年之后，情况有变，崔敬乾没有飞机可造，只能只身来到大西北。起先，崔敬乾老老实实地在宁夏青铜峡铝厂工作了十几年，每天戴上安全帽，和一群普通工人拿着长钳炼铝。风机轰鸣，铝花四处飞溅，他们挥舞长钳当武器，在滚滚铝水边冲锋陷阵。

崔敬乾处境的转机发生在几年前。有一天，崔敬乾和工友手拿长钳正在炉火前忙碌，工厂接待了一位来考察的甘肃省副省长。说来也巧，副省长在崔敬乾师傅跟前停下脚步，工厂领导介绍生产工艺时，副省长根本没听，双眼死死盯着崔敬乾。崔敬乾与副省长目光相触时，都惊呆了。接着，两人同时喊出彼此的名字。副省长和老职工在生产车间用力握手，旁若无人地拥抱。工厂领导一问，才知他俩是大学同窗。同窗相见，彼此感叹30年光阴飞逝。副省长当场就问崔敬乾有何想法。崔敬乾没有为难同窗，只说自己年龄偏大，曾经苦学飞机制造技术，最大的遗憾是没给国家造出一架飞机。副省长说："你讲一条实际点儿的。"崔敬乾说："要不，你把我调到甘肃，安排在某个工程上，让我和飞机制造、维修离得近一些。"副省长思考了好一阵子，摇着头，很为难。再后来，副省长把崔敬乾调动到甘肃景电，担任了机电科科长，也算让他有了用武之地。

"师傅，你是机电科科长，为啥非蹲在泵站？"徐迎水问崔敬乾。

"看看黄河，心会变宽。"崔师傅默默地说。

崔敬乾师傅无家无舍，无儿无女，学无所用，一生有志难酬。可在带领"刺头"徐迎水实习方面，崔师傅是严苛的。他对徐迎水常讲八个字："规格严格，功夫到家。"这八个字实际上也是崔师傅母校的校训，他一生牢记。有时，水泵临时停歇，需要重新开启作业时，得用设备进行充水。徐迎水他们几个干，崔师傅就站在边上看，眼见动作要领不对，崔师傅会猛然大吼："迎水，你没做好，重新再来一遍！你不能马虎，还得设法排除泵房的积水，这样才能保持环境整洁，保障设备安全运行。"

自打偷鸡事件之后，徐迎水在工作上变得勤奋多了，也认真多了。某种程度上，徐迎水为回报杨站长和泵站的接纳，苦学苦练，在工作上比谁都卖力。崔敬乾看懂了，偶尔也会笑着劝慰他一两句："迎水，你没必要做给旁人看。你年轻呀，日子还长。在工作上，记住'规格严格，功夫到家'八个字就行了。为人行事上，三省吾身是一种态度，问心无愧你能做到。"听崔师傅这样劝说，徐迎水心上顿时有了一种轻松感。

有一回，在泵房外面，徐迎水和崔师傅抽烟歇息，袒露了心事。

"师傅，我给老家的县长写了一封信。"

"哦，你写了什么内容啊？"崔师傅笑问。

"我说，学成之后，请县长调我回西海固搞水利工程。我呢，愿从一个小工程搞起。我要在山里筑个坝，把泉水、雨水、雪水聚攒起来，再用小泵抽，扬进某一个村庄，解决人畜用水难题。还有啊，我要一个村庄接着一个村庄地解决。"

"那么，县长给你回信了吗？"

"回了，人家在信上讽刺我，让我好好偷鸡吃。"徐迎水埋头苦笑，"县长是我爸爸的老战友，我做的坏事，他听说了。"

"你不要多想，安心学本领。"崔敬乾吐一口烟，看一眼徒弟，声音很轻地说，"你想帮助极端缺水地区的老百姓，这是你的主观愿望，说明你是一个可塑的水利工作者。一个水利工作者，如果没有悲天悯人的情怀，是干不好工作的，而我觉得，你身上是具有这种气质的。"

徐迎水吃了一惊，激动到语塞。崔师傅把话说到这个份上，脸色严肃了起来："小徐，你正处在一个学习知识和熟悉业务的阶段，你把这个高尚的想法埋藏在心底。我想告诉你的只有两句话：第一句是学好技能你才能拥有服务社会的本领；第二句是有一种可能，这一辈子你都等不来一个机会，可是机会一来，你得紧紧抓住！"崔敬乾说到第二句话时，把右手攥成一个有力的拳头。

"师傅，我听您的。"徐迎水从师傅的话里听出了一种分量。显然，这句话里有师傅一生的遭际与经验。

"徐迎水，徐徐地把水迎回来，迎到最需要用水的地方。"崔敬乾悠悠地说，"徐迎水啊，徐迎水，你一生的命运就蕴藏在你的姓名里。固海扬水是一个大型工程，将来有你的用武之地。还有，黑山峡水利枢纽工程一旦上马，也有你出力的地方。"

崔师傅的话并没有说完。

"当然，在西海固——"有一回崔师傅郑重告诫徐迎水，"我们的问题不仅在于通过扬黄提灌获得淡水资源，更在于如何利用、如何节约淡水资源。"不知为何，这句话像警语，被徐迎水和一群青年人牢牢记在心里。

在徐迎水心里，崔师傅如同一座高山，是用来仰视的。

只是出事那天，过程蹊跷得很。

甘肃和宁夏的黄河水利工作者都清楚，黄河上的扬水管理是一项季节性很强的工作。每年11月冬灌结束后，泵站就会停机，但广大干部职工的工作还要继续。就拿五佛泵站来说，一方面要检修设备，另一方面要组织学习专业知识。相对而言，冬季是一年中稍微消停些的时段。这天，离冬灌结束只差两天，徐迎水和崔敬乾在从食堂往泵站走的路上愉快地聊着天。崔敬乾兴致很高，说冬灌结束后自己不回县城，仍住泵站。等天下雪，他俩到山下的村里打些酒，炒两个肉菜，喝上一整天。

上午10时许，凛冽的寒流顺河而来，冷风吹得他们的脸面像被刀割一般。徐迎水裹着一件大氅，和几名女职工一起站在钢框架上，埋头捞取黄河拦污栅前的杂物。那时的拦污栅不像现在，进水口的前方都安装了全自动的捞草机。初冬，黄河上游漂来的枯草枯枝比夏季要多很多，它们被黄河水卷到五佛泵站，一不小心就会堵塞拦污栅，影响泵站的进水量。捞草既是体力活，也得讲技巧。大家手拿一把把铁质长耙，倚着钢框架的栏杆弯腰在河面搅动，又像在热锅里捞面条，把一簇簇枯草捞上来。

这回清理拦污栅，徐迎水把身体伏在河面框架一根铁管上，埋头朝下，尽量把水面上的枯草烂枝全捞走。他一边捞草，心里还在想，等过两天景泰川的冬灌一忙完，不论下雪或不下雪，他都要给师傅去打一壶酒，再从老乡家大大方方买两只鸡，炖烂了，当下酒菜。此时，河面一阵冷风咆哮而来，徐迎水浑身瑟瑟发抖。忽然，他身体失去平衡，一头栽向黄河。有个眼尖的女工大喊，"掉黄河里啦！"

在场的三个女工跑上前，定睛一看，发现徐迎水并没有掉进黄河，但也处在命悬一线的境地。徐迎水双手死死抓住框架底部一根栏杆，整个身体腾空在河面上，两脚胡蹬乱绕，鞋子似乎已被黄河浪花打湿，很像一片枯叶颠簸在河面上。徐迎水脚下是流速湍急的黄河水，在场的女工全被吓傻了，她们束手无策，不知如何处理。千钧一发之际，师傅崔敬乾从泵房一股旋风似的冲出来，边跑边脱掉身上的大氅，利索地跨过钢框架护栏的上方，把身体完全置于没有任何保护的状况下。崔师傅一弯腰，用一只手紧紧抓住徐迎水的一只手，拼命朝上拽。徐迎水像一只被辘轳绞起的水桶，沉沉地，缓缓地，一寸一寸升了上来。

在几名女工的协助下，徐迎水艰难地爬上框架。

正当大家要长舒一口气时，不幸的事情真的发生了。徐迎水获救之时，崔敬乾师傅体力有些不支。高度紧张过后，崔师傅或因用力过猛，刺激过大，似导致心脏倏地不适，猛然一下后仰着栽倒了。原本站在钢框架外围救人的崔师傅，跌落进滔滔大河。虽然只是一瞬间，但有两名女工看了个仔细。她们说，崔敬乾师傅像一只绞起水桶的辘轳，猛地脱手倒滑，辘轳的绞手飞速地向后转动，绳索不停地往下滑落，再滑落，辘轳也在水桶的带动之下落了下去，越来越快，越转越快……

惊魂未定的徐迎水重新站在河面的框架上，脑中一片空白，先是听到了咚的一声巨响，像是轰炸机春季盘旋在上空炸凌开河那样，弄出了大大的动静。一回头，再也看不见师傅崔敬乾，只听见几名女工的尖叫声。河面溅起一个个硕大的雪白浪头，极像一束束盛开的洁白花朵。美丽的花朵投向黑山峡河段的怀抱，远远伤逝在大河之上。

第三章

浪尖上的爱

　　在中外闻名的西海固，生存在那里的人们在大地上戳出无数个窟窿，无数的水窖诞生了。雨水、雪水、屋檐水，还有冬季从阴沟拆卸的冰块，全部被水窖敞开的嘴巴吞下。苍茫西海固，无数水窖啊，盛着一条大江，藏着一条大河。顽韧的西海固，大约是世界上收集和利用雨水最多的地方。为了让西海固解渴，国家兴建了宏大的扬水工程，要让黄河水向高处流。

滔滔长峡行：
水路上阅尽百年人间事

黑山峡，隐藏了水路上许多的机密。

太阳缓缓爬出地平线，金红的朝阳盛满了黄河水面。红日的光芒里，一只羊皮筏子卷起浪花轻快地冲进甘肃小观音，穿行在两山夹水的逼仄峡谷。高山峙立，石头颜色黝黑，间或带有青灰色；山体没有多少植被，苍茫而厚重，也不像别的山那样长满嶙峋怪石。无数年，山势不变，任凭滔滔大河从它们造出的一道长峡中穿过。河面温润，晨风习习，筏子客头戴一顶草帽，坐在前方掌舵的位置。甘肃、宁夏、青海三省区，在黄河水面上走船的人都被称为黄河筏子客，他们依仗一艘羊皮筏子渡人换取钱财。这个筏子客，约摸花甲之龄，不时把手搭在额头遮住太阳光，谨慎察看远方水路。

哎——

十七八上学木匠

二十上学了个画匠

画了星星画月亮啊

再把尕妹妹的模样也画上

......

筏子客即兴唱起歌儿。歌声一起，波涛滚滚的河面仿佛变宽了，筏子客似乎也把自己变成了一个英武少年。或许是上了年纪的缘故，筏子客的歌声并不连贯，在他换气停顿的间隙，哗啦啦的黄河水流激越嘹亮。林立功、徐迎水和高玉珠坐在筏子上，静静望着眼前的山水。他们的行囊被捆扎在筏子四角，这样吃水平衡。

"少年们，你们回宁夏，为啥非得走黑山峡水路？"筏子客一生在风浪里过活，见过各样性情的人，唱罢一曲跟他们搭话。

"想看黑山峡的山水。"高玉珠见他俩不吭声，就回了话。

"嘿！长峡里行船，从甘肃到宁夏，我运过不少人。"筏子客把一柄木桨横在怀里，目不斜视地眺望远处的峡湾。

"黑山峡水路，还有人走啊？！"高玉珠惊叹。

"甘肃的省长、宁夏的主席，都在黑山峡坐过我的羊皮筏子。"筏子客眼前一亮，显然他十分乐意讲述自己的过往。"外来游客是不看黑山峡的。进黑山峡的只有两类人：一类是高级别的党政干部，另一类是搞研究的专家。尤其是那些来搞研究的，随身带的行李多，在筏子上摆放都困难。"

"您干这一行很久了？"高玉珠问。

"我十几岁时就吃上了黄河饭，"筏子客的脸上露出得意之色，扭过头来把他们挨个儿瞅一遍，"算起来，我在河道上行船快五十年喽。过去，从兰州走银川再走包头，陆地上反而不好走，不论运货还是走人，都不如乘坐羊皮筏子。1958年之前，包兰铁路没有开通时，我们筏子客的生意火爆得很！那时，我年轻力壮，一趟一趟地路过黑山峡，把数不清的陌生客人送到了宁夏渡口。"

羊皮筏子随水漂进峡谷深处，两侧高山完全遮挡住阳光。山和水，眼前这一切都变成了青黑色。岸边一侧忽然出现一尊形似观音的石峰。筏子客说这座石峰很像观音，这里也便被人们称为小观音。小观音就是甘肃小观音坝址。前几年，若不是以吴尚贤为代表的水利专家反对，甘肃小观音低坝或许此时正在建设当中。小观音无语，只是静静地俯瞰着大河，凝视着一代代顺流而下的筏子客。从黑山峡河段驾羊皮筏子东走的筏子客，不论漂泊到什么地方，不论走多远，只要扭头朝黄河上游走，都会找到自己的家乡，都会重新回到自己出发的地方。

"看啊，那是'洋人招手'。"

老筏子客给几个年轻人指点着。他们顺着老人手指的方向望去，只见一处河心岛上的巨石突兀地出现在眼前。这块巨石如同中流砥柱，矗立在湍急的激流中，硬生生把水流分成两股。眼见筏子即将触碰到巨石时，老筏子客伸出木桨，点在石头上，轻轻一拨弄，借助巧劲使筏子漂向巨石的右侧。老筏子客的这一招，很像纪晓岚《阅微草堂笔记》里那位手持一把短斧杀死猛虎的老翁，这是他毕生的经验，处变不惊才会显露绝技。

"大叔，这里为啥叫'洋人招手'？"林立功抓紧筏子上的一条皮绳，侧脸笑问。林立功向来话少，唯独对筏子客所说的这个古怪地名有了兴致。迎面吹来一阵劲风，筏头的河水飞起溅落在他们腿上，裤子都湿了。老筏子客目不斜视地叮嘱大家抓好安全绳。

"为啥叫'洋人招手'？这跟一个德国人有关。"筏子客顿了顿，继续说道，"晚清时候，有一个德国人在兰州坐上了羊皮筏子，一路朝银川城走。过黑山峡时，遇上河心岛的这块大礁石。筏子快，水流急，划水的筏子客大喊一声叫大家坐好，不要惊慌。可这位德国客人不信任筏子客的本领，生怕落水出意外，猛然跳上礁石。岂料筏子客用木桨在礁石上轻轻一点，筏子立即拐到了边上，继续顺水直下。站在礁石上的德国人急了，挥舞两手，嘴里大声嚷嚷：'等等我，拉上我吧！'唉，羊皮筏子没有倒挡，只好把这德国人扔在河心岛。这个德国人为活命，看见路过的羊皮筏子就招手……慢慢地，筏子客经过这座河心岛，都叫这地方'洋人招手'。来历嘛，就是这。"

"虽然是一座河心岛，名字倒有趣得很。"林立功说。

"这还算有趣吗？"筏子客笑了笑，"照你这么说，黑山峡有趣的名字可多了。再往前还有龙王坑、老两口、七姑娘、三兄弟、黄石旋、一窝煮、阎王砭。"

"老两口？"高玉珠捂嘴咯咯地笑。

"黑山峡河段湾多险滩多，"筏子客欢喜地说，"再往前走，有两座奇特的山峰，造型像一对饱经沧桑的老夫妇，上一辈的筏子客管这里叫老两口。再往前走，有'七姑娘'，原是河岸上七块极像七个少女的山石。"

"您在水路上走，遇到过危险吗？"高玉珠问。

"我亲历过一次险情，还和你们宁夏有关。"筏子客不假思索地说道，脸上浮现出得意的神色。

"老先生，您说说嘛。"林立功说。

"说来话长，此事与宁夏石嘴山有关。"筏子客开始回忆往事，"1956年，我和几个筏子客揽上这地方的一个大活儿，任务是从兰州运几台大型发电机走石嘴山。起先，我们不愿接这活儿。为啥不愿接呢？是因为这些大型设备在陆地上没法运输，沿途桥梁受不了。再说，包兰铁路还没开通，根本没法运。矿务局领导问我们，每一艘羊皮筏子承重18吨以上，能不能干？我们说货物太沉，不能！领导观察了河道，又一次找到我们，给我们提出要求，让扎4艘长30多米的大羊皮筏子。"

　　"后来呢？您把任务完成了吗？"高玉珠追问。

　　"这个领导说得对，"筏子客的脸上浮现出几分崇敬之情，"羊皮筏子的承重没有问题！我们在大河上漂荡了大半个月，白天走，晚上歇，提心吊胆地赶路。从兰州走到石嘴山，把四个大型集装箱平安送到，我们悬着的心才踏踏实实放了下来。有了这批重要的机器设备，领导带人建设了石嘴山矿务局。"

　　"您说的这位领导，咋这么自信？"林立功问。

　　"嗨，这位领导不是一般人，"筏子客扭头朝后，郑重地看了他们仨一眼，"他在黄河的浪尖上闯荡过的。当时听跟着筏子一起走的干部讲，领导叫孙昶。1937年，孙昶是陕西韩城的地下党负责人。卢沟桥事变爆发后，咱们八路军东渡黄河去抗日，孙昶接到命令，要想尽一切办法保障大军渡河。孙昶动员能力强大，提早发动了好几百个韩城县的老百姓，又调来民间船只上百艘，把八路军三个师从一个叫芝川镇的地方平安送到了河对岸的山西省，把战士们一个不落地送到抗战前线。"

　　林立功和高玉珠啧啧地赞叹起来。

"呀，我真该死！"徐迎水大叫一声，猛地一巴掌拍在自己脸上，"我只顾听老先生讲故事了。"说着，他从挎包里掏出一瓶西凤酒，利索地用牙齿启开瓶盖，抱着酒瓶子缓缓起身，郑重地跪了下来，把酒瓶高高地举过头顶，任凭白酒汩汩洒落在筏子上，滴滴烈酒顺着筏子的底部滑落进滔滔黄河。

徐迎水静静地跪在羊皮筏子上，痴痴地盯着湍急的河面。这一刻，这个顽劣的青年想到的是什么呢？林立功猜想，徐迎水一定在想师傅崔敬乾，遗憾他空有一身本领，会造飞机却烧了几十年的锅炉；满腔热情，却无家无舍、无儿无女，半生孤苦。最后却为营救他这个实习工把性命丢在了黑山峡汹涌的波涛里。

在甘肃五佛泵站为期一年的学习结束了，徐迎水特意选择从黑山峡河段回宁夏。此时此刻，徐迎水的两行热泪无声滚落。师傅年长他30多岁，两人相识一场，并无私交，也根本谈不上所谓的忘年之交。但在徐迎水心里，他非常肯定，师傅崔敬乾一定是热爱黄河的，一定是热爱水利事业的。

筏子客、林立功、高玉珠，都没有打扰他。

两岸高山隐隐，青色的河面上隐藏了太多大河的故事。在哗哗作响、不绝于耳的黄河流水声里，徐迎水用心灵与师傅崔敬乾进行了一场无声的对话。师傅走的那天，徐迎水哭天抢地，悲痛欲绝。隔些日子，他在五佛泵站的院子外面为师傅建起一处衣冠冢。衣冠冢落成之日，他变成了师傅在人世间唯一的亲人。那天，徐迎水跪在师傅的衣冠冢前发誓，一定在水利行当里美美地干上一辈子。徐迎水请林立功为师傅写墓志铭，林立功在崔师傅的墓碑上镌刻出这么几个字——崔敬乾，一条远去的大河。

长峡远祭，这是徐迎水椎心泣血的一种表示。

为了亲近黑山峡，为了亲近崔师傅，徐迎水是有一番筹划的。10天之前，固海扬水管理处有个副处长来五佛泵站，宣布他们为期一年的实习已经完成，给大家安排了回家事宜，特别强调要注意沿途安全。回家的安排是这样的：由杨站长在周边村庄雇几辆拖拉机，送大家进景泰县城。到了县汽车站，宁夏青年集中乘坐班车返回。临走前两天，他们才从工作岗位上撤下。因为泵站工作忙，他们都想帮师傅多干一些活儿。五佛泵站给出实习鉴定，宁夏实习工全部合格。徐迎水收获最大，成绩优异。

头天上午，徐迎水跑到宿舍找林立功，说自己不愿跟大队人马一起走，他想从黑山峡水路回宁夏，并且已经雇好一艘羊皮筏子。林立功清楚徐迎水的心意，就问："想师傅了？"徐迎水没接话，眼睛瞥向窗外繁茂的绿树。林立功拍着徐迎水的肩膀，说要跟他一起走。徐迎水叮嘱："非得请个假，但不能让大队人马知道我们乘羊皮筏子走水路，不然大家又会担心我们。"两人商定这事时，碰巧被进门的高玉珠听见。高玉珠跑进屋，不由分说拽起林立功的胳膊，要他俩带她一起走水路。林立功拗不过，只好同意。

风大了，羊皮筏子颠簸着，时起时落，掀起的浪花翻卷着上了筏子。顺河道走，一路向东，峡谷曲曲折折，拐来绕去，总也走不到尽头。河道逼仄，两山险峻，不时还会出现一种沉寂森严的气象，给人一种说不出的紧迫感。林立功觉得浑身凉飕飕的，没有一丝闷热之感。河道两侧的山崖上，时而出现一簇簇蒿草，时而能见到几棵青青的枣树，时而冒出几只岩羊在陡峭的秃山绝壁攀缘觅食。沿途两岸看不到人家，但眼前不时会闪现一座座依山而建的石屋。这些小石屋看不出有何用途，筏子客说是供人歇脚的地方。山与水，在这个闭塞而隐秘的角落构成一个奇妙世界——黑山峡。

"把黄河水的头，拧到咱西海固，全体宁夏人的日子就好过了。"一路沉默的徐迎水开口说了话。

"黄河不懂西海固人民的难处。"林立功感叹，"今年啊，咱西海固又是一个大旱之年。"

"你咋晓得的？"高玉珠问。

"上周，我接到一封家信。"

"信上咋说？"

"读完家信，我是哭笑不得。"林立功皱眉摊开两手说，"我爸回乡村老家盖了栋新砖瓦房，说今年西海固缺水严重，大地上的干土层厚得很，好多水井、水库都干了。土地没有一丝潮气，撒下的种子都没发芽，生产队队长拿勺子给大家分水。"

"啊？！"高玉珠惊叹。

"这条件，你爸还盖新房？"徐迎水连忙摇头。

"他不是有意为之，完全是赶巧。"林立功笑着解释，"盖房的工人喝不上水，我爸把村里商店的宝鸡啤酒全买来。没水喝，大家把啤酒当水喝。"

"哈哈哈！"高玉珠和徐迎水笑到肚子疼。

"深井干涸水断流，麻雀渴了喝柴油。"筏子客感慨道，"你们宁夏，这一回同心县旱情大得很。前段时间，我在五佛川遇见一个乞讨的同心人，女人拖了几个小娃娃，破衣烂衫的。我送她吃的，那女人不要，只好舀了半袋子面粉给她。"

听老筏子客这么一说，他们都不吭声了。他们清楚，人畜饮水严重短缺，旱灾往往是西海固最惨烈的景象。缺水，使人到了无法生存的绝境。老百姓春耕需要雨水，天不降雨，西海固的山上寸草不生，牛羊都瘦成了一堆骨头。

西海固，西海固，刚硬干涸的西海固！这一年——1982年的西海固，遭逢一场百年不遇的大旱。云朵里没有雨，人的心上一片焦躁。若从上一年算起，西海固已超过300天没有落下一滴雨了。为了喝水，政府调动几百辆卡车，赶制出上千个运水"胶囊"，不停地给干旱地区的老百姓送水。政府不但给老百姓送饮用水，还得给数以百万的牛羊送水送草料。山田旱地，土豆的生命力是旺盛的，在困难时刻它给西海固人带来了可靠的生命给养。这一年，无望的西海固人，把几十万只牛羊转移到毗邻的甘肃环县。

黑山峡里，汹涌澎湃的黄河水，一路朝东，奔向大海。

"哎，你们还真得把黄河的头一扭，往西海固灌呀。"筏子客意味深长地说。见几个青年并未回应，筏子客生怕他们没听懂，又说，"将来把黑山峡高坝大库建起，千年的黄河水上高原，西海固不就好了吗？"

·
·
·

浩浩黄万里：
反对三门峡，赞同黑山峡

　　吴尚贤叼着烟斗，站在黑山峡出口处，深情地望着河面。黄河走完71公里的高山长峡，自此进入宁夏。大河一出黑山峡，两山倏然向后退缩，河道变宽，就连波浪也变得壮阔了起来。黑山峡的出口之处叫大柳树。大柳树这个地方没有一棵柳树，却被人们称为大柳树。很早以前，住在峡里的一些老人告诉吴尚贤，由于黑山峡水流湍急，先辈们给这里取名叫大流水，人们叫着叫着，转了音，大流水就变成了大柳树。黑山峡高坝大库的坝址，就在此处。这坝，是一座待建的高坝。

　　与吴尚贤并肩站在堤坝上的，是一位白发苍苍的长者。长者身材魁梧，相貌堂堂，西装笔挺，脚穿一双洋气的胶底软牛皮鞋，言谈举止从容潇洒。这人是我国著名水利工程专家黄万里。黄万里和自己的名字一样，一生与祖国的大江大河紧密相连。黄万里是黄炎培的儿子，曾孤身反对建设三门峡水库。

　　"恩师故地重游，心中有何感想？"吴尚贤笑问黄万里。

　　黄万里年长吴尚贤十几岁，吴尚贤却称黄万里为恩师，这是有缘由的。30多年前，即民国后期，黄万里担任国民政府甘肃省水利局局长兼总工程师。黄万里和他那一代的知识精英一样，从西方学到了先进的科学技术，学到了科学理性的精神，回到祖国投身水利事业的实践。抗战胜利后，吴尚贤经人介绍到兰州求职，被黄万里一眼相中，被聘任为甘肃省水利局工程处处长。之后，吴尚贤的一份查勘报告得到黄万里的好评。得益于黄万里的青眼相待，吴尚贤在乱世中拥有了服务社会的机遇。当年在兰州，他俩不但是邻居，还有着旁人难以窥见的师生关系。

"大柳树建一个高坝，我很赞同。"黄万里拄着拐杖，看着吴尚贤，"黄河上游最后一段长峡，十分理想。"

"在这里建高坝大库，我们宁夏始终没有放弃。"吴尚贤挽着黄万里的胳膊，介绍黑山峡的新动向，"国家'六五'计划制定时，把黑山峡水利枢纽工程列进勘察设计项目。去年秋季，宁夏联合陕西、内蒙古，在水电部、黄委会的主持下，开始对大柳树灌区进行规划。到今年，我们三个省区联合向党中央打报告，把《关于建设黄河大柳树水利枢纽工程的报告》递了上去，目前在等批复。"

"把问题有没有讲透啊？"黄万里问。

"该讲的已说透。"吴尚贤继续说，"我们三省区向党中央报告了四个方面。其一，陈述大柳树水利工程是国土整治的需要，是合理综合利用黄河水资源的需要。其二，讲明大柳树工程对西北干旱带面貌的改观十分重要。其三，说明在宁夏大柳树做高坝，比在甘肃小观音做两级开发经济效益更大。其四，请求国家及早组织各方面专家，对大柳树水利工程进行科学论证，以保证决策的正确。"

"工程必须重视效益，"黄万里将目光投向河面，若有所思地说，"如果在甘肃小观音建坝，非得把71公里的长峡拦腰斩断，这种情形下，只留21公里的峡道在宁夏，这边建一个低坝，于开发不利，收不到实效。"

"水利上，跨省的工程就是这样，趋利避害是自然的。因为各自利害不同，各种不同的意见也会影响决策。"吴尚贤道。

"在宁夏建高坝大库，甘肃淹没区大，宁夏应考虑甘肃的感受。"

"是的，恩师，自治区有所考量。"

"让时间在争论中流逝，实在可惜。"黄万里望着河面，爽朗地笑了，"甘肃和宁夏两个省区，六盘山接着，黄河水连着，自古就是一家。我相信，一家子人平静地坐在一起，一定能把这件事情解决好。"

"差点忘了！"吴尚贤猛然说，"我们水利局局长委托我邀请您回银川之后，给局里的干部职工讲一堂课。"

"好！"黄万里十分痛快地答应，"给宁夏水利局干部职工讲课，没问题，时间内容都由你来定，切记不能宣扬。"黄万里说完，又笑呵呵地叮嘱，"在黑山峡，我支持国家在宁夏大柳树建高坝大库。如果要我说话，你们须向科协等有关单位提出。我呢，是有名的'炮手'，水利界头头见我头痛，凡事瞒我。"

黄万里说完，众人的欢笑荡漾在河面上。

…………

这天下午，羊皮筏子挺进宁夏北长滩。

黑山峡河道在这里变得宽敞起来，光线明亮，水面呈现出浑黄色。赶了大半天水路，高玉珠一个女生没有累坏，倒是徐迎水的状态糟糕透顶，呕吐不止，浑身无力。高玉珠忍不住说，迎水这家伙平日打篮球好厉害，中途不歇场也不喘粗气，今天咋回事？林立功觉得徐迎水今天心情复杂，状态极差。

在林立功的要求下，这艘羊皮筏子靠了岸。

他们站在一架缓缓转动的大水车下，与筏子客挥手告别。林立功和高玉珠搀扶着徐迎水，在知了和鸟儿的鸣叫声中走进了绿树笼罩的北长滩村。北长滩村位于黑山峡河段临近出口的地方，建在河畔山脚一条狭长的平地上。当地民居顺黄河走势呈"一"字形排开，掩映在浓密青葱的枣树和槐树下。这里没有一间砖瓦房，全是土苍苍的黄泥小屋。既不通电，也没有一条宽敞的出山路。如果不是这回乘羊皮筏子从长峡里过，他们很难想象，黄河之滨的角落居然存在这么一个古朴的村落。

在一户人家门前的拴马石下，他们惬意地坐定。青色的拴马石，油滑光亮，看样子起码有上百年历史。村道上，男女老少见了这3个人，对他们的光临充满着某种警惕和好奇。听说他们没吃没喝走了大半天水路，有人用盘子端来白面馍馍，有人拎来一只灌满开水的开水瓶。不知何处传来一阵鸡鸣狗叫，这个隐秘的村落忽然热闹起来。犬吠像是发出某种信号，妇人抱着吃奶的孩子来了，男人拎着锄头来了，他们围着外来客上下打量。有一个白胡子老汉问了他们几句，又慈爱地招呼他们吃喝。老人每说一句话，下巴颏上的白胡子都会瀑布般抖动。

"没想到这里竟然有一个村子。"高玉珠接过开水瓶，边倒水边对老乡说，"叨扰了，北长滩真像世外桃源。"

"北长滩本来就是世外桃源。"老人拈须一笑。

"这一片还有村落吗？"

"有，我们叫北长滩，上面还有南长滩。你们来时没见吗？"

"啊？"他们仨被震惊到了。

"南长滩人是西夏党项人后裔。传说，西夏被成吉思汗灭国后，有一支西夏人逃亡到这里，隐居起来，这样才躲过灾难。这么一来，这支西夏人的后裔也就世世代代在黄河边上生存繁衍了下来，直到现在。"

"哦，你们村有什么来头吗？"

高玉珠的问题很多，都是好奇心作祟。老汉瞅着四周的男人和女人，脸上堆满笑。说起北长滩村的往事，胡子越长的人越具有权威。老人说，村上有张、高、刘三大姓。三百年以前，这三大姓的前辈为躲避战乱，扶老携幼结伴从甘肃兰州迁徙到此。老汉姓张，说自己祖上已有七代人的坟茔安在了北长滩村的坟山上。在河畔村落迎面的一座高山上，栖息着他们先祖的一座座坟茔。

"老人家，您经常出山吗？"

"不！像我，一辈子出山进山只有十几回。我们这里有一片滩地，平时种些麦子、谷子、糜子、玉米。这里飞鸟多，破坏性大，总是啄个不停。不过，我们滩地种的庄稼产量高，能自给自足，能丰衣足食，没有饿过肚子。"

"出一次山得花多长时间？"

"走中卫城的话，60多里，两天跑一个来回。走山路，不花钱，比水路经济。"老人说，"我年轻时，生产队派我出公差，背着队上的胡麻去中卫县城换油。黎明出发，我沿山脚一条窄路走，走上半天才能出山。下午走进中卫城，办完生产队的公事，掏钱住车马店。第二天一早，再照原路返回。"

"北长滩是一块风水宝地！"林立功笑呵呵地说。

"唉，有些人不这么认为。"老人连忙摇了摇头。

"为什么呢？"林立功有些疑惑。

老人乐了，连笑带说："有的人在这里坐家（居住），接连生养了几个女儿家，就是不生养儿子，心里焦急，说北长滩这个地方，人不欺负人，土地欺负人！结果，有一户搬走了，住到了中卫城边上。第二年，还真的生养了一个儿子。消息传来，村里生养不了儿子的人信以为真，纷纷搬离北长滩。"

"北长滩人热情，礼数周全！"林立功赞叹。

"嘿，我们北长滩人原则性也强。"老人说。

"这话怎么说？"

"我们北长滩村的人有个'三不让'原则。"

"什么'三不让'？"

"吃药不让人，老婆不让人，土地不让人。"老人煞有介事地掰手指说完，在场的男女老幼哄堂大笑。

他们在北长滩村与村民漫谈，借机歇息一会儿。徐迎水吃罢喝罢，恢复了精神状态。他们特意雇请老人的儿子当向导，送他们出山。一行人不走水路，沿北长滩人走了三百年的一条细长的便道走。向导牵着一匹驮着行囊的毛驴，走在最前面。身旁是巍峨大山，脚下是滔滔黄河。徒步出山不时也会遇到危险路段，这时他们得背贴山石走，而毛驴却能灵巧地绕来跳去，轻车熟路地走过去。

黄昏时分，他们走到大柳树坝址，这是人们预想要建高坝大库的地方。黄河两岸的峭壁在这里倏然远远分开，水面变得异常宽大，他们的眼前也随之豁然开朗。一团团并不相连的青葱草木，在温柔夕阳的斜照下像一片片艳丽的织锦那样徐徐铺开。徐迎水指着河对面的一面山体大喊："立功，快看啊，那边是什么？"林立功抬头远眺，一道白线从大河对面峭壁的底部一直伸向山顶，笔直醒目。走近一些，他们站在河边朝对面的山体仔细看，发现这道白线的不同部位标注了数字，最顶端写有"1386"的字样。

"顶端的数字，应该是高坝大库的水位线。"林立功说。

"什么？我没听懂。"高玉珠有些不解。

"这里是大柳树坝址。"林立功仰望着隔河的山体，对他俩解释，"也就是黄河黑山峡河段的高坝大库的坝址。在这里建起一座高坝大库，就能惠泽陕西、甘肃、宁夏、内蒙古四省区广袤的土地和众多的百姓。我们眼前这一道长长的白线上所标出的数字，就是这个水利枢纽工程的水库蓄水的水位线。"

他们停下脚步，静静地站在堤坝上看黄河。林立功一转身，瞅见身后峭壁上居然有一个大洞。细看这大洞，比一个人高，就镶嵌在黄河左岸一道山体上。他问向导，向导笑道，说这可不得了啊，它从黄河的河底穿了过去，从左岸一直穿到右岸。做什么用途不清楚，因为工程没上马就没使用，洞口又被专家封堵了。

黄河的底部是个什么样子？

林立功的脑海里盘桓着这个问题。

他与徐迎水、高玉珠，各怀心事，在夜幕中走出了黑山峡。

第二天临近中午，三人紧赶慢赶回到固海扬水管理处。当他们仨扛着行囊走进院子时，马处长正在露天会场上对实习归来的职工们讲话。前面讲的内容没听到，他们只听马处长说大家外出实习一年十分辛苦，回到本单位，要以饱满的热情投身本职工作，尽快熟悉各自所在泵站的实际情况。

吃罢午饭，固海扬水管理处派了一辆敞篷卡车，送林立功、徐迎水、吴买骡在内的十几名职工去泉眼山泵站。卡车从中宁县城的边上绕了过去，拐一道弯，颠簸着走上一条乡村土路。大约半小时后，他们眼前出现了一座红彤彤的小山包。山没有形势，是一座孤独且矮小的山，高不过50米的样子，长约300米。山石是赭红色的，一丁点杂色都没有。有几个人影在山下快速地移动，忽然传来一声轰隆巨响。林立功受了惊吓，回头望见山石滚落，碎片四溅，敞篷车厢里的几个职工惊叫起来。

卡车猛然刹住，有个干部特意跳下车，冲车厢里的人笑着说："不必惊慌，是周边的人在炸石头，中宁县人要盖房，都在这里取石料。这座小山叫泉眼山。"干部扭过头，又手指前方说，"我们泉眼山泵站的名字，就是从泉眼山来的。"

林立功对这座孤山很有感觉。四周连片的荒滩上，孤山像一位饱经沧桑的老人倔强地站立着。他想，自己会和孤山一同守护这里。

泉眼山到了，泉眼山泵站也就到了。

这里空荡荡的，没有村庄和人烟，也没有开垦过的庄稼地。过了孤山，卡车向前跑了300多米，下了一道长长的缓坡。这时，林立功看见缓坡下方连接着黄河。在缓坡脚下与黄河之间的一块平地上，赫然耸立着一座高大的泵房。泵房一头扎进黄河，而另一头，7条并行的直径超1米的圆形管道爬上一道长长的高台。泵站机房作业时，黄河水会顺7条管道上扬20多米，输送到上方河道。河道的黄河水急速流向二泵站，再流到三泵站，一路接力向前扬上去。泵房向东百米开外，有一片青砖绿瓦的平房，房前屋后长满了各样果树，远远看去绿油油的。这是泵站职工的生活区，经过多年努力，虽然固海扬水工程还没有竣工，但在建成的泉眼山首级泵站四周围，已出现汹涌的绿意。

泉眼山泵站是固海扬水工程的起点，也被称为这个工程的龙头。泵站院子里种了一圈白杨树，因为近水，这些白杨高大粗壮，栽下没几年就长成青年人小腿肚子般粗。厚实的树叶绿得发亮，遮出大片的绿荫，在微风翻卷中发出沙沙的声响，溢出树脂的清香。来泉眼山泵站的第一天，泵站张站长带领大家熟悉环境，站在白杨树下自由交流。

"咱一泵站，为啥叫泉眼山泵站？"高操戈一开口，牙齿在阳光下亮闪闪的。"林立功一听这个名字，定会觉得有诗意，写一首诗歌发表到报上。"高操戈向张站长请教问题，顺带揶揄了林立功一把。

林立功有些不好意思地低头笑了。

"泉眼山这个地名是名副其实的，"张站长自豪地说，"固海扬水工程从咱泉眼山开始。几年前，我们给泵房挖基础，工人一锹铲下去就发现一个冒水泉眼。再挖，地下的泉眼密集，连岩石裂缝里都冒水。"

"怪不得叫泉眼山泵站！"大家啧啧称奇。

"没啥奇怪的，"张站长抬腿用力跺一下脚，笑着指一下地面，"泵站基坑面积有600多平方米，施工时发现20多个泉眼，冒水的裂缝有60多条。这些泉眼，大的直径30多厘米，小的也有5厘米，整天咕嘟咕嘟不停往上冒水。纵横交错的岩石裂缝，不停淌水，一小时不清理，水就会冒出半米深。"

"冒水泉眼这么多，泵房咋建的呀？"有个职工问。

"我们非得解决好一个问题，就是保证浇筑的3米多厚的混凝土基础，不受泉眼冒水浸泡。我们的技术员在这里做了上千次试验，把半圆钢管扣压在泉眼上，再加明槽盖板，把泉水引出去，重新排进黄河。"

"哦！"大家露出恍然大悟的神情。

泉眼山泵站的张站长，40来岁，身材中等，说话沉稳而不失热情。他带着大家看完泵房，还走遍了泵站所属地块的各个角落。

张站长特别告诉大家，固海扬水工程目前只建成第一、第二、第三扬水泵站，引黄灌溉面积有限，工作量也有限。固海扬水工程全线贯通，得再等几年，但在等待的这段时间内，职工要加强业务技能学习。张站长临时宣布，林立功担任带班的班长，这让大家有些意外。

出了泵站院子，大家往马路对面的生活区走去。张站长问："在景泰川实习一年，大家有何感想？"

"景泰川是个好地方，是因为水利人把黄河水扬了上去。"徐迎水不假思索地说，"甘肃景泰的提灌工程由14个电泵机组分12级，把黄河水提高448米，硬是把黄河水扬到了山田旱地，以10

立方米/秒的流量，浇灌出几十万亩的土地。景泰川的变迁充分说明，没有黄河水浇灌，没有水利人的付出，五佛川和景泰川根本不会出现今天欣欣向荣的面貌。"

"甘肃景泰川的昨天，是咱宁夏西海固的今天。学习景泰川，造福西海固，是咱宁夏水利人的目标。"张站长感叹。

"景泰川的今天，是咱西海固的明天。"林立功悠悠地说。

林立功话音一落，不知是谁起了头，大家使劲鼓掌。美好的憧憬，青春的激情，透过热烈的掌声盘桓在碧蓝的天空。

是啊，甘肃景泰川，是宁夏水利人学习的榜样。景泰川率先建成大型水利工程，在全国看来都是一次成功的实践。地处腾格里沙漠边缘的景泰川有了黄河水浇灌，就有了连片的绿水青山，之前干旱苍茫的景象消失了。包兰铁路从景泰川通过，乘火车往来的宁夏人对这里的变迁感受最深。

不出意外的话，他们将以运行工的身份，日复一日，年复一年，坚守黄河之滨。来泉眼山泵站的第一天下午，林立功、高操戈、徐迎水三人被分在一间宿舍。宿舍是一个套间，里间的窗台下摆了一张床，留余空间能加放一张木桌。外间摆一张床，也能留余一定空间。第三张床，只能放在一进门的过道。林立功发扬风格，不顾徐迎水和高操戈反对，坚持把自己的床铺安置在一进门的过道。

宿舍对面，大约3米之外是一个红砖砌成的杂物间。杂物间不大，至多15平方米。林立功是带班班长，张站长把杂物间的钥匙交给了他。这天晚饭过后，他打开这个杂物间，看见堆放了一地的各种工具。他把各种物件规整一番，能摆起来的都摆起来，能码放整齐的都码放整齐。一经整理，竟腾出一大半空间。林立功灵机一动，又抱来一块木板和两摞砖，为自己支起一张简易书桌。

这批新职工每天忙完工作，业余时间各得其乐。

在生活区旁边，有一片时日久远的无主乱坟。他们拿铁锹把这块地平整出来，做成标准的篮球场。又找到县农机公司，集资请工人师傅帮助打制了一套篮球架。晚饭后，爱好者会来打篮球，也有职工上黄河边遛弯。林立功和徐迎水对打篮球似乎没了兴趣，每次晚饭后在河边散完步，都会急忙回到宿舍。徐迎水趴在宿舍里间桌子上学习，林立功一头钻进开辟的简易书房，埋头攻读。

他们沉醉在学习中，每天得空时如饥似渴地充实自己，既学文化课，也跟着广播学英语，想要迈进大学的愿望越发强烈。高操戈是一个例外，他对高考没有兴趣，每天晚饭之后，一准和人跑去打篮球。高操戈心想，远离了家乡西海固，每天只能亲近黄河，可他毕竟解决了自己的就业，现在又何必熬夜苦读呢？

"立功啊，卓别林说过，活着就是活着，干吗要有那么多理想呢？"高操戈夜间解手时不见林立功在铺上，推开宿舍对面杂物间的门，挤进一颗脑袋，边打哈欠边对趴在灯下学习的林立功说。

"心上有了这个梦，我总想再试一次。"林立功抬头笑答。

"看你费劲的样子，真难受。"

"高操戈，你呀，先去歇着。"

"你也早些休息，简单地当个水利人不好吗？"高操戈摇头说。

凌晨，林立功回到宿舍，高操戈的呼噜声山呼海啸。平日里，林立功安排得很充实，忙完工作忙学习，还抽空给报社写稿。他写的文章到处发表，上级和同事总能看见。有时，是关于固海扬水工程进展的新闻，有时见报的是一首灵动的散文诗。林立功在泉眼山泵站是出色的，就连固海扬水管理处马处长都知道了他。

泉眼山，
宁夏扬黄灌溉开始的地方

    马处长约见林立功那一回，轰动了整个泉眼山泵站。

    在固海扬水管理处，马处长是威严的，主动与泉眼山泵站上的一个"小泥鳅"有了联系，这毫无疑问是一个具有轰动效应的讯息。这一天，正上班，张站长跑到震耳欲聋的泵房，拽起林立功的胳膊就往外走。张站长心急火燎的样子，让林立功感到很不踏实。两个人走到泵站院子里的一辆吉普车前，张站长拉开前排车门，跳上副驾。见林立功杵在原地不动，张站长从车窗探出脑袋大喊："上车，立功，咋还愣怔？"

    "站长，我们要到哪儿去？"林立功坐在后排伸长脖子问。

    "管理处，马处长约见你。"张站长盯着前挡风玻璃说。

    "啊！有什么事吗？"

    "我不清楚。"

    吉普车风驰电掣般穿过了泉眼山脚下的一片荒滩，颠簸在乡村小道上，七绕八拐，半小时就赶到了县城。又从县城向北，沿杨树林旁一条便道开上去，一拐弯进了固海扬水管理处的院子。林立功跟上张站长，三步并作两步，来到一排砖瓦房前。马处长和虎副处长正在办公室说话，瞥见他俩在门外，示意他们进来。

林立功遇见马处长的次数不多，一年多来，也就寥寥几次。记得第一回见马处长是一年多前，那是他来固海扬水管理处报到的第一天。当时，马处长陪水利专家吴尚贤在院里与几位记者谈话。林立功不但记住了他们的谈话内容，还从那一刻起牢牢记住了马处长脸上有一道伤疤，这刀疤从左脸的耳根处延至嘴角，显示出一种非凡的男儿气概。

马处长叫他俩坐下，和蔼地对林立功说眼下有一个棘手任务，搞得大家很头疼，机关里的同志和外聘人员都没干好，思来想去，似乎只有林立功能做。马处长端杯茶水递到林立功手上，这让林立功受宠若惊。他急忙起身，却被马处长按坐在椅子上。马处长说，根据自治区党委宣传部的要求，宁夏文工团要编排一部反映固海扬水工程的舞台剧。舞台剧嘛，得有剧本，得有故事，宁夏文工团请来好几个作家写，但都没拿下来。说不上为什么，或许是这些作家不了解水利。

"嗨，这又不是打抗美援朝战争！"马处长眉头一皱，无奈地摊开双手，"咱固海扬水向来不注重宣传。这一回，我也有应付心理。工程上的困难一个接一个，我要抓进度，根本忙不赢。我呀，没有任何心思搞一台舞台剧。"

马处长说到这里，随手从桌上抽出一份两页纸的文件，在他们眼前晃了晃："自治区对这项工作重视，宣传部领导直接把电话打到我办公室，督促我抓，要求务必出一部精品力作，反映人们在缺水的西海固地区，在不适宜人类生存的地方，是怎么解决生产生活用水困难的，不同角色的人付出过怎样的努力，现今取得怎样的实效。我想，自治区党委宣传部的提法很新颖，也很有宣传价值。"

张站长听明白了，马处长叫林立功来是要解决问题的。

"马处长，您看得准！立功是大笔杆子，他写啥，报纸登啥，很能把握宣传规律。"张站长拍着林立功的肩膀对马处长说。

马处长用一种期许的目光望着林立功。林立功心里一急，涨红了脸，他从来没写过"大稿子"，也没参与编排过舞台剧。但在站长和处长心里，既然外面的作家不熟悉水利人的工作生活，写不好，不如就由水利人来写水利人。何况，林立功的文章常常见报。他们不知，一部舞台剧与一个豆腐块新闻不仅有差别，还是遥远的距离。林立功原本要婉言谢绝，可这种话他根本没机会说出口。马处长把任务一布置，张站长立即拽起林立功告辞，生怕林立功多说一句推辞的话。

走出管理处院子，已邻近中午。张站长请林立功在县城下馆子，借午饭时间，两人讨论起搞创作的事情。在张站长的逻辑里，马处长说林立功能干成，林立功就一定能干成，马处长可是跟美国鬼子在朝鲜战场上肉搏过的，是死人堆里爬出来的。可是，这一部现实主义题材的舞台剧，难倒了这位昔日的沙场老兵。林立功愁眉不展，吃饭也不香。张站长说下午咱们去一趟县秦剧团，舞台剧的几个主演都是固海扬水的女职工。还说，和演员见面聊一聊，回到泉眼山泵站再构思怎么去写。

下午上班，张站长和林立功去了县秦剧团。这些日子，固海扬水管理处借用县秦剧团的排练厅，宁夏文工团的舞蹈老师和几名参演女职工在一起练舞。她们相帮着，对着一面硕大的镜子反复练习仰首旋转的动作。

接待林立功的一位女老师很热情。女老师明白他们的来意，思索一下，对林立功说你跟小丁聊一聊。接着，这个老师笑盈盈地把旁边一个女孩推到林立功面前，介绍说，她叫丁玉茹，是固海扬水管理处机关的职工，又说宁夏文工团特别看好丁玉茹，这一回她也是这台舞台剧的一名主要参演人员。

丁玉茹至多20岁的样子，见了林立功，还没说话就羞涩地低下了头。她抿着嘴，一张瓜子脸，额头和鼻尖上还挂着练舞冒出的细细密密的汗珠。带她练舞的老师说，虽然丁玉茹是一名水利职工，不是专业人员，但有很多高难度动作她都能做，比起专业演员都不逊色。这回他们来到固海扬水，一眼就瞅上了她。

"哦，你在固海扬水做什么工作？"林立功涨红了脸问。

"我在管理处机关上班。"丁玉茹看他一眼，莞尔一笑。

"哦，那你怎么来这里跳舞？"林立功有些慌乱地挠着头问。

"这是个意外。"丁玉茹愉快地说，"两个月前，宁夏文工团来固海扬水采风，文工团的老师向管理处提出要求，要水利职工也参演。"

"那么你之前练过舞？"

"上小学那会儿，我妈教过我舞蹈。"

介绍他俩认识的女老师忙别的事情去了，张站长和丁玉茹打过招呼去了室外。林立功和丁玉茹坐在排练厅的一张长条椅上聊天，有好几名女职工在专业老师的指导下练舞。最近半个月，她们每天上午练、下午练、晚上练，训练时还都有专业老师站在边上提示。丁玉茹说，这一类舞台剧必须得有生活体验，她最近在了解固海扬水建设事迹，还在阅读西海固缺水的一些资料，不过纸上得来终觉浅。

"生活体验能触动你的灵感，丰富你的舞台感情。"林立功说。

"是的，很多情况我并不了解。来固海扬水将近两年，我一大半时间在甘肃景泰川的泵站上实习。"

"我也去景泰川实习了。"林立功吃惊地道。

"哦，这实在太巧了！"丁玉茹咯咯笑了，"我们一起去实习的，只不过，我和你没被分在一个泵站。"

"你早晚会成为一名专业舞蹈演员。"林立功不再拘谨。

"我都20岁了，不可能成为一名舞蹈演员。如果早一些被文工团发掘，倒有可能。现在呢，我都成了出土的文物喽。"丁玉茹自嘲。

"瞧你这话。"林立功有些严肃地说。

"舞蹈演员的青春是十分短暂的。我20岁，有些老了。"

"我俩同岁，你咋能说自己老呢？"

"舞蹈演员对年龄要求是极高的！"

"那也可以努力突破。"

"我年龄没优势，身体也有些硬。"

"我看……你……你腰……很软。"林立功吞吞吐吐地说。

丁玉茹哈哈大笑，捂着嘴站起来，踮着脚尖在他面前原地绕了一圈，像一只轻快愉悦的燕子。"我说的硬，不是指腰硬，也不是指腿硬，而是说气质硬，粗犷了些。不过，恰恰因为这个，导演组提出要我来主演这部舞台剧。"

林立功不好意思地挠着头笑了，涨红了脸。

不知为什么，见到丁玉茹，林立功竟怦然心动。这是林立功在别的女孩那里没有过的感觉，他正是因为这个而脸红。

　　说来好巧，林立功与丁玉茹热聊的这一幕，被来学舞蹈的高玉珠看见了。高玉珠进了排练厅，似乎气鼓鼓的，噘着嘴，只是远远冲林立功点一下头，转身便跟上指导老师去练习舞蹈了。林立功原本想问候一下高玉珠，见状只好把话咽进肚子。高玉珠在泉眼山泵站和另一名女同事自开小灶，下班在屋里做饭，好多次请林立功去吃，他一次都没去。实际上，高玉珠从在甘肃实习开始就对他很有好感，林立功心知肚明，但在他心里，高玉珠只是一个很好的同事和朋友，并非一个自由恋爱的对象。

　　这天，林立功和丁玉茹讨论了舞台剧的故事方向。丁玉茹提出，去固海扬水最火热的建设现场，这样才能捕捉到好的见闻当素材，更能表现出水利人为扬黄灌溉付出的心血和智慧。林立功赞同这个思路，可还没等他开口，丁玉茹便主动提出约个时间一起去建设现场。林立功喜形于色，痛快地说好得很！

　　黄河扬水的季节性极强，每年开春一到灌水时节，从开机直到灌溉结束，机器设备不停地转动，运行工也得跟着一起转动。扬水线上已经建成的一座座泵站，是一个统一体，串联在一起，同时运转。如果其中的某一个泵站出现问题，下游泵站就得停机，就会影响到农田灌溉。一个泵站像一处阵地，运行工不眠不休地守在前沿。建成的扬黄渠道，多半处在湿陷性黄土地，就像巨人小心翼翼地行走在一层薄冰之上。泉眼山泵站是固海扬水工程的首级泵站，向来运行平稳，直到一场突发事件打破了这里的宁静。

林立功创作舞台剧进展不顺，为此他绞尽脑汁。自打上回见了马处长，再回到泉眼山，张站长立即停了林立功的工作，让他安心写剧本。张站长还把自己的"毛驴"借给林立功，让他代步，去几个工程现场体验生活。出事那天，他一个人坐在泉眼山泵站的黄河岸边，眼望着哗啦啦东流的大河，构思着舞台剧的剧情。

这天傍晚，两辆警车一路啸叫着扑上泉眼山。

警车在泉眼山泵站门口的马路上停下，跳下来8名警察，一拨进到工作区，另一拨冲往生活区。警察配有枪支，短枪皮套上插着一排子弹，长枪上刺刀闪闪。几名警察径直找到职工宿舍，站在正在宿舍里间学习的徐迎水跟前。警察询问，高操戈在哪里？徐迎水抬头一看是警察，愣怔住了，他一瞬间领略到法纪的威严，慌忙说高操戈可能在黄河边遛弯呢。警察立即撤出，朝河畔方向奔去。林立功从对面杂物间出来时，只看见警察的背影。徐迎水急忙对林立功说："坏事了，坏事了，不知警察找高操戈有啥事？高操戈在打篮球，我把警察支到了河边。"

"高操戈要是真犯事了，躲不过的。"林立功安抚徐迎水，"咱俩去问问高操戈。"说罢，两个人在生活区最里面的围墙下找到一个洞口，猫腰钻了出去。围墙外是柴堆和煤堆，是职工为生火做饭预备的燃料。有人为了取用便捷，便在后墙上挖开一个并不规则的洞口。过了燃料堆，就是篮球场。

热火朝天的篮球场上，高操戈正在双手交替运球，灵巧地不断摆脱对手。徐迎水大叫几声，高操戈这才从球场上撤下来。两人拽着高操戈的胳膊追问他最近有没有犯什么错误。高操戈一脸茫然，双手一摊，说绝对没干坏事。徐迎水急忙告知高操戈："有几名警察来找你，气势很大，你得好好想一下。"林立功也说："如果搞出了事，就得向公安机关坦白，没事也得积极配合，当面把话说清楚。"

直到走到警车跟前，高操戈仍一头雾水。

几名警察核实了高操戈的身份，再没有一句多余的话，把高操戈一头按进警车的后排座。身体瘦小的高操戈被夹坐在两名警察中间。张站长一路小跑追来，两辆警车已掉转车头。张站长拦住第一辆警车，说自己是站长，问为什么逮人？头车的警察不说话，张站长堵在前面不让走。停顿几秒，有个警察从车窗探出脑袋，自称是县公安局严打办的。警察话音刚落，一只手伸出车窗摆向一侧，示意让路。警车咆哮着爬上泉眼山泵站的高坡，一阵风似的，眨眼就不见了踪影。

几天后的一个晚上，张站长召集班组长开会。会上，张站长没有谈论一句工作业务上的事，只是一个劲儿强调纪律，要求泵站每一名职工遵纪守法，减少外出，还带领班组长学习下发的《关于严厉打击各种刑事犯罪活动的决定》。散会后，张站长叫林立功留下。他俩坐定，林立功刚想开口，张站长说知道他想问啥。

"高操戈的事，一言难尽。"张站长压低嗓音说，"可以说在甘肃五佛川起了祸端，或者干脆说是莫须有。"

原来，在下游的古城二泵站，有一个大高个子职工叫汪吕。他平日游手好闲，二泵站离县城近，这人一下班总往县城跑。汪吕和县城几个混混勾连上，往来密切，热衷于聚众酗酒。时间一长，他们有恃无恐，胆子越来越大。有时偷鸡摸狗，有时打架斗殴，有时甚至当街调戏过路的年轻媳妇，严重扰乱县城社会治安。有一回，汪吕和同伴没钱喝酒，从县公安局院子里偷走3辆自行车。在街上销赃时，汪吕被逮了现行。县公安局局长气炸了，说自己的自行车居然成了赃物。警察一审，几个痞子相互推脱，审出一连串丑事。

"怎么跟高操戈扯上关系了呢？"林立功问站长。

"汪吕的鼻子是不是歪了？"张站长反问。

"是的。"林立功不假思索地答。

"是不是高操戈打的？"

"是的。"

"哎，这不就对了嘛！"

事情是这样的。汪吕被警察抓了之后，连审几天，县公安局局长总觉得还有漏掉的内容。局长心想，这一伙人敢偷公安局，实在嚣张，还有啥事不敢做。局长决定见一见汪吕。在提审室，局长问汪吕的鼻子是怎么歪的？汪吕见隐瞒不过，说自己去年被人胁迫着干坏事，自己不干，反被人给揍了一顿。局长问，是谁对你下了这么重的手呢？汪吕胡乱应付一通，说是泉眼山泵站的职工高操戈干的。局长又问，高操戈三个字是咋写的？汪吕说："高，是高大威猛的高；操戈，是手里拿着武器的那个操戈。"局长一听这个名字，火冒三丈，笑着骂了一声："他妈的，取了这么一个嚣张的名字，高高地举起武器要打人！怪不得这一阶段社会治安很不好。"很快，高操戈被带到公安局，当场承认是他打断了汪吕的鼻梁骨。

林立功弄清楚了这件事，和张站长谈完话的当晚，他没去杂物间学习，而是早早躺在宿舍床上想心事。他最终没忍住，把高操戈的事对徐迎水讲了。

"在甘肃五佛泵站，大家爱生事，顶多打打闹闹。"林立功嘴里飙出脏话，"这狗日的汪吕不但真坏，还是蔫坏！"

"搞不好，会影响到我们高考。"徐迎水说出了严重性。

问题的严重性会越想越严重的。徐迎水为前途而感到忧愁，晚上翻来覆去睡不着。林立功也没睡好，他后悔把这事告诉徐迎水，徒增烦恼。严打的事情在固海扬水管理处并没有结束，固海扬水管理处反倒成了重灾区。固海扬水管理处把120名等待分配的新职工，临时集中在泉眼山首级泵站。但几天后，因为参与打架斗殴、偷鸡摸狗、扰乱社会治安等违法活动，被县严打办带走了30多个人，而且是被警察荷枪实弹带走的。很快，有的接受罚款，有的执行拘留，有的还被判了刑。这么多青年，刚刚走上工作岗位，就因缺乏自我约束犯下错误，在自己的人生历程中留下污点，固海扬水管理处感到震惊和痛心。

徐迎水的情绪有些不稳。

林立功清楚地记得，徐迎水在甘肃五佛泵站实习时，起初特别热衷和别人比拳头，影响很坏。最近，固海扬水管理处一批新职工被拘留、被判刑，这种紧张的气氛增加了徐迎水的精神压力。有天黎明，林立功早早起床生炉子。烧开了一锅水，仍迟迟听不到徐迎水的动静，他掀开布帘，朝里间一瞧，不见人影，再看桌上留有一张便条，上面写道："立功挚友，高操戈当年在五佛泵站打断汪吕鼻梁骨一事，有我一份。今天重提旧事，我不能让操戈独自担责，这不公平。我去县严打办，说明一切。"

看完便条，林立功大惊失色，不顾一切地冲向泉眼山。他沿着小道狂奔着向前追去，到山脚时，扒上一辆运输石头的卡车。进了县城，又匆匆跑到县公安局门口，仍不见徐迎水的人影。林立功一急，心想这人是不是已经进去了。回头再看，县公安局门口早餐摊前，徐迎水吃完油条、喝完豆浆，正用手背揩嘴角的残汁。

"迎水！"林立功上前用力拽住他的胳膊往远处拖，到了僻静处，这才松开双手。

"立功，你咋跑来了？"徐迎水感到十分吃惊。

"我晚来5分钟，你今天可能就完了！"林立功嗔怒道。

"这么做有错吗？"

"汪吕这个坏家伙，逮住谁咬谁，生怕自己在拘留所没人陪。高操戈扛了事，没有殃及池鱼，你没必要这样做。"

"我对不起高操戈。"

"你最对不起的，是你师傅崔敬乾。"

说到师傅崔敬乾，说到甘肃五佛川，徐迎水的心理防线一下彻底崩塌，倏然热泪滚落。街头三三两两的行人，好奇地望向他俩。林立功拍拍徐迎水的肩，说是既然进了城，就去一趟管理处。管理处离县公安局很近，走路十分钟。

林立功的挎包里放着一本舞台剧的剧本。

这部剧，他为固海扬水管理处不打折扣地写了出来。在管理处的便笺纸上，密密麻麻写了80多页。为写好这部剧，他还和跳舞的丁玉茹一起去实地采访。他们骑自行车去了长山头，专门去看长山头渡槽。长山头渡槽是固海扬水工程最壮观的建筑物，大家都知道，固海扬水的主干渠就是从长山头穿过的，凭借长山头渡槽飞跨清水河。清水河河床两边，一边是山包，一边是土丘，河床比扬黄渠道低40多米。河水年年冲刷，使得清水河在此形成一个天然峡谷。渡槽，横空飞架在这个峡谷上。

长山头渡槽是固海扬水工程的咽喉，全长上千米。不用细算，渡槽高出清水河面十几层楼，行人站在上面一低头，胆小者失魂落魄，双腿再难迈开。上回，林立功和丁玉茹小心翼翼地跨上了长山头渡槽，听见耳畔风声呼呼，渡槽里黄河水哗哗流淌。丁玉茹走了一小截路就有眩晕感，她在惊慌中紧紧抓住林立功的手。这么一来，弄得林立功好不自在，自顾自地说："这么一座壮观的渡槽，难怪被人称为固海扬水工程的咽喉。每一节槽壳十几米长、几十吨重，这都是咋吊上去的啊？"

俯瞰四周，长山头尽收眼底。有了黄河水，四周围也就有了新开垦的农田，绿油油的庄稼锦缎一样，一条条、一块块有序铺开。有些耐旱的低矮植物，在被滋润的土地上冒出头。人们栽种的白杨树，密密匝匝地分布在公路两侧。收回目光，渡槽连接的另一头是隧洞，而山顶还遗留有一座烽火台。黄河水从泉眼山泵站一路逶迤而来，穿大山，越过空中渡槽，最后把自己投向灌区每一片田园、每一户人家，不断让大地长出青葱喜人的绿洲。

往回走时，丁玉茹走不动了。她站在渡槽上两腿发软，浑身瑟瑟发抖，眩晕到不敢睁眼。林立功的幸福时刻来了，背上她一步步走完这1000米。

写一部舞台剧，为啥非要写长山头渡槽建设呢？

不是因为它是西北地区最大的渡槽，最关键的是这个工程要飞跃清水河，还要把每一节重达60多吨的渡槽吊装上去。但在当时，从全国来说，也没听说过有这么大型的吊装设备。固海扬水的四泵站设在这里，如果渡槽不能飞架，黄河水就无法往西海固走，西海固的老百姓只能望河兴叹。经过努力，工程处的技术人员攻克了技术难点，进行了很好的过河渡槽的安装设计。

··········

上午十点半，林立功、徐迎水走进固海扬水管理处的院子，迎面遇上虎副处长。林立功从挎包里抽出一沓稿纸，捏在手上向虎副处长报告说，舞台剧的剧本已经完成，顺势把剧本递给虎副处长。虎副处长笑着说林立功辛苦了。接过剧本，他站在原地把一摞稿纸翻了翻，目光停留在标题"飞架长山头"几个字上。

"把你的大作交给马处长看。"虎副处长流露出欣赏的目光，又诚恳地说，"我不懂文学艺术，狗看星星一片黑，看不出个所以然。"说罢，虎副处长把本子还给林立功，继续往外走。刚走出十几米又扭头说，"唉，算了，立功。马处长为严打的事头疼呢，顾不上剧本。我要走泉眼山，你们回吗？回的话，坐我车走。"

林立功思考了一下，叫上徐迎水一起跟上车返程。

"铁裁缝"，隐藏功名，
沅江泵里展露冲天志向

泉眼山首级泵站又出了一件大事。

到了冬季，泵站的8台沅江泵冻坏了3台。临近腊月，生活区青砖瓦房的屋檐下缀着的冰凌晶莹剔透，每一根都比筷子长，端头尖尖的。阳光好时，雪水从屋檐淌下来，落在地上不时发出滴答的声响。转天一早，屋檐上的冰凌还是消不掉，老职工的几个小孩用火钳把冰凌捅落在地，捡起来拿在手上玩，含在嘴里当冰棍。

他们使用的3台水泵就是在这样的严寒天气下冻坏的。对张站长和林立功来说，这是糟糕透顶的事，如果不能及时维修，一定会影响到几个月后的春灌。到时，一滴黄河水扬不上去，建成的几个泵站都会停止运转，国家损失就大了。管理处接到报告时十分重视，马处长和虎副处长一起来了，机电科的曹科长和维修科的包科长也跟了来，他们看着一堆几十吨重的铁铸泵壳无可奈何。自家技术力量不能解决问题，马处长提出及时联系国内专家。专家到现场一看，折腾一番，仍未修好。

"马、虎处长，曹、包科长，你们惹了大麻烦！"自治区水利局局长来检查工作，瞅着3台有裂缝的水泵皱起眉，"泵必须尽快修好，若是耽误了春耕，灌区的老百姓一定认为你们把水贪污掉了！"

这3台沅江水泵来自湖南，长沙是沅江泵的故乡。林立功去过一次长沙，在长沙水泵厂看过工人师傅制作沅江泵的全过程。林立功细心，弄清了水泵从"胚胎萌芽"到"肢体健全"的所有步骤，还记住了师傅安装它的流程。冻坏的3台铁铸泵壳受不住北方寒冷的天气，从南方来到北方，表现出水土不服，身上裂开了一指宽的缝隙。如果修不好，它们难以逃脱被抛弃的命运，这会给国家造成高达几百万元的经济损失。既然3台沅江泵耗资巨大，上级单位一定会出面及时止损，不可能任其轻易报废。

果不其然，几天后，全国总工会派来的陈专家抵达泉眼山。

陈专家瘦骨嶙峋，60多岁，精神矍铄。来泵站的第一天，陈专家从吉普车上下来，站在泵站院子里先张望了一圈，不吃不喝不休息，非要张站长带他去机房察看被冻坏的水泵。在大瓦数灯泡的刺眼强光下，陈专家从上衣口袋里掏出一副老花镜戴上，俯下身抵近观察泵体上一道道受冻裂开的缝隙。忙活了一个小时，陈专家费力地直起身，也不发表任何高论，默默走出机房。陪同的马处长、张站长紧张坏了，屏住呼吸，盯着专家的脸，只等陈专家发表诊断结果。

"宁夏黄河开闸春灌是在什么时候？"陈专家顾左右而言他，用这个问题打破了有些沉闷的气氛。

"是4月。"马处长回答。

"请您告知我具体日期。"

"每年4月4日或5日。"

"哦，时间上来得及。"陈专家从容地笑了。

"陈专家，您有要求，尽管提。"马处长说。

"我需要两名助手。"

"叫林立功来。"马处长想都没想，点了林立功的名字。

陈专家问完春灌开闸时间，也不谈维修，只说这3台水泵受冻后裂缝比较大，维修难度也是很大的。但是，这泵有救！又说，维修工作得一点一滴做，进度快不起来，费时大约四个月。四个月后，宁夏春灌。

马处长提出，让陈专家住到县城一家大旅社里。陈专家摆摆手，坚持说住泵站，与泉眼山泵站的职工吃住在一起，便于工作，也便于交流。马处长和自治区总工会领导劝不住，只说陈专家如果非住泉眼山，就开小灶。陈专家连连摆手，拒绝讨论这个话题，态度威严，不容商量。

"讨论这个太没意思！"陈专家说完，瞅见林立功跑步前来。

"他叫林立功，是技术骨干，还是一位作家。"张站长介绍。林立功向陈专家问好。陈专家打量了一番林立功，笑着对马处长说："好嘛！马处长，你派给我的小林同志，很有精气神嘛！"

临时派下来的任务，把林立功整蒙了。这天傍晚，马处长安顿好陈专家，离开泉眼山泵站之前，把林立功叫到他的车跟前，特别叮嘱："林立功啊，你全力配合陈专家的工作，切记不要问东问西。陈专家来头很大，是国家的宝贝。他不愿说话时，你别问话。他对你讲什么，你只管听，听完就忘，绝不能对外透漏。"

林立功听了一怔。

"立功，我说的话，你记住了吗？"

"马处长，我记住了！"

"立功，你的任务既是配合，也有陪同的意味。"马处长继续提要求，"陈专家在干活时你陪着，绝不能让他心慌和想家。"

"保证完成任务。"林立功说。

马处长拍了拍林立功的肩，低头钻进吉普车，回了城。当晚，张站长神色严肃地对林立功说，在全国，陈专家是唯一能修这3台水泵的人。林立功问，泵站是怎么找到陈专家的？张站长说，固海扬水管理处把困难报给自治区，自治区向全国总工会求助。全国总工会下设的什么科学技术学会，从专家库找到了陈专家。

冰冷的泉眼山泵站，陈专家每天工作10小时以上。这种维修工作必须一丝不苟，把泵体上的裂缝精细地补好。这项工作要求极度精细，陈专家的仪器和工具都很精密，是林立功没见过的。陈专家采取了冷焊接的技术路线。显而易见，他是小焊接、冷焊接、铜焊接、锡焊接方面的大专家。

陈专家的工作现场在巨大泵体的腹腔。每天早上一开工，林立功就跟着陈专家钻进沅江泵。这种水泵的腹腔大过一栋小房子，若从外部形状来看，它比一辆双桥半挂车还要高大宽厚。按说工作现场不算狭窄，但泵体内部空间是密闭的，人钻进去能明显感到缺少流动的空气。在泵体内工作，非得营造一种特殊的工作环境。陈专家指挥林立功在泵体摆上十几台上千瓦的电火炉，用来炙烤，为泵体升温加热。泵体内的顶部高达2.5米，他们有时得架一把梯子才能作业。陈专家认真地一寸一寸缝合裂缝，像一个颤颤巍巍的老太太捏着一根针，艰难而缓慢地缝补一件破烂的衣裳。

陈专家诊治了一个月，第一台水泵恢复健康。

马处长一看，激动地竖起大拇指："陈专家，'铁裁缝'！"

这天上午，陈专家悄悄对林立功提出要求，说是想喝口酒，休息半天。林立功这才猛然想到，陈专家来后，不知不觉已忙碌了一整月。林立功说，酒菜下午准备好。陈专家很高兴，说千万不要惊动站上和管理处领导，又提出把小徐和小吴两个年轻人也请来，一起热闹。中午，林立功搭泉眼山运输石料的卡车进城，不大一阵工夫便带回两瓶茅台和几碟荤素下酒菜。

掌灯时分，陈专家来到林立功的宿舍赴宴。

因陋就简，他们把宴席设在宿舍里间。徐迎水从邻居同事家借来一张小方桌，安放在自己床铺中间，又摆上各样酒菜。有凉拌牛肉、羊羔肉、清蒸黄河鲫鱼，还有几道叫不上名字的菜肴。陈专家和林立功坐在小方桌两边，徐迎水和吴买骡侧身坐在床上。这样，四人勉强坐下。平日简朴的陈专家，今天却要带领大家一起大快朵颐。吴买骡殷勤招呼，拆开一瓶茅台酒，徐迎水接过酒瓶，把酒缓缓斟进一只只杯子。

大家端起第一杯酒，陈专家提议，为相识在黄河之滨干杯！然后自顾着仰起脖子一饮而尽。林立功心想，陈专家今天一定有开心的事，不然不会如此激动和兴奋。不过，大家都不好问什么。开席之前，林立功再三叮嘱徐迎水和吴买骡不要多说话，也不要乱问话。吴买骡心领神会，拍着胸脯说："立功，我只为赴宴，张嘴只为吃喝，不会多问一句。"

酒过三巡，面红耳赤之际，陈专家觉得气氛沉闷。这几个青年只顾给自己敬酒，绝不主动挑起话头。陈专家想说话，明明对面坐着三个青年，可他又找不到对话的人。瞥见徐迎水枕边放着一册高三数学课本，陈专家笑了笑，满脸欣喜地看着徐迎水，说读书是一件好事，虽然你们已经就业，但若将来能读大学，再把理论和实践相结合，一定能在新的工作岗位上作出一番大大的成绩。

他们笑着，不住地对陈专家点头。

"咱们认识一段时间了，我应该自我介绍一下。"陈专家笑盈盈地说，"我叫陈钟盛，祖籍云南大理。旧社会，我在大学里学习机械制造专业，熟悉机电维修。新中国成立后，我从云南去了北京，成为飞机修理工厂的一名技工。后来，工厂职能发生调整，我迈进航天系统搞铸铁冷焊技术研究。没想到，围着飞机忙碌了一辈子，而我一生没坐几回飞机。像这次来宁夏，我还是乘火车来的。"

"您为啥不坐飞机？"吴买骡问。

"一登机，我头晕。"陈专家说。

"哈哈！"林立功忍不住笑出声。陈专家起先是维修电机的，改行之后竟然成了著名的铸铁冷焊专家。林立功很想问陈专家为何改行搞冷焊，但不能问。马处长叮嘱过，只能听陈专家讲，不能主动提问。更何况，他已这样要求徐迎水和吴买骡了。如果自己带头破坏规则，有失威信。

陈专家手拿筷子，缓缓地说："我国早些时候工艺技术水平不高，很多铸铁大件一旦发生故障，根本没法维修。要重新制造吧，耗时费力，浪费极大，外购的话代价太大。有一回，我的老师郑重地告诉我，铸铁大件是可以通过铸铁冷焊技术进行修复的。"

林立功几人顿时被吸引住，想继续听下去。

"我问我的老师，既然能焊接修复，可技术在哪儿呢？老师说，在外国。这一下，我知道技术只能靠我们中国人钻研了。"

林立功若有所思。

"焊接技术分热焊接、冷焊接两种。热焊接条件苛刻，很少有人用。冷焊接技术复杂，更没人愿意尝试。"

"哦。"

"我当时下了决心，要结束铸铁大件不能维修的历史。"陈专家啪地放下筷子，动情地瞅着大家，"我是一个搞机械的，隔行如隔山，要实现这个目标，就得学习！我钻研许多年，1966年搞出第一种规格的不同性能的焊条，接着搞出低氢型普低钢焊条，让焊条成本大幅度下降，成为首创。"

"陈老师，您的技术应用一定很广吧？"林立功没忍住，问了话。

"昨天，有条大新闻，你们留意了吗？"陈专家环视一圈。

"我国发射了第一颗地球同步卫星！"徐迎水脱口而出。

"对！"陈专家拍着大腿高兴地说，"哎，就是这条。"

"陈老师，这莫非和您有关？"立功、迎水和买骡齐声问。

"与我也没什么大的关联。几年前，国家研制卫星的运载火箭时，有个大型铸件因冷却而开裂。而缺少了这个大件，会影响运载火箭的研制进度。"

"您做什么了？"大家急切地问。

"我也没做多的工作，"陈专家顿了顿，语气平缓地说，"我只是把运载火箭上冻裂的这个大型铸件，一针一线地给缝合了，让它一飞冲天。"

陈专家把话说完，几个青年愣住了，宿舍里一下沉默了。林立功站起身，以无限崇敬的眼神望着陈专家，徐迎水站起身，吴买骡手忙脚乱地往酒杯添满酒，溢出的酒水落在桌面上，酒香在小屋里萦绕。陈专家也站起身来，他们庄重地举起了手中的酒杯，不约而同地提议，用杯中美酒祝贺国家的卫星上天。是啊，卫星上天，这是让全体中国人为之自豪、为之振奋的事情。谁能想到，为之付出过智慧和心血的陈专家，此刻正在黄河之滨开怀畅饮，在一个偏僻的泵站与水利青年一起遥祝属于国家、属于中华民族的一次不小的进步。

不知何时，屋外落了雪。

借着宿舍窗户射出的一束光，能看见屋外雪花在飘落，玻璃窗像一面飘满雪花的电视屏幕。这是冬日里最后一场雪，黄河两岸的平原，此时开始孕育一个崭新的春华秋实，离黄河开闸的日子越来越近。陈专家把工作有条不紊地向前推进，得尽快把活儿干完，只有这样，固海扬水人的心才会踏实些。

"你们争取考上大学！虽说社会本身就是一所大学，行行都出状元，每一个平凡的岗位都有机会让人发光发热，然而，接受大学教育会让人的知识面变宽。"陈专家说这话时已是醉眼蒙眬，斜靠在垫了被子的墙角。

万籁俱寂的泉眼山，静得听不见一丁点儿声响。厚厚的大雪覆盖了泉眼山泵站，一片银装素裹，两代人共同的情感和愿望，在这里拧揉交织，激情碰撞，奏响了一首昂扬向上的畅想曲。林立功把目光投向窗外，树枝上厚积的雪在纷纷扬扬坠落，他听见黄河开凌破冰，水在哗哗流淌，是那么嘹亮。

·
·
·

徐迎水，寄身河畔，
满怀柔情遇爱西海固

　　春节，林立功没回家，继续陪陈专家修泵。

　　除夕前一周，徐迎水、吴买骡结伴乘坐长途班车回家过节。泵站上冬季事情少，年度培训工作刚结束，忙碌了一整年的年轻职工匆忙返乡。大家兴高采烈的，每人都给家里采购了大包小包的年货。徐迎水没办年货，他嫌麻烦，再说这事不归他管，母亲每年都会提早办妥。他甚至连挎包都没带，只将一把牙刷竖着塞进大衣口袋。路过中宁县城，他买了两袋枸杞夹在胳肢窝下，准备回家孝敬父亲。

　　县汽车站人头攒动，摩肩接踵，返乡的人拎着行李匆忙地进进出出。徐迎水见班车一时半会儿不走，就和吴买骡来到站外的马路牙子上抽烟，边晒太阳边闲谝。几名警察在车站门口维护现场秩序，车站广播反复播报："严厉打击各类刑事犯罪活动。只有严厉打击各类刑事犯罪活动，才能改变社会风气，促进社会安定，使人民群众有安全感，解除后顾之忧，一心一意搞生产、搞建设……"

　　这会儿，泵站上的女同事周淑芳和另一个女工各拎一个提包来到车站。她俩家在西吉县，也准备返乡，看见徐迎水便主动上前打招呼。她们乘坐的班车比徐迎水的晚，还得等一个小时。周淑芳和徐迎水都是交二处子弟，父母是相熟的筑路工人。周淑芳笑嘻嘻地对徐迎水说："你春节有好事喽。"徐迎水一怔，没想明白，他觉得侥幸躲过汪吕的疯咬，没被扭送进县严打办已是万幸。除过这事，再无更幸运的事。

"迎水，装不懂啊？"周淑芳捏着棉衣领口斜睨着他说。

"被你问得一头雾水。"徐迎水吸一口烟，眯起眼。

"唉，江小雨对你有意思，你不知道？"周淑芳笑着，"上一回，我对你说过让你主动一点儿，你倒好，没任何动静。"

"呀，人家江小雨会看上我？"徐迎水不以为意。

"嗅觉好差，你该换个狗鼻子！"周淑芳摇着头。

"哎，周淑芳，你把话讲清楚嘛。迎水和我都一头雾水。"吴买骡凑上来急切地问。

"江小雨家是同心县城的，"周淑芳看一眼吴买骡，没有理睬他，继续对徐迎水说，"她和我约好，跟我一起去西吉。"周淑芳严肃地盯着徐迎水，"我说的都是真的，因为江小雨是认真的。"

"江小雨要去西吉县，你告诉我干吗？"徐迎水故作不屑。

"去你家呀！你不欢迎？"周淑芳笑着说。

话说到这儿，徐迎水觉得周淑芳过于多事，刚想发作，忽然瞥见马路对面有个女孩正朝车站走来。再一细看，果然是拎了提包的江小雨。徐迎水一慌，拽着吴买骡就走。周淑芳咯咯咯笑了，笑声中带着胜利的欢快。徐迎水快走几步，抽出一根香烟叼在嘴上，划拉了几根火柴总点不着。他明亮的眼睛里，透出一股忧郁和茫然。

吴买骡没说话，嘻嘻哈哈地把一只大手搭在他肩上。

江小雨的身影，不断闪现在徐迎水的脑海中。

第一次见江小雨，是那年从甘肃景泰学习回来，刚分到泉眼山泵站。是个傍晚，徐迎水和吴买骡下了班，有说有笑地走出泵房。抬眼看见高处的框架上，一辆巨大的航道车正在缓缓行驶。几十吨重的航道车，像一个庞然大物，被一个扎辫子的女孩摆弄着。夕阳柔和的余晖下，他们没有看清女孩的面孔，但女孩的泰然自若却让徐迎水看愣了。吴买骡赞叹："了不得啊，瘦小的女娃，驾驭这么一个大家伙！"

隔了几天，又是个傍晚，几辆卡车塞进泵站院子里。由于空间有限，卡车全动弹不得。徐迎水和吴买骡幸灾乐祸地蹲在一旁，专看热闹。或许是司机的驾驶技术还不娴熟，急得满头大汗也没辙。这时，有个身穿夹克衫的女孩爬上一辆卡车的驾驶室，轻松摆弄了几下，又从车窗探出脑袋，大声指挥另外的卡车移动。这女孩一挪三动，像玩魔方那样，居然把一辆卡车慢慢开出了院子。

徐迎水开了眼，一打问，得知这女孩是3班的江小雨，是个驾驶能手。对上号了，这女孩正是几天前开"大家伙"的那个女孩。

"哎！你好。"徐迎水蹿上前，和江小雨并肩走在去食堂的路上。江小雨一脸冰霜，根本没正眼瞧他。

"江小雨，我想和你认识一下。"徐迎水笑着搭讪。

"起开！"江小雨眉毛一挑，杏眼圆睁，眼神刀锋一样逼人，"我知道你，4班的那个不咋地的徐迎水。"

徐迎水碰了一鼻子灰，悻悻地，心里直怪自己嘴贱。再后来，他留意到宿舍的后窗正对着江小雨宿舍的前窗，两间宿舍是前后排，间隔不足4米。有时，他趴在后窗的桌上复习功课，只要抬头就能透过玻璃看见江小雨的宿舍门。时间一长，江小雨何时出门，何时进门，他都有了掌握。

不久，徐迎水的4班和江小雨所在的3班，一起在泵站忙着搞检修，处理一起临时突发事件。工作并不顺利，忙完已是凌晨2点。大家走出泵房，感到饥肠辘辘，这才想起既耽误了午饭，还耽误了晚饭。大家往食堂走，食堂没有留饭，门上挂着一把冰冷的大铁锁。江小雨和另一个女生嘀咕说饿坏了。徐迎水一听来了精神，绕食堂外墙走一圈，发现有一扇窗户没有关严实。他操起手钳果断撬窗，钻进厨房，掌勺给每人炒了一盘蛋炒饭。这一顿，吃得每个人都很难忘。

之后，江小雨开始冲徐迎水笑，既因工作，也因对他的再认识。

细说起来，这种再认识源自一起生产事故。有天早晨，徐迎水带4班接替3班工作。这天的工作任务是试水，试水一结束，泵站就要春灌。固海扬水工程是边建设边投用的，已经建成的一些泵站，得把黄河水给周边百姓扬上去，确保春灌。徐迎水接上早班，半小时后，发现电机温度不断飙升。这是一个危险的现象，透过观察镜看，温度越来越高。他还没找出原因，突然跳了闸，整个泵房停止运作，黄河水扬不上去了。

固海扬水管理处嗅觉灵敏，在20公里之外检测到泉眼山泵站出了事故，不等泵站上报，立即派检修队前来察看。马处长外出不在家，几个副处长齐刷刷都到了。张八级，是一名八级钳工，也是一名技术权威，是固海扬水管理处从甘肃景泰引进的技术人才。八级，说的是他领取八级工的工资，这在本单位职工中数第一，普通工程师拿的工资也只是他的一半。张八级，要是没有一身本领，没人服他，也不会从甘肃被礼聘到宁夏。对泉眼山泵站的突发事故，几个副处长心里没底，急忙问张八级到底是咋回事。张八级埋头忙着检查，额头上冒出的汗水直往眼眶里流，根本顾不上回话。张八级查来查去，最后检查到泵房的冷却水那块。

"唉？不应该啊！"张八级百思不得其解，突然大吼，"到底是谁？是谁在老子做的活上动了手脚？"

边上的徐迎水被吓了一大跳。

张八级一手拎着扳手，像一头狂怒的狮子咆哮着。这种拿高薪的师傅，都有超人的本领。张八级不愧是张八级，很多人虽然叫不出他的本名，但他没辜负这个响亮的称谓。张八级最终确定，事故原因出自一个小细节——近期黄河水质有些杂，搞维修的工人昨晚把冷却水管的一道阀门更换了。安上新阀门，但没打开这道阀门，前一拨上夜班的职工并没提醒徐迎水，以致温度过高，运行异常。

"冷却设备是一根管子，在抽水泵循环。一出现异常，水泵轴瓦温度就升高，这样会把巴氏合金烧掉。这一烧掉，水泵就停止作业。徐迎水你不懂吗？"一个副处长指着徐迎水的鼻子怒吼。

"这是一起严重事故！"另一个副处长补充道。

事故的严重性，徐迎水清楚。原本他想解释一两句，可眼前的两位副处长喋喋不休，使他没有申诉机会。转念一想，这种事儿还能解释清楚吗？泵站和管理处对徐迎水进行了严厉处罚，罚款100元钱，外加通报批评。被罚掉的100元钱，是徐迎水好几个月的工资。徐迎水情绪不高，暗自忍耐了下来。

当天傍晚，徐迎水心情败坏地躺在床铺上，也没去食堂吃饭。忽然，他听见后窗砰砰被人敲响，起身一看是江小雨。江小雨居然破天荒地来找徐迎水！江小雨满脸通红，隔窗不好意思地看着他。这一下，徐迎水倒是乐了。江小雨承认错在她身上，3班班长原本要江小雨把阀门的事情向4班交代清楚。可早上临下班，江小雨因为上了一夜班头昏脑胀，竟把这件事情忘掉了。隔着一扇窗，徐迎水冲她笑了笑，豪迈地把一只手在空中一绕，说这件不愉快的事已随风飘走了。

自此，江小雨和徐迎水有了交流。江小雨觉得愧对徐迎水，对他有了些许好感。徐迎水通过日常交往，逐渐弄清江小雨的父亲在老家是管交通运输的副县长，非常宠爱江小雨，把她当成儿子养，在她读中学的时候就带她掌握了各种车辆的驾驶技能。

…………

听说江小雨要走西吉县，着实吓到了徐迎水。

那么，徐迎水有什么顾虑呢？

江小雨比徐迎水大3岁，她欣赏徐迎水的男儿气概，徐迎水又喜欢她的飒爽干练。但如果说处对象的话，徐迎水总觉得会十分尴尬，他不愿找一个小姐姐当女朋友，再当媳妇。徐迎水把心事对林立功倾诉过。林立功说，这是徐迎水大男子心理作祟。坐在回西吉县的班车上，徐迎水思考着如何摆脱江小雨，忽然心生一计。

长途班车一路南下，驶进固原城。徐迎水不急于回家，直接住进固原红星旅社，跟当地朋友痛痛快快玩了三天。第四天，徐迎水心想春节马上就到了，江小雨见他不在家，肯定已离开西吉县了，或者周淑芳带江小雨走了别处。这么一想，他搭上了一趟走西吉县城的班车。一个小时后，班车途经夏寨水库时他跳下车。夏寨水库边上，是交二处干部职工驻地，包括父母在内的一批筑路人，长期工作在西海固深处。

冰封的夏寨水库像一面镶嵌在大地上的硕大镜面。有一群小孩子划着雪橇，在冰面上欢快奔跑。在西海固，一座座大大小小的水库静静地隐匿在干山枯岭之间，它们是人生产生活的凭依，尤其在大旱之年总能给人以慰藉和信心。今天晴朗无风，大山深处仍然寒气逼人，山里气温比平原低了好几度。一条蜿蜒盘旋在山间的土路上，行人很少，几道从黄泥小屋冒出的炊烟直插碧空。夏寨水库上方的一处平台上，一大片布局齐整的土坯房就是交二处的生活区。这里每一排土坯房，都是标准的六间房。每六间房分别住两户人家。比起周边老乡的房子，交通系统的家属区更像一片兵营。

交二处，是简称，它的全称是交通部第二工程管理局第二工程处，牌子很大。实际上，这是一家流动性很强的单位。徐迎水家的房子是简易的土坯房。建造这片家属区时很仓促，大家用土坯一垒，细木椽子搭个顶，覆上两层牛毛毡，再铺上稻草糊上泥巴。交二处家属区没有围墙也没有院落，完全是一个开放式生活区。

徐迎水进了家门，挑开正屋的门帘，与母亲撞了个满怀。

"呀，迎水，吓我一跳！"母亲有些嗔怨，拍一下他的肩膀说，"这几天你跑哪儿去了？这么贪玩，小江姑娘都来三天了，不见你人！"

"啊！"徐迎水的脸一下垮掉了，心想这姑娘还真铁了心。

"小江在隔壁，你快去见她吧。"母亲轻轻搡一下他，示意他主动些。徐迎水没动弹，有些吃惊地问："难道这几天她一直住咱家？"

"小江是咱家客人，当然得住咱家。"母亲笑道。

门帘一下被挑开了，江小雨笑盈盈地走进正屋，歪一下脑袋站在徐迎水面前，顽皮地问："怎么，你不欢迎我吗？"徐迎水挠一下头皮，两手抄在裤兜里，不自在地杵在边上，双眼瞅着贴在一面墙上的电影《高山下的花环》的海报。徐妈妈见状，笑着拉住江小雨的手坐到炕沿上，说西吉冬季很糟糕，特冷。又起身捏起火钳捣了捣本就旺盛的火苗，说要去准备午饭。母亲一出屋，便钻进了灶房，只剩他俩待在正屋。徐迎水有些不好意思地笑一下，又恢复了往日的热情，表示热烈欢迎江小雨的到来，还假意说自己并不知道江小雨跟周淑芳一起来了交二处。

两人走出土坯房，漫步在水库边上。

夏寨水库大堤上栽种了一圈榆树、槐树，枝丫光秃秃的，倒像是敞开心扉的一个个少年人。江小雨没有一丝羞赧，直截了当地对徐迎水说了此行目的。江小雨今年24岁，父母给她介绍了一个对象，是同事的儿子。也巧，这男孩和江小雨又是中学同学，自小相熟。父亲上个月去银川开会时专门叫吉普车绕道泉眼山泵站，说江小雨若中意那个男孩，就安排他俩在春节订婚。父亲虽然带着征求意见的口吻，但江小雨了解父亲的性格，觉得事情并不简单，坚决不同意。

"小雨，你说，我能帮你做些什么？"徐迎水问。

"当真要帮我？"江小雨把目光从冰面上收回，看着他。

"我当然要帮。"

"那你娶了我！"

"哎，不是，除过这一条。"徐迎水急忙摆手，"小雨，我们是同事，还是朋友。我和你的友谊，就像我和林立功那样。"

"除了这一条，我不同意别的帮法！"

"我们是朋友的友谊。友谊，月光般的友谊，永远是月亮。"

"行啊！你这句话说得很有诗意嘛。"

"是我从立功发表的文章上读到的。"

"你不喜欢我，为什么总是搭讪我？"江小雨咄咄逼人。

"我欣赏你的坦率，还有干练。"徐迎水顿了顿，反问，"想不明白，你江小雨起初讨厌我，之后咋会喜欢上我？"

"徐迎水，你坏，但坏得光明磊落。"江小雨迎着他的目光说。

"哈哈！"徐迎水有些不好意思。

他本想说几句感激的话，还没开口，就听见江小雨说："你徐迎水善于学习，头脑灵活机智，处理事情很有章法，有解决复杂问题的能力。我欣赏你，尤其是你在处置水泵事故的事上很有风格，但凡知道这事情的人都佩服你。"

听江小雨说到泵站事故，徐迎水再没往下接话，有意避开这个话题。他弯腰捡起一块石子，弓腰跨步，猛地扔向水库。石子在空中划出一道长长的弧线，准准地砸向水库外沿的下方，惊得一群鸟雀泱泱飞起。

"我师傅崔敬乾的事，听说过吗？"徐迎水问。

江小雨是知情的，当年在甘肃景泰川实习，这起事故一出，甘肃和宁夏的扬水人都知道了。一个甘肃的师傅，搭上性命，营救了一个来自宁夏的徒弟。因为这事，马处长和水利局领导还专门去了一趟景泰川。徐迎水第一次对江小雨袒露了内心："崔师傅对我说过，要我成为一名真正的水利人，把黑山峡的黄河水，徐徐引到最需要的地方。这几年，师傅的话总出现在我梦里，萦绕在我耳旁。醒来后，我觉得我一定会是个优秀的水利人。但是上班累了，我心理上会对工作有排斥情绪。"

"这种念头，我偶尔也有，别人也是，忽然冒出来，很快又消失。"江小雨笑了笑，以理解者的口吻回应。

"有时，我不知道自己能否坚持下去。"徐迎水红着脸，吞吞吐吐地说，"我最初的理想是当一名解放军，在部队干一辈子，胸前挂很多的军功章。倒不是说水利工作不好，然而，我父亲掐灭了我这个梦。"

话说到这里，周淑芳来了，他们几个青年人一起围着火炉吃了午饭。下午，徐迎水和周淑芳陪江小雨去了一趟西吉县城。江小雨给父亲拍了电报，告知家里，说自己在西吉县朋友家，春节不回同心县，绝不订婚，请勿担心。

除夕，江小雨和徐迎水一家愉快跨年。徐家父母十分开心，喜上眉梢，高兴得合不拢嘴。江小雨因为被逼婚的事来到徐迎水家，他没有理由不接纳。交二处与他年龄相仿的青年很少，她一来，正好有人和他聊天解闷。

交二处的干部职工远离家乡，为给国家修路常年四处流动。平日，他们与周边居民往来并不密切，夏寨水库边上，只是他们的生活区驻地。逢年过节，他们是要互访的，只有这样，他们的春节才会热闹一些。来串门的同事一见江小雨就笑，转过身无一例外地对徐妈妈说："你家迎水真有本事，这么俊俏的姑娘不用往回领，自个都撵上了门了！"徐妈妈赔着笑，她猜不透青年人的心思，心里没底。只是没想到，江小雨的到来竟成了一条轰动交二处的大新闻。

浙江老庞与两个四川女人

　　正月初二上午，江小雨忽然不见了。徐妈妈敲门叫她吃早餐，不见屋内有回应，推门进去一瞧不见人影。徐迎水昨晚休息得很晚，这会儿还捂着被子呼呼大睡。母亲把他从被窝里揪起，让他出门找江小雨回来。徐迎水翻身起床，洗漱后跑到水库边，找遍前后巷道还有周淑芳家，都没找见。到午饭时，仍不见影踪。徐妈妈猛然想起，说是去川区的长途班车今早开通了，黎明从县城开到交二处停下揽客，司机嘀嘀嘀按了好一阵喇叭。徐妈妈猜想，江小雨或许坐上长途班车，不辞而别，出了大山。

　　徐家人忐忑不安，都为江小雨的安全担忧。

　　母亲以为徐迎水惹江小雨生气了，一个劲埋怨儿子不懂与女生相处。父亲不参与讨论，背着手原地转圈圈。徐迎水分析，江小雨一定是回了泉眼山。他宽慰父母，不必过分替江小雨担心，自己明天一早坐长途班车回泉眼山泵站，江小雨保准在单位。父亲疑惑得很，春节放假，小江怎么会回单位呢？徐迎水说，林立功他们春节不休息，还在抢修几台冻裂的水泵。

　　新春佳节，泉眼山泵站的维修工作干得正起劲。

陈专家、林立功，外加一名技工老庞，他们仨钻进一台沉江泵的腹腔，踩一把梯子搞维修。干这种活儿，3个人相互配合才顺手。陈专家带林立功干活，老庞专门负责开关压缩机，从旁辅助。一个庞大的泵体，比一大间房子还大，脚边几只上千瓦的电磁炉映得四壁通红。虽说屋外冷风凛冽，零下十几摄氏度，但泵体温度一直保持在40摄氏度以上。为了工作，他们穿得很少，林立功只穿一条黑色短裤。他们每忙碌10分钟，就得跑出来呼吸新鲜空气，给身体降温，喝口水歇息一会儿，接着再钻进泵体。日复一日地跟着国内顶尖的焊接专家在高温环境下劳动，林立功居然把自己变成了一名娴熟的焊工。

老庞叫庞建荣，45岁，原籍浙江台州。这人身形高大，体格魁梧，皮肤黝黑，俨然一派西北汉子气概。庞建荣很有语言天赋，既能讲浙江话，也能讲普通话，还熟练掌握宁夏各地方言。老庞一来，与大家有聊不完的话题。春节前，陈专家诚恳地说，老庞可以回家休息几天，专心陪一陪妻儿老小。岂料老庞哈哈大笑，说自己没家没舍，正好可以跟陈专家一起忙维修。听老庞这么一说，陈专家反倒十分尴尬。除夕上午，自治区水利局的领导、固海扬水管理处马处长来慰问，随车拉来一堆肉食、蔬菜和白酒、葡萄酒。泉眼山泵站除两名留守的值班人员，只剩他们仨。

慰问人员一走，他们扭头钻进沉江泵。为抢在春灌之前修好三台泵，他们不敢懈怠。有一回，陈专家趁透气间歇，好奇地打问老庞家事。老庞不见外，点了支烟说了起来。陈专家和林立功听到的却是一段撼人心魄的故事。

"我是一个孤儿，既没爹也没妈。我爸是浙江台州人，早年就读黄埔军校第六期，学校在武汉，听人说他和赵一曼是同学。抗战期间，我爸在国民党军队里是一名上校军医。解放战争收尾之际，我爸跟部队起义了。没过多久，爸爸妈妈带我回浙江老家，只等分田分地。当时我10岁，都记事了啊。有一天晚上，我爸对我妈和我说，要出门去看一看。当晚，我爸消失了，之后再无音信。有人说我爸跑台湾了，有人说我爸在海上出了变故。我妈不相信，苦等大半年没有等到我爸的任何消息。我妈之前没干过一天农活，在浙江逐渐感到生存艰难。我妈可能进行了一番思想斗争，把我寄养到姑姑家，独自回了四川的娘家。"

"那么，你再没见过爸爸妈妈？"陈专家小心翼翼地问。

"是啊！"老庞端起一只盛满茶水的罐头瓶，喝了一口，"大前年，我到四川，费了好大劲找见我一个姨妈。姨妈对我态度冷漠，只说我妈当年从浙江回到四川，很快改嫁了，跟上一个乡下人走了，几十年杳无音信。"

"你是怎么落脚宁夏的？"陈专家又问。

"命运，让人琢磨不透。"老庞低声说，"我15岁那年，全国刚解放没几年，宁夏在浙江招工，要转移一批浙江人到宁夏来支边。我是个孤儿，索性报了名，跟上移民一起来到银川。来了没几天，我们在银川维修一条大渠。中午，我们干得热火朝天，有个领导来检查工作，在渠道上看见我，抓着我的肩胛骨说：娃娃啊，你年龄小，身材瘦弱，不能让你出这么大的力。我说我吃得消！我们一对话，这领导一听我普通话讲得好，又是地道的浙江人，就对身边人说：这批浙江来的青年多，我们听不大懂浙江方言，把这个半大小子调来给我当通讯员兼翻译吧。"

"这么说，一来宁夏你就遇上了贵人？"陈专家笑了。

"是的。"老庞一下来了劲儿，放下手里的罐头瓶说，"这领导年轻时是陕北红军，跟着刘志丹干事情，还担任过陕北游击总队队长。我遇见这个领导时，他的职务是自治区水利局局长。自此，我给三任水利局局长当过通讯员。后来，我自学技术，年龄一大转到水利工程局。我这回来泉眼山，跟陈专家一起修泵，三生有幸！"

老庞说罢，咧开嘴嘿嘿地笑。

在这万家团圆的时刻，他们仨，老中青三代人赤膊站在热浪滚滚的泵体里，汗流浃背地干活。此时泉眼山泵站一片寂静，没有了流水声，没有了泵的轰鸣，没有了人声鼎沸。说说各自家事，对他们这几个无法与亲人团聚的人来说，是一种心灵慰藉。直觉告诉林立功，老庞是一个很有故事的人。后来，林立功干活儿时，就会期待透气时间，这样他又能听老庞讲自己的故事了。

"庞叔，我觉得你肯定经历丰富得很。"林立功比老庞小20多岁，称其一声叔也是理所应当的。

"哈哈，这辈子，倒是跟人干过一件大事。"老庞笑道。

"啥事？庞叔，你能讲一讲吗？"

"黑山峡，你晓得吗？"

"实习结束那回，我走过黑山峡的水路，从甘肃五佛回到宁夏大柳树。"林立功听到黑山峡这个地理名称，一阵莫名兴奋，扭头对老庞说，"当然，包括我在内的宁夏第一批95名运行工，正是在黑山峡的怀抱里培训出来的。"

"哎，你留意到了吗？"老庞兴奋地说，"在黑山峡大柳树坝址那里有一个洞，很明显地暴露在外面。"

"见过，听说这洞穿过了黄河底部。"林立功说。

"对，打这个涵洞时，我参加了！"老庞说到这里，满脸的狡黠之色。他记忆的闸门已被打开，往事如决堤之水一泻千里。"1978年，水电部西北勘测设计院要掌握黑山峡大柳树的地质情形，决定打这个涵洞。主要是弄清楚有无大的顺河断层通过、有无新构造断裂现象、是否具备发生强烈地震的构造条件。那一回，国家花了很大代价，西北院请来石炭井矿务局的矿工打洞。我呢，像这回一样被单位派来搞协助。做工程时，电都没有。西北院的人在当地说话不好使，把电拉不来，没法子开工。中卫供电所的马所长，原来在水利厅是赶三匹马拉的胶轮大车的。嘿，这马车夫变成了马所长。我一去，马所长激动地跟我拥抱。我在厅长身边工作时，给他帮过忙。马所长亲自带人拉电，第三天，施工队的凿岩机嗡嗡响了起来。"

"这个涵洞，真是从黄河下方穿过的？"陈专家插话。这是林立功感兴趣的话题，他抱起自己的罐头瓶认真听老庞说话。

"最熟悉这条涵洞的人就是我。"老庞大手一挥，眉飞色舞地说，"但凡考察团来黑山峡，只要提出察看涵洞，上级都派我领着进去。这条涵洞的洞口，是垂直向下的，走80米能到涵洞底部。还有另一条路，如果沿斜坡走下去，走124米才能走到洞底。上下通道，留有很多脚窝和抓手，相当于楼梯和扶手。从洞底过河是200米，涵洞的顶部是黄河，离黄河的河底大约25米。"

"庞叔，你说，涵洞里头是啥情况？"林立功十分激动。

"洞里头奇怪得很。"老庞故作惊恐状，又笑嘻嘻地说，"要我说吧，我说得不专业。黄河左岸全是火成岩，一直到黄河底部。进了涵洞，大家从左岸往右岸走，就会出现很多千枚岩。涵洞高度和宽度没有任何问题，2米×2.5米，人走在涵洞里是舒展的。不过，过河涵洞黑黢黢的，石头犬牙交错。我们借手电的光行走，稍有不慎就会被岩石划伤。我们一路朝前走，踩着冒出来的水。涵洞里头，容易积水。"

"目前，这个洞口是封堵的？"

"对。将来有一天，黑山峡要建高坝大库，这涵洞能派上大用场！到时，这个涵洞是要被人重新打开的。"

"重新开启这洞，你仍能发挥作用。"陈专家坐在泵体外的小板凳上，在冬天里摇一把大蒲扇，用另一只手揩额头上的汗珠。

"是啊，但愿这一天早些到来！"老庞兴奋地说。

除夕夜里，他们仨在一起聚餐。不在食堂，仍是宿舍。马处长和虎副处长特意跑到宿舍探望陈专家，一见面又说了一堆感谢的话。某种程度上说，陈专家是个理想主义者，宁肯在春节放弃与家人团聚，也要为固海扬水修泵。聊了一阵，马处长起身告辞，乘吉普车沿黄河干渠去慰问各泵站的值守人员。在泉眼山泵站，他们仨聊天漫谈，海阔天空。几天前，虎副处长把一台黑白电视机调来，摆在陈专家宿舍，好让他在春节打发业余时光。电视机搬来那晚，林立功摆弄天线，收看到的只有中央电视台。

这天晚上，他们在电视里听到了歌曲《我的中国心》。录播的春节联欢晚会，打出楷体的字幕，他们仨的目光紧紧盯住电视屏幕。张明敏用醇厚的带有金属质感的磁性嗓音，唱出中华儿女对祖国母亲的挚爱深情。

"长江长城，黄山黄河，在这首歌里具有象征性，歌词写得实在太棒！"一曲终了，林立功忙不迭地发表了自己的观感，"这首歌曲以海外游子的语气，直截了当地表达了对祖国妈妈的爱。一个十分壮阔的主题，在这首歌里被表现得那么抒情、那么流畅、那么自然，我听这首歌，心里一股亲切感油然而生。"

"是一首爱国主义的经典音乐作品。"陈专家扶一下鼻梁上的花镜，难掩兴奋，"这的确是很好的！"

老庞没有参加讨论，只是默默地抽烟，甚至一句话都没说。陈专家觉察到了，端起酒杯主动敬老庞一杯，笑着说老庞45岁的年龄，不迟不早，尽快结婚。即便一时没有找到也不能灰心。有个家，在生活上有照应，也是很好的。

"找了，我也有了。"

老庞仰脖喝完一杯酒，抬高嗓门，自豪地对陈专家说。

"庞叔，别停，接着讲。"林立功一下子来了精神。

"说起来，这女人是一个在宁夏的外乡人。"老庞坦荡，张口就说，"她呢，今年20多岁，比立功大几岁，比我小十七八岁。这女人是跟她姐姐、姐夫来的银川。在老家上过几年卫校，是个医生，在银川郊区开了一家小小的口腔诊所。三个月前，我们经人介绍认识的，见过几次面。她长相一般，个儿不高，但是对我温柔得很，心地很善良，我自己觉得很满足。"

"年龄上差距大，她同意了吗？"陈专家插话。

"这个嘛，我瞒了她。"老庞低下头，喃喃地说，"我要把她娶回家！原本约定在春节期间办婚礼，有了修泵的事，我延期再办。"

"庞叔，你隐瞒年龄，她知道了会生气的。"林立功说。

"是啊。"

"那你还这么做？"

"关键这女的和我妈都是四川北碚人。"老庞郑重地放下酒杯，把目光投向窗外，自顾自地说，"她和我妈妈的口音一样，我已经找不见我的妈妈了，可每次见面时一听见她说话，我总觉得我听见了我妈妈在对我说话。她不但和我妈妈的口音一致，就连语调语气都相似。正是因为这一点，我和她相处时轻松愉快，甚至觉得我离我妈妈近了许多。我日夜思念的妈妈，在某个遥远的地方，一定会不时想起我。"

林立功听到这里，心里一颤，鼻子一酸，像是被人灌了醋。陈专家没吭气，一边听老庞的话，一边端起酒杯送进嘴里。

灯光底下，老庞笑了，眼眶里滚动着泪花。

正月初三早晨，他们仨爬上泵站框架，准备开工，远远瞅见黄河边上坐着一个人。陈专家左手扶栏杆，右手指向黄河边，有些慌张地说："呀，是不是坏事了！大冷的天，这人孤零零坐在河边做什么？"老庞望了望河边，也说："大过年的，莫非和家人闹了别扭，想不开，要跑到黄河上寻短见？"

林立功向前走几步，努力地张望，觉得这人眼熟。

他们所在的位置，离河畔这个人有百米开外。不等林立功开口，陈专家向他俩提议："今天早上我们不必急于开工，就站这里先观察一阵子吧。"陈专家的意思大家都懂，绝不能眼见一条鲜活的生命消失在河上而无动于衷。老庞也说："我们必须得有所准备，有所行动。”林立功纳闷得很，过年放假，这人如果是泵站职工，为何早早跑回单位呢？这么冷的天，咋又一个人跑到黄河边上枯坐？的确反常！过了一阵，这人从河边站起身。他们仨心里一惊，准备随时向河畔冲去。但没想到，这人转过了身，缓缓朝生活区的青砖瓦房走去。走近些，他们仨看清了是一个女人。

下午，徐迎水心急火燎地赶回泉眼山泵站。

在维修现场找到林立功时，徐迎水已累到有气无力，一屁股瘫坐在沅江泵边上。这天黎明时分，他从西吉县夏寨水库坐上长途班车，颠簸半天，到中宁县城。从县城到泵站，有20公里路途不通车，春节期间也遇不上运石料的卡车。他咬咬牙，迈开双腿，一直从县城走到泉眼山泵站。到了泵站，一推江小雨宿舍门，果然找见了她，一颗悬着的心这才放了下来。大家的晚餐是江小雨准备的，她在宿舍一只火炉上煎炸烹炒，忙得不亦乐乎。徐迎水一来，她再也没了任何的异常表现，乐滋滋地把酒菜摆上桌。

趁江小雨不备，林立功把今早见到的一幕讲给徐迎水。

“当真？”徐迎水吃惊地张大嘴巴。

“嘿，这可不是开玩笑。”老庞听见了，点头插话说，“这女娃心上搁着事呢，今早的反常表现让我们感到恐慌！不信，你去河边看一看，泥潭里还有她一串脚印呢。唉，真叫我们担心，还好她没有继续往河面上走。”

陈专家、老庞、林立功、徐迎水和江小雨，因陋就简，在宿舍里摆下宴席。他们一起吃喝漫谈，欢快地说起卫星上天的事，还有张明敏演唱的《我的中国心》。这天夜里10点半，屋外响起一阵刹车声，划破了泉眼山的寂静。几分钟后，几名青年男子推开宿舍门，为首的是一个大高个儿的年轻男子，20来岁，上身穿一件光亮的黑色皮夹克，相貌俊俏。这个年轻人看见江小雨，有些吃惊。

"小雨，家里人都在找你，你可吓坏大家了！"这男子先是露出一脸的惊恐之色，又赔着笑说。

江小雨坐在餐桌前纹丝不动，脸拉得很长。

"跟我回同心吧！"青年走上前，边说边拽江小雨胳膊。

"凭什么？"江小雨胳膊猛然后缩，蹙眉甩开了这人的手，"你是我什么人？我为什么要跟你走？你凭什么干涉我的自由？"

见江小雨咬牙切齿不情愿，这青年强拉硬拽，非得带走江小雨。陈专家、林立功和老庞看不懂了，也不知眼前的一幕究竟是咋回事。徐迎水倏然起身，单手捏住这青年的右手虎口，稍一用力，青年面目痛苦地松开了江小雨的胳膊。徐迎水两道剑眉上扬，圆睁大眼与这人脸对脸，彼此冷冷地对视着。徐迎水的眼睛里，射出霹雳闪电般的凶光。相持了几秒钟，青年双目低垂，败下阵来。

"徐迎水，我知道你叫徐迎水，听说过你。"这青年目光游离，缓缓说，"我也是固海扬水管理处的，在机关。"他以一种略带哀戚的口吻对林立功说："江小雨是我的中学同学，我们有父母之命、媒妁之言，春节我俩本要订婚……徐迎水，都是你搞破坏！"

"我不同意！"江小雨大吼。

话说到这里，陈专家、林立功和老庞算是弄明白了。老庞凑过来对这青年说："唉，这种事情强求不得啊。"又惋惜地说，"强扭的瓜不甜。"林立功也说："咱都是固海扬水人，订婚结婚这事，双方自愿，才得欢喜。"

"没有徐迎水捣乱，我们的事早成了。"这个青年瞅着林立功和老庞，愤愤不平地说，"我知道徐迎水，是交二处子弟，年龄小，上班早！到今年，还不到国家的法定结婚年龄。江小雨比他大3岁……我今天来，是要带小雨回家的。"

"哎，哎哎。"徐迎水的痞子劲儿上来了，借着酒劲嬉皮笑脸地问，"我没研究过《婚姻法》，你说法定结婚年龄是多大？"

"男不得早于22周岁，女不能早于20周岁。"这青年说。

"我7月底生日一过，到龄！8月1日，就和江小雨领证结婚！"徐迎水不假思索地对大家说，"江小雨，我娶了！"他真和对方较起了劲儿，很自然地揽过江小雨的肩膀。江小雨喜悦地抬眼盯着徐迎水，温柔地和他站在一起。

"呀，臭不要脸的！"青年涨红了脸，生气地朝地面咚咚跺了几脚，又用翘起的兰花指指着众人，带着哭腔最后努力地骂出一句，"呀呀呀，真是臭不要脸的一对呀！"

骂罢，这青年带人悻悻离去。

深夜，原本没有几个人的泉眼山泵站变得热闹非凡。

"我们没听错吧？"陈专家、老庞和林立功七嘴八舌地追问，"你俩结婚？这是认真的吗？"徐迎水拉起江小雨的手，"当然，我喜欢小雨，我妈也喜欢。"江小雨低下头有些羞涩地笑了，散发出快意而幸福的味道。这一瞬的欢乐飞出了朴素的小屋，笼罩着原本寂静的生活区，洋溢在泉眼山的角角落落。

2022年的一天，林立功和徐迎水对我回忆了几十年前的这个春节。徐迎水毫不避讳地说起与情敌的一次次对决，我们还没怎样，他反倒笑得前俯后仰，涌出泪花。林立功热情也高，但他说的最多的是应邀来泉眼山泵站维修沅江泵的大专家陈钟盛。陈钟盛，人称"铁裁缝"，是我国一位著名的铸铁冷焊专家，只凭手上一根纤细的焊条就跻身中国航天事业的奠基人之列。林立功说，他与陈钟盛保持了多年书信交往，直到人们都用上了手机。

涛声河影里，停泊着太多的欢乐和忧伤。痴迷黄河的年轻人，壮年离别的崔师傅，深藏功名的"铁裁缝"，是无数个他们共同构成了一条奔流的大河。河流神圣，河流本身就是一个民族的标志。像世界上各个民族一样，河流生生不息，百折不回，最终汇进了汪洋大海。黑山峡，黄河万里一道磊落峻峭的长峡，胸膛里早无机密可言。

只是河的子孙，与长峡一样丰富多情。

第四章

凝结陕甘宁

　　北缺南丰、夏汛冬枯，我国水资源时空分布极不均衡。凌晨，河南省林县盘阳村的村民在睡梦中被巨响惊醒，他们以为是地震，随后惊悚地弄清，附近红旗渠被相邻的河北省涉县某村村民炸坏。红旗渠工程一直从漳河引水，这年漳河几近断流，两个村庄为水而发生谩骂和械斗。1992年的漳水之争，暴露了华北缺水的态势。彼时，陕甘宁三省区在革命老区联袂向高氟水宣战。

扬水直上西海固，
喝上黄河水的人都叫"李高兴"

　　黑山峡河段一轮又一轮的开发论证，展现了人们对水资源开发利用的审慎。

　　黄河上，甘肃与宁夏的协作同样感人。

　　当宁夏决心引黄河水到毛乌素沙地边缘的盐池县时，立即触动了陕西、甘肃两省的心弦。陕甘两省陆续提出，要一起参加引黄建设工程。虽说开发黑山峡河段，甘肃、宁夏是有争论的，但在面对盐环定扬黄工程时，思路一致。

　　是何原因呢？

　　宁夏盐池、甘肃环县、陕西定边，相互接壤，同样是极端缺水的地方。宁夏盐池县麻黄山乡前塬村是一块隆起的黄土台地，沿唯一的一条村道走到尽头，有一座高高的烽火台。这座秦汉时代的烽火台，白天放烟，晚上点火，报警传信，阅尽了人世沧桑。我们站在烽火台边朝下望，东面是陕西定边县姬塬镇，南面是甘肃环县秦团庄乡，这两面居然都是无尽的土山梯田，沟壑纵横，形态万千，窑洞人家三三两两地坐落其间，一派西北高原的苍茫之色。烽火台边上，还有一通国务院所立的陕甘宁三省区界碑。"鸡鸣听三省"，说的就是这样的地方。故而，陕甘宁接壤的三县又被人们简称"盐环定"。

母亲河，用她的臂膀把陕甘宁凝结在一起。

时光飞逝，转眼已是1986年。

林立功参加工作这几年，泉眼山的黄河边上发生了很多事情。陕西、宁夏、内蒙古三省区，已两次联合向党中央呈报建设大柳树高坝大库的请示。抢修三台水泵的那年夏季，固海扬水管理处十几名青年职工考上大学。这群青年是幸运的，成绩优异者去了北京几所大学，林立功接到宁夏大学的录取通知书，徐迎水和江小雨同时考上了宁夏水利学校。临上学前，在建军节当天，徐迎水和江小雨把两张床拼在一起，把宿舍变婚房。最让人振奋的是，经国务院批准，盐环定扬黄工程将于1987年开建。

"咱们要说盐环定扬黄工程，最好是从固海扬水工程胜利竣工日说起。"林立功这么对我说。

竣工日，寂静的泉眼山，变成了欢乐的海洋。庆祝固海扬水工程全线竣工的会场，就设在这里——固海扬水第一泵站。泵站各个角落彩旗招展，各色气球凌空飘动，少年儿童在鼓乐声中挥舞花束和彩带。活动进行到高潮时，启动键被按下，霎时机器轰鸣，黄河水沿几根直径1.6米的圆形管道咆哮着爬上山坡，冲进宽大的河道。水流汹涌，翻卷起白色浪花，拥向中宁、拥向同心、拥向海原、拥向固原。

固海扬水，是亚洲最大的一项扬水提灌工程，被誉为一项水利史诗级的扬水工程。工程的干渠，由泉眼山自北向南，一路流经中宁、同心、海原、固原四县和长山头农场，设计流量20立方米/秒，灌溉面积40万亩。宁夏水利、送变电、农垦等单位1000名干部职工，四县上万名农民工，历时8年艰苦奋斗，建成17座扬水泵站，铺设204公里渠道，修建各类建筑物500多座，架设高压输电线路209公里。

"立功，咱俩走一回灌区，去看一看。"在庆祝现场，徐迎水一拳捣在林立功肩头，动情地说。林立功愣了一下，瞅了瞅并排站在人群里的徐迎水，"哎，好主意！"又猛然一拳回捣在徐迎水的胸口，"我说一句心里话，咱俩在泉眼山看庆典，压根感受不到固海扬水的英雄业绩，难以提升我们的自豪感。"

"有本事的上新疆，没本事的下平凉。"徐迎水嬉皮笑脸地提议，"咱们不上新疆，不下平凉，回一趟西海固。"

"好！"林立功的目光像展翅的鸟儿落在徐迎水肩上。

固海扬水全线通水庆祝活动一结束，各路人马纷纷返回县城，泉眼山一瞬间又回到了往日的样子，就连泵房的轰鸣、大河的流淌、树叶随风翻卷的沙沙声，都显得那么的寂静。林立功、徐迎水去生活区找老同事，和人寒暄了一阵子，拐弯抹角提出借一个"大件"。幸运得很，他俩各自借到一辆自行车。这次从银川回来，他们特意向学校请了假。在固海扬水全线通水的重要时刻，他们若不能目睹庆祝仪式，一定会留下遗憾。

秋日的塞上大地依然炎热，泉眼山通往外界的土路上，被运石卡车碾压出来两道宽大的辙印，明晃晃地刺人眼睛。他俩出泵站，骑自行车迎面爬上一道缓坡。林立功的自行车轱辘轧在一道车辙印里，徐迎水的自行车碾轧在另一道瓷实的车辙印里，结伴骑向广阔的扬黄灌区。黄河水一路向南，向着高处涌动，行经的地方，提扬上来的黄河水在干渠的两岸画出一道道浓郁的绿、深厚的绿、汹涌的绿。支渠、斗渠、毛渠像人的毛细血管一样，密密地织在干渠和主渠道上。来之不易的黄河水，通过一根根毛细血管输进沿途一个个村庄，伸进了西海固大地的堂奥。

他俩沿黄河干渠的流向，朝南走，也不知不觉地向着高处走去。第三天上午，他们骑自行车来到扬水干渠附近一个村庄。民居依山势而建，山脚田连阡陌，旱田变成水地，地头上一座座高大的麦垛像绵延的山峰，又像艺术品一样点缀在大地上。绿树掩映下，半山坡上散落着几十座民居。林立功和徐迎水一进村，吃惊地发现家家户户没有安大门，敞开的庭院不但种满绿油油的时令蔬菜，还种有很多幼小的果树苗，稚嫩的树叶在风中摇曳。猛然，林立功产生了一种错觉，以为这里就是宁夏平原。

黄河水一路扬上西海固，提灌到眼前这座小山村。

西海固腹地，金秋时节的这个小山村是迷人的，远山近村披上一片淡绿色新装。进村的坡道边上，一人高的玉米周身泛黄，饱满的玉米棒子顶端吐出一股红彤彤的须子。林立功和徐迎水推着自行车，哼哧哼哧朝着坡上爬，汗水洇湿了衬衫背面，像雨水淋过一般湿漉漉的。坡道的中间，一块宽敞平整处，是一条被崭新的土坯民房相夹而形成的显得有些窄小的巷道，迎面有个中年男子骑着摩托车俯冲下来。见有陌生人进村，中年男子轻点刹车，卷起一团尘土稳稳停住。他两脚踩地，威风凛凛地跨坐在摩托车上，车身上醒目地露出了"铃木"两个猩红大字。

"贵客，寻谁？"摩托车手礼数周到地笑问。

"我们不寻谁。"徐迎水与林立功相视一笑，冲这人说，"固海扬水全线贯通，黄河水扬了上来，我们追着水来看灌区。"

"莫非二位是固海扬水管理处的？"摩托车手直觉敏锐，居然准确无误地猜出了他俩的身份。

"嗯！"林立功、徐迎水一愣，都笑了。

"哎呀，是固海扬水人啊！"摩托车手利索地支好摩托车，难掩喜悦地上前拉住他俩的手，"都是我们的贵客，都是我们的亲人哪！"然后热情而坚决地邀请他俩上家里歇脚。说罢，推上摩托车和他俩一起朝坡上爬。

古道热肠的摩托车手，乐意向他们敞开心扉。边走边聊，他俩才知这个小山村名叫李堡子，这中年男子名叫李正轩，是村上的党支部书记，今年40多岁。林立功观察李正轩的言行，认为这人是历经风霜见过大世面的。再一问，果不其然。一代又一代西海固青年不甘枯守大山，梦想在心里像野草一样蓬勃生长。李正轩20年前和同乡一起结伴走新疆，在阜康下过煤窑，在特克斯挖过贝母，后来落脚在玛纳斯县。李正轩说，自己一到新疆就解决了全家的温饱问题，于是，新疆时光就成了他引以为豪的一段光辉履历。再到后来，四乡八村的人纷纷往新疆跑，一去便慕名投靠李正轩，李正轩也乐意帮忙。村上人在新疆寻找出路的基本流程是：一到新疆先挤住在李正轩家。李正轩出门帮大家联系活儿，新疆当地的活儿好找，没几天保准搞定。在乡亲们中，有很多人上门住家帮当地人放牛羊、种庄稼，过半年攒些钱财，买上一间房子一落户，就能把妻儿老小从极端困难的西海固接去。短短几年，在李正轩帮助下有50

户西海固老乡落籍在新疆玛纳斯县。

"当年，你为啥非走新疆？"徐迎水边爬坡边喘着气问。

"老家太干旱！雨水，是盛粮的窝窝子；天旱，是炒面的锅锅子。"李正轩扭头看一眼徐迎水和林立功，抹一把额头上的汗珠，"早些年，盛夏时，太阳大得很，村上没植被，晒得地面烫脚底板。庄稼是有生命的，咋能受得了呢！偶尔下一点细雨，不如不下。降水量太小，不够蒸发，庄稼很快变得干蔫。"

"你在新疆混好了，为何又回来？"林立功有些疑惑。

"说起来，当然是和固海扬水工程有关。"李正轩停下脚步，露出了得意的笑，"我前年从新疆回到老家探亲，听说黄河水要扬上来。为了解详情，我专门跑了上百公里，到你们固海扬水管理处打探。接待我的同志十分热情，端茶倒水，又指着墙上的地图讲解，说扬水并不能完全覆盖西海固，受益最大的是同心、海原两个县，接下来是固原的一小部分地区。像西吉和彭阳，黄河水还顾不到。但，我们村有福了！"

"得到这个信息，你从新疆搬回老家了？"徐迎水追问。

"是的！我当机立断！"推着摩托车的李正轩停住脚步，眉飞色舞地说起从新疆回西海固的经历，"那天，我打探到黄河水的未来走向，十分兴奋。走出你们单位的院子，我没有回西海固，而是立即从中宁县城买上一张硬座火车票，上了新疆。一到玛纳斯，我把房和地都卖掉，总共变现5000多元。我把钱揣进口袋，回了海原老家，心里只有两件事：一是在老家搞建设，二是等黄河水来。"

"有水，你认为老家就能坐人（生存）？"徐迎水问。

"是啊！自古水往低处流。但在宁夏，我头一回见水往高处走。黄河水一扬上来，庄稼不再干渴，小麦、玉米、胡麻和洋芋，长势就好。"

"从新疆搬回来，你只种庄稼吗？"

"不！有了黄河水，能干的事可多了。"李正轩一激动，笑呵呵地把一只手亲热地搭在徐迎水的肩上，"固海扬水边建设边运营嘛！我前年回来没一个月，黄河水引到我们村。我在村上投资建起了两个塑料大棚种蔬菜。去年，乡里种蔬菜的人多了，蔬菜贩子也多了，我又改行专门搞育苗、卖菜苗。"

"你路子宽。"林立功由衷地竖起大拇指。

"哎，谈不上。我只是爱琢磨农技知识，关键是你们把黄河水扬了上来！"

李正轩家的大门敞开着，新盖的居室是半土半砖的三大间屋子，在村上一片土坯房里格外醒目。李正轩介绍，自家的房屋叫砖包房，稳定性和坚固性要比土坯房好很多。过去，村里老百姓住的是窑洞。黄河水被扬上来这两年，不但流到了田里，流到了庭院里，还流到了人们的心坎里。有了黄河水，大家的日子好过了。说着话，李正轩挑起门帘，把他俩迎进客厅。他们围着一张带花纹的漂亮木桌坐定，女主人笑盈盈地沏来了茶。

"李堡子，干土滩，断壁土窑烂圈圈，靠天吃饭种薄田，三六九日断炊烟。"这是李堡子村人自编的顺口溜，也是这个村庄的昔日写照。如今，有了黄河水的浇灌，村民们搬离窑洞，盖起一栋栋崭新的房舍。

"没想到，几年光景，变化真大啊！"林立功感叹着。

"水，起到了决定作用。"徐迎水端起茶碗，兴奋地说。

李正轩幸福地憨笑着，眼睛眯成一条线。

追逐着黄河水的踪迹，林立功和徐迎水沿固海扬水的200公里渠道走了一遍，内心喜悦得很。尤其是走到固原县七营镇，他们看见了惊人的一幕。七营镇是固海扬水的末端，最南的泵站设置在这里。参观这座泵站时，他们看见泵站边的渠道上，几个青年拎着铁锹在尽情撒欢，追赶着淌下来的黄河水，时而尖叫，时而欢呼。

是啊，黄河水从泉眼山泵站出发，一节一节地向着高原攀爬。200公里主河道，过了中宁古城，过了长山头，在清水河一线，又过大柳木、黑水沟、吴家河湾，再过李堡，穿石峡口，穿王团庄乡，穿高崖乡，穿李旺乡……因为固海扬水工程的贯通，清水河川、宁夏中部干旱带、西海固部分地区第一次改变了面貌，走上了摆脱贫困之路。

返回途中，林立功难忍心中激动，拿出纸笔在歇脚的农家炕头写出一篇新闻稿，取名叫《黄河喜到李高兴》。

李高兴，不是一个人名，而是一个地名。准确说，它是海原县兴隆、高崖、李旺三乡的简称。当地人在口头上，有时叫这一片是"兴高李"，有时也称之为"李高兴"。我去了一趟，心理上倾向于叫它"李高兴"。倘若你几年前到这里，看到的会是起伏的沙丘，四处弥漫着黄沙，那是一眼望不到边的贫瘠土地。

今天的李高兴，山川改容，水土重生。乡村道路两旁，大片平整的水浇地，一直伸到远山脚下。村庄、林带、水渠纵横交错，与条田织成一张大网。新建的农舍，错落有致，周围种出了许多绿树。再看远处绿色的山坡上，牛羊成群……是固海扬水工程把黄河水远远地送上这干旱荒原，滋养了这片天地。有了黄河水，大地变了样，三个乡新增水浇地超过3万亩，粮食产量翻了好几番，这里更像是镶嵌在干山枯岭间的小绿洲。盖新房、看电视、骑摩托，对这里的老百姓来说，容易了许多。

在西海固，现时能喝上黄河水的人还不多；但凡喝上了黄河水的人，都叫"李高兴"。

岁稔年丰，安居乐业，是中国人自古以来的朴素愿望。干旱缺水，会造成社会混乱和人心恐慌。《诗经·云汉》生动刻画出三千年前的一个场景：河水断流，草木枯黄，大地干燥得要燃烧。从田野到宫廷，走投无路的人们摆满祭品。他们自问，虔诚祈求，为何不能得到旱神饶恕？为何不能迎来甘露？于是，他们留下"旱既大甚，涤涤山川"这悲切无望的期盼，这撼人心魄的呐喊。

固海扬水灌区的变化，让林立功和徐迎水的心为之震撼。有了水，西海固的一切梦想才能变成现实。江河湖泊，养育了大地上的儿女，中华民族悠久灿烂的历史与水资源密不可分。亘古以来，人们惧怕洪涝灾害，但又感激水的恩泽，对水敬畏，与水亲善。他们对黄河水利事业，有了一种更深的认识。

贺兰山下，首府银川，宁夏大学校园。

林立功在这里即将完成学业。考察固海扬水灌区归来半月后的一个上午，他和同学们正上课，一个校办工作人员推开教室门，有些歉意地与授课老师耳语两句，老师示意林立功出去一趟。他跟来人去了校办，到了门口，居然看到马处长坐在沙发上。马处长一看见林立功，笑盈盈地起身和他热情握手。

"马处长，您怎么来学校了？"林立功吃惊地问。

"立功啊，我这个老兵不能来大学的校园走一走吗？"马处长笑着，一摆手，叫他出门说话。原来，马处长这回来银川开会，正巧在报纸上读到了《黄河喜上李高兴》这篇新闻稿，内心愉悦，乘兴到校看一看林立功。

他俩漫步在校园一片树荫下，不紧不慢地边走边聊。林立功清晰记得，刚来固海扬水管理处报到那天，马处长就是管理处的处长，声望赫赫。一晃好几年过去了，到如今，固海扬水这个史诗级的水利工程历尽艰辛全线贯通，马处长虽然精神头丝毫不减，但两鬓已添增了不少白发。不用细算，这个在朝鲜战场上和美国鬼子拼过刺刀的老兵临近退休。马处长粗糙的大脸上，那块刀疤依然透出一种威严。

"你的文章，不少领导同志读到了。都说，文章通过海原县三乡的变化，反映了固海扬水工程的社会价值和经济价值。"马处长两眼放着光，露出满心的欢喜，"固海扬水能够全线打通，能够把黄河水引上高原，是宁夏经济建设的一大成就，其中的艰难困苦，只有我们亲历建设的人才能说得清楚。"

"边建设，边应用，是黄河水让很多老百姓看到了新希望。"林立功说起和徐迎水骑自行车考察灌区时的观感。

"对！八年之前，固海扬水这个工程上不上，宁夏内部意见都不统一，原因是技术难度大。然而，对科学技术的争论，只会推动进步，就像甘宁两省区对黑山峡建高坝大库的争论一样。固海扬水工程，最终在党中央的关怀和推动下，开工建设了。"

"处长，现在的固海扬水并不能解决全部问题。"

"是的，我们眼下正在筹备固海扬水扩灌工程。"

"扩灌？什么叫扩灌？"林立功问。

"扩，扩大化的扩；灌，灌溉的灌。"马处长一字一顿地说。

"哦，我懂了，是增加西海固引水，扩大引黄灌溉面积。"林立功手扶着道边的一株白杨树，扭头兴奋地说，"扩灌，是让主干渠道发散出更多毛细血管，把更多的黄河水引得更远更广，让受益老百姓更多。"

"立功啊，理解对喽，说得形象！"马处长说，"目前固海扬水灌区面积40万亩，实施扩灌工程之后，将变成60万亩。"

"增加20万亩水浇地。"

"对。60万亩良田、几十万的人畜饮水一并解决！"

"不过……处长，"林立功直率地说，"我刚从《人民黄河》杂志读到，说国家要对沿黄省区的黄河水进行分配，定量使用。"

"是，这项工作前所未有。"马处长点点头，神情肃穆地望着林立功，"黄河分水后，我们某一个省区要引用多少黄河水是受限的。实不相瞒，黄河分水的消息，早已引起沿黄各省区的不安和恐慌。"

"黄河分水，能否保证我们的用水充足？"

"不够！"马处长从提包里拿出水杯，站在树荫下昂起脖子咕嘟咕嘟地喝，接着说起黄河分水。"早在1983年，黄委会开始做水资源规划时，就测出黄河多年平均天然年径流量为580亿立方米。研究分水方案时，黄委会首先要保证黄河冲沙入海用水，接下来保障沿黄地区的用水。黄河冲沙用水需要210亿立方米，剩下的370亿立方米，才是各省区能从黄河调去的水量。这个分水量，与沿黄各省区提出的总计700亿立方米的用水量差距极大。各省区提出的理由都很充分，但黄河水不够，由此引起激辩。国家为确保分水工作科学化、合理化，交由黄委会、水电部、国家计委与各省区，联合在做。"

"黄河分水，是我国首次对大江大河进行水量分配？"

"立功啊，你狗鼻子！"马处长笑着拍了拍他的肩，以欣赏的目光望着他，"黄河分水方案一旦出台，这就是一场用水变革。国家会严格要求我们用好黄河水，每一个省区用定量的黄河水去做好每一省区的各项工作。"

"问题来了，"林立功眉头一皱，望着马处长，"每一个省区有了定量的黄河水，但没有定量的工作。每一个省区要发展，用水的地方只会越来越多！"

马处长不住地点着头，由衷地表示赞赏。林立功有些不好意思，挠了一下头。记得在固海扬水管理处第一次见马处长时，马处长站在主席台上对大家讲话，大手一抬，那张刀疤脸着实吓人，现在反倒看起来和蔼许多。临别，马处长对他说，利用固海扬水，管好水用好水，造福西海固老百姓，是未来的一个重大课题。

九省区争辩多年，迎来"八七"分水方案

泉眼山泵站，会议室。

几扇窗户敞开着，黄河水哗啦啦地流动声，从堤坝杨树林的梢头远远地传到了大家的耳畔。时间尚早，参加学习的职工没到齐，提前到了的人围在会议桌前交头接耳，欢快地谈天说地。此时，林立功、徐迎水和江小雨已完成学业，回到了泉眼山泵站。徐迎水对人讲起在银川的见闻，不时挥舞双手，成了话题的中心。江小雨远远地剜一眼，总嫌自家丈夫话多。婚后几年，她觉得徐迎水什么都好，就是爱侃。爱侃，显示了为人的达观开朗，但话过多又容易给人留下胡吹冒撂的印象。

此时已是林立功与马处长谈论黄河分水的第二年。

果不其然，黄河"八七"分水方案出台了。国务院批准的《关于黄河可供水量分配方案的报告》，要求沿黄各省区贯彻执行。黄河是世界第五大河，多年平均天然径流量仅有580亿立方米，排在世界大河第25位之后。然而，黄河每万立方米水却养活了18个中国人，养活人口密度位居世界第一，是名副其实的母亲河。新中国成立初期，沿黄各省区引用黄河水合计70亿立方米。这种情形到20世

纪80年代初期发生巨变，总引水量增加到271亿立方米，另有83亿立方米的地下水开采量。随着人口增长和经济发展，黄河流域的用水量需求在不断上升，人与淡水资源的矛盾凸显。青海、四川、甘肃、宁夏、内蒙古、陕西、山西、河南、山东、天津、河北分得370亿立方米水，其中，宁夏分得40亿立方米。

"哎，立功！"江小雨拍一下坐在旁边的林立功的肩。

"说嘛！"林立功合上手中的记事本，笑道。

"记得高玉珠不？当年，在甘肃实习时，对你有好感的那个女孩？"江小雨的孩子两岁了，说话带着过来人的口吻。

"早没联络了。"林立功认真地说。来固海扬水管理处整整六年，他仍是单身汉，"我听说，高玉珠上学走了北京。"

"嗨，活该你是一孤家寡人。"江小雨用指尖敲着桌面讽刺，"你一身学问，怎么就没个姑娘爱呢？"

"哎，我咋就活该了？"林立功乐了。

"高玉珠对你多好，你感觉不到？"

"她是个很好的同事。对了，她还好吗？"

"当然！"江小雨笑着说，"人家高玉珠在北京读大学期间换了专业。听说是自治区煤炭厅找到学校，动员几名宁夏籍学生更换的。高玉珠学的是煤化工专业，在校生活费由煤炭厅负担。"顿了顿，她又一脸羡慕地说，"因此，高玉珠大学一毕业，根本没回咱们水利系统，而是一头钻进了贺兰山。"

"莫非高玉珠进了石炭井矿务局？"

"对啊！"

"石炭井矿务局是个好单位。"林立功笑着说。

"能源企业，应该很好。"江小雨觉得他有些不可理喻，揶揄道，"哎，你和管理处那个舞蹈演员有动静吗？"

话说到这里，张站长微笑着走进会议室，身后跟着一名女孩。这女孩身材高挑，瓜子脸，齐耳短发，穿一条蓝白色相间的碎花裙子，见了大家，大大方方地微微一笑。江小雨用胳膊肘捅了一下林立功，努努嘴示意他朝前看。林立功抬头一看，站在张站长身边的女孩竟然是丁玉茹。林立功脑中飞速思考着，丁玉茹早已调进单位机关，和他同年考上了大学，去了北京读书，怎会突然来泉眼山泵站呢？

"今天的学习会之前，我向大家介绍一位新同事。"张站长笑着指一下丁玉茹，对在场的职工说，"这位是丁玉茹同志，刚从北京读大学回来。她原本在管理处，这次执意要来泉眼山首级泵站，积累基层工作经验。"

欢迎新同事的掌声响起时，林立功居然忘记了鼓掌。站在张站长身边的丁玉茹，用目光柔和而快速地与大家交流，真诚地打招呼，"我一上班就在管理处，几乎没有多少基层工作经验。今后，我向大家学习，请多关照，谢谢大家。"又轻轻地向大家鞠躬。张站长望着林立功说："丁玉茹从今天起参加四班的工作，在林立功班组。"伏在会议桌上的林立功急忙起身朝丁玉茹点了一下头，丁玉茹愉快地冲他笑了笑。

林立功第一次见丁玉茹，是几年前为排练舞台剧《飞架长山头》。他俩因为这台舞台剧而相熟，还结伴一起去长山头渡槽采访。正值国家严打，固海扬水被拘留判刑的青年职工达30多人，上级因此取消了这部舞台剧的编创。林立功喜欢丁玉茹，对她很有好感，但他并不确定丁玉茹是怎么想的。记得那回在长山头渡槽，丁玉茹站在高高的大桥上，因恐高吓得一步不敢挪，是林立功把她背在身上，才走了下来。这场景，林立功十分难忘，但在读大学这几年，他俩并无任何联系。

"这次的全站职工学习会，我们学习《关于黄河可供水量分配方案的报告》。"张站长惯性地咳嗽几声，清清嗓子，环顾会议室四周，向大家传达学习内容，"我们把中央的这个方案，称为'八七'分水方案。国家酝酿多年，在1987年正式出台并执行，因而被沿黄各省区称为'八七'分水方案……我国对大江大河进行分水，这是首次。经过多年努力，黄委会终于把黄河水分到了各省区，这是一个十分艰巨的过程。"

"这能有多艰巨？站长，不就是分水嘛！"不知是谁脱口而出。

"分水，这可是天大的事！"张站长严肃地说，"此事非同小可。咱们国家，水已经逐渐成为一种紧缺的生产生活资源。比如，从1970年代开始，黄河入海的年径流量逐渐变小，最近几年减少明显，目前黄河入海水量只有100多亿立方米。黄河分水，事关沿黄各省区发展利益，大家为此争红了眼。"

分水之争，尤其在古代总是血淋淋的。

张站长随即讲述了一个关于两县分水的故事。唐代，有一条叫霍泉的河，从山西省洪洞县和赵县的接壤处流过。霍泉水量十分充足，但并不能满足两个县的农田灌溉所需。两个县的农民为了汲水和灌溉，争抢水源，连年大打出手。为了水，两个县不通婚嫁，官府为解决纷争，与两县农民想出了一个惊人的办法。每年春季开闸放水前夕，两县农民架起一口烧滚的油锅，撒下10枚铜钱。两个县各派出代表赤手捞油锅里的铜钱，一方捞上来的铜钱有几枚，就把这条河的水量给谁分几成。

听张站长讲到这里，林立功猛然想起他那絮絮叨叨的父亲。自他记事起，父亲总对母亲唠叨水的事情，因而他也耳闻了一些争水的事端。在干旱缺水的西海固，过去为水而起的纠纷并不少见。原本友好的一对邻人，为了一茶缸子水，为了能在峭壁上开一小块荒地，很可能发生口角。矛盾一起，甚至执械相向。林立功心想，在洪、赵两县农民为争夺农田灌溉用水，从油锅里赤手捞铜钱的唐代，全国总人口只有几千万。而今，黄河流经省区人口数以亿计。此时，父亲的往日忧患引起了他的注意。

在黄河"八七"分水过程中，黄委会意识到，即便把黄河水抽干也满足不了沿黄九省区加起来700亿立方米的用水需求。各方博弈的焦点，最终放在了210亿立方米的冲沙用水。黄委会也急了眼，指出谁也别打冲沙用水的主意，这部分冲沙用水不能减少，没有任何商量的余地，要保黄河安澜，必须保证冲沙到海的水量。

"黄河'八七'分水方案来之不易，在持续多年的激烈争论中颁布。这是国内第一次开展全流域的水资源分配，堪称我国水权分配的历史丰碑。"张站长滔滔不绝地讲述着黄河分水，语气里充满了激情。

现场寂静得只能听见空气的流动声，林立功想，从对淡水资源的无比珍视来看，古人今人并无区别。

泉眼山泵站，看似是一片封闭的天地，但不乏有像张站长这样有见识的人。张站长用鲜活的古代分水故事，生动阐释了黄河"八七"分水方案诞生的不易。这一下调动现场气氛，大家正襟危坐，不时抛出各自的疑惑。

"哎，这位同志，问得很好！"张站长喝一口茶水，低头看一眼笔记说，"我通俗点讲吧，这一回，黄河水量分配的原则可以归纳成四点。是哪四点呢？即一个前提、一个限制、两个优先、三个统筹。一个前提，是保证黄河下游冲沙入海的足够用水，这是黄河水资源平衡中优先考虑的问题。一个限制，是要求沿黄各省区在原则上不增加对地下水的开采量。两个优先，是优先保证人民生活用水和国家重点建设项目的工业用水。三个统筹，是对黄河水的使用要兼顾农业、渔业和工业。"

"站长，我们有了固海扬水工程，但西海固仍大面积缺水，那么，国家分水方案为何非得优先保证黄河下游冲沙入海的用水量？"有人提问。

"对啊，这不是让黄河水白白流进大海嘛！"有人附和。

张站长在学习会上开了个头，就黄河分水的问题为大家答疑解惑。没想到，几个没学过水利专业的职工，叽叽喳喳提出一连串问题。这些问题对学过水利的人来说，实在是太小儿科了。徐迎水坐在边上扑哧一下笑了，觉得张站长在学习会上普及这类知识，浪费时间。林立功坐在边上，用心听张站长的解答。

"现阶段，黄河每年平均输沙量是16亿吨，出现在下游的淤积河段。据估算，冲沙到海的水量至少需要200亿立方米。"张站长说。

"那么，这次我们宁夏分了多少水？"有人问。

"不多不少，40亿立方米。"张站长笑答。

"呀，不得了，黄河冲沙用水比宁夏用水要多出4倍。"

"没错！不搞冲沙，黄河下游就会出现泥沙淤积问题。"徐迎水忍不住插话，"泥沙淤积正是黄河防洪工作的重点和难点。在黄河上，如果水和沙的关系不协调，水少沙多，险要的问题就会变多。黄河下游的某些水库的泄洪调度都成问题，最显著的，比如三门峡水库。"

"没错！"林立功一激动，站起身来，接过话茬，"1950年代初，咱们国家在修三门峡大坝，工程设计人员在处理黄河淤积方面缺乏经验，轻视了水沙矛盾问题。大学者黄万里先生孤身反对三门峡建大坝，认为它违背了水流必须按趋向挟带一定泥沙的科学原理。眼见工程上马，黄万里无奈，对大家说若是一定要建三门峡大坝，请至少保留河底的6个导流底孔，以便将来排沙之用。不幸的是黄万里的建言在当时并未得到重视，人们在施工时把这些排沙底孔全给堵死了。"

"后来呢？"几个没学过水利专业的人急切地问。

"问题层出不穷。"林立功瞅了一眼张站长，张站长点了点头，似乎是默许他给同事们讲下去。"三门峡大坝建成，蓄水一年半之后，大量泥沙被拦截在三门峡至陕西潼关的河道上，潼关河床淤高4.5米。这样一来，又迫使黄河最大支流渭河水位上升，威胁到古城西安的安全，关中平原大片土地出现了盐碱化和沼泽化。这时，人们想起黄万里的话，要去打开那6个排沙的导流底孔，但已经不容易操作了……"

说到这里，会议室里一片唏嘘。

林立功说得声情并茂，富有感染力，江小雨目不转睛地听他讲。

"那么，黄万里是不是反对黑山峡河段开发呢？"有人追问。

"不，黄万里是黑山峡建大柳树高坝大库的支持者！"

"立功，你是咋知道的？"张站长突然站起来问。

"这是真的！"林立功见张站长很激动，似乎有些怀疑的意味，便说，"我在银川上学期间，常常听到吴尚贤先生的一些消息。吴先生担任了自治区政协副主席，但他的工作一刻也没离开水利，更没离开黑山峡。黄万里与吴尚贤是师生关系，这几年，吴尚贤多次邀黄万里进黑山峡考察，黄万里态度十分明确。"

"黄万里怎么说的？"大家都很急切。

"偶然一次，我见到班主任收藏的黄万里寄赠吴尚贤的一张明信片。明信片上的内容让人看了很激动，我默记了下来。"林立功有些动情，即兴背诵，"尚贤同志：黑山峡河段开发上，大柳树要做高坝大库，希望尽快建成。这个工程能协调水沙关系和防凌防汛，能协调水量调度与发电运用之间的矛盾，能够帮助到陕西、甘肃、宁夏、内蒙古一部分缺水地区，还能就地改变西北的缺粮局面……"

这原本是一次例行的学习会，居然开成一堂知识讲座。每一个职工抛出自己的困惑，之后再由知情者解答。气氛热烈，张站长没有打断现场。到午饭时间，张站长咳嗽了两声："今天学习气氛很好，虽然大家有点扯远了，但也很好。"张站长看一眼手腕上的表，"我们泉眼山泵站，是固海扬水第一泵站，我们的任务是保供，把黄河水扬到下一个泵站，让黄河水流到最需要的地方去。我们一个个泵站，串起来的是一个扬水大工程，我们要用这宝贵的黄河水，去解决人畜饮水的大困难。"

张站长总结发言时，林立功一不小心走了神。与丁玉茹的突然重逢，勾起他心中的某些遐想和期待，脑海里不由得涌出泰戈尔《爱侣的心河》里的诗句。

神啊，
爱侣的心河一朝汇合，
欢乐地流向何处？
你是前方的爱海，
它带着同一个希冀，
奔向同一个目的地，
切望注入你无涯的胸脯。
……

直觉告诉林立功，丁玉茹依然单身，未来与他会有某种联系。

这种美好的想象支配着林立功，让他午间心情大好。下午上班，他热情地带丁玉茹熟悉泉眼山泵站的工作环境。在沅江泵巨大的轰鸣声中，林立功放声大喊："哎，你，刚来，要，熟悉，掌握，泵站，各种机电、水泵的，性能！我们，采用的，是，大型的、立式的，沅江泵。这种泵，是湖南生产的！过去，这种泵，主要，应用于工业。1982年，我们这批人，刚从景泰川，回到泉眼山，也是，一点一滴，开始，学的！"

丁玉茹听得挺费劲，但仍有礼貌地点头。

泉眼山泵站，对丁玉茹完全是一个陌生的环境。在固海扬水管理处机关工作了几年，这回毕业从北京回来，她再三恳请上级派她去一线。上级思量了一番，认为丁玉茹的这个选择有助于她尽快熟悉工作，批准她蹲点半年，熟悉基层泵站的运行。丁玉茹愉快地打起铺盖卷儿，被一辆吉普车送进泉眼山。

每天夜班，泵站值班人员都有一项雷打不动的工作——察看水位。这是一件很重要但很费事的工作，值班职工每隔两个小时走出泵房，沿7条粗大的输水管道爬上高坡，再顺主干渠道，朝那座不高的、赤色的泉眼山走去。值班人员走出泵站500米，观察主干渠道的水位。丁玉茹来了没几天，主动要求安排上夜班。林立功心想，上夜班就得察看水位，让丁玉茹这个不熟悉情况的女孩孤身徒步往返，很不合适。他想陪丁玉茹走一趟，熟悉一下路线和任务。转念一想，又觉得有些不好意思，没说出口。

深夜，已经熟睡的林立功被一阵敲门声惊醒。

他揉着惺忪睡眼，开门一看竟是丁玉茹。

"林立功，我值夜班，得去察看水位。"她有些抱歉地说，"我打搅你了。我……我的手电筒没电了，借你的用一下。"

"稍等！"林立功转身找到电筒，递给她。

丁玉茹说了声谢谢，沉默了两秒钟，扭头大步朝泵站方向走去。林立功站在宿舍门口怔住了，等清醒过来时，他猛然拍了一下自己的额头，急忙边追边喊："丁玉茹，你不了解现场，一个人摸不上去，我带你！"

黑漆漆的夜幕下，伸手看不见五指，秋风在河面上凉飕飕地吹，一种惬意的感觉笼罩在林立功心头。他只能看见丁玉茹手电筒射出的一束光，在脚前一晃一晃的。林立功和丁玉茹并肩行走着，他猜想丁玉茹脸上一定露出了喜悦的笑。他俩爬上一道长长的缓坡，踩着砾石和杂草，深一脚浅一脚地朝泉眼山走去。

　　"哎，立功，你咋还住单身宿舍？"丁玉茹问道。

　　"不住单身宿舍，我能住哪里呢？"林立功笑答。

　　"哦，这么说，你还没成家啊！"

　　"是啊，你呢？"

　　"谈过一个，大学毕业之前吹了。"

　　"哦？"

　　"他回了上海，我回了宁夏。"

　　"哦。"

　　"你咋没动静，怎么回事？"

　　"嗨！"林立功笑着岔开话题，"对了，舞蹈，你还跳吗？"

　　"早不跳了。舞蹈，本就是一门需要高度技巧和严格训练的艺术，舞蹈演员的艺术生命十分短暂。"

　　"听你这么说，它是一种瞬息即逝的艺术。"

　　"说是，也不是。舞蹈艺术，给别人以美，是表现美的艺术。"丁玉茹笑了笑，往天空中晃动了一下手电筒的光束，"旁人看上去，舞蹈是那么轻盈、舒展、优美，可那的确是舞蹈演员多少次伤痛、挫折、单调的重复换来的。我呢，是一名业余舞蹈爱好者。不过，即便我是一名专业演员，如今也到了转行的时候了。"

林立功似懂非懂，点了点头。

过了几天，是个晚饭时间，丁玉茹敲响林立功的宿舍门："哎，立功在吗？"那会儿，徐迎水正和林立功在桌前下象棋，忽然听见丁玉茹喊，棋盘上落了下风的徐迎水借机把棋子一搅，嬉皮笑脸地说："哎哟喂，好事来了。"不由分说，站起身就把林立功往宿舍门外推。林立功一出门，丁玉茹正捋着额上的头发笑盈盈地站在眼前。倏然红了脸的林立功，搓着手问她是不是遇到了困难。

丁玉茹调皮地一扭头："跟我走，还真有困难等你解决。"

两人一前一后进了丁玉茹的宿舍。门开着，面前一张小桌上摆着四道菜，有牛肉小炒和鱼肉，还有土豆丝和一道凉菜，已经摆好两副碗筷。闻到饭菜香味的林立功，没来得及说话，就被丁玉茹按坐在板凳上。

"怎么样，谢谢林立功同志赏光，请品尝我的手艺。"丁玉茹大大方方地说。林立功憨笑着："我还以为你真遇到困难了。"

"没错，需要你帮我消灭眼前的饭菜。"丁玉茹微歪着脑袋，很顽皮的样子。

一张小桌，他俩各坐一端，面对面。丁玉茹还像几年前与他初见时那样开朗，对他一如既往地充满热情与信任。太阳偏西，阳光透过敞开的窗户洒在土夯的地面上，像是铺了一幅柔和的金色缎面。秋虫唧唧，知了的鸣叫不绝于耳，忽然一只小鸟跳上窗台，机警地冲他们张望，又起身飞走，消失在屋檐上方。

自打这天之后，他俩的交流多了起来。林立功原本没多少爱好，现在喜欢在晚饭后与丁玉茹一起散步，冷落了吴买骡和徐迎水他们。河堤上，白杨树林既厚且密，形成汹涌绿意。河面宽阔而舒缓，月光下像一条流动的银色玉带，那水流，极像青年满怀的心事，那么柔情，那么热烈。

陕甘宁合建盐环定扬黄工程

　　黄河"八七"分水方案出台这年，盐环定扬黄工程以宁夏为主战场拉开了建设大幕。这是国家投资建设的大型电力扬水工程，是国家"八五"期间重点建设项目，是为解决革命老区、贫困地区、民族地区和高氟病高发的陕西定边、甘肃环县和宁夏盐池、同心部分地区人畜饮水安全而发展的农业灌溉工程。

　　黄河水，把陕甘宁三个省区凝结在一起。

　　黑山峡水利枢纽工程建设的坝址，虽在甘宁两省区的争论中久拖未决，但两地在引黄纾困的思路和行动上是一致的。

　　盐环定扬黄工程虽然仅解决了一个小的局部问题，但的确是陕甘宁三省区的大事情。这项重大工程，从宁夏发端。早在1974年开春，水利专家吴尚贤和他的同伴就提出要把黄河水引到盐池去。几个月后，在宁夏吴忠的国营招待所里，住进了水利勘测、规划和设计人员。这群人，要么忙碌在野外，要么聚在招待所开会，目标只有一个，筹备和规划把黄河水引到宁夏东部的盐池县。几年后，甘肃省听说了这个动向，专门派人赶来协商——既然能把黄河水引到宁夏盐池县，也能顺势引到相邻的甘肃环县。甘肃、宁夏两省区一来二去，达成默契，决定一起做这个引黄工程。之后，陕西省也下了很大决心，筹备为北部的定边县引水。于是，陕甘宁结成坚固的联合体，共同建设扬黄工程。谋划十几年，陕甘宁盐环定扬黄工程指挥部这个崭新的领导机构应运而生。

白天上班，林立功从泵房走出来透气，使劲儿推开工作区一扇沉重的大门，差点与张站长撞个满怀。张站长一见他就说，正找你呢。林立功问有什么事儿，张站长却问吴买骡在哪里。林立功说吴买骡这会儿在拦污栅那边。张站长招一下手，叫林立功跟他走。他俩一出门，远远望见吴买骡手拿一把长长的铁耙，弯着腰在进水口的拦污栅前晃动。

吴买骡捞完黄河水面上卷来的杂物，一回头，发现张站长、林立功站在堤上正说着话，显然是特意等自己忙完手上的工作。

"站长，立功，你俩来了咋不说话？"吴买骡把捞草的铁耙扛在肩头，从拦污栅前的钢框架上轻快地走下来，大声说。

"吴买骡，水利厅要调一批人走。"黄河的涛声里，张站长开了口。

"和我有关吗？"吴买骡抬起手揩额头上的汗。

张站长点了点头，有些难为情。

吴买骡皱起眉头望向林立功，林立功一下子把头低了下来，用脚尖拨弄着地面上的细碎砾石，显然是有意躲避吴买骡的目光。接着，张站长郑重地说，盐环定扬黄工程已经上马开工，水利厅要调一批技术工人充实到工程上。在厅里的要求下，经固海扬水管理处劳资科和泵站研究，决定推荐包括吴买骡在内的10多名职工前去，在新的工作岗位上为人民服务，为扬黄事业做贡献。

"为啥非调我？"吴买骡挠着头反问。

"固海扬水的技术骨干集中在泉眼山泵站，人员分流，转战别处，这只是一个开始。包括我和立功，有一天也得离开。"

"盐环定，啥地方我都不知道。"吴买骡不情愿地说。

"盐环定，革命老区，是宁夏盐池、甘肃环县、陕西定边的合称。"张站长知道吴买骡使性子，不愿去，只好积极地进行劝说，"现时，陕甘宁三省区要联合为盐环定这一区域搞引黄提灌工程，解决吃水难问题。"

"在黑山峡上争论这么大，现在，甘肃、宁夏联合上了啊！"吴买骡随口一说，林立功和张站长同时笑出了声。

"在盐环定扬黄工程上，陕甘宁联合了十几年，筹备了十几年。"张站长很有耐心地解释，"起先，吴尚贤他们提出要给盐池革命老区引黄河水，得到了自治区的支持，并且开始做调研和规划。忙了一段时间，这个消息传到了甘肃，甘肃水利部门的同志也乐了。当时，甘肃正在为解决环县的人畜饮水问题而苦恼。甘肃环县与宁夏盐池接壤，盐池能引来黄河水，环县也能引来黄河水。甘肃的同志清楚，这是一个绝佳机会，如果不跨省搞联合扬黄引水，甘肃环县的缺水问题还会无限期拖延。"

"事情还算顺利？"吴买骡刨根问底。

"甘肃和宁夏是什么关系？一衣带水啊！"张站长说到这里，动了情，话语里带着颤音，"什么是一衣带水？古人的意思是一条河流像是一根衣带一般细窄。后来，人们用这来形容两个地方虽有江河相隔，但只是隔了一条衣带的距离，也就是说地域和风土相近。宁夏与甘肃就是这样，黑山峡就是那条细细窄窄的衣带！甘肃的谈判代表一来银川，宁夏方面热烈欢迎。规划嘛，重新做。"

"陕西是怎么参加进来的？"吴买骡追问。

"甘肃、宁夏一联合，陕西听说了，也撵来谈。"

"淡水资源把陕甘宁又一次连接在一起啦！"林立功笑着感叹。

"对啊，一切水到渠成！"张站长说，"三省区负责同志去国家计委见宋主任，宋主任是甘肃省委原书记。宋主任一听，十分高兴，对同志们说，这三县是陕甘宁边区的组成部分，早年为革命做出了很大贡献，理应尽快解决好人畜饮水问题！经过陕甘宁三省区多年筹备，去年底，项目得到国家批复。"

"这的确是个大工程！但我呢，情况有变。"吴买骡把情况问了一遍，听明白了，认真地对张站长说了自己去不了盐环定的理由，"我马上要结婚了，女方还要调来泉眼山呢！"

"买骡，你贩卖人口啊，忽然多出个媳妇。"站在边上的林立功吃惊地笑着说。张站长脸上浮现一丝疑惑。

"立功，张站长，你俩别不信！"吴买骡把铁耙立直了靠在自己肩上，满脸认真地说，"我肯定去不了盐环定！我的媒人，是咱管理处的一位副处长。为了让我们基层一线职工能够安心扎根泉眼山泵站，处领导不但帮我介绍对象，还提出把女方从县城调过来。你们不问这个事，我肯定不会主动讲。"

吴买骡说罢，咧着大嘴得意洋洋地笑了起来。张站长不好再说什么，来见吴买骡之前酝酿了半天情绪，把事情长长讲了一遍，没想到，吴买骡像一根楔子一样牢牢插在泉眼山。

这段日子林立功只顾与丁玉茹在黄河边上谈恋爱，没想到一

213

向没有动静的吴买骡却飞快地迎来了人生的一大喜事。事实是这样的，固海扬水工程一建成，千余名干部职工熙熙攘攘围着水转，然而青年职工找对象却成了一大困难。30岁没有对象的遍地都是，甚至成了普遍现象，他们心中多少是有委屈的。新闻记者还在报纸上不时呼吁，全社会要理解固海扬水的管水职工。吴买骡朴实诚恳，看似呆头呆脑，但在解决婚姻问题上是成功的。吴买骡的成功，让泉眼山未婚青年感到振奋。很多大龄未婚同事闻讯，络绎不绝地来找吴买骡取经。

大家一来，吴买骡自鸣得意地往床头一坐，盘起腿，两指夹起一根香烟。有人弯腰帮他点燃，他不说话，而是先轻快地吐出一串烟圈。大家说，买骡，传授一下相亲经验吧！吴买骡笑了笑，说这好比在进攻敌人的一座堡垒。

"这几年，我相亲不下30次。"吴买骡笑着把一只大手按在头顶，"我是每一回都能看上女方，可女方总是说对我没感觉。"

吴买骡一开口，惹得众人笑翻了。他倒是一脸平静，表情没有任何波澜，不紧不慢讲述相亲经历。

"第一回相亲，是固海扬水管理处的一个干部安排的。这个干部和我相熟，他给我介绍了一个对象，女方是他家在中宁县城的亲戚。女方一听我是一个水利职工，乐滋滋地跑来见面。我也一样，把自己收拾得很精神，和她在县城一家饺子馆见了面。谈得挺好，她爱笑，人大方，普通话讲得好，像播音员。我说，我在黄河边上的泉眼山泵站工作，离城20多公里。她立马摇头，说要是嫁你，不就嫁给泉眼山了嘛！唉，不行，嫁到泉眼山，回县城都费劲，那不是上山当了尼姑吗？"

"见面相亲，让我的自尊心遭到了无情风雨的一遍遍洗礼。有一天，我见了另一个女的，她也是中宁县城人。女方周正，不胖不瘦，待人十分热情。我一眼看上了，我也感到她是能够看上我的样貌的。我们仍在饺子馆见了面，我和她上下五千年聊了两个小时。她临走时问我：你们泵站有影院、医院吗？我一下愣住了，说没有。她问，要是生病咋办？我心凉了，知道又没指望了。"

"你咋知道没戏了？"大家追问。

"经验告诉我的呗。"他苦涩地笑了，停止说话，有人立即给他点了原本燃着的烟，他这才继续说，"为了维护我一个扬水人的尊严，我佯装火冒三丈，猛然站起身，骂骂咧咧地说，我一个青年人不干工作了，成天就想怎么害病上医院吗？然后结完账扭头就走。第二天，媒人把我训了一顿。"

"那么，你是怎么谈成你老婆的？"

"不是你的缘分，近在两瓣嘴唇之间也不是你的；是你的缘分，横上一座贺兰山也阻挡不了。见她之前，我已心灰意冷，对全天下的女人都绝望了。"吴买骡说到这里，一屋子的光棍汉又笑翻了，震得屋顶瓦片哗啦啦响。"管理处一个副处长找到我，热情地给我介绍对象，我说不见，费钱不说，根本没有成功的迹象。副处长笑了，说这一回不下馆子。"

"你们在什么地方见面的？"大家追问。

"我和她在管理处院子见了个面。"听到这里，大家又是一阵大笑，吴买骡仍然不笑，接着说，"现在想来，当天的事实在蹊跷。我站在院里一片树荫下，副处长带上女方来了。我一五一十跟女方讲了一遍我的工作，说单位在黄河边，上班在轰鸣的泵房；生活设施简陋，上班下班一样枯燥；回城交通不便，现时没有通勤车，将来有没有还说不清楚。我走流程般介绍一遍，心想肯定也没戏。我把话说完就要走，说晚上还得值班守泵房。副处长笑着一把按住我的肩膀说等一等，一起吃完晚饭再回泉眼山。"

"接下来呢？"大家急切地追问。

"女方对我介绍了她的情况。她在县郊一个道班上班。我说，我们运行工虽然有一份看似体面的工作，但条件差得很，离城远，实在不便。我把实情说了，免得耽误女方找对象。我万万没想到，她扑哧一下捂嘴笑了。"

"事情就这么成了？"

"嗯，她说如果谈婚论嫁，把她调到泉眼山。"

"啊？"众人大吃一惊。

在黄河水利人这里，泉眼山泵站输出的是生命的源泉，但在常人眼里，泵站职工所处的工作环境很糟糕，也很荒凉，在心理上无法接受。显然，吴买骡这回遇上的女子，是实心实意地理解黄河水利人的。

"我俩把话说到这份上，媒人高兴得很，当场拍响胸脯，说关于调人进泵站的事，管理处一定会帮办。还说一线职工的婚姻问题理应照顾，只有职工安心，才能在岗位上把工作干好。媒人还说，王震将军当年率部进新疆，为了让进疆的解放军指战员安心屯垦戍边，专门从内地调来一大批'湖南辣子'和'山东大葱'。"

"湖南辣子？山东大葱？"大家有些听不懂，七嘴八舌地问。

"哎，就是湖南姑娘和山东姑娘嘛！"

大家听罢又是一阵欢乐的笑。

自打吴买骡和这个女孩见了面，之后半个月，他俩又见了两次面，第一次在县城，第二次在泉眼山泵站。在泵站那天，他俩把终身大事定了下来。"缘分一到，拦不住啊，不成也成。处领导说了，我俩到民政局把结婚证一领，立即给她办调动。今年冬灌结束，我们回一趟西海固，在老家设宴席，待个客。"吴买骡低声说。

林立功的缘分也就这么来了。

像吴买骡说的那样，不是你的缘分，近在两瓣嘴唇之间也不是你的；是你的缘分，横上一座贺兰山也阻挡不了。林立功在感情上兜兜转转这么多年，最终只因一个细节，让女孩为之动心。林立功去银川参加水利系统的学习班，第三天下午，忙罢他决定立即返回泉眼山泵站。首府银川此时对林立功不具备任何诱惑力，他一心惦记着丁玉茹，心急火燎地来到银川长途汽车站。他看见门口一个卖葡萄的小贩跟前围了很多顾客，小贩的三轮车上插着一张硬纸板当招牌，歪歪扭扭写了七个字：玉泉营鲜食葡萄。林立功排了一会儿队，毫不犹豫地买下三斤葡萄。紫色葡萄颗粒饱满，果肉里似乎流动着多种维生素，他小心地把葡萄塞进一个档案袋。

坐在回泉眼山泵站的班车上，林立功怀抱一个被葡萄撑得鼓鼓囊囊的档案袋，一路很激动。能吃上一串鲜食葡萄，在中宁县城仍然算得上是一件稀罕的事情。毫不夸张地说，县城商铺是不卖葡萄的。林立功坐了三个小时班车，心上嘴上馋了好几遍，抿一抿嘴唇，硬是没舍得伸手揪一粒葡萄送进嘴里。

回到单位，天已黑透，星星满天，林立功兴冲冲地去找丁玉茹。一敲宿舍门，才知人不在，他只好把"心意"摆在宿舍窗台上。

这天夜里，邻居徐迎水的儿子哭声不止。孩子拉肚子了，躺在床铺上表情痛苦，额头不停地冒汗。江小雨知道温热的稀粥能缓解腹泻，给孩子熬了一碗小米粥，添点儿盐，晾放到温热时喂。孩子逐渐有了一些精神，不再哭闹，但也不睡觉。徐迎水回到家，累得倒头呼呼大睡。到后半夜，孩子出现上吐下泻的症状。泉眼山泵站医务室很简陋，也无应急药品，两口子没一丁点儿办法。

徐迎水没辙，敲开林立功的宿舍门。

林立功跑去一看，见孩子严重脱水还翻白眼，慌张地说："迎水、小雨，快送孩子去医院。"丁玉茹听到嘈杂声，过来一看，也被眼前的一幕吓坏了。她跑到泵站值班室打电话，隔几分钟，又浑身湿漉漉地跑回来。忽然天下大雨，像一只水盆在头顶上倾覆。丁玉茹带来一个糟糕的消息，泵站卡车白天趴窝了。她给管理处打电话求助，没能打通。看这情形，非得紧急送孩子去县城医院。

雨势很大，停不下来，他们没法骑自行车赶路。正焦急时，丁玉茹果断提出抱着孩子徒步去县城医院。不容多想，他们四个人穿上雨披，把孩子裹起来，抱在怀里急急忙忙地走出泵站生活区，一步三滑地踩着泥泞朝县城方向奔去。每走一段路，抱孩子的人会把孩子递给另一个人抱，这样每一个人都有短暂的休息时间，并且不会耽误赶路。孩子在颠簸中停止哭闹，他们反倒更加着急，一着急脚底就打滑。雨天缘故，他们在路上并未遇上一辆过路的机动车辆。

最近几年，固海扬水管理处虽然尽可能地为泵站职工创造生活便利，但与别的单位相比，泉眼山首级泵站的环境仍然糟糕。黄河流经泉眼山，方圆好几公里没有人烟，只有一座孤零零的泵站和一个附设的生活区。生活区有一家小卖部，仅供应几样生活必需品。泵站遗世而独立，外面的人一来泉眼山只能看见这一小片绿洲。

黎明时分，他们赶到县城郊外，天际暗淡，雨仍在下。他们拦住一辆拖拉机，司机见状二话不说，叫他们坐进车厢，突突突地冒着黑烟奔向医院。医生一看不妙，立即把孩子接进抢救室……几个大人并不知道，孩子并非只是拉肚子，而是得了急性肠胃炎。急诊室门框上方，一盏红灯在不停地闪烁。

医院走廊尽头，丁玉茹和林立功并肩坐在一张木条椅上，疲惫地闭上眼睛歇息。丁玉茹最先开了口："葡萄，你从银川带回来的葡萄，真好吃！"林立功把后背完全靠在椅背上，累到没有劲睁开眼睛："你……你咋就知道是我送的呢？"她一听，笑了笑，"两大串葡萄没一个梗茬，也没一粒破损。我想，一定是你抱上葡萄坐了一路班车，而你自己没有舍得吃一粒。这事，只有林立功做得到。"

林立功没有吭声，露出了得意的笑。

"托尔斯泰的《家庭幸福》里，有这么一句话：那时我的一切思想、一切感情都不是我自己的，是他的思想和感情突然变成了我的……"丁玉茹有些动情地说，"立功，在我这里，托尔斯泰所说的这个人，就是你。"

"谢谢！玉茹，没有你这一次的果断决定，迎水家的孩子，恐怕……"林立功无精打采地说。

"别往孩子身上扯！"丁玉茹杏眼圆睁，有些嗔怒。

“玉茹——”

“像你林立功这样的，打一辈子光棍都该！”

“对不起，我、我……”林立功倒有些羞涩。

“书呆子，还是诗人呢！”丁玉茹噘起嘴。

“我想对你说的话，总是很难说出口。”林立功道。

“那让我来说吧。”丁玉茹盯着眼前的蓝色墙角线，幻想未来，“我很想结婚，还有什么比结婚更美好的事情吗？这样，我们会有一个孩子。你忙碌写作，他趴你腿上，然后抱着你喃喃地喊你爸爸……这不美好吗？”

有一种甜蜜而真实的感觉，在这一刻使林立功内心一阵剧烈起伏。他不由得紧紧抓住丁玉茹的一只手，她能感觉到他的手心的滚烫。这一回，林立功完全突破了自己，第一次这么有力地握住一个女孩的手，并且不再脸红。

急诊室门框上方的红灯变绿了。江小雨从里边缓缓走了出来，丁玉茹起身安慰，让小雨坐下歇息一会儿。江小雨一坐下来，眼泪哗哗地流了下来，哽咽道：“玉茹，再把孩子送医院晚一些，就糟糕了……将来，你和立功结婚，有了孩子，一定不能放在泉眼山泵站。”江小雨两肩一抖一抖地，抬起朦胧泪眼，以过来人的口吻说，“你们俩看见了，别人家孩子在过周末、在县城上兴趣班，我们家孩子在泉眼山上和野兔为伴，天天在黄河边上撒欢……你们最好提早调离泉眼山，回处里去。”

“我在处里待太久了，这次来泵站才体会到一线同事的各种不容易。”丁玉茹说这句话时鼻子一酸，眼眶不由得湿润了，“没有通勤车，进城只能搭一辆进城买菜的手扶拖拉机，若不凑巧，只能骑自行车往返几十公里。一条泥泞不堪的土路，雨天出门困难。没有医疗设施，感冒发热看一回病都犯愁。职工看护不好小的，照顾不上老的。孩子的寒、暑假，只能陪爸爸妈妈在泵站度过……"

在丁玉茹的深情倾诉中，林立功想到一个又一个泵站。这些泵站，还有泵站机房里许多朴素的运行工，串联起一条完整的固海扬水线路。他们在看不见的角落里，默默奉献，发光散热。短短几年，这条漫漫输水线的两翼疯长起"绿色家园"。

老厅长细说高氟水之害

　　与丁玉茹相互表白之后，林立功的心情好几天平静不下来。一切像在梦里，让他如痴如醉，又有那么一点儿不确定。遇上周末休息日，丁玉茹领上他回中宁县城见爸爸妈妈，他的心里才算踏实了许多。

　　林立功一进县城，嚷嚷着要买礼物，说第一次登门务必要礼数周全。丁玉茹说家里什么都不缺，真不用买。林立功一怔，说无论如何不能空着两只手去吧？丁玉茹劝不住，同意他买一点儿时令水果。走过县城中心的主街道，他拎上水果跟丁玉茹钻进一条小巷，朝前走了四五十米，在一栋二层小楼前停下。

　　"我爸有些耳背，见面说话，你声音一定要洪亮。"丁玉茹笑着叮嘱林立功，说罢推开院门，特意挽起林立功的胳膊。

　　庭院里种满了各种果树，一条甬道两侧开辟的地块上，种了各样蔬菜，黄瓜、茄子、青椒、西红柿都有。甬道尽头，小二楼外墙上爬满爬山虎。林立功踩着甬道的碎石，感到一丝闹中取静的气息。这时，一只小狗摇着尾巴在他俩脚边欢快地绕来绕去。前厅的门敞开着，一位满头白发的长者走了出来。

"爸，是林立功，立功。"丁玉茹笑着介绍。

"哦，欢迎！欢迎！"丁爸爸扶一下老花镜，笑容可掬地说，"听玉茹说到你。"说罢潇洒地伸出右手。

"丁叔叔您好。"林立功欠一下身跟对方握手。

丁妈妈见丁玉茹带林立功回来了，喜笑颜开。丁玉茹之前对父母已多次说过林立功的情况，老两口对林立功是满意的。丁妈妈显得很年轻，穿一条时尚的碎花裙，戴一对亮晶晶的耳环，说话举止很热情。"老头子，别站在门外啊，快请立功进屋。"丁妈妈掀开门帘，林立功急忙抬手撑住门帘。等丁爸爸、丁妈妈走进屋里，他才放下门帘，跟着丁玉茹走进了屋里。

前厅十分宽敞。丁玉茹把林立功领进屋，转身帮母亲去择菜，前厅只剩丁爸爸和林立功两个人。林立功环视一周，屋内三面墙都打了书柜，各种书籍分门别类摆放，琳琅满目，林立功觉得自己像是走进了县城的新华书店。他两眼扫描一遍，见有历史人文类的书籍，也有文学类的，最多的是医学方面的。他有些拘谨地坐到一只浅蓝色的沙发上，双手放在膝盖上。沙发是皮质的，轻柔舒适。林立功第一次见到如此精美的沙发，比他家的老式沙发舒适很多。

"丁叔叔，您的医学类书真多。"林立功的掌心里全都是汗，有些局促地挑起话头。

丁爸爸清了清嗓子，朗声说道："我呀，和玉茹她妈都是医务工作者。前几年我俩在银川退休。去年，我们一起回到县城居住。说起来我们俩可都是土生土长的中宁人，60多岁，回来算是叶落归根。"

"倒没听玉茹说您是一名医务工作者。"

"哦，玉茹是怎么讲的？"

"她说自己是职工家庭的孩子。"

"玉茹这么说也没错。"丁爸爸和蔼地说，"在任何一个工作岗位上，都是为人民群众服务嘛。坦率说，我担任过自治区防疫站站长，也干过医院院长。最后，在自治区卫生厅厅长岗位上退休。"丁爸爸向林立功简单介绍了自己的经历，郑重说道，"这回玉茹从北京读完大学，实际上，我们原本是想动员她一起到银川去工作生活，可是她拗得很，不恋大城市，一心只想留在固海扬水。"

"哦。"林立功心里一怔，嘴唇不由颤动一下。

"不过，扬黄事业总得有人干嘛！"丁爸爸瞥一眼端着茶水过来的丁玉茹，继续对林立功说，"她和我年轻时性格一样。"

"难得您这么理解扬水人。"林立功赔着笑。

"立功，你说得一点儿没错。"丁爸爸的眼睛里闪过一道光，热情地说，"你们水利上的事情，我没少掺和。为了能让干旱缺水地区的老百姓喝一口干净水，我和我的同事曾经出过力，也遭过罪！不过，中央最近批准盐环定扬黄工程的开建，也让我们医务工作者几十年的期盼变成现实。"

"盐环定扬黄工程也是您的期待？"林立功一脸不解地问。

"是！"丁爸爸用力地点了点头。

话说到这，丁爸爸的目光从林立功身上移开，有些忧伤地投向窗外。这一刻，林立功觉得这位老厅长的目光像是一条河流，一条装满往昔记忆的河流。岁月中的某种记忆，在不经意间被唤醒。果然，丁爸爸陷入了往事中……

准确地说，那是渐远的1962年。丁爸爸那时年富力强，在宁夏防疫站工作，人们亲切地叫他丁医生。那年春天，上级指派他和同事去盐池县搞防疫。第一天刚到盐池县，他们便下沉到村，走访了两个村庄。不得了啊，他们发现当地小孩的牙齿普遍泛黄，几乎全部患有牙斑釉症。晚上，这些医务工作者聚在一起讨论，认为这种病症或许是与当地饮用水有关。次日一早，他们特意跑到当地一所学校，随机选取一百名学生抽样调查，得出一个结果：斑釉症、大黄牙，占到学生数量的九成以上。接着，他们对学校四周的水井取样化验，查明水里含氟量奇高。

氟，百度百科介绍："气体元素，符号F。淡黄绿色气体，剧毒，具有强烈的腐蚀性和刺激性。化学性质非常活泼，与氢直接化合能发生爆炸，许多金属都能在氟里燃烧。"这种叫氟的元素，实际上也是人体不可缺少的一种微量元素。医生清楚，当人体摄入适量的氟，对牙齿和骨骼的发育是有促进作用的。可是，一旦摄入过量的氟，就会对身体造成危害。世界卫生组织建议，成年人每人每天摄入氟不超过2毫克。但在盐池县，井水中的含氟量超过允许含氟量的20多倍。

满口黄牙的孩子们，长期生活在氟中毒环境中。

这些现象着实匪夷所思。丁医生在调研中弄清楚了，在盐池乡下出生的小孩子，即使长出大黄牙也不会引起家长的重视。他们的父辈都是农民，也不清楚大黄牙是氟中毒的早期表现。丁医生和同伴深入多个村庄走访，越发感到后怕！他们发现，这里的不少中年人和青年人的腰居然是佝偻的，有些人的腰佝偻成了90度。这种现象，无一例外是与饮用水有关。经年累月地饮用这种含氟量高的水，使他们身上出现了氟中毒的症状。这，正是让人毛骨悚然的氟骨症。氟中毒一旦到了后期，会发展成氟骨症，患者四肢严重变形，不但浑身无力，甚至还会瘫痪在床。

几个月后，宁夏防疫站派遣一支工作组，用了两个月时间逐村逐户为老百姓检查身体，提取水样。丁医生和同事走访了好几个公社，调查了上万人，同样有了惊人发现：盐池县不少老百姓因为饮用水而丧失了劳动能力，甚至有不少人因此早早丢掉性命。不过，宁夏医务工作者由此揭开了全国调查氟中毒的序幕。这个行动，也使宁夏成为全国最早向地方性氟中毒采取措施的省区。

"这的确是一件恐怖的事情！"林立功倒吸一口凉气。

"是的，人类氟中毒主要表现在饮用水上。高氟水引起的氟中毒遍布世界各地。氟是一种活泼的电负性元素，氟化物很容易进到人体骨骼和牙齿的磷灰石结构中，影响到骨骼和牙齿的发育。"

"当时你们采取了什么措施？"

"唉，惭愧啊！"丁爸爸叹息一声，"首先是要让老百姓认识到高氟水的危害。我呢，当时没有照相机，特意请来一位画家朋友把肢体畸形的病例绘制成几幅图画。图案十分逼真，我带在身边，走到一个村庄，就在村里挂出来，讲解氟骨症。我苦口婆心向人们解释，说饮用高氟水造成的这种病症不但会使孩子牙齿变黄，还会使成年人四肢变形。但是，我的宣传无济于事，反倒惹来麻烦。"

"怎么回事？"林立功感到格外震惊。

"你丁叔叔啊，说的没错。"丁妈妈端着果盘从厨房走出来，很自然地接过话茬，脸上露出一丝苦涩的表情，"有一回，他在盐池县的一个村里，把几幅大的病例图画当众挂出来宣讲。公社党委书记反而十分生气，说医务工作者挑拨干群关系。你丁叔叔一回到银川，就接受上级审查，变成'反动权威'啦。"

"为啥啊？公社干部为啥反对您？"

"我当时也想不通啊！"丁爸爸笑了一下，表情略显沉重地说，"隔了几年，我在银川遇见这个已经下台的公社党委书记。我问，当年为什么要这么做？这人反倒振振有词地说：'老百姓不喝村里的井水，能怎么办呢？公社干部也弄不来干净的水啊！你们医生说得对，但一经你们宣传，公社的一切工作不做，光给老百姓运水都忙不过来！'是啊，我们医务工作者发现了高氟水，却无力帮助老百姓。"

"这个书记的工作思路啊！"林立功连连摇头。

"不过，我们的宣讲也起不到大作用。"

"为什么？"林立功又一次被震惊了。

"老百姓根本不相信我们说的话！"丁爸爸两手一摊，不紧不慢地说，"比如，我们在村子里宣讲，说高氟水不能饮用，它像一种慢性毒药，时间一长会让人的四肢变形。可一些老乡当场对我们反唇相讥：祖祖辈辈都喝这水。我们医务工作者又说，身体佝偻的人，原本是正常的，只因喝了这种水。老百姓又会反过来说，人要得病，咋能怪水井呢？喝这井水的谁谁谁，不正在直立行走嘛！"

丁爸爸和同事在盐池县搞调研、做宣讲，见到最多的不仅仅是满口黄牙的大人小孩，还有很多庙宇。每一个村庄，都有一座小小的庙宇。每个庙宇，都寄托着人们的期盼，无数小小的庙宇一律朝向黄河。人在墙上绘出一幅幅龙宫行雨图，图中的神话人物形态各异，惟妙惟肖，神通广大，手持宝瓶向大地洒下甘露。一座座庙宇上的墙绘，像连环画讲故事，强调着诚心祈求上天才能风调雨顺，才能迎来好的年景。

"到1980年代初，就前几年，国家开始关注高氟水病症。咱们宁夏有一个医学专家名叫姜元川，把病症划分标准列为三级九度。这种划分，被中央地方病防治领导小组写进文件，形成一种标准。"丁爸爸说。

"那么，这种病症在盐环定地区普遍吗？"

"直到现在，仍然普遍！甘肃环县和陕西定边的老百姓，与宁夏盐池一样，不但缺水，还同样深受高氟水之害。"

"邻省的两个县与盐池县相比呢？"

"有过之而无不及！"丁爸爸以一种肯定的语气说。

饭菜已经端上了餐桌，冒着腾腾热气，大家都没有顾着上桌。丁玉茹和母亲忙罢，坐在沙发上静静地听他俩谈话。没想到，准岳父与准女婿的第一次见面，谈得这么投机。丁玉茹在母亲耳边嘀咕："临进门，我怕林立功怯场，被我严肃的老爸吓着了，我对立功讲，我爸耳背，说话时声音一定得大一些。"

母亲笑着掐一下丁玉茹的鼻子："你这鬼丫头，作弄人家林立功一老实人。没想到，他俩挺谈得来的。"

丁爸爸说到这里，猛然想起什么，问林立功有没有留意到最近的《宁夏日报》。林立功说这几天忙，没顾上读。丁爸爸又说，前几天的报纸上有一条消息，说兰州军区驻宁夏某给水团破解了一起50年前的悬案。丁爸爸这么一说，又惹得全家人来了兴致，丁玉茹坐过来摇着父亲的胳膊，要父亲快讲。

悬案的主人公是长征的红军。案件的起因是这样的：1935年秋，毛主席率陕甘支队（由中央红军改编）长征过六盘山后，一路向北走到甘肃环县。大军过境，秋毫无犯，一支连队驻扎在一个叫耿湾的地方。指战员饥渴难忍，但当地老百姓没听说过红军，大门紧闭，不敢接触。红军纪律严明，只能自发寻找水源。他们在村外山脚下发现一个泉眼，泉水清冽得很……这天夜里，驻扎耿湾的这支红军部队，300多名指战员齐整地露天夜宿，列阵一样，怀抱枪支熟睡过去。他们再没醒来，集体长眠在环县大地。

　　"毛主席震怒了，要求彻查，一定要把凶手绳之以法。"林立功插话说，"当时红军首长认为这支300多人的部队，是遭敌人投毒所害。他们身经百战，走过万里长路，怎么会发生这种不幸呢！新中国成立后，毛主席对此耿耿于怀。遗憾啊，50多年没有答案。我小时候听西海固老家人说过此事。"

　　"现在这个答案有了！"丁爸爸长长地叹息一声，"新闻上说，问题出在饮用水上。今年年初，宁夏给水团奉命去甘肃环县搞勘探，来到耿湾乡帮老百姓打井。部队的两名工程师走访发现了当年那个泉眼，一经化验，发现含钾量过高，压根不能饮用。这时，当地的老人讲了红军在这里饮水罹难的往事。"

　　"50多年的悬案，就这么破解了？"丁玉茹问父亲。

　　"对！结论是：饮用大量含氰化钾的泉水导致中毒。"

　　盐环定，三个字，摆在一起颇为传神。

　　有了盐，仿佛就有了一切。

　　在这里，盐，是指宁夏盐池县。1936年6月，西征的红军击溃马鸿逵驻军，解放了盐池县城。自此，盐池县成为宁夏唯一的一块从土地革命时期坚持到新中国成立的红色根据地。艰危岁月，盐池成为陕甘宁边区的西北门户，成为陕甘宁边区的经济中心，为抗战胜利和中国革命胜利做出了不可磨灭的贡献。

盐环定扬黄工程正在建设当中，指挥部设在灵武白土岗乡，首级泵站取水口在五里坡，两地相距5公里。徐迎水和江小雨夫妇奉调前往陕甘宁盐环定扬黄工程指挥部。新单位离泉眼山100多公里，徐迎水对新的工作环境是满意的，他已是一个有名的机电检修能手，在新岗位上反而能发挥更大作用。此外，来这里还有两个好处：其一是能解决小孩的上学问题；其二是举家一搬，摆脱了刘军的纠缠。刘军是固海扬水管理处的人事科副科长，这人至今不忘徐迎水的"夺妻之恨"。

前段时间，水利厅在各泵站调人走盐环定。

泉眼山泵站推荐吴买骡去，吴买骡没法走，别的职工也不愿调出固海扬水。张站长正为这件事犯愁，没想到徐迎水和江小雨是争着抢着要去的。他们夫妇主动请张站长推荐，说是希望同时调往盐环定扬黄工程指挥部。徐迎水为达成愿望，还和江小雨向单位写了一封热情洋溢的申请书。岂料，申请书根本没被领导看见，而是被副科长刘军死死压下躺在人事科的抽屉里睡大觉。

"哎，徐迎水是固海扬水的骨干，不能放到盐环定去。"

"固海扬水培养一个'大拿'，很不容易。"

"调谁，我不反对！徐迎水一走，咱少一主力。"

管理处两次讨论调出人员名单时，刘军总是百般阻挠。在单位，谁都知道刘军与徐迎水当年是情敌，也都看得出这人对徐迎水、江小雨有意压制。但在人事调动上，刘军把话说得冠冕堂皇，似乎还很在理。

他俩这次能够顺利调出，依仗了江小雨的好手段。

一天上午，江小雨走进人事科办公室，屋里几名工作人员都在。江小雨直直走到刘军的办公桌前，把一份新写的申请书摆上桌面："刘副科长，我和徐迎水响应水利厅号召，主动申请调往盐环定扬黄工程指挥部，请批准！"

刘军龇牙咧嘴地嬉笑一通，站起来热情地要和她握手。"江小雨，我的老同学啊，快请坐。"江小雨既没跟他握手，也没坐。刘军在经历短暂的尴尬之后，赔着笑，把那只手识趣地缩了回去。同办公室的几名工作人员瞧见了，偷偷地相视一笑，埋头各自忙碌。

"我们讨论认为，尤其是徐迎水同志，须留固海扬水。"刘军坐上椅子，斜睨江小雨一眼，漫不经心地捏起一支香烟。

江小雨双眼血红，猛地把食指送进嘴里。刘军回过神来时，江小雨已把食指上渗出的鲜红的血狠狠地按在了申请书上，就像是把唇印留在了徐迎水的脸颊。这个举动让刘军受了惊，倏地站起来，"哎哟，血，你……小雨……你！"

"刘军，你这个变态的混蛋！"江小雨杏眼圆睁，把心中怒火喷了出来，"当年我就是看不上你这一点，一万个不愿嫁你！如今你公权私用，处处阻挠基层一线职工对上级组织的响应。你看看你，哪像一名党员干部？"

"哎，小雨，别扯那么远。"刘军一怔，涨红了脸。

"盐环定扬黄建设吃紧，我们打申请报告要去，应当受到鼓励。但是我们屡次遭到恶意刁难，你敢说，你没有报复心理？"

"江小雨，你血口喷人！"刘军也急了。

吵闹声一起，人事科办公室乱作一锅粥，几名工作人员站起来分别劝说双方。隔壁办公室的人不知发生了什么事，把脑袋从门口探进来。这一回，刘军颜面尽失。江小雨越骂越起劲，嗓门越来越高，气得刘军无力招架。

"我的姑奶奶，别吵了，给你办！"副处长一进办公室，拽起江小雨胳膊说，接着又扭头冲正在辩解的刘军摆了摆手，极不耐烦地吼道，"刘副科长，你给我闭嘴！"说罢，副处长和颜悦色地给江小雨让座。

副处长借着这么一茬事，当天就把她和徐迎水的调动手续办妥了。

离别泉眼山的日子到了，徐迎水、江小雨带孩子要走，林立功出钱从中宁县城雇来一辆卡车，帮他们装运家具和生活用品。离开时，徐迎水站在生活区的门口，笑呵呵地与同事们握手、拥抱、道别。江小雨抱着孩子坐在卡车副驾上，徐迎水窝在车厢的角落里。卡车颠簸着爬上泵站的那道缓坡，徐迎水把头埋了下来。他眼中涌出大颗大颗的泪珠，这个刚强的汉子居然没有勇气回看一眼。

第二天一早，林立功、丁玉茹也离开了泉眼山。

林立功永生难忘这个时刻，这是1988年底的一天。林立功对这里同样依依不舍，但与徐迎水不同，他还有很多话要对泉眼山倾诉。回城路上，林立功陷进沉思——泉眼山啊，泉眼山，这里孕育了我高洁的爱情、宝贵的友谊、纯真的事业心。在我心中，泉眼山啊，你永远是这个世界上最美的地方。

泉眼山泵站，让林立功他们实现了从一个社会青年到一名黄河水利人的转变。泵站边，黄河畔，那片高大而朴素的钻天杨，曾经给予他许多的遐思默想。他常常漫步在它们身旁，春天，盼望它们快点抽枝发芽，他的心愿、他的理想，都随着它们萌芽生长。夏夜星光下，他躺在树林的草地上，尽情享受着它们的清凉，枕着黄河的波涛入眠。当秋风掠过树梢，金黄色的叶子旋落一地，他伤感地注视着这一切。每一场冬雪装扮它们时，他也随着年岁增长，变得现实而坚强。渐渐地，林立功拥有了河面掠过的风的气质。

"嘿，立功，想什么呢？"

吉普车颠簸在回城路上，丁玉茹和林立功坐在后排，她用胳膊肘轻轻捣一下他，他这才从离别的愁绪中醒来。林立功笑了笑，说想起第一次从西海固来报到时不情愿的心理，现在真的要离开，反而舍不得泉眼山。

"又不是把你调离固海扬水了，泉眼山还是会经常来的嘛。"丁玉茹的性格中显然有随遇而安的气质。她虽然对基层泵站很有感情，但她清楚，无论在机关还是基层，固海扬水每个岗位都需要适合的人去做。在她看来，林立功懂业务也擅长写作，在机关工作所发挥的实际作用一定会比在泉眼山大。

"彩色电视机的票，能搞上吗？"丁玉茹笑嘻嘻地问他。

"不一定。福日牌电视机太紧俏了！"林立功说。

"结婚彩礼我不要，彩色电视机得有。"

"嗯，我努力！"林立功笑着说。他清楚，能从单位领到一张购买彩色电视机的票，此时是一种极大的荣耀，是一件让人羡慕的事情。当然，他也知道这事并不容易。"去年，商业部、国家工商行政管理局还为福日牌电视机的供销，向全国各省（区、市）专门下了文件。咱们自治区统一搞采购，再由中国五交化公司开具商品调拨通知单，具体由商业部委托福建省商业厅代管。没想到，买一台彩色电视机这么费事儿！"

"没想到福日牌这么火爆！"丁玉茹感慨道。

"是啊，咱们国家1958年研制出第一台国产电视机，只有14英寸，还是黑白的。到如今啊，福建省电子设备厂和日本合资的这家彩电生产企业，一下火了！"林立功一脸吃惊地说，"这玩意年产量有限，一般抢不到手。"

"绝对是结婚的三大件首选！"一直未吭声的司机忽然说。

"对、对、对！"林立功附和着。

"立功，你别误会！"丁玉茹急切地说，"赶我们结婚时，能有一台福日牌彩电最好。实在买不上，我也不强求。"

"我想应该可以买到手。"林立功很有把握地说。

林立功的自信来自对固海扬水管理处领导的信任。今年是1988年，时值宁夏回族自治区成立30周年之际，自治区决定集体采购一批彩色电视机，分发给各行各业的先进工作者和劳模，相当于把某一个礼物派送给大家。然而，这个礼物是很有限的，有资格领取这个礼物的人得先领到一张票，再自掏腰包花钱购置。林立功很想得到这个礼物，因为更重要的是这台彩电还代表一种荣誉。

早在几天前，林立功"侦查"到，自治区水利系统这回分的几张票，专门用于购买福日牌彩色电视机。固海扬水管理处分到了一张票。也就是说，固海扬水管理处只有一名干部职工有机会买到一台彩色电视机。

回到固海扬水管理处的当天下午，林立功鼓足勇气，去找管事的副处长，决心得到管理处唯一的一张购买福日牌电视机的票。据可靠消息，这台彩色电视机分给了管人事的副处长，因为副处长是固海扬水涌现的第一个劳动模范。林立功去时，副处长和几个同事在讨论工作。他在办公室门口一晃，副处长看见了就喊他进去。

"立功，你有什么事儿？"副处长热情地问。

"处长好！也……也没啥事。"林立功有些抱歉地笑了笑，挠着头说没有什么重要的事。说这话时，林立功想，正好有人在场，是求情的好时机。恰好副处长又说："立功，不要吞吞吐吐的。既然你没有重要的事，那么一定有次要的事吧。来吧，咱们是一个单位的同事，还用这么客气吗？"

"我，我和丁玉茹马上结婚，彩礼呢，我拿不出来，人家也不要。"林立功心一横，笑了笑，有些不安地开了口。副处长乐呵呵地说："丁玉茹是个了不起的好姑娘！"在场的人也纷纷附和："固海扬水人能解决婚姻问题不容易，可喜可贺！"

"但丁玉茹有要求，要我买台彩电。"林立功硬着头皮说。

"哦。"在场的人都愣住了，纷纷把目光投向副处长。林立功当众提出这个问题，副处长压根没想到。停顿了好几秒钟，空气像是凝固了，副处长回过神来缓缓地拉开抽屉，取出一张红色半页纸大的纸票，满脸堆笑地站起身来，神情豪迈地递给林立功。"立功啊，我提前祝贺你和丁玉茹新婚快乐！电视机的购买权，现在属于你俩了！不过，你得抓紧时间准备1200元钱，这是购置费。"

在场的几个人立即向林立功投来艳羡的目光。

"谢谢您呐！有了这台福日牌彩色电视机，我就能体面地结婚了。"林立功喜上眉梢，也不推让，立即上前用颤抖的双手从副处长那里接过宝贵的票。他欠一下身，再次向副处长表达谢意。不过，他的眼睛再没有勇气去看副处长的脸。

水利人的婚礼：
想吃宴席，忙里偷闲嫁个汉子

"哎！林立功，我想吃宴席！"丁玉茹对他说。

林立功一愣："又有哪个同事办喜事？"

"笨蛋！"丁玉茹一努嘴。

"谁家的事？你倒说啊。"

"为吃上宴席，抽空我来办！"

林立功一听，乐坏了！

得知自己婚期将至，林立功立即回了一趟西海固。以他的财力，不足以拿下那台福日牌彩色电视机，他得向父亲求助。时值隆冬，西海固的干部群众却忙着在山坡上大量栽种柠条。清早，林立功出门沿街散步，县城一条狭长的主干道上房屋依旧低矮。偶尔一辆汽车驶过，眼前就会立即出现一条飞腾的浑黄长龙。家乡的县城建在一座平整的山坳里，四周围都是山。在林立功的眼里，1980年代，家乡似乎并无大的起色。他怀着难言的心情走到县郊，远远望见一面山坡上栽种柠条的人们。提前挖成的树坑，层层叠叠，连片相接，像极了无数的鱼鳞。鱼鳞坑，能蓄水。卡车运来的柠条被卸在了山脚下，人们肩挑背扛，把一株株柠条朝着山顶转移。戴红围巾的女人扶着细细的柠条苗木，只等男人用铁锹覆土。他们不但在山坡上种，还在峭壁上栽。

坡下停靠的一辆卡车边，有个穿四只兜上衣的中年男子仰起脖子对车上的驾驶员说着什么。林立功有话想问，便走了过去。

林立功参加工作这几年，总算弄懂了家乡的水资源情况。西海固位于宁夏南部山区，地处泾河、渭河、祖厉河、清水河源头地带，地表水均向外流。除六盘山四周比较阴湿之外，西海固大部属半干旱和干旱地区，加上不适合饮用和灌溉的苦水、咸水分布面广，这就加重了淡水奇缺和群众生产生活的困难。西海固的父老乡亲在防旱抗旱的长期艰苦实践中，创造出许多行之有效的抗旱措施和经验。但是，在年降水量小于年蒸发量的严酷条件下，淡水奇缺的困境始终未能摆脱。

"姑舅，冬季栽树，不得活吧？"林立功与中年男子攀谈。

"冬季栽，也能活。"对方十分痛快地回答。

"第一次听说在西海固冬季栽树能活！"

"嗨，这得看你的栽法，还有栽的品种。"

"那你们带着群众在山上栽啥树？"

"柠条！"

"柠条？"

"柠条抗旱能力强大，四季都能栽种。"这个干部笑呵呵地从卡车边上走过来，打量一番林立功，握一下手，乘兴科普起柠条，"绿化大山，增加植被，柠条是西海固山区最好的树种。遇上大旱的年份，我曾见过20年树龄的白杨树旱死，而柠条依然萌发，生机勃勃地生长。另外，柠条根深，分蘖多，属于豆科灌木，茎叶花籽都能用来做饲料。干旱地区到处都能种柠条，陡坎立崖上生长更旺，直播育苗不受季节影响。"

"原来如此！您不说，我真不知道。"林立功竖起大拇指。

"种柠条、打水窖、修梯田，是西海固抗旱三大法宝。"干部耐心地介绍，"这是著名的水利专家吴尚贤提出来的。虽然固海扬水工程已经建成，但它主要解决了宁夏中部干旱带地区的用水难题，并未解决这里的饮水问题。我们要抗击旱情，必须用好这三大法宝。拿种柠条来说，既能绿化大山，防风固沙，还能储存草料以备草荒。"

"储存草料，以备草荒？"林立功不解地问。

"我说下面这话，你不一定敢想。"干部又说，"咱西海固旱情重时，老百姓没有草料，牛羊不得活，买1斤草料得3毛钱，1吨淡水70块钱。"

林立功一怔："水窖，能让人踏实。"

"当然。干旱，咱西海固过去有，现在有，将来还会有。"这个干部的声音放轻了，显然带上了些许感情，"在我们干旱山区，打水窖是最可靠的居民蓄水保障，我们鼓励老乡家多打一口水窖。只要有形成径流的雨雪，窖里就会有存储的水。我们把窖修到6米深，水窖就有了自清作用。所以，我们打水窖有'丈五三头停'的说法。用这种水窖存水，窖里的水不会因存储时间过长而轻易腐坏。"

"如果天不下雨，水窖岂不白修？"林立功问。

"哎，话不能这么说啊！"这干部急了眼，皱起眉，语气变得非常坚定，"没有不下雨的天！以天不下雨为由责难大修水窖，任凭雨雪流失而奢谈解决干旱地区的饮水问题，实属无知。吴尚贤为呼吁西海固多打水窖，写了一首七言绝句，专门送给一些党政领导：'自古水窖能防旱，缺水岂能独怨天。能为不为谁之过，衮衮诸公愧苍生。'"

"哦！"林立功听这人说起吴尚贤，非常愉快。

"西海固，可是全世界集雨最多的地方。"这干部笑道。

"啊？"林立功听到这个说法十分惊讶。

"不用惊讶！"这个干部苦笑着说，"你没见过那种场面，政府冬闲时动员群众收雪入窖。一座座山上、一道道岭上，密密麻麻的人群，忙着收集雨雪。他们把近处的雪扫进窖里，走到远处，在阴沟拆卸冰块，用架子车运回、用毛驴驮回。冬季水窖殷实了，才能应对来年大旱。想起来，这一幕幕非常感人。"

"江河窖里藏。"林立功自言自语道。

"啥？你说啥？我没听清。"干部问。

"我是说，西海固的水窖里，藏着一条大江、一条大河。"

"哎呀，生动！"干部竖起大拇指。

林立功和这个干部谈性渐浓，忽然，有人在山顶上远远喊了一嗓子。这干部应了一声，有些抱歉地向他告辞，朝山顶爬去。望着干部晃动的身影，林立功的眼前却出现了幻象——冬季落雪之后，乡村里的人们拉着架子车、牵着毛驴，小心翼翼地走动在山路上。他们把阴沟里的冰块用改锥或菜刀劈开，拆卸下来，摆放在架子车车厢里运回家，再存进自家水窖。干部讲的这个细节深深震撼了林立功，种柠条、打水窖、修梯田，就是西海固的物质基础。西海固有了充足的水，才会拥有发展的基石。

父亲不再像早年那样，对林立功千叮咛万嘱咐。几个月前，父亲雇请工匠打制了几件实木家具，现在要当礼物送给他和玉茹。他难为情地对父亲说，这些家具很好，像高低柜上的花纹很有讲究，木床和书桌也很精致，但的确不便于运输。即便费劲儿运了过去，也是无处安放，他借来用作婚房的宿舍只有巴掌大。

在老家停留两天，林立功匆匆返程。

返程的路，遇了波折，这是林立功无法预料的。事情发生在他婚姻大事的节点上，因而这段旅途故事像第一次出门时一样被他铭记在心。那天临别，父亲拿出1200元钱，郑重地塞进他的手提包。这笔钱是父亲工作多年的积蓄，正好在他结婚时派上了用场。这只手提包里，还塞了他的几件衣服。父亲像几年前送他第一次出门那样，照旧把他送到红星旅社门口。得到父亲的支持，林立功愉快地搭上长途班车。

长途班车出了固原，路过三营镇时逢集，公路被往来的手扶拖拉机、骡马车、解放牌大卡车堵死了，水泄不通。耽误了两个小时，路通了，班车缓缓驶向同心方向。然而，车并没走多远便出了故障。司机下车，趴在车底忙碌了半个小时。林立功按照计划必须在晚上回到单位，倒不是有紧要工作，而是买电视机的这笔钱款必须在这天交到管理处，再由管理处去银川的人代交到水利厅。只有这样，才能保证得到那台福日牌电视机。这天，他在班车上有些焦躁，不时打问天黑前能否赶到中宁县城。

满身油污的司机心上冒火，懒得搭理。司机并不清楚这趟班车能否准时赶到中宁县城事关林立功的婚事。

司机被林立功问烦了，狠狠地剜他一眼。

车过同心城外，司乘人员一进加油站，按照惯例要中途休息。林立功解手回来后，发现乘坐的这趟班车不见了。林立功有些生气，心里指责这个司机不讲职业道德。猛然，他的脸上一片惨白——他想到了手提包还放在座位上，手提包里还塞有父亲给的钱。林立功吓坏了，这笔钱可是买福日牌电视机的钱，也是他的结婚用度。倘若弄丢了，彩色电视机抱不回来，该怎么向丁玉茹交代呢？

林立功望见路边停了一辆摩托车，有个20来岁的男子正坐在车上揽客。他急忙跑上去抓住那个男子的手说："刚走了一辆固原去中宁的班车，你看见了吗？"这男子点了点头。他又说："给你10块钱，请你立即帮我追上它。"

"10块？真的？"摩托车手吃惊地竖起右手食指。

"快啊！追不上就没有这10块钱了。"林立功说着话就跳上了摩托车后座。司机拧一把车钥匙，踩响油门，轰隆隆利箭一般射出去。颠簸的土路上，摩托车手愤愤不平，大喊要替林立功追回那只手提包和手提包里的钱。

十几分钟之后，摩托车横在路上，拦住班车。

班车一停，林立功还没来得及走过去，摩托车手一阵风似的冲上去，把班车司机从驾驶室像拎小鸡一样拖出来。摩托车手拽着司机的领口，抡起一只拳头在眼前比画。这种恶狠狠的架势，仿佛班车司机严重伤害了他本人，又像是偷了他家的牛被他逮住了。"你开车到同心地界，居然还敢干害人的事！"

"哎呀，兄弟，搞错了，咋回事吗？"司机沮丧地说。

"你把人家媳妇子偷走了！"摩托车手火冒三丈。

"啊？"

摩托车手身材壮硕，一米八几的个头，单手把班车司机的脖子压制在胳膊肘内侧。班车司机费劲地辩解："搞……错……了，我没偷……他……媳妇。"

"你把班车偷偷开走，人家手提包还在车上，包里有上千块钱。这钱丢了，人家娶不上媳妇，你还敢说没偷人家媳妇？"

"哎哟，误会了！"班车司机一脸委屈地说，"你轻一点儿，我……脖子。"摩托车手松开了手，班车司机像只青蛙一样蹲在地上，大口大口地喘息，"这人，一路上，把……把……把我惹毛了。过同心，我……我……想教训他。是我故意把车开走的，但没想到，他落在车上的手提包里面还装了那么多钱。"

林立功举起手提包，在头顶扬了扬，喜悦地冲摩托车手喊："谢谢啊，谢谢兄弟仗义相助，手提包里没少东西。"

两个司机一对视，居然还都笑了。

下午，长途班车顺利抵达中宁县城。林立功下了车，抱起手提包一路小跑，奔向单位的值班室，庄严地把这笔钱交了上去。副处长"让"出来的一张票，给林立功和丁玉茹带来了很多欢乐。由于福日牌彩色电视机实在太紧俏，福建省向宁夏提供的彩色电视机，虽是1988年由宁夏和福建共同确定的，然而，林立功要抱回这台电视机，还得经过漫长的等待。转年春灌时，福日牌彩色电视机才从福建姗姗而来。

福日牌电视机有了，林立功的婚事跟着办了。

固海扬水人的婚礼，大约都很仓促。结婚那天，是个周末，林立功借来一辆日本丰田小客货车接媳妇，他坐副驾驶位置，后排坐着新娘和伴娘。半挂车厢里拉着丁玉茹娘家给的陪嫁品：一台洗衣机、一辆凤凰牌自行车和两床新铺盖卷儿。客货车一出县城，没走几步，拐个弯就到了固海扬水管理处。

林立功的婚礼没有仪式，不收礼金，双方父母均不在场，他们只在管理处的食堂设了两桌宴席，用来招待相熟的同事和朋友。林立功提前几天把办宴席的80元钱交给掌勺师傅，请其帮忙，有多少汤，泡多少馍。好在掌勺师傅荤素搭配得当，做出的几道硬菜醒目赢人。听说林立功结婚，管理处阮副处长，曹、包两位科长不请自到，这三位都是从甘肃景泰川调到宁夏的。前些年，固海扬水管理处一成立，技术人员奇缺，宁夏水利系统要开展工作，只好与甘肃协商，把他们搬请引进到宁夏。

第二天，林立功醒得迟，闹铃响到第三遍他才睁开眼。屋内桌上摆着稀粥、小菜和热气腾腾的馒头。丁玉茹拎着包准备去上班，站在屋外隔窗冲他莞尔一笑。已是4月中旬，院里的草地已经泛绿，树木已经发芽，清风挟来甜美的气息。林立功枕着胳膊，看着另一只枕头上落了一根长长的秀发，还带有洗发水的淡淡清香。他起了床，穿衣洗漱吃早餐，开始了婚后第一个忙碌的日子。

第五章

润泽红寺堡

　　从黄河入海口逆流而行，朝上游走，600公里河道干涸。最后的细流和水滴，已被华北平原的骄阳蒸发，裸露的淤泥沉积层咧开宽阔的嘴唇——黄河断流，在1997年创下若干个之最。滔滔大河难道要变成一条季节河、内陆河吗？百位院士联合呼吁：行动起来，拯救黄河。黄河上游，同样窘困，20多万缺水的西海固人陆续出山，在茫茫荒漠拉开建设红寺堡——全国最大易地扶贫安置区——的帷幕。

沙海筑长路，中秋林邀月

　　荒漠上，帐篷里，几个男人坐一起歇息。

　　他们透过帐篷开口处瞭望，远处的沙丘十分亮眼，像是在炽烈地燃烧。炙人的热气在帐篷里蒸腾，没有一丝流动的风，大家光着上身，有的坐小板凳，有的席地而坐，这天气不适宜从事体力劳动。徐迎水靠在一张木板床的铺盖卷儿上，手摇纸扇。这床铺盖卷是他的老伙计，跟他从固海扬水到盐环定扬黄，转战各地，走过不少地方。盐环定扬黄工程已开建两年，甘肃省因为缺少资金没有确定引水的流量，影响到工程进度。徐迎水的困难，是如何给建成的泵站安装机电设备。帐篷左面几十米处，是一座建成的高大泵房，红砖青瓦，气势非凡地矗立在茫茫荒漠。

　　宁夏盐池县南部，是盐环定扬黄工程建设的主战场。徐迎水来到这里的第一天，发现大地上的甘草长疯了。甘草与枸杞、发菜、滩羊二毛皮、贺兰石，很早便被誉为宁夏"五宝"。甘草是土地荒漠化最后能够顽强生存的植物。其他植物消失了，甘草变多，实则预告了荒漠化的来临。

　　转天，徐迎水在附近的荒漠看到惊心的一幕：一群南面来的农民在挖甘草。他们十几个人间隔1米站成一长排，同时用锹一寸一寸地朝前挖，像黄牛在埋头犁地，任何一寸土地都会被翻开，任何一株甘草都会被收入囊中。这么干，等于把渐趋荒漠化的土地翻了个底朝天。这种掠夺式的挖掘，破坏性极强，一准会把地表上本就稀疏的植被、微生物以及草根，全破坏掉。每挖一株甘草，会造成10平方米土地的荒漠化。毫无疑问，挖甘草加快了荒漠化。在被肆意挖掘的土地上，毁坏了植被，跑掉了肥力，散失了水分，土质枯瘦得像病入膏肓的老者。一刮风，就地起沙，当地庄稼都种不活。再经打问，徐迎水才知这是一个普遍现象。每年开春，大地解冻，数以千计的西海固移民，开拖拉机载上锅碗瓢盆跑来，穴居地窝子，露天烧饭，专门挖甘草。盐池县的冯记沟、惠安堡、大水坑几个乡镇的草原上，荒漠化逐年加重。

干旱与缺水，招来了风沙和贫瘠，也使人与人的关系变得前所未有的紧张。当地人和挖甘草的人，鼻尖碰鼻尖地站在一起，各说各的理。挖甘草的人，眉头紧锁，摊开双手，露出满面愁容，说老家缺水厉害，庄稼地里打不出粮，一家老小的生计就指望甘草。当地人说，滥挖甘草，让土地沙化了，已经没法种庄稼……为了一株甘草，这里的草原上已连年出现上千人的对峙、几百人的械斗场面，鲜血一度染红这片满目疮痍的土地。

面对此情此景，黄河水利人心焦啊！

当盐环定扬黄工程建设者在此安营扎寨建泵站时，这里的矛盾愈演愈烈。盐池县是宁夏唯一的牧业县，当地人习惯把大地叫草原，但草原已变成了荒原。

"盐环定的一个个泵站，不在荒滩，就在沙漠。这么多设备和部件，都要精准安装上去。"说话的是水利工程处吴副处长。吴副处长40来岁，身宽体胖，说话时晃动着两条粗腿，屁股底下的板凳发出咯咯吱吱的响声。

"我没接触过轴流泵，技术难度大！"安装队长吧嗒吧嗒地吸着烟，头也顾不上抬，亮晶晶的汗珠顺着脸颊往下掉，"多数时候，我们按说明书安装，但是由于种种原因达不到标准。"

"这玩意精度要求高，把泵厂的安装技师调来也不一定能一次安装到位。"队长边上的一个工人说。

"安装的事，能干好！"吴副处长环顾一周，冲着徐迎水疲惫地笑了笑，"我特意把徐迎水调到了盐池县。"

"迎水，咱单靠自己，成吗？"安装队长急切地问。

"有何不可？！"徐迎水从床铺上起身坐正，喝一口罐头瓶里的茶水，笑着说，"一个机组，是一台电机带动一台水泵。电机和水泵，用一根轴相接。这轴要与各种设备处在同一条线上，叫同心度。国家规定，同心度的误差不能超过0.1毫米，否则影响工件的配合和使用。找准同心度，误差小，精度高，能减少后期维护，泵的使用寿命还长。"

"哎呀，太好了！"安装队长站起身把脚一跺，真诚地说，"徐迎水，把工作干好，我这队长让贤，由你来当！"

听安装队长这么一说，在场的人都笑了。

徐迎水一怔，有些不好意思地摆了摆手。

太阳西斜，不再炽热，沙漠里的温度慢慢降了下来，他们开始忙活。大家合力拆开一个集装箱，一台巨大的轴流泵立在了眼前。他们这时才发现，轴流泵的零部件居然生锈了，黄森森的，浑身像是布满了化脓的伤口。

"嗨，这些设备上咋满是铁锈啊！"

"应该是在厂房积压太久了。"

"搞采购的人太粗心了，应该检查一下嘛。"

大家围着这台轴流泵，你一言我一语，纷纷感叹。有人抱怨，擦一遍这些零部件得花一整天时间，而大家的任务只是安装。也有人说，这么安装不可靠。大家忙着讨论，徐迎水则攥着抹布埋头仔细擦拭。

"迎水，这活儿不归我们做。"有个年轻职工看不下去。

"你说得对！"徐迎水边干边说，"但是这台设备已经运了回来，我们就这么安装，恐怕达不到安装条件，反而显得我们没本事。既然看见它生锈了，我们如不维护，一定会给盐环定造成损失的。"

听他讲得有道理，大家也一起忙了起来。

盐环定地区的困难，和西海固一样大。

徐迎水和吴副处长对盐环定的艰苦深有体会。在陕甘宁三省区接壤之地的一个个村庄里，很多老乡都不知道，有一种藏在水里看不见的化学元素——氟——会损害人的骨骼，从而彻底改变一个人的形体。有一回，徐迎水跟吴副处长出差，去了陕西定边、甘肃环县、宁夏盐池。这一趟下来，他了解了盐环定的窘境。

八里河是陕西定边仅有的一条内陆河，也是陕西最大的内流河。它全长50多公里，发源于山地，由阳山涧、孤山涧和鹰窝山涧流出的小河组成，到安边镇的谢前庄汇流，一路向前，最终消失在马家梁。那天，徐迎水一行乘吉普车沿八里河谷往定边县城走，路过一个地势平坦的村庄时歇脚。

车在河畔的村口一停，呼啦围上来一群顽童，欢快地围着车绕来绕去。吴副处长下车冲孩子们微笑，孩子们也咧着嘴回应，传递出一种烂漫的友善。他们却看见了孩子们满口的黄牙。吴副处长用手碰了一下徐迎水的胳膊："迎水，瞧见了吗？是个高氟水村。"担任向导的一名当地水利人老陈听见了，附和道："吴副处长眼尖啊！"

"这边改水主要靠啥办法？"吴副处长问。

"除氟罐。"老陈说。

"把活性氧化铝装进除氟罐，水里的氟元素能变成氟化铝，降低含氟量。这个办法很可靠。"吴副处长若有所思地说。

老陈摇摇头，说："除氟罐是由定边县政府免费提供给老百姓的，但是除氟罐的氧化铝每隔一段时间就得换，老百姓觉得更换起来既花钱又麻烦。"

"啊？"徐迎水一怔。

"县上给高氟区装了2000只除氟罐，不久就被老百姓闲置了。"老陈哭笑不得地说。

"八里河从村口流过，人却缺水。"徐迎水叹息道。

"我们县的这条八里河，并不简单。虽然这是一条瘦弱的河流，可它依然灌溉着沿途7万亩良田。八里河边上，个别地方能打出供人畜饮用的低氟水水井，但出水量很小，仅能供应一二十户。"

"这么说，还得靠水窖收集雨水？"吴副处长问。

"还有另一种办法，"老陈难为情地说，"政府定期给高氟水村像发救济粮一样把水运来。"

正说着话，一个拄着拐杖的妇女迎面走来，她腰弯得几乎折成90°，徐迎水上前打问，这妇女并不介意。她面朝大地，头是抬不起来的。徐迎水弓下身，见她露出淡淡的笑。她说早先她不但是正常的，还是村里谁见了都夸的俊女子。14岁时，突然有一天她觉得浑身疼痛，脖子和腿脚开始变得僵硬，腰也慢慢弯了下来。她和邻村少年定了娃娃亲，婆家不嫌，男人不嫌，没想到结婚之后她腰越来越弯，没法下地，也没法做家务。现时她年龄并不大，可刚过40岁，却饱受氟骨病折磨。

和她得了一样病症的人，乡里还有很多，难以细数。

在甘肃环县，徐迎水又一次领略到缺水之痛。

不过，这一次的见闻让他啼笑皆非。吉普车过甘肃环县山城堡时，被乡镇街道上一条汲水的长队堵住，向前或退后都无法动弹。他们下车问了老乡，才知这条长队是从乡政府的大院里排出来的，排了有1公里远。在乡政府院里，有一口深达500米的机井，并配套建有一座苦水淡化站。前几天，苦水淡化站的设备坏了，乡亲家里都缺水。今天设备一维修好，男女老少拎起水桶争前恐后地来汲水。

徐迎水凑到一个面相和蔼的老汉跟前，套起近乎。

"全乡缺水，只有三户人高兴！"老汉揸起右手的三根手指，在徐迎水眼前晃了晃。

"啊，还有人为缺水而高兴？"徐迎水吃了一惊。

"大千世界，无奇不有，看把你稀奇的。"老汉一脸不屑，低声说，"全乡缺水，乡卫生院也缺水，计划生育的手术做不成，只好把那三个年轻媳妇放回了家。"徐迎水和排队汲水的人一听，都笑了起来。

"除了苦水淡化站，乡上还有供水设施吗？"

"有水窖啊！这几年，我们山城乡和相邻的几个乡给老百姓修土水窖四万眼。今年严重缺水，天不下雨，窖里无水。在地球上戳满窟窿，只等下一场大雨。雨没等来，又遇上乡苦水淡化站出了故障。"

"甘肃环县和我们西海固一样缺水。"吴副处长对老人说。

"是的，宁夏同心县遇上大旱，农民赶上牛羊往我们环县跑。环县遇上旱灾，农民也赶着牛羊朝宁夏跑。"老人笑道。

"还有这样的事情啊？"

"有啊！人再挨饿，不能让羊掉膘！"

"哦？"

"羊掉膘可不是小事情。"老人拎起两只水桶，跟着队伍朝前方挪动几米，又满脸忧虑地说，"掉的这部分膘，折成现价是个大数字。老百姓算不来的，县长清楚。我们县长在电视上说，环县羊掉膘100万公斤，损失了几百万元。"

"归根结底，还是缺水。"徐迎水摇了摇头。

"你们做啥的？咋这么关心水？"老人问。

"我们是盐环定扬水管理处的。"吴副处长笑答。

"呀，太好了！"老人欢快地拉起吴副处长的手说，"盐环定扬黄的，是亲人。黄河水一来，我们的下一代就得救了。"

老人这句朴实的感谢，说到了徐迎水心窝上。

宁夏盐池的情况比甘肃环县、陕西定边更糟。

这个县，不但受高氟水伤害，还被四条沙漠带撕咬住。流沙带，在干旱多风季节疯狂而活跃。一起风，它们贴着地面滚动，很快堆成新的沙丘、沙梁，突兀地出现在人们的视野，全县土地沙化面积达到700万亩。干部群众为汲水，在但凡能打井的地方都打了井；打不了井的地方，就修水窖和建水库。困难更大的地方，老百姓拿上政府的补贴修造水泥窖。遇上大旱，天不下雨，窖里没水，全县十几万人的吃水问题就成了头等大事。

他们这一回来安装设备的这座扬水泵站，建在盐池县冯记沟乡马儿庄村的边上。按照计划，陕甘宁三省区在这里分水。一路留在宁夏当地，一路东走陕西，一路南下甘肃。马儿庄村地处荒漠包围之中，植被异常稀疏，土壤都是湿陷性黄土。全村一百多户人，户户屋顶的瓦片干燥得要冒烟，黄泥小屋土苍苍的，没有一丁点儿生机。扬水泵站两公里外，全是戈壁滩，汽车开不进去。

徐迎水难忘第一天来马儿庄村的经历。

他们一行来施工，小车一开进马儿庄地界，就遇上一道道沙梁堵路，进退都难。村党支部书记白万河在半路上把他们迎进家门。白万河年近花甲，一咧嘴露出两排黑黢黢的牙齿。他的老伴杨凤英也一样，仅剩几颗黑牙。白家一棵杨树下，大家围着一张小方桌坐定，主妇杨凤英罗圈着两条腿一摇一晃地端来茶水。

"这个庄子，是马儿庄村的恭儿庄。"白万河一脸严肃地说，"这地方没水，根本没有水源，完全是靠天吃饭！天不下雨，广种薄收！"白万河看了一眼自己的女人，对徐迎水说，"她娘家在惠安堡乡狼布掌村，吃水去黄糜沟挑。过去不知道这水吃不成，氟含量超高。她还没嫁过来就弯了腰，牙齿发黑，罗圈着腿。"

"村上受高氟水之害的病症多吗？"徐迎水问。

"多！主要症状是黑了牙、掉了牙、罗圈腿、佝偻病。"

"现在村里收成咋样？"

"旱田的糜子、谷子、荞麦，通常每亩打一百多斤。"

"生活用水怎么解决？"

"我们祖祖辈辈都是在20里之外驮水，驮水的地方叫陈水塘。每隔三天，我用架子车拉水或是牵毛驴驮水，一次得用上小半天。把水驮回家，再把水倒进水缸里澄清。雨天我们接雨水，一滴房檐水也不敢浪费。"

"唉，不知不觉喝了很多年高氟水。"徐迎水感叹。

"是啊，黄糜沟，我娘家那地方好奇怪！"杨凤英笑着插话，"黄糜沟水是甜的，起初我们不知道它是高氟水。"杨凤英见丈夫白了她一眼，压低嗓门说，"高氟水喝到人嘴里，口感很甜，但过一阵子人就难受得厉害，犯恶心。用高氟水煮熟的米饭，颜色黄黄的，吃罢像石头压在心上。用高氟水洗衣服，能把衣服洗烂。没办法啊，我们生存在这里，只能吃这种水，佝着腰、罗圈着腿，还得黄着牙。"

"将来，政府会把黄河水给你们引来的！"徐迎水说。

离开白万河家，他们深一脚浅一脚地走进沙漠深处的泵房。当晚，徐迎水和同伴躺在帐篷里酣睡。不知过了多久，沙尘暴忽然光临，徐迎水在帐篷的剧烈摇晃中惊醒。他嗅到一股呛人的气息，急忙翻身坐起，这时帐篷倏地被沙尘暴刮上天，凭空消失。细碎的沙砾如瓢泼大雨，圆圆的月亮不见了，天地之间没有了一丝光亮。他和几个同伴蹲在原地，用手捂住口鼻，茫然不知所措。

另一顶帐篷里，几个人趴在地上，用手按住帐篷四只角。他们顾不得穿鞋子，眯起双眼按压帐篷，生怕帐篷被大风刮走。这种情形下，风沙的力量完全压制住人的力量。猛然间，这顶帐篷也被狂风卷到半空……不知是谁喊了一声"进泵房——"，他们相互搀扶，踉踉跄跄地躲进在建的泵房。这里，变成了一处避风港。

天一亮，他们看见沙滩一片狼藉。灶炉翻倒，铺盖卷儿被沙掩埋，锅碗瓢盆散落一地。所有人傻了眼，徐迎水跑到无人处解手，刚走到泵房背面，就惊恐地大喊："呀，不得了啦！不得了啦！"

大家急忙一看，流沙一夜之间蹿上后墙，爬到屋顶。

眼前这些流动沙丘，沙粒细得像筛过一样，一旦遇上风就四处游移。流沙在泵站背后淤积，形成一定坡度，使泵房北面的屋顶与地面快要平齐。徐迎水尝试了一下，踩着这道沙坡，居然能轻松地登上泵站的屋顶。

这一年的国庆节与中秋节重合，双节同庆。

节日之前，林立功陪《中国水利报》两名记者跑采访。林立功是自治区水利厅公认的作家型记者，厅里遇到宣传任务，一准给固海扬水管理处打电话借用林立功。每逢此时，林立功就得从中宁走银川。这回，林立功陪记者走访的是盐环定扬黄工程建设现场。第一天，他们去灵武县五里坡。车子沿一条简易公路穿行在沙丘之间，跑到五里坡泵站附近时，遇见两台趴窝的大型拖板车。重达上百吨的电力变压器，分别躺卧在两台大车的车厢里，像是僵死的蜈蚣。路被堵死了，采访车只好停下。

往前走，实际上已经没了路。

林立功要进五里坡泵站，非得驾车穿越一段5公里的沙漠。如果这两台电力变压器是泵站采购的，那司机得大费周折。

"喂！同志，咋回事？"林立功在白衬衣上套了件毛背心，脚蹬回力鞋站在车头跟前的一座小沙丘上问。

"我们是给五里坡泵站送货的。"几个男人正站在拖板车前方商谈着什么，听到问话，一个东北口音的汉子扭头回了一句。

"哦，你们辛苦了！"林立功说。

听林立功这么一说，一个蹲在地上的中年男子站起身，苦笑着指了指东北方向："我们是沈阳市中型设备运输公司的职工，开车走了几千里，从沈阳把这两台一百多吨重的大家伙运到宁夏。五里坡泵站近在眼前，没想到……"

横亘在他们与五里坡泵站之间的，是一片直线距离5公里的沙漠。林立功脚下的这座小沙丘上，轻柔的风儿卷起流沙蛇似的嗖嗖作响。顺着中年男子手指的方向，他看到了起伏的荒漠戈壁。远处，一堆又一堆或蹲或伏的怪兽般的沙丘，在阳光下亮灿灿的，鳞纹如波，像极了波涛汹涌的海浪。

这时，两位记者跳下吉普车，查看路况。

"张记者、刘记者，五里坡，我们开车能进去。"林立功说。

"但两台变压器送不进去。这样，我们进了五里坡泵站，又有什么意义呢？"年长的刘记者皱起眉。

"那么，我们走别处采访？"林立功问。

"不，这里就是新闻现场。"刘记者说。

"哦，您的意思是？"

"和他们一起让设备穿过沙漠，这就是一条好新闻。再说，他们是在为盐环定扬黄水利工程服务，我们要帮一帮。"

"我的刘大记者，你是认真的？"林立功大感意外。

刘记者看一眼年轻的张记者，张记者也点点头。

林立功笑了，冲两位记者竖了大拇指。

两位记者向运输队的人亮明身份，与他们聊了起来。运输队长一听北京来的记者要帮他们，既感动又忧愁，哽咽着说，从沈阳到宁夏，一路艰辛。过一般的桥梁和公路都得绕行，主要得考虑路桥的承重和限高。2000多公里的路，他们走了30天，吃饭睡觉都在车上，中途没有休息一天。天已转凉，他们还穿着单衣。

"师傅，你见多识广，一定能解决好！"刘记者鼓劲儿说。

"我跑车30年，各种糟糕的路况都遇过，可从没遇过沙漠，我没能力让它们穿过沙丘。"

"再没办法了？"

"倒有一个，只是实施起来过于艰苦。"运输队长摸着下巴颏，脸上露出一丝悲壮的神色。"设法调一批枕木，借助枕木铺路，把两台拖板车一米一米开进沙漠，把大型设备一步一步地挪进五里坡。"

"这么做，有困难吗？"

"我们人手少，总共四个人。"

"算上我们！"刘记者笑道。

"那也费劲！"运输队长苦涩地笑了。

"帮你，我们帮到底！"没多说话的张记者也很干脆。

"问题在于，铺路的枕木在哪里呢？"林立功瞅了瞅横亘在两辆大型拖板车与五里坡之间的茫茫沙漠，漫不经心地问。

"接货方是宁夏送变电，我们已经求助，请电力部门向兰州铁路局借枕木。"运输队长身边的一个年轻人插话。

借用枕木铺路，把设备运进五里坡是唯一的办法。运输队长下了决心，两位北京来的记者和林立功还真的留了下来。半下午，电力部门的一辆吉普车引着两辆满载枕木的卡车赶来。两位记者和电力部门工作人员一聊，林立功才弄清楚，这两台庞大的变压器正是盐环定扬黄水利工程的动力总枢纽。

秋季的夜间，沙漠里的气温比白天低了好多度。他们吃罢电力部门送来的饭菜，开始搬卸枕木。枕木的重量是标准的，每一根重达50公斤，他们每人肩扛一根，吃力地从公路尽头往沙漠深处走，沙漠里出现一长串儿脚印。鞋子里总是灌进沙子，林立功索性把鞋脱掉，光着脚丫子跑来跑去。他们忙到次日凌晨，硬是在沙漠里铺出了一条长200多米的"轨道"。

两台大车，像一对颤巍巍的老人，沿着这条临时轨道走进沙漠。它们一前一后徐徐挪移，一小时后，头车抵达这条路的最前端。大型拖板车长达50米，两台车占据了一半的路面。临时铺成的这条简易道路是奏效的，运输队长、刘记者和林立功十分开心。他们顾不上歇息，又把拖板车后方的枕木挖出，扛在肩上，往头车的前方走去。只有这样，才能让拖板车穿越沙漠、抵达泵站。

沙漠里一起夜风，便昏天黑地，眼前什么都看不见。

已是9月末，转天正午的阳光仍然炽烈。这时，他们会停下来，回到扎起的帐篷休息片刻。沙漠一到下午准起风，瞬间漫天沙粒飞舞，沙子直往脸上扑。林立功扛起沉沉的枕木，吃力地在沙丘上挪动着。他们不分白天和黑夜地干活，谁累了就回吉普车上躺一两个小时。趁休息，两位记者在采访本上用笔刷刷记录见闻。林立功干劲足，两天两夜没合眼，心里却疼惜两位记者。自己带北京的记者来采访，一进五里坡，竟然当起了搬运工。

      高楼万丈平地起

      盘龙卧虎高山顶

      边区的太阳红又红

      边区的太阳红又红

      咱们的领袖毛泽东呀毛泽东

      ……

    刘记者弯腰放下一根枕木，比画着摆正，直起身时竟然忘情地唱起了这首老歌。刘记者的歌声铿锵有力，婉转起伏，听得大家入了迷，这是一首早年从陕甘宁边区唱响的红歌。林立功听见了，一阵感动，心想这有些不对劲儿啊，北京来的这位刘记者一定是对陕甘宁、盐环定有着某种特殊感情的。

    "刘记者，为抓一条新闻，你费了大劲。"林立功和刘记者并肩走在沙漠上，一摇一晃地去搬枕木，"直觉告诉我，您虽然工作生活在北京，但对陕甘宁边区明显有着某种热烈的情愫。"

    "哈哈！"刘记者爽朗地笑了，停下脚步，捏了捏自己的肩，"立功，你说对喽！我生在宁夏盐池，长在陕西定边。"

    "啊！"林立功一怔，"这么说，您熟悉盐池县？"

    "当然！"刘记者大手在头顶一绕，笑呵呵地说，"盐环定，陕甘宁边区的组成部分，这三县都是1936年解放的。盐池县的盐，在明朝宋应星的《开工天物》中有记载，书里说全天下最有名的盐就在宁夏盐池县。盐池县一解放，党中央派经济部部长毛泽民，在盐池组织以食盐、皮毛、甘草为主的生产贸易。"

"盐池的盐，曾经发挥过大作用？"

"对，立功，你读过《西行漫记》吗？1936年，美国记者埃德加·斯诺访问红色中国，在书中写道，苏区国营企业中最大最重要的是宁夏盐池的制盐工业和永平、延长的油井。盐池的盐是中国最好的，色白如晶，产量很大。盐是边区很大的富源，是平衡出入口、稳定金融、调节物价的骨干。边区老百姓依靠盐来交换外面的货物。在陕甘宁边区，大部分军队依赖盐维持或补助生活。1940年，我爸我妈来盐池县打盐，说起来，他们是八路军一二〇师三五九旅四支队的老战士，我就出生在盐田边上的一眼窑洞里。"

"因此，您姓刘叫盐生。"林立功恍然大悟，激动地说。

"对，立功。"刘记者一手拍在林立功肩上。

话说到此，刘盐生陷入一段浴血回忆。

那一年，胡宗南调集20万大军进攻延安，陕甘宁边区只有2万多名官兵。在盐池县，我军只有300多人，突袭的敌军则超过一个旅，包含步兵、骑兵和炮兵。那是一个狂风怒吼的黑夜，敌军像蚂蟥一样围城，守城军民拼死抵抗，在坚守一天一夜之后，最终决定掩护县委机关和百姓先行撤退。尚在襁褓之中的刘盐生被妈妈裹在怀中，妈妈跨一匹大马，随县委工作人员一起突围。担负掩护任务的六连指战员，把全部敌人吸引到县城东南角，以矮墙和巷道为掩护，顽强抵抗。枪里子弹打光，英雄六连便拼刺刀，刺刀卷刃，他们就用大刀砍、用枪托砸……

"全国解放后，您回过盐池没？"

"没。但我父亲回过一次。"刘盐生走在枕木轨道边，动情地说，"准确说是1986年6月，适值陕西定边、甘肃环县、宁夏盐池解放50周年，这三县分别举办庆祝活动，当年在这里战斗过的老红军、老八路回来了。他们绝大多数都已退休，有一些成为将军，仍身着戎装，有的还在一些省份担任重要领导职务。他们来后，看见三县老百姓受高氟水伤害，心里难过！"

"盐池，用身上淌出来的咸咸的、涩涩的汗水，滋养了边区，有力地支撑了边区的困难时刻。"林立功说。

"是啊！"刘盐生叹道，"我父亲听说盐环定扬黄工程要上马，去年对我提要求，要我一定去看一看这个工程。"

自1936年红军解放盐环定三县，再到中华人民共和国成立，这块根据地与中国革命一起经历了13年的风霜雨雪。老区人民的疾苦，党和国家领导人牵挂在心头，那些活着的老战士何尝不是魂牵梦萦。林立功这么想时，刘盐生弯腰把一根枕木抬起，费力地寻找着平衡点，再把枕木扛上肩。

在沙漠里忙到第五天黎明，他们借着熹微的晨光看到几百米之外的五里坡泵站。这个新建的泵站，不起眼地存在于绵延的沙丘之间，这里便是两台庞然大物的安身之处。十几个勇士两眼通红，嘴唇干裂，胡子拉碴的，脸被沙漠里的太阳晒得黝黑。两根枕木之间，只能铺出25厘米的距离。他们硬是靠着非凡的毅力，在沙漠里造出一条5公里的轨道，把盐环定扬黄工程的"心脏"，归位五里坡。

离开五里坡那天，大家难分难舍。

的确是一次奇妙的经历！几个北京的、东北的、西北的汉子，原本互不相识，是一颗"心脏"把他们连接在了一起。他们在沙漠里苦干六天六夜，把汗水洒在沙漠，洒在盐环定扬黄工程的首级泵站。分别之时，各路大汉相互拥抱，挥泪离别。刘盐生对大家说，这一回是他记者生涯中最扎实的一次采访。走出五里坡，风儿吹拂流沙，快速掩埋了他们踩踏出的一长串脚印。

忙罢五里坡，回到银川城，已是中秋节的下午。林立功与刘盐生依依惜别，踏上了从银川到中宁的长途班车。一上车，疲累袭来，他坐在椅子上立刻睡着了，直到邻座一个女人用胳膊肘捅醒他，他才知道中宁县汽车站到了。借着月光回到家，不见丁玉茹的影子，这才意识到妻子临产，不敢多想，他飞奔县人民医院。

林立功白天在沙漠深处扛枕木，铺设最后一段道路时，已在浑然不觉中当上了爸爸。皎洁的月光铺满大地，投进妇产科一间病房。林立功颤抖着双手抱起新生的婴儿，紧贴在自己心口，他能感知到他和孩子的心脏在一起跳动，同样的节奏，同样的韵律，同样的欢快。他在30岁时有了儿子，当上了爸爸。听着儿子响亮的哭声，他对妻子连连说着感激的话，感谢丁玉茹让他当上了爸爸。躺在病床上的丁玉茹甜甜地笑了，她让林立功讲话小一点声，别把小孩吓着。又说把孩子抱来，得给喂奶。

"立功，给你儿子取个名字吧。"忙碌了一整天的岳母，顾不上休息，乐滋滋地说孩子还没有名字。

"名字嘛！生在中秋，也是国庆。"林立功边踱步边自言自语。

"难道你要给孩子取名叫国庆？"岳母失笑道。

"妈，不是的。叫国庆的人实在太多，我想给孩子取名叫邀月，林邀月。"林立功摸着儿子的小手说，"邀月，赏中秋之月，也指赏心悦目。"

"这名字妙得很！"查房的医生碰巧听见了，笑着赞叹。

林立功笑着望了望岳母和妻子，似乎在等待她俩的高见。她俩相视一笑，同时朝林立功点了点头。

他说，干不成，死了没脸去见马克思

转眼又过了好几年，黑山峡仍岿然不动。河段开发，停留在"大"和"小"两种方案上。在宁夏大柳树建高坝大库，是一级方案；在甘肃小观音坝址建高坝，同时在宁夏大柳树建低坝，是二级方案。

1993年，开发黑山峡的呼声掀起一个高潮。

在宁夏建一个高坝大库的主张占了上风。这年春节前夕，吴尚贤在银川收到一张明信片，寄信之人是清华大学教授、著名水利工程专家黄万里。黄万里先生写道：

> 尚贤同志：大柳树坝恢复，决定建设，可庆可贺！设计时要注意三点：（1）坝底要留大孔，以备将来放沙，石门可设原定的，以备他日水低时再。（2）要预留航道位置，设计好，但暂不施工。（3）坝高……效益更大。

字里行间，黄万里先生流露出一种胜利的喜悦，这位著名水利工程专家对黑山峡高坝大库的开建显然是很有把握的。坐在竹圈椅上的吴尚贤，满头霜发，72岁的他手捏明信片思绪万千。开发黄河黑山峡河段，在宁夏建起一个高坝大库，是他与黄万里等人做了几十年的梦。在吴尚贤看来，眼下或许是离实现梦想最近的时刻。

这天，情难自抑的吴尚贤趴在书桌前，写下一首《感怀》诗。

七十有二复何求，职在泽民意不休。
欲问黄河水库事，泥沙淤积治从头。

为修高坝黑山峡，奔走折街卅七年。
忽闻决策将兴建，理智信终能正偏。

兴建高坝大柳树，黑山险峡变通途。
防洪灌溉能发电，生态还良万象苏。

晚饭后，吴家的门铃忽然响起。

访客是谁，不用猜想。

来人踩着上楼的木梯，脚底发出吱吱嘎嘎的声响。挑开门帘，走进书房的果然是张存济，还有大柳树水利枢纽前期工作办公室的主任张均超，尾随其后的还有一个陌生青年。见来人中有并不熟悉的青年朋友，吴尚贤急忙起身迎接，胳膊肘触碰到摆在桌上的一盆文竹，一簇簇细长的叶状密枝顺势弯倒，又直立起来四下剧烈摇晃。

"吴老，我今天带了一个青年朋友来见您。"张存济笑着说，"他叫林立功，新调到我们水科所的，是我的助手。"

"您好，吴副主席。"林立功毕恭毕敬地站在跟前。

"先前在哪里服务啊？"吴尚贤握住他的手问。

"固海扬水管理处。"

"立功干过扬水工程所有的工种。"张存济介绍。

吴尚贤一脸慈爱，满心欢愉，连忙招呼他们坐下。多少年了，黑山峡把吴尚贤、张存济他们凝聚在一起。每回见面，大家准会说到黑山峡河段。张存济把公文包顺势往脚边一放，"水利部呈报国务院，支持在大柳树建高坝大库。"吴尚贤笑道，"这回不但是又见曙光，似乎大局已定。"

"这一次报告的依据，来自水利部委托水电规划设计总院组织有关专家、教授研究的成果。包含工程地质、枢纽工程、枢纽投资、灌区规划、河段开发规划五个工作组，工作做得充分、扎实。"张存济说。

"大柳树的开建，如今箭在弦上。"吴尚贤动情地说，"几十年了，这是我们最接近实现目标的一次。"他说这话时，忽然想起什么，拿起书桌上的明信片，递给张存济看。"瞧一瞧，老炮手（指黄万里）给我寄来了明信片，他十分自信，对工程将来怎么建，还提了自己的一些建言。"

张存济捏着明信片，低头仔细看了一遍说："黄万里先生对黑山峡、对大柳树饱含深情。"停顿了一下，又笑道："王化云先生1946年就担任了黄河上的第一任河官，几年前他曾经十分明确地表达出这样一个愿望——黄河黑山峡河段的开发方案，应以宁夏大柳树一级开发为当。"

"高坝大库啊！"吴尚贤眼睛明亮，他乐意给大家介绍黄万里先生对开发黑山峡的感情，"解放前，黄万里担任国民政府甘肃省水利局局长，当时就盯上了黑山峡。我和他在兰州既是同事又是邻居，他那时支持我做甘肃黄羊河工程……或许，我们这辈子还有机会看一眼做起的高坝大库。"

说到这里，几个人都沉默了。

"哎，立功，你怎么看黑山峡？"吴尚贤笑问。

"吴副主席，我是一名水利新兵。"林立功正襟危坐，有些局促地说，"不过，我上班第一天就走进了黑山峡的怀抱。"

"哦？"

"是好多年前的事情了。1981年9月，我们一群'小泥鳅'来单位没几天，就被送往甘肃景泰川学习。至今记得，当时黄河发洪水，非常凶险，您和自治区主席在胜金关领导大家防洪抢险。"

"甘肃扬水工程是全国典范。"吴尚贤说。

"我对黑山峡的理解完全来自前辈的科研成果。"林立功见吴尚贤面露喜悦之色，继续说，"在黄河流域，不论是利用地表水、地下水，还是黄河支流的水，最终都会影响黄河干流水量。未来，没有好的工业不行。因此，保障工农业用水，还得依靠高坝大库。另外，黄河上游龙羊峡到刘家峡没有任何调节。洮河的泥沙排进黄河，出现淤积，需要在黑山峡建一个高坝大库，调解和拦蓄黄河水量……"

"希望早日开建！"吴尚贤把目光投向林立功。

"黑山峡倾注了很多人的心血，泥沙专家赵业安的建议让人动容！"张均超不禁感慨，"来自黄河水利科学研究院的老赵，身患重病几十年，做过七次喉部手术。上一回在宁夏考察，他用人工声带沙哑地对大家说：拯救黄河的生命，立项做起一座高坝大库刻不容缓！"

"还有水利规划设计专家司志明，"张存济说，"这个老司讲，开建黑山峡水利枢纽工程是给黄河一个交代，是给国家一个交代，是给人民一个交代。还说，这事干不成，将来死了没脸去见马克思。"

林立功听着听着也动了情，眼眶里一片潮湿。他猛然想到一个盘桓脑海的问题。

初冬，黄河宁夏段主流下移，河水冲淘了永宁县东升四队的居民点。河岸向西塌移700多米，崩塌段长达1000米，毁坏大量农田，几十户民房被毁。大冷的天，老百姓不得不在政府组织下搬往别处。林立功对这事很关切，想请教吴尚贤下一步如何治理黄河塌岸。

"塌岸现象很糟糕！"没想到，张存济正好提及。

"我们过去'草头石笼'护岸的办法，不管用喽！"吴尚贤说起黄河塌岸，心情变得沉重，"春节期间，我们还得去看一回。"

"看来龙王爷有治塌岸的办法了！"张钧超笑问。

"只能试一试。"吴尚贤答。

黄河水的日夜冲刷，造成了严重的塌岸现象，险情屡有发生，给人们的生产生活造成了损失。沿黄各市县各自为战，治理停留在头痛医头，脚痛医脚上。这种努力，并没有使黄河塌岸现象得到有效治理。自治区广泛征求水利专家意见，探索更经济、更奏效的办法。吴尚贤满怀热情，带领一支团队创新研制出应对黄河塌岸的"木架附重四面体"。这个特殊的治河工具，正处在试验阶段。

"春节期间，我跟你们一起看黄河。"林立功插话。

"可以。"吴尚贤笑答。

"春节啊，你别来。"张存济大手一挥，"大过年的，单位又没有硬性任务，你跑来银川干吗？媳妇还不生气？"说到这里，张存济叹一口气，意味深长地说，"这几年我们水利工作忙，干部职工常年在外，家庭离散得多。"

林立功挠着头皮，不好意思地笑了笑。

不知不觉，林立功调来银川已经大半年了。初来水科所，他既要熟悉工作环境，还得忙工作。离开中宁县城之前，他向丁玉茹保证，每隔半个月回中宁探望一次她和孩子。来到银川后，他总食言。这半年，他只回了两趟家，丁玉茹为此和他发生争吵。孩子的姥爷、姥姥上了年岁，帮着带孩子也费力。丁玉茹一周上六天班，忙完立即回娘家带孩子，一天从早到晚连轴转，没有休闲时光，林立功理解她的愤懑。

转年初夏的一天，吴尚贤、张存济齐聚黄河岸边。

跟随而来的林立功，领略到了"木架附重四面体"的风采。他们来到的地方，正是永宁县东升四队的居民点，也是黄河塌岸易发处。在这里，他们巧遇自治区白主席。白主席站在黄河岸边，心情愉快，握住吴尚贤的手不放，说吴尚贤的好办法遏制了塌岸。去年冬天以来，在吴尚贤的指导下，永宁县水电科干部职工在长400米的险段投放了1000多只"木架附重四面体"。实践证明，这种办法有效扼制了塌岸。同时，还尝试向河内投放"木架附重四面体"，做成长达70米的丁字坝，使新滩开始显露，起到了挑流作用。

"吴老总，您的这个研发是怎么做成的？"白主席问。

"我是向古人学来的。"吴尚贤说，"都江堰护岸杩槎拦水的原理给了我启示，我根据黄河宁夏段的特点，创新而成。"

　　"黄河流经宁夏，塌岸地段占半，毁坏农田房舍，给老百姓带来极大困扰。治理起来太花钱，有了新技术，是大功一件！"白主席说。

　　"是的！"自治区计委一位负责人适时插话，"区计委原本拟划拨经费建设'草头石笼'码头，如果改用吴老总的新技术，可节约一大半经费。"

　　"吴老总治理塌岸的新技术，工艺简单，投资少、见效快。无论四季，都可施工。"张存济向白主席介绍。

　　"它是如何在水下作业的？"白主席问。

　　"它能沉落河底，但不会远移。关键在于它能减缓流速，故而能有效防止塌岸。"张存济答。

　　"它所解决的，实际上是'三十年河东，三十年河西'的问题。"吴尚贤笑呵呵地对白主席说，"这句谚语，说的是黄河淤积而形成的一种改道现象。'木架附重四面体'，我琢磨了很久。在我的老家青铜峡，河面开阔，沿岸受黄河水冲刷厉害。将'木架附重四面体'抛在河边，可以阻挡、减小水流和水的冲刷力，使黄河水流速减缓，沙子得以沉淀。'木架附重四面体'靠近河岸，沉淀的沙子在堤边形成新河岸。最终，它减小了黄河对河岸的冲刷，使塌岸变少，保护了黄河两岸的农田农舍。"

　　"黄河险段治理是一项除害兴利的百年大计，我们一定要下力气抓好。"白主席叮嘱随行人员，"吴老总首创的'木架附重四面体'，治理塌岸行之有效，大家要扩大试验河段，完善充实，及时推广。"

白主席说话时，林立功站在吴尚贤身后，竖起耳朵听了个仔细。回到单位，他飞快地写出一篇新闻稿，名叫《"木架附重四面体"治理黄河塌岸初见成效——自治区主席在黄河岸边问计吴尚贤》。林立功写完，思考了一下，找领导盖上单位公章，骑自行车把新闻稿送到宁夏日报社。第二天，文章登上头版头条。

第2027号提案

　　林立功调到首府银川，从基层职工变成自治区水科所的研究人员。古怪的张存济，成了他的上级。张存济瘦高个，鹰钩鼻，目光炯炯，一说话嘴角的八字纹变得更深了。在水科所，张存济气质独特，西装革履，皮鞋擦得锃亮，把自己打理得精气神十足。这位大专家没有别的社交活动，只认热爱黑山峡的人是朋友。

　　"哎，你叫林立功，我知道你的。"

　　林立功从中宁县调到银川市的第一天，探头探脑地走进水科所二层小楼报到，遇见的第一个新同事就是张存济。那天，张存济一屁股坐在办公桌上，和办公室的几个青年谈论工作上的事。听完林立功的自我介绍，张存济站起身，笑着移步上前主动握手。"我叫张存济，挂名副所长，搞研究的。你之前在固海扬水管理处写过不少水利方面的文章，有些我读过，对你的文章和名字印象很深。"

　　"张副所长，我是业余写稿。"林立功彬彬有礼地答。

　　"什么副所长，请叫我老张！"张存济满面堆笑。

　　"张老师，"林立功换了个称谓，继续说，"我在固海扬水管理处就知道您。您早年毕业于清华大学水利系，在宁夏几十年，投身六盘山引水工程，研究引黄灌区的水渍化、盐碱化改造。还有，黑山峡也牵扯了您很大精力。我认真读过您发表的一些论文，感受得到您对黑山峡河段开发是非常关注的。"

"林立功，你对我是了解的啊！"

"我闲暇喜欢读水利方面的材料。"

"那么，请你告诉我，银川这个名称是怎么来的？"张存济笑嘻嘻地坐在椅子上，也不叫林立功卸下背包，任凭他站在办公桌前。

"银川，据说这名字是老蒋圈的。"

"这与老蒋没有任何关系。"张存济摇了摇头，端起水杯喝了一口说，"在古代的银川，城外四处白花花一片。为什么是白花花一片呢？因为大地上到处都是盐碱啊！这广袤的盐碱地是咋形成的呢？地下水位太高，盐分从地下冒出来，变成盐和碱。所以，银川大地白茫茫一片，才被前人叫作银川城。"

"张老师，我没听明白。"

"那我告诉你。"张存济这么一说，边上几个青年嘿嘿低声笑了起来。张存济一点儿也不介意，继续给林立功解释，"地下水位一升高，就会出现盐碱地。一般来说，这一地区的地下水有进无出。为什么没有出水呢？银川的沟渠过去修得很浅。渠，功能是用来引水的。沟，是用来排水的。沟太浅，水就排不出去。为什么排不出去呢？黄河主干道淤积得厉害，导致水位过高，这样就很容易造成水渍化、盐碱化。"

"张老师，我这下听明白了。"林立功点了点头。

"既然调到了水科所，下一步，你有什么打算？"

“熟悉环境，听候单位安排。”

“不对！”张存济倏地一抬手，蹙着眉，不满意地说，“林立功，你从固海扬水管理处调到区水科所，和别的同事是不一样的，你等于是半路出家。依我看，你要尽快确定一个研究方向，制定一个远大规划。”

“我想做水文化研究。”林立功红着脸说。

“很好！总之，你不能等候单位安排。”张存济说这话时，笑着把目光投向另外几个年轻人，“我赞成年轻人到基层一线去锻炼，去泵站、去塌岸、去工程现场，要去不同的一线岗位锻炼。这样经过一段时间，再回来做研究。林立功基层经验丰富，今后，大家和他多多交流。”

同办公室的几个青年点了点头。

在水科所，有着良好的学术氛围，同事各有研究方向。有人研究水利工程，有人研究前期工程，有人研究水土保持，有人研究防汛抗旱，有人研究水资源和灌溉，有人研究地下水的承载量，也有人研究盐碱地改良改造。林立功刚来，协助张存济做研究。张存济严苛，他们一起跑现场，整理数据，撰写论文。时间一长，他发现张存济没有任何的业余生活，每天从家来到单位，再从单位回到家。

“你要当一名优秀的水利研究者，首先要做到不唯上。”张存济对林立功说过，水利科学容不得虚假，“我的亲家是一位省委书记，有时我们讨论水利工程，争得面红耳赤，直到他认可我的观点。”

“啊！”林立功吃了一惊。

"省委书记一旦认可了我的观点，等于他在水利工程上有了底，在工作上就不会出现大的偏差。"张存济神情严肃地说，"是什么？为什么？怎么办？讨论问题就是要刨根问底，这样才对得起'水利人'三个字。"

林立功初到水科所，一天到晚跟张存济忙，工作重点全在黑山峡。这一年，吴尚贤研制的"木架附重四面体"开始被人们广泛知晓并投入黄河塌岸的治理应用。此时，有一个重大消息传来——黑山峡大柳树工程又一次遇到了困难。原来，又有一批专家对宁夏大柳树坝址提出了异议。

林立功在那天傍晚接到了消息。

下了班，张存济独自枯坐办公桌前。林立功吃罢晚饭，回到单位加班，在办公区走廊瞥见副所长办公室的门敞开着，屋子里黑咕隆咚的。他以为张存济下班忘记锁门，正想随手帮着带门，忽然听见一声咳嗽。"咋不开灯呢？"林立功信手拉了一下灯绳，屋里一瞬间明亮起来，灯管发出白莹莹耀眼的光。

张存济紧闭双眼，有气无力地瘫坐在办公桌前。

"张老师，您不舒服吗？"林立功凑上前问。

张存济睁开眼睛，缓缓地说："唉，黑山峡高坝大库命运多舛啊！最近有一部分专家指出，说宁夏大柳树坝址是松动岩体。还说本着趋利避害的原则，应当慎重启动这项工程。"

"松动岩体？什么叫松动岩体？"林立功瞪大眼睛。

"不瞒你说，我也是第一次听到这个概念。"张存济歪着细长的脖子，两手一摊，哭笑不得地说。

"哦。"林立功忍不住笑了。

"哼，松动岩体，是围绕黑山峡造出来的一个新词。"张存济布满血丝的眼睛流淌着疲惫和失落。"'松动岩体'这四个字，对中国工程地质界来说是新鲜的，这个提法前所未有，在全世界也是前所未有的！有些专家指出，像宁夏大柳树这类范围广大、特征突出、成因复杂的松动岩体很少遇见。事实上，松动岩体在研究中基本是一片空白；把它作为岩体力学的对象加以研究，也是第一次。"

"张老师，每一项重大工程的选址，本身就是一项战略性任务，工程地质是选址的重要考虑因素，对吧？谨慎是为了尽可能趋利避害，这对工程的安全可靠、经济合理具有十分重要的意义。"林立功轻声说。

"没错，立功！"张存济满意地点了点头，说，"这一回，他们提出在宁夏大柳树松动岩体上修建大坝，存在一定工程安全隐患、风险，究竟如何得认真考量，因为它牵扯到黄河下游广大地区的安全。"

窗外夜色沉沉，两人对坐在办公桌前，谈话间歇显得寂静极了。林立功不懂什么叫松动岩体，但能感到，从工程地质方面看，宁夏大柳树是在松动岩体上做一个高坝大库，具有技术的高难度、经济的高投入、安全的难保证、决策上的高风险等特点。这样一想，林立功觉得黑山峡河段的开发，很可能会搁置下来，否则张存济不会如此孤独而痛苦地坐在办公室里。

张存济脸上浮现出一丝苦涩的表情："国务院常务会议通过的《九十年代中国农业发展纲要》中，已经十分明确地提出要开工建设黄河上游大柳树水利工程。在这个节骨眼上，有关方面提出'松动岩体'的质疑，无疑会迟滞这个项目的推进速度。"

"这么说，'松动岩体'一经提出，大柳树上马无望了？"

"是的。这意味着黑山峡大柳树工程暂时会停顿下来。但关于黑山峡河段的论证工作还将持续下去，围绕一座高坝大库进行科学技术论证是件好事，会让工程质量变得越来越可靠。毫无疑问，按照国家对待重大工程的惯例，国家计委会委托有关单位，组建一支庞大的专家团队对大柳树地质进行考察。"

"这个周期会很长吗？"林立功问。

"快则一年。"张存济说。

"若是慢呢？"

"慢的话，老子有可能这辈子等不到它的开建。"

果然，黑山峡河段的开发停顿了下来，林立功反而比以往更忙。水利人就是这样，不忙这里，就忙那里。

有一回，林立功忙里偷闲回了趟家。

这次回家，是林立功陪外地专家看完大柳树坝址，在回银川的路上临时决定的。车过中宁县城时，他提前下了车。当他抱着给儿子买的玩具推开家门时，妻子正在厨房炒菜，锅里滋滋冒着油烟，儿子正站在妈妈腿旁哭闹。儿子一瞅见林立功回来，破涕为笑，嘴里亲亲地叫着爸爸，张开双臂扑向他。

"爸爸，我不要你去银川了。"儿子说。

"乖，好孩子。"林立功心疼地把儿子抱起来，高高地举过头顶，"爸爸不能当逃兵！知道吗？爸爸争取经常回来看你和妈妈。爸爸的工作，是和一群孩子的爸爸一起，为很多的老百姓解决吃水用水的问题。"

"没有爸爸，他们没水喝吗？"儿子问。

"对。"林立功说，"为了让很多人有水喝，爸爸得忙！"

"嗯嗯嗯。"儿子的胳膊紧紧环住林立功的脖子。

"妈妈忙，你要听姥爷、姥姥的话。"

"爸爸，我听话呢！"

"再过两年，我把你和妈妈接到银川。"

"太好了！"

听林立功这么对儿子说话，丁玉茹脸上的愤懑之色像是被一阵风吹散。饭菜端上餐桌，一家三口坐定，林立功满脸愧疚之色，连说丁玉茹辛苦了。丁玉茹没说话，只把一双筷子塞在他手上。自打调到银川，这几年他无暇照顾妻儿，两地分居久了，孩子有个头疼脑热管不上，煤气罐和面粉袋也得妻子自己扛上楼。他把儿子抱在怀里，一边逗笑，一边满含歉意地对丁玉茹说："我陪北京来的地质专家去看坝址，顺道回家。"

丁玉茹有些不悦，但没吭声。

林立功又说，这一次主要来考察坝址的松动岩体。

"林立功，要么吃饭，要么闭嘴！"丁玉茹猛地把孩子从他怀里接过来，放到餐桌旁的椅子上，"进了家门，免谈工作。"

"嗯，我没忍住。"林立功赔笑道。

"如今，你回家的次数是越来越少。"

"没想到，黑山峡一座高坝大库——"

"瞧，你又来了！"

林立功不好意思地笑了，连说口误。

他立志要从事水文化研究，要在水科所工作一辈子。他思谋着，还要跟张存济持续做黑山峡河段的研究。他清楚这条河段的开发是一项超级工程，虽然争议大，但若建起一座高坝大库，对陕甘宁蒙四省区来说，是一件天大的喜事。

吃罢晚饭，林立功主动跑到厨房洗碗筷。

忙完坐在沙发上，丁玉茹把一个作业本递到他手上。"林立功，瞧一瞧，是你儿子林邀月写的。"林邀月在读小学一年级，他这个当爸爸的还是记得的。他翻开作业本的第一页，眼前出现了几行歪歪扭扭的文字："我想爸爸，他几个月回一次家……今天下午，我和妈妈去公园wán，我们tǎng在草地上，看见树叶落下。妈妈说，我们也是宇宙的一部分，和星星没区别。"

儿子林邀月稚嫩柔情的话语落在林立功心上，这一瞬间，他的眼眶湿润了，心被某种力量撕扯着，嘴唇在微微颤动，却一句话也说不出。长期的两地分居和忙碌的工作，使他与妻子难能见面，往往是两三个月才见一回。林立功拿着作业本看时，只听丁玉茹嗔怨："林立功，你这山狼，早忘了我和邀月。"

有关黑山峡河段的好消息，还是来了。

这得从1996年临近春节的一天说起。这天中午，林立功走在银川街头，BP机响了。他从腰带上拿下BP机，只见浅蓝色屏幕显示出一排汉字："大柳树灌区第一期工程已获国家批准。张存济。"林立功心中一热，停住脚步，激动地环顾街头。银川刚刚下过一场雪，市区奔跑的车辆很少，成排行道树的枝杈上堆着积雪，伸向碧蓝的天空。冰雪未消，行色匆匆的人们埋头谨慎地寻路。

把BP机插回腰带上，林立功从夹在腋下的皮包里掏出一只沉沉的摩托罗拉手机。林立功记不住摩托罗拉这个名字，就叫它"大哥大"。这部手机是为了方便他与家里联系，由岳父岳母出资赞助购买的。买它那天，丁玉茹带儿子来了银川，他们一家三口在首府的虹桥移动营业厅办手续。交完钱，选号码，再开通业务，总共花了两个半小时，之后他们在营业人员的艳羡中走出营业厅。这部小小的手机，价格远远超过一台福日牌彩电。在社会上，性情外向的人捏着手机与人喝茶谈生意，把手机往桌上一摆，似乎就能立即赢得尊重，所谈内容也变得重要起来。

"喂！喂！听不清，你再说一遍。"

林立功拨通在外出差的张存济的手机，对方信号很差。

"大柳树灌区第一期……在红寺堡开建……党中央……要求水利先行……引来黄河水灌溉，整个灌区开垦……200万亩……水是8亿立方米……"

"喂！喂！听不清，你再说一遍。"

"国家计委……批复……标志……项目获得批复……黄河水非得扬高170米，才能顺利抵达……红寺堡……"

"喂！喂！听不清，你再说一遍。"

"今年开春，工程肯定要……我们土地盐渍化……研究……"

"喂！喂！听不清，你再说一遍。"

"一分钟一块钱……没费了……见面说……"

林立功握手机的那只手冻得通红，有一种麻木感。在与张存济通话时，他断断续续听到关于黑山峡的喜讯。林立功站在银川街头，拨打电话的样子十分神气。沿街的广告牌上醒目地写着通信工具的介绍——BP机，摩托罗拉手机，即买即用。都市大哥大，5380

元。广告牌虽多，但这个价格足以让绝大多数市民咋舌。手机没普及前，捏在林立功手上的玩意儿洋气得很。在宁夏南部的西海固山区，人均年收入不足500元，此时仍有上百万群众没有解决温饱。出门难、种粮难、就医难、上学难、打工难，各种困难叠加在一起，撕咬着西海固。按紧迫性排序，缺水仍是第一位。

单车欲问边，属国过居延。

征蓬出汉塞，归雁入胡天。

大漠孤烟直，长河落日圆。

萧关逢候骑，都护在燕然。

这首著名的《使至塞上》，是唐代大诗人王维奉命赴边塞途经宁夏所作，诗中描绘出山川雄奇恢宏的自然景象。萧关，就在西海固，诗中流淌出来的悲壮豁达，说的就是西海固这片热土。西海固，林立功的家乡。史书上说，这是中华民族远古文明的发祥地之一。直到元末明初，西海固仍是国家军马养训基地，水草丰茂，碧水绿原。再后来，山地被人们大肆开垦，自然生态遭到严重破坏。民国时期，西海固人口激增，老百姓连年广种薄收，出现人多地贫的状况。

西海固群众的困难，全国小学生都熟悉。

在全国小学生统一教材人教版五年级《数学》曾有一道练习题：

宁夏的同心县是一个"干渴"的地区，年平均蒸发量是2325毫米，比年平均降水量的8倍还要多109毫米，同心县年平均降水量是多少毫米？

答案为：同心县的年平均降水量是277毫米。

············

淡水资源是西海固人几百年来的期盼，大山深处的人家有了水，才能摆脱各种困难的撕咬。西海固缺水，不缺刚硬的汉子，不缺柔情的女人，他们让大地诞生了一个个与水有关的村名：喊叫水、上流水、下流水、三滴水、海塸村……比起喊叫水，海塸村的名字撼人心魄——海和塸两个字组合在一起，意思是一片广阔而平静的海面。海塸村，是一个气势磅礴的名字，寄托了祖辈对淡水资源的热情向往。西海固人的先祖不乏浪漫，他们用一个个奇特的名字，表达了对水的焦虑，对水的渴望，对水的想象。

大柳树灌区第一期工程启动，对教材上所说的干旱窘迫的同心县，对整个西海固贫困片区，是一个实实在在的大喜讯。

黑山峡河段的开发未能上马，建一个高坝大库遇到阻力。然而，国家及时提出开建黑山峡大柳树灌区一期工程。何以出现这个拐点？这事，与全国政协组织的一支以农林和水利专家为主的考察团来到宁夏有关。全国政协考察团为帮助西海固老百姓脱贫，深入西海固调研，还特意考察了固海扬水灌区，最后看了黑山峡河段。

随之，宁夏扶贫扬黄灌区被人们提出。

在宁夏中部的干旱带上，有一片面积达2000平方公里的荒漠戈壁，这里地处腾格里沙漠边缘，人迹罕至，植被稀疏。虽然干旱少雨，极端荒凉，但离黄河水很近，若能实现扬水灌溉，不出五六年，荒漠即可变绿洲。考察团了解到，这些荒地离黄河近，可耕可灌，具备开发价值，有条件开辟出新的扬黄灌区。

遥望黑山峡，一个宏大的构想出现了。

利用黄河两岸尚未开发的土地，扬来黄河水，建设200万亩灌区，将西海固山区不具备生产生活条件的人口迁往灌区。

钱正英，时任全国政协副主席，她率领的这支考察团，把目光投向了黑山峡。她与自治区党委、政府协商并达成共识，提出扬黄河之水，灌两岸平原的"1236"构想。基本思路是：搬来西海固100万人口，建设200万亩灌区，工程总投资30亿元，用6年建成，从根本上解决西海固的贫困问题。简称"1236工程"。

在钱正英的主持下，《关于在宁夏回族自治区建设扶贫扬黄灌区作为大柳树工程第一期工程的建议案》形成。这个提案，是全国政协八届二次会议第2027号提案。

黑山峡高坝大库悬而未建。

但，灌区第一期工程呼之欲出。

时隔不久，一封饱含深情的书信呈报到党和国家领导人的案头："把一二三六工程（宁夏扶贫扬黄灌溉工程）作为大柳树灌区的第一期工程，先期开发灌区……能在五六年内就使宁夏收到成效，这不仅可为大柳树工程本身争取时间……如果宁夏在脱贫上早日有所作为，意义重大……"

林立功与张存济通电话那天，是1996年年底的一天。此时，国务院通过《宁夏扶贫扬黄灌溉工程项目建议书》，批准宁夏扶贫扬黄灌溉工程立项，列进国家"九五"计划，正式定名为宁夏扶贫扬黄灌溉一期工程。

"1236"，变成了宁夏的一个大词。

四个数字，像命运的密码，决定了一群人的未来。

林立功清楚，宁夏扶贫扬黄工程，新设计的红寺堡灌区，与黑山峡河段息息相关，这个灌区原本属于黑山峡水利枢纽工程的东干渠。宁夏以红寺堡易地扶贫开发为载体，拉开了黑山峡灌区建设的序幕。红寺堡，立时变得炙手可热。

　　林立功是从张存济那里听来的这条大新闻。

　　和张存济通完电话，林立功拐过一道弯，走进单位大门。这时，门房老张急切地迎面跑来，不由分说拽起林立功的胳膊，凑在他耳朵上说："立功，宁夏扶贫扬黄工程指挥部这个机构你知道吗？它扎在中宁县城不远的地方。"门房老张50来岁，是从西海固地区搬到银川郊区的一个移民老乡，因为忠厚踏实成为水科所临聘人员。老张每天看守门房，收发报纸信件。林立功经常加夜班，进进出出和老张熟络起来。两人脾性相投，晚上闲暇，林立功偶尔会到门房老张屋里坐一会儿，海阔天空聊一阵。

　　"你对那片熟，调过去干工作，很容易出一番业绩。"门房老张有些急切地建言，"人家正好来咱们单位调人，你一去，既熟悉业务，工作又踏实，埋头吃上几年苦，事业上一定会有大发展！再说，还能和妻儿团聚。"

　　"张叔，你百事通，掌握信息比我灵便。"林立功笑着说。

　　"不说这话。我觉得，你去合适得很！宁夏扶贫扬黄的取水口，在你待过的固海扬水一泵站，叫什么山？"

　　"泉眼山。"

　　"哎，别说了，指挥部的人来了好一阵，你快去。"

　　"嗯。"

　　林立功点了点头，走向办公楼。他脑中快速思考，这种长周期的建设工程，是以水为主体，供电、农业、移民、通信等诸多工程紧密配合的系统工程。他想，倘若自己被抽调到红寺堡，他会愉快地接受组织上的安排，在新岗位上建功立业。林立功上到2楼，听几个同事在讨论宁夏扶贫扬黄工程。有人说，春节过罢，红寺堡要大干。有人说，他们已从水利设计院、大柳办、固海扬水、盐环定扬黄抽走了十几个人。林立功接到张存济的消息时，本以为自己掌握的是独家消息，没想到，世人早已皆知。

他走过去加入讨论。

"立功，没你什么事。"

"和你不相干，别凑热闹了！"

林立功还没开口，就遭到几个同事的"挤兑"。他很吃惊，觉得同事话里有话，心想黑山峡大柳树灌区一期工程，怎么与自己不相干呢？再说，自己十几年前一参加工作就投进了黑山峡的怀抱。另一个同事面露神秘之色，说林立功好事来了！他百思不得其解，继续追问，同事笑而不语。

喀秋莎站在峻峭的岸上

林立功的愿望落空了。

他希望上级能把他调往红寺堡，但又不去主动争取。想去红寺堡的原因，在于这个工程与黑山峡高坝大库的灌区有密切关联。想去而不去争取，原因在于他更希望接受组织的拣选，组织调派他，那么，他一定会欢天喜地奔向红寺堡。然而，他看了一下水科所调往红寺堡的人员名单，并没有找见自己的名字。就在他情绪有些不稳时，水利厅人事处处长找他谈话。这位处长左手端一杯沏好的茶，踱步走来，用右手食指戳在他太阳穴上指导他："哎哟喂，林立功，你是真傻，还是装傻？厅长见你文章写得好，惜才，两次提出调你当秘书，你倒不乐意，还说自己当秘书年龄偏大。"处长摇着头，走回办公桌前，坐了下来，"给厅长当秘书，只是一个过渡。"

"我想做点与黑山峡相关的工作。"林立功有些局促。

"黑山峡与宁夏扶贫扬黄工程大有关联。"处长说着话，示意他坐下，又露出狡黠的笑，"但是，我不能放你去。"

"处长，别人能去，我为何不能去呢？"

287

"你不乐意当秘书，行，但你仍得留在厅里。"

"何必这样？"林立功赔着笑脸。

"厅长要你当秘书，你不干。我把你外放，厅长知道了又会咋想？"人事处处长摊开双手，作出一脸无奈状，"立功，你得服从工作安排。就留厅里，不当秘书就搞新闻报道。《中国水利报》宁夏站缺个站长，推荐由你担任。"

林立功一听这话，眼前亮了，立即点头。

他希望调去宁夏扶贫扬黄工程指挥部，还有另一个原因。几个月前，丁玉茹被抽调到宁夏扶贫扬黄工程指挥部。在那里，丁玉茹在办公室做工程前期规划立项工作。指挥部设在红寺堡一个叫红崖的地方，这地方是一片荒漠戈壁，方圆几十公里没有人烟。每次一刮风就是一整天，风一起，屋顶的瓦片哗啦啦被掀起一大片，沙子漫天飞舞。林立功想，红寺堡离中宁县的家比较近，如果自己能抽调过去，既能服务黑山峡大柳树灌区第一期工程建设，还能照顾到家。他这几年和丁玉茹聚少离多，交流少了，感情也疏远了很多。

记得上一回去红寺堡，他居然没认出妻子。

吉普车咆哮着开进了荒漠戈壁，像一叶扁舟颠簸在沙海上。林立功隔着挡风玻璃，望见远处一团火红在不停移动。再往前走，他看清是几个女性头上裹着红丝巾，走在沙丘上。一座座沙丘鳞纹如波，如果没有这些红头巾浮现，林立功根本看不见一丝人类的活动痕迹。司机不辨路，他跳下车去向几顶飘来的红头巾打问。

"大姐啊，请问指挥部——"林立功边问边招手。不料，他一张口问话，就被扑面而来的风沙堵住了嘴。

"往西。"只露出两只乌黑眼睛的一顶红头巾，伸手指了指远处的一座高大沙丘。

　　"谢谢啊，大姐。"林立功大声说。

　　"站住，谁是你大姐？"另一顶红头巾恼怒地质问。

　　林立功听声音觉着耳熟，走上前细看，竟是妻子丁玉茹。日复一日忙碌在狂风刮、日头晒的环境里，她的脸被晒得黑里透红，嘴唇裂开了口子，浑身上下土苍苍的。尤其是裹上一顶红头巾，怎么看都像山村妇女。荒漠戈壁里没有交通工具，她们每天靠两条腿跑来跑去，今天刚看完一处施工现场，正走在返回指挥部的路上。

　　"林记者，我们像出土的文物吗？"一个看不清面孔的女子打趣。

　　"大家辛苦了！上车，快上车，挤一挤，咱们一起回指挥部。"林立功不知所措地看着她们，挥手热情礼让。这几顶红头巾也不客气，挨个儿弯腰利索地钻进吉普车，叠罗汉似的挤坐在一起。

　　吉普车跑了几分钟，翻过一座高大的沙梁，迎面一片平整的地块上出现了五排平房。平房是砖包房，很亮眼，布置得井然有序，很像军营。屋顶的瓦片在阳光下放着亮光，第一栋平房左起第一间屋子挂了块硕大的牌子：宁夏扶贫扬黄灌溉工程建设总指挥部。吉普车停下来，丁玉茹领着他和司机去宿舍休息。推开宿舍门，床铺和桌上落了一层黄沙粒。短短一个上午，关着窗户的宿舍竟变成这副模样。

　　"不来不知道，一来吓一跳！玉茹啊，原来你们是在这么艰苦的条件下，为即将搬迁来的西海固移民群众做服务啊！"林立功说话时鼻子一酸，像是被人灌了醋，涌上一种想要流泪的感觉。

"这值得你吃惊？"丁玉茹假意睁大眼睛。

"玉茹，你真了不起。"林立功心疼地说。

"还了不起？没水洗澡，胳膊肘一搓，掉一串泥球。"

"啊！"

"这里不分男人女人，在场的，都是干活儿的。"

丁玉茹猫腰把水桶里的水舀进脸盆，林立功推开后墙上的一扇窗户。窗外是一座小小的土山，山上虽然没有几棵树木，但有一片青青的草地，各色花儿开得鲜艳。林立功能听到知了的叫声，能看见山脚奔跑的一只野兔，还有窗外破空远去的鸟儿。眼前的一切，让他觉得很像是在泉眼山。这一小块青草芬芳的土地，像是世外桃源。红寺堡的未来是美好的，只是这批建设者要吃很大的苦。

"最近指挥部忙什么呢？"林立功问。

"给红寺堡选址。"丁玉茹边洗脸边说。

"有结果了吗？"

"没，这件事很难办。"丁玉茹竟有了些男人样，把毛巾搭在脖子上，扬起黑里透红的脸说，"指挥部拿出了选址标准。要选的地块，首先要有可靠的地下水源，以保障在黄河水扬上来之前，这里的干部群众都有水喝。另外，得有天然的泄洪沟，这样能保证排水，能预防洪水。红寺堡的选址，既要为历史负责，也要为未来负责。"

"我对红寺堡的规模，没有概念。"

"在红寺堡，一座能容纳几十万人的新兴城市，将崛起于亘古荒原。"丁玉茹笑呵呵地指着窗外，俨然一位四处征伐的女将军。

红寺堡开发区的任务就是这样的，它的建设背景和目的十分清晰，要把黄河水通过扬黄灌溉工程输送到有大量可耕荒地资源的项目区，用资源移民的办法，把西海固地区那些生存条件恶劣，深受干旱之苦、在当地难以生存的人口搬迁来，通过水利、土地资源的有效结合，发展经济，让人们摆脱贫困。

晚上凉风习习，指挥部院子里响起手风琴声。

一串串轻快的音符从窗外飘进来，带来一种愉悦的气氛。正在台灯下写稿的林立功觉得稀奇，捏着笔跑出去瞧。只见两栋平房之间的开阔处，一堆篝火热情地向上舞动，映红了一圈人的面庞。这些建设者置身这个荒凉的地方，下班没法回家，吃罢晚饭就聚在一起，搞一场篝火联欢会，打发着枯燥单调的业余生活。今夜满天的星星，亮晶晶的，和红彤彤的篝火一起照进了这群人的心上。

> 正当梨花开遍了天涯，
> 河上飘着柔曼的轻纱，
> 喀秋莎站在峻峭的岸上，
> 歌声好像明媚的春光。
> ……

丁玉茹深情唱响一首《喀秋莎》。

在手风琴的伴奏下，不少青年职工即兴跳起舞来，欢歌笑语打破了沉闷的气氛。有些路过的职工停下脚步，坐在地上，站在边上，或托着腮，或手撑在腰上，静静地聆听。一曲唱罢，大家鼓掌。忽然，有人猛地大喊："丁玉茹！"大家集体呼应："再来一个！"冲天的干劲，似火的热情，反倒震撼了林立功。林立功站在原地，静静地看着。在这热烈的氛围里，丁玉茹一首接一首唱下去。眼前的丁玉茹，有些陌生了，他第一次觉得这个干部家庭出身的女子，保持了父辈的质朴情怀。

歌中的美丽姑娘喀秋莎，在苏联一个春回大地的明媚日子，漫步在岸边的梨树下，想念离开家乡去保卫边疆的心上人。林立功心想，在喀秋莎鼓动下去前线参加战斗的那位无名钢铁战士，一定是幸福的，而丁玉茹何尝不是自己的喀秋莎呢！丁玉茹是一个热爱舞蹈和音乐的女人，在少年时代渴望走上舞台。然而，她的舞台终究搭在了荒滩戈壁，人随水走，与沙相伴。她的舞，她的歌，完全献给了身边的劳动者。苦中作乐，莫过于此，林立功的眼眶又一次湿润了。

这一天的情景，镌刻在林立功的脑海。

搞饮水工程，干工程的人得先有水喝，才能把远处的黄河水扬上来。毫无疑问，工程和人员用水是第一个要解决的问题。这件事，由水利专家和前来支援的解放军某给水团官兵一起来做。总指挥听说林立功来采访，专门来看，特意叮嘱他多住两天，还说红寺堡旱塬上即将打出第一口水井。

第三天，在总指挥部附近的一个掘井现场，干部群众围在一座顶端飘扬着一面红旗的钻塔下，焦急等待一个期盼已久的结果。解放军给水团官兵和水文工程人员，在这里并肩鏖战一个月，决定在此时拔管试水。随着一声"起钻——"，在马达的隆隆轰鸣中，钻头缓缓地从大地的堂奥处拔出。

井口忽然喷射出一股清泉，冲出地面十几丈。

"出水啦——"

"水甜啊——"

早早等在边上的干部群众，蜂拥而上。他们毫无顾忌地围在一起，用两手掬起清凌凌的井水送进嘴里，滋溜一声咽下，甜丝丝的感觉润过喉咙，直抵心脾。尝过井水的干部职工往外退，脸上露出喜悦的笑，再让别人品尝。

"甜，甜啊，甜得不得了！"

品尝过井水的人都这么感叹。经过化验，这口井水质达到国家一级饮用水标准，日出水量很足，可供十万人饮用所需。

林立功用照相机记录了出水瞬间。这口水井得来不易，红寺堡大地上很多地方只需打2米就能出水，然而，这种水全部都是苦涩的，都是咸咸的，人畜无法饮用。这口水井就是整个红寺堡建设的最大保障。没有淡水，人又怎能立足呢？淡水资源的匮乏就这么生动有力地撞击着人心。林立功理解，他们看见这一眼井水，心里想到的一定是期待黄河这条"巨龙"早些扬进这片干渴的土地。

⋯⋯⋯⋯⋯

几个月后，1996年初夏的一个上午，泉眼山。

宁夏扶贫扬黄灌溉工程奠基仪式在此隆重举行。宁夏扶贫扬黄与固海扬水的取水口泉眼山泵站，相隔仅2公里。扶贫扬黄工程的奠基仪式，让一批走出泉眼山的儿女，在时隔几年后重回泉眼山。黄河之畔，一处凸起的齐整地块上，在间隔30多米的两根木柱间扯开一条横幅——宁夏扶贫扬黄灌溉工程奠基仪式。水利工程方队、电力工程安装方队、土地整治方队、建筑工程方队、地质勘探方队、工程监理方队、搬迁安置工作组、安全保卫组和后勤服务组，熙熙攘攘，有上千人齐聚现场。

随着第一锹土落到奠基碑下，刹那间锣鼓喧天，上百台推土机开足马力，以巨大的推力缓缓奔向工地。被推土机卷起的沙尘像一条条黄色巨龙，一动不动地挂在天空。在呛鼻的黄褐色烟尘里，自治区领导宣布，旨在解决数十万人脱贫致富的跨世纪工程拉开建设序幕。总指挥一声令下，参加水利、供电、通信、道路和农田整修的十几支工程队，浩浩荡荡开向施工现场。

"徐迎水！徐迎水！"

丁玉茹在现场瞥见徐迎水，跑上前喊。

"呀，玉茹啊！你咋也在这里？"徐迎水吃了一惊。他迅速跳出队列，和丁玉茹并肩往前走。

"迎水，你不是在陕甘宁盐环定扬黄工程指挥部吗？"

"盐环定马上通水了，上级调我到红寺堡。"徐迎水大手一扬，乐呵呵地说，"今年是红军长征胜利60周年，按照计划，历经8年建设的盐环定扬黄工程、公用工程将全线投入使用。黄河水啊，很快会通过多级泵站送到宁夏盐池、甘肃环县、陕西定边。我在盐环定的建设任务，已经完成！"

"三县高氟水问题，即将成为过去？"丁玉茹脸上十分欣喜。

"是的！"徐迎水语气里透出一种罕见的庄严，"喝上黄河水，远离高氟水。国家为老区人民的饮水安全、粮食安全、生态安全以及经济社会发展提供了水资源支撑。水到之处，灌区都会变绿，荒山秃岭也会瓜果飘香。"

大家虽说都在水利系统，每天都围着黄河水忙碌，可是自打徐迎水调去盐环定扬黄工程指挥部，他们已经好几年没见了。没想到，今天在这个场合相逢。一路南下的人流像是行进的大军，建设者们潮水般涌向战场。听说林立功没来红寺堡，徐迎水有一点失落。徐迎水说，自己若是林立功，要么给厅长当秘书，要么进红寺堡建设一线，总会干得风生水起。反正不会脖子上挂个相机，到处跑新闻、当记者。

"他林立功没出息。"丁玉茹说，"宁夏扶贫扬黄灌溉工程是宁夏一号水利工程，我们要大干，偏偏没有他。"

"我觉得他这样也挺好。"徐迎水笑呵呵地说。

"哦，他怎么就挺好了？"

"发挥他的写作特长，报道我们水利人的工作生活，鼓舞士气。再说，我们水利人似火的热情、冲天的干劲，还真得有人来记录。在一个极为缺水的地区，有一群水利人是怎么奋斗的，难道不值得记录吗？"

"眼下这个工程，非比寻常！"丁玉茹拨开滑落眼角的一缕秀发，边走边聊，"这次的工程建设，不只是扬黄灌溉，而是在扬黄灌溉基础之上，托举出一座未来的县级城市。有了水，再把西海固大山里的一部分老乡搬出来，让他们在平原上重建家园，把这连片的荒漠变成一眼望不透的绿洲。"

"想一想，多么激动人心啊！"徐迎水感叹。

"所以我说林立功关键时刻掉链子！"丁玉茹又问，"孩子读几年级？乖不乖啊？你家江小雨还好吗？"

"我家儿子已经读五年级了，江小雨在白土岗盐环定扬水管理处上班。白土岗这地方离城市比较近，上下班回家倒是便捷。她每天下班接送孩子，如遇单位忙时，就会请邻居帮忙。反正，我是一丁点儿顾不上家。"

徐迎水介绍完自家情况，忽然又想起什么，热切地打问丁玉茹："你爸你妈还住在中宁县城？"丁玉茹苦涩地笑笑，说："他俩原本想着回银川住一段时间。这不，我又被调到红寺堡，他们为了和我和孩子在一起，没法回去。"

"立功在银川，你和邀月在中宁，有很多不便。"

"林立功这些年总不着家，林邀月怎么长到六岁的，他不知道！"丁玉茹叹了一口气，"而他知道黑山峡的角角落落。"

徐迎水没吭气，没敢接话茬。

中宁县泉眼山既是固海扬水工程的取水口，也是宁夏引黄灌溉工程的取水口。从泉眼山到红寺堡30公里的引黄大通道建设沿线，红旗漫卷，机器隆隆，到处都是徐迎水、丁玉茹在内的建设者们的身影。沿途一根根电线杆被缓缓立起，一条条新开的公路逐渐变长，一辆辆卡车运载着各种物资，一道道输水管道正进行焊接……黄河之畔，荒漠之上，人声鼎沸，各种机械作业的轰响此起彼伏，仿佛一场战役即将爆发。

扬水催生
全国最大的一个易地搬迁安置区

黄河牵动受水地区每一个老百姓的心，他们盼望黄河水，几乎盼绿了双眼，丁玉茹体会到了这种感觉。

这天上午，丁玉茹趴在办公桌上忙碌。一抬头，隔窗瞥见远处跑来的一辆吉普车。吉普车四只轮胎卷起的沙尘，像一条长龙久久不散地挂在天空。扶贫扬黄指挥部办公区没有围墙，没有大门，吉普车气势十足地开进院子。刚一停稳，后排跳下一个清瘦的中年男子。这男子西装革履，腋下夹了只鼓鼓囊囊的皮包，径直向丁玉茹的办公室走去。

"同志，辛苦了！"透过敞开的窗户，男子笑着瞅向屋内。

"您是？"丁玉茹急忙站起身。

"没想到你们的工作环境这么糟糕！"来人感叹道。从相貌和气质上看，这人很像银川来的厅局级领导。他开门见山地说："我是专程来拜访扬黄工程总指挥的。"

"总指挥今天不在基地。"

"哦，领导不在也没关系！"这人笑呵呵地走进办公室，低

297

头拉开皮包，掏出两页纸和一厚沓50元大钞，边说话边把钱和纸摆在办公桌上。"同志，请别误会！我是同心县的个体运输户，这笔钱，1万块，是我捐给扬黄工程的。"

"师傅，这——"丁玉茹吃惊得张大了嘴巴。

"这两页纸呢，是我写给张总指挥的，也是写给自治区主席的信。这里，有我对宁夏扶贫扬黄灌溉工程的几条建议。"

"怎么称呼您呢？这钱——"

"叫我老马就是了。"

"钱，我……我没法帮您保管。"丁玉茹感到很为难。

"我这笔钱，捐给扬黄工程。"马师傅低头看一眼手表，笑呵呵地说，"宁夏扶贫扬黄工程总投资30多亿元，国家承担2/3，自治区筹集1/3，这10亿元，对咱们欠发达的宁夏地区来说，绝对是一笔不小的数目。为了咱们黑山峡灌区一期工程，为了安置几十万缺水的贫困老乡，咱们宁夏还向科威特贷款了。"

"马师傅，了不起，您消息灵通啊！"

"哎，这没什么，我在报纸上读到的。"

丁玉茹请马师傅坐下来说话，马师傅不肯，仍然站着。马师傅顿了顿，说："从咱们的自治区党委书记、自治区主席，到普通的机关干部，都为这个水利工程自愿捐了款。有的干部捐出好几百，大多数捐出几十元……"马师傅说这话时，丁玉茹一下子想到前些日子干部职工给宁夏扶贫扬黄工程捐款的事，她爸妈还托她捐出600元钱。马师傅又说："我既是改革开放的受益者，也将是这个扬黄工程的受益者。现在工程建设遇到了困难，全宁夏人都在帮忙，我岂能无动于衷。"

马师傅说罢，笑了笑，豪迈地转身离开。

"哎——马师傅，我给您写上收据吧！"

马师傅抬起右手摆了摆，丁玉茹拦不住，只好和同事目送马师傅乘坐吉普车离开了指挥部。

回到办公室，丁玉茹让同事把这笔钱款收起来，又急忙展开马师傅两页纸的信函。有个同事看着信函，情不自禁地诵读起来："尊敬的自治区主席，我叫马忠良，是同心县一名个体运输户。我们西海固老百姓穷了一代又一代，国家扶持了一年又一年，经年累月，投入大量资金，但到头来都是杯水车薪，无济于事，还过的是穷日子。干'1236工程'，让我们老百姓有了信心，我们要全力以赴支持国家和自治区政府的决定。这项工作投资大，工期长，我们不能完全依赖财政，还应调动全社会的力量。集千家之财，修万年工程。"

马师傅在信上还说，正是有了改革开放搞活经济的这一前提，自己才能依靠干个体运输快速富裕起来，日子才能在乡里冒出一个尖。马师傅说，他不光在今年捐1万元，明年还要捐出1万元，直到这个工程全面竣工。

丁玉茹读完这封信，心潮澎湃，她知道红寺堡的建设牵动人心，西海固的老百姓迫不及待，这笔捐款和这封来信，清楚地说明每一个西海固农民与每一个干部都把劲儿使在了一起。在扬黄灌溉这件事上，心与心是紧贴在一起的。马师傅这沉甸甸的心意，充分说明宁夏扶贫扬黄工程是一项德政。

自古至今，黄河让无数中国人与她生死相依。

宁夏扶贫扬黄灌溉工程开建之际，黄河下游警报频传。

1997年春节前夕，郑州市人民广播电台播出一则公告，称郑州市人民政府向全市人民承诺："春节期间保证向居民正常供水。"这条简讯没有起到安民作用，反而引起了市民的恐慌，人们从中敏锐地觉察到，黄河作为郑州市民饮水的唯一水源似乎已难当重任。同年，黄河下游出现有记录以来最严重的断流。春节当天，黄河利津水文站开始断流。断流河段，从下游山东省滨州以下的河口地区，向上延伸到河南省开封柳园口，长700公里。从春节再到这年初冬，黄河断流11次之多，高达216天。触目惊心的数据，警示着黄河断流的严峻情势，引起了中南海的高度关注。

同年9月3日，黄河第一次出现汛期断流。

河口告急！

山东告急！

河南告急！

黄河中下游地区告急！

国家防总、黄委会，在11月8日向黄河中上游水量调度委员会办公室、三门峡水利枢纽管理局和甘肃、宁夏、内蒙古、陕西、山西、河南、山东发出紧急通知：向下游河口送水！同时，要求刘家峡水库加大11月中旬的日出库流量；要求三门峡水库开始补水，按250立方米/秒下泄，直至放空；要求河南三门峡以下农业用水口全部关闭，工业以及城市生产用水总量不得超过20立方米/秒；甘肃、宁夏、内蒙古、陕西、山西五省区的引黄水量，即日起在当前基础上减少一半，以保证向下游地区送水。与此同时，黄委会紧急派出五个调水工作组，奔赴沿黄相关省区，实地督察落实。

大河断流，全球罕见。

此时，人们对黄河断流现象还很陌生。细说，黄河断流出现在20世纪70年代，10年间有过7次断流。其时，黄河断流持续时间较短、距离较短。这一回不一样，黄河断流已严重到无以复加的程度。

当务之急，是尽快解除河口缺水之困。

自治区主席匆匆赶到水利厅，连夜召开紧急会议。

水利厅办公楼，灯火通明。

会议室里坐满了人，林立功坐在外圈一个角落做记录。

"现时，正值我们宁夏在搞冬灌，并且是在冬灌用水的高峰期。今年冬灌前期，宁夏引水就不充足。黄委会勒令我们立即减掉一半用水量，老百姓必定不同意，水利厅也难决断。"水利厅厅长忧愁地向领导和专家报告。

"减少一半的引黄冬灌用水，唐徕渠、惠农渠都会因为引水不足而瘫痪。今年的冬灌任务，至今一半都没完成。"分管农业的副主席说。

"今天下午，我们水利厅紧急向国家防总和黄委会发出电报传真，书面陈述理由，请求迟减或少减水，以维持宁夏冬灌。到了傍晚，国家防总和黄委会回复：减水命令必须执行；在减水量的调整上不得讨价还价。"水利厅厅长说。

自治区主席沉默着，静静地听，想到了引黄灌区待灌的农田，一条条干涸的渠道，一双双焦灼的眼睛，还有农民的心急如焚。

"我们从今晚开始执行黄委会的要求！"自治区主席缓缓地说，"黄委会的调水工作组正在天上飞着，今晚就到银川，专门督察落实情况。我们不能抱有半点儿侥幸心理，水利厅要认真落实，严格按照黄委会提出的要求办。"

自治区主席说话时，把目光移向坐在边上的吴尚贤。

吴尚贤会心地接过话茬，不紧不慢地说："我建议从今天晚上起，青铜峡灌区引水减少50立方米/秒。明天起，卫宁灌区引水减少30立方米/秒。唐徕渠、惠农渠在内的各大干渠，进行轮灌。"

大自然在向人们发出严厉警告：黄河水资源供需已失去平衡，经济社会发展与环境、资源的矛盾正在激化。宁夏是全国水资源最少的省区之一，人均占有量仅为228立方米，只能占到全国人均水平的1/12。西海固地区十年九旱，年均降水量不足200毫米，引黄灌区年均降水量不足200毫米。没有黄河水，宁夏农业优势不复存在，资源优势无法开发，经济振兴无从谈起。

"远水难解近渴啊！从宁夏送下去的黄河水，流到山东河口地区差不多得30多天。搞水利的人，都清楚！"水利厅厅长叹息一声。

"宁夏执行命令，牺牲局部利益，总归我们宁夏是有'龙江精神'的，从道义的角度也能说得过去。"自治区主席说。

大事议定，这场紧急会议并没有就此结束。

接着，大家说起黄河段断流的种种惨状。黄河，是山东省最大的客水资源，黄河水每年给山东带来的经济效益极大，断流影响了黄河下游的经济发展。拿1995年来说，地处黄河入海口的山东省东营市40万亩水稻因缺水未能插秧，河南新乡市20万亩水稻不能及时播种。山东省德州市两次减少供水，迫使130多家企业停产半停产，经济损失高达6亿元。同时，胜利油田因减少注水，减产原油30万吨。黄河的断流打乱了人们正常的生活秩序。在山东省，德州、滨州、东营三市10万人竟因供水不足，只能采取限时限量供水，老百姓每天在公用水龙头前排起长队汲水。

对黄河断流的讨论和反思，成为话题的核心。

"黄河断流的主要成因是什么？"自治区主席问。

"这种现象的成因比较复杂。"水利厅总工程师介绍，"主流的一种观点是，由于气候和社会诸多因素交织在一起。但有一条被提到显著位置，大家认为黄河断流的根本原因在于全流域耗水过量。"

"这么严峻的问题，如何破解？"

"当前，主流的认识和策略有五个方面。"水利厅总工程师继续回答，"其一，加强黄河水资源的统一管理和调度，加强政府的宏观调控。其二，要提高水的利用率，减少水的浪费。其三，要提高水价，发挥经济杠杆在水资源调配中的调控作用。其四，要做好河流规划，修建一些平原水库，丰蓄枯用，缓解高峰。其五，要增强黄河中上游的调蓄能力。从长远看，我国仍得加快南水北调的建设步伐。"

"近些年，最显著的一个特征是黄河来水量逐年减少。事实上，黄委会的'八七'分水方案，分给我们宁夏的每年40亿立方米用水量，我们没有用完，更没有超标。我们是渠进沟出，把很多黄河水又还给了黄河！"水利厅厅长说。

"渠进沟出是什么意思？"自治区主席询问。

"黄河水流进了我们的田里，水是肥水，土是肥土，用黄河水浇麦子长麦子，浇稻子长稻子。黄河水顺着渠道进了田里，灌溉了庄稼，富余的水往出排时，变得清凌凌的。这些清凌凌的水啊，沿着排水沟，重新回到了黄河。所以说，我们渠进沟出，把富余的黄河水又还给了黄河。"水利厅厅长笑着说。

"节水，在宁夏是一种必然。"自治区主席说。

"我们宁夏各级水利部门一再强调，要节约用水。然而，各级用水户似乎还没有意识到用水形势的严峻。一提到缺水，总以为是狼来了的谎言。没有想到，今年冬季的灌溉用水亮起了红灯。"水利厅厅长说。

"有人说，黄河会变成一条季节河，这并非危言耸听！"吴尚贤动情地说，"1950年代到1970年代，黄河进入宁夏境内流量是年均325亿立方米。到1990年代，黄河流入宁夏的流量年均仅有188亿立方米。数据说，流经宁夏的黄河水呈现出锐减趋势。在黄河干流上，兴建黑山峡大柳树水利枢纽工程，显得尤为重要，对黄河进行反调节，也不失为解决黄河断流的一条有效途径。"

吴尚贤谈话，三句离不开黑山峡，离不开高坝大库。

"宁夏依黄河而生，依黄河而存。作为母亲河最宠爱的儿女，宁夏在拯救母亲河的行动中理应走在最前列。拯救黄河，并非宁夏独家所能担当的。但是，河套灌区自古至今采用大水漫灌的传统方式，与今天黄河断流形成明显对比、强烈反差。在拯救母亲河的诸多措施出台之前，我想，我们宁夏不妨先走一步。"

见大家把目光纷纷投向自己，吴尚贤不由得让身体离开椅子靠背，正襟危坐。年近八旬的吴尚贤抬高嗓门，继续发表见解："水价长期过低导致水资源浪费，成为黄河断流的重要原因之一。这些年，我们积极争取黑山峡河段的开发，主张修建高坝大库，对黄河进行反调节的同时，还建言千方百计抓住当前价格改革的有利机遇，以调整水价为突破口，采取各项节水措施。宁夏要大力推广节水灌溉，减少大水漫灌的浪费现象，以一种崭新的姿态出现在全国兄弟省区面前。"

"主席，今天的讨论必须停下来，"水利厅厅长的脸上没有一丝倦意，笑着报告说，"黄委会的人一下飞机根本没进银川，而是连夜去了青铜峡。他们很可能是背着铺盖卷儿，在黄河大坝住下来了。"

自治区主席叹息一声，充满对水的期盼。

林立功尚不知，半月之后断流的黄河利津水文站才迎来一次非自然性过流。这当然是国家防总、黄河防总以及沿黄省区，为河口地区紧急送水的结果。这种强有力的处置办法，使黄河用水困境得到缓解，可这只是缓解，来年和以后又该怎么办？这晚，林立功迎着冷风独自走在回家的路上，看着城市的阑珊灯火，想起翻滚的黄河水，他不由得抿一下嘴唇，心上涌起干渴的感觉。夜里难眠，林立功在日记中忧伤地写道：母亲河，难道有一天你会弃哺育千年万年的儿女于不顾吗？那时，我们又面对的是什么呢？

丁玉茹每天踩踏的那片荒漠戈壁，拥有了一个响亮的名字——红寺堡开发区。第一次来时，她看到的是无边的沙漠、绵延起伏的沙丘，是一堆堆坚硬的白浆土。头顶不见飞翔的鸟雀，脚下偶然能踩到一蓬蓬低矮的蒿草。这里没有多少绿意，甚至让人感受不到生物的存在。黄河水流进红寺堡，开始孕育一切。

新设的大河乡三村，是第一批移民的新家。

夕阳的柔光映照在三村，宽大的戈壁滩上亮堂堂的，像是温柔而辽阔的海面。从一辆辆卡车上跳下来的青年男子们，踩踏着砾石，伸腰揉着眼，以惊讶的目光环顾戈壁滩，脸上露出难以言说的表情，是新奇？是忧愁？一切不得而知。广袤的大地上，晃动着很多忙碌的身影，可在红寺堡，划定的大河乡只有一栋建筑——八间砖包房围拢的一座乡村小学。校舍醒目地坐落在荒原上，除此之外再无任何其他地面建筑。

1998年夏季的一天，西吉县大山里的200多户人家，走完几百里离乡的长路，当上了这片荒原的第一批主人。他们随车带来的家当五花八门，有的带来干粮和米面油，有的带来建筑材料，有的带来活蹦乱跳的鸡鸭和羊羔。更多移民的家当，就装在自己的上衣口袋里，拎在自己手上。对大多数移民来说，他们都是几户人合租一辆卡车，或是合租一辆手扶拖拉机，拉上必要的家当，踏上了搬迁路。

"在八个迁出县中，咱们西吉县的乡亲们是第一拨到位的。"负责接应移民群众的丁玉茹，脚踩一只板凳，爬上一辆吉普车引擎盖，站得高高的。她举起扩音喇叭，环顾四周，兴奋地高喊："你们在红寺堡灌区试水通水之前来到啦！你们是红寺堡的新主人，也是最早的主人！"

卡车边，四周围，移民们兴奋地鼓掌。

"这片沙滩是你们的新家园，你们是好样的！你们的困难，是总指挥部的困难。我们工作人员已经三个月没回家了，夜以继日、加班加点，拼命赶工期、推进度，已完成支、斗、农三级渠道的砌护工程。今年引来黄河水，转年开春，乡亲们就能在大地上种粮。"丁玉茹情绪激昂地鼓舞移民们。

"这地方坐不住人的话，咋办？"有个小伙向丁玉茹提问。

"现时这地方不好，咱们把它建设好。大家刚来，面对一个光秃秃的大戈壁滩，心理上孤得很，不好受。但我负责任地告诉大家，国家拿几十亿元在搞建设。有了黄河水，还愁发展不起来吗？我们都是爱家的，更热爱亲手缔造的家园。"

"请指挥部领导放心，"有个青年说，"我们从西吉县来，早已自断退路，把老家的土地已经撂了。"另外几个人也响应着，七嘴八舌地表达心中的愿景："只要把黄河水引上来，我们把故乡的旱柳枝一插，一发芽，这地方就是家乡！"

听着移民们的话语，丁玉茹情绪越发高涨。她已在红寺堡忙碌了两年，对这片荒滩满含感情。她热泪盈眶，动情地带头鼓掌，为这群移民也为红寺堡这个新的扬黄灌区。

已是八月底，荒原上仍然干燥炎热。面对恶劣的大风天气，第一批200多户移民克服水土不服和生活不便，就地掘出一个个简易的地窝子。他们晚上住地窝子，穴居于戈壁荒滩，白天钻出地窝子，在划定的庄基地上盖房子。他们各自建起的一座座土坯房，是搬迁来到红寺堡的一件大事。他们相帮着盖房，半个月之后，一间间崭新的土坯房出现了，成为荒漠戈壁上一道亮丽的风景线。

大河乡三村的远处，仍是连片的沙丘。

红寺堡荒原上的沙丘很大，有的底径40多米，高度超过一栋三层楼。一台推土机上去，得花两天才能推平。

高操戈，这个十几年杳无音讯的人出现了。

时散时聚，是一种人生常态。而相遇时刻，总让人无法预料。那天，林立功来红寺堡采访。中午，他与徐迎水在一家帐篷餐馆吃罢一碗落了沙的面条，去附近移民新村采访。他俩钻出帐篷，望见路边有一个熟悉的身影。这人坐在一台推土机驾驶舱下的荫凉里，抽着烟。林立功猛拽一下徐迎水的胳膊，指向那人，"看，这背影太像——"徐迎水瞅了瞅，立即说，"不是像，就是老高！"

"高——操——戈——"徐迎水喊了一嗓子。

依着推土机的那个男人一转身，仨人全愣住了。

瘦小的高操戈仍然干练，两眼炯炯有神。38岁的年龄，头发白了不少，额头和眼角的皱纹深得像一道道相连的沟壑。高操戈混迹于红寺堡建设大军，穿一件薄夹克衫，蓝裤子，脚蹬皮鞋站在砾石上，有着与众不同的精气神。

"徐迎水、林立功。"高操戈同样感到分外吃惊。

徐迎水冲上去，拥抱着高操戈，猛地抱起对方，双脚离地转了好几个圈。严打那年，高操戈因为同事汪吕的诬陷举报，被拘留后受到固海扬水管理处的开除处理。之后，高操戈就消失了。高操戈，这位年少时的挚友，为保护无辜的徐迎水，最终选择独自扛事，免除了汪吕设计的一场闹剧的扩大化。徐迎水没想到，兜兜转转十几年，他们居然会在这里与高操戈重逢，不禁泪洒衣襟。

时间尚早，三人席地而坐，说起离别这些年的事。

"离开泉眼山，你到底去了哪里？"林立功率先打破了沉默，"在你离开泉眼山泵站之后，我和迎水去过你家好几次。你爸你妈十分伤心，也说不清你去了哪儿。"林立功话音一落，徐迎水跟着点了点头。

"我没回家，也没脸回！"高操戈顿了顿，开始了对往事的回忆，"我当时一进拘留所，没几天，就接到被固海扬水管理处开除的消息。获得自由后，我非常失落地离开中宁县。我想着心事，沿固海扬水的路线徒步从中宁县向南走了100多里来到同心县城。我早就听说贩卖发菜能赚钱，就揣上这几年的积蓄，在同心县城的市场上收购了80斤发菜，下了广东。"

"就这么出去的？"

"是，当时国家政策出来了，允许老百姓搞农副产品的长途贩运。我下了去广东的决心，背上发菜一路朝南。"高操戈乐呵呵地说。

"发菜是一种盛产于宁夏的藻类植物，极像人的头发丝，有人说它没有多少营养价值，可发菜的谐音是发财，因此受到南方市场的欢迎。"林立功说。

"嗯，这么说也没错！"高操戈应了一句。

"当时你肯定吃了不少苦。"

"下广东，当年很费劲儿。我背着发菜，坐了两天的班车赶到西安，像盲流一样穿行在街道上。西安人知道我要走广东，说那地方很远。果然，我倒了三次火车，又走了五天才到广州。我一出广州火车站，迎面遇上一个戴白帽的宁夏人，是他把我指到光塔路上，说那地方有一个发菜市场。光塔路有一座塔，那地方在一千年前是珠江的海岸线。唐朝时外国商船来广州，水手一定会远远地眺望这座塔。尤其在黑夜里，珠江边上的这座高塔掌了灯，就变成了一座导航塔。外国商船看见塔，就会开过来靠岸，他们知道东方的广府到了。广府，就是今天的广州城。后来，珠江海水退去，广州城逐渐变大，塔的边上也就出现了一条名叫光塔路的小街。这条光塔路200米长，我去时，沿街粗壮的梧桐树下蹲着十几个卖发菜的宁夏人。我学他们的样子，把发菜摆在一张铺开的床单上。不等我招徕，两天之内全部卖出，每斤单价在45块以上。仔细一算，除掉成本，我这一趟赚了2000多块。"

"哇，接下来呢？"林立功觉得不可思议。

"我在光塔路这一片混熟了，就找可靠之人在同心县当地收购发菜，再贩运到广州由我来卖，这样就形成了一条线。"

"吃了发菜，是不是会发财呢？"徐迎水相当震惊地问。

"哈哈！"高操戈大笑起来，"反正，我做了三年发菜生意，没吃过一口发菜。吃过发菜的人有没有发财，我也没调查过。可在同心县，有一些胆大的农民的确是靠着长途贩运发菜走广州，发了财，致了富。"

"除了做发菜生意，你还做什么营生了？"

"邓小平南方谈话后，我又跟几个辞职下海的广东朋友一起做进出口贸易，折腾了一大圈。"

"这次什么时候回来的？"

"去年。"高操戈说到这里，停下了。

"遇上什么困难了？"徐迎水追问。

高操戈叹息一声，自顾着点燃一支香烟，抽了一口，漫不经心地说起一段并不怎么开心的遭遇。

浙江余姚的榨菜非常有名，当地很多农民种植和加工榨菜。高操戈前年和朋友在浙江余姚做生意，搞出口贸易，专门把榨菜往国外运。有一回，他们采购了两船榨菜往日本运，没想到这次运气背得很，差不多把积蓄赔了个精光。

"操戈，这是怎么一回事？"

"两船榨菜，4万吨，往日本运，得用防腐剂。"

"哦！"

"说起来，我的困顿也是国家的困顿。"高操戈掐灭香烟，用手指扯断了烟屁股，以发自内心的忧患口吻说，"有一种防腐剂，非常好，它叫山梨酸钾，像可乐里就添加了山梨酸钾。添加的山梨酸钾会转化成水，并且起到防腐作用。当时国内没有生产山梨酸钾的企业。什么原因？我们国家没有核心技术，导致国内食品企业非得依靠进口食品防腐剂。"

"进口防腐剂，一定很贵吧？"林立功问。

"没错。你俩猜猜，进口回来的山梨酸钾多少钱一吨？"高操戈说话时揸起右手大拇指和小拇指，打出"六"的手势。

"1吨，6000元？"徐迎水说。

"或者，6万元？"林立功试着往大了说。

"都不对，是6万美金。"高操戈一字一顿道。

"食品防腐剂咋这么昂贵？"

"对，进口山梨酸钾成本过高，国内一般食品企业用不起，我也用不起。"高操戈相当坦率地说，"我怀着一种侥幸心理，搞来了苯类添加剂。"但是，高操戈并不走运。"我们把两船榨菜运到日本，到港之前，被人家检测出添加剂有问题，说里面含有一定致癌物。对方要求退货，我和朋友站在船上一下蒙掉了。"

"两船榨菜又运了回来？"迎水和立功齐声问。

"当然不能再运回来！"高操戈把脑袋一偏，露出悲壮的神色，"我们要是把两船榨菜再运回国内，成本太高。另一方面，把对方的退货运回国内，在国内怎么处理也成问题。我当时心痛得很，咬咬牙下了狠心，把两船4万吨榨菜就地处理。我和伙伴买上船票回到国内，4万吨榨菜就这么打了水漂。"

"那么，你来红寺堡做什么？"徐迎水不解地问。

"我回来休假，遇上了这次大搬迁。"高操戈说，"县上鼓动着让老家的乡亲们整体搬出大山。我老家的村庄，生存条件实在困难，极端缺水。生活靠水窖啊，天不下雨，水窖怎么蓄水呢？冬季，乡亲们在沟里拆卸冰块，扛回来扔进水窖。蓄满一水窖冰块，供来年的生活用水。可是，真让乡亲们离开这个艰苦的地方，他们又十分犹豫。我说这是一件好事啊，我帮你们搬家，这就来了。"

"你在外面的生意不做了？"

"做！我下决心要争一口气，目前和朋友在山东办厂，组织研发防腐剂。"高操戈攥一把细沙，在揉搓中任凭沙粒从指缝滑落。

再问，林立功和徐迎水知道了。高操戈老家的十几户亲戚，是第一批搬到红寺堡的，全体安置在大河乡三村。在搬迁这件事上，乡亲们心理上十分矛盾。生存在西海固深山里没出路，干山枯岭，是真想走。一来红寺堡，他们知道黄河水会扬上来，但目前这里是一个光秃秃的荒滩，一起风，全是沙。他们既要修建房舍，还得种柠条，搞防风固沙，一部分人心不定，对未来发展存有顾虑。

一别十几年，相遇红寺堡，徐迎水向高操戈介绍自己的现状："这十几年，我一直围绕扬水工程干。从固海扬水到盐环定扬黄，又从盐环定扬黄干到红寺堡扬黄。人随水走，跟着一个又一个扬水提灌工程忙忙碌碌。"

"和迎水比，我很惭愧。我调进了区水利厅，专搞新闻报道。"林立功说。徐迎水接过话茬，笑着怼林立功："哪跟哪啊！"徐迎水又跟高操戈说，"水利厅厅长要调立功当秘书，立功坚决不干，就连人事处处长拿立功都没辙。"

"操戈，你和咱一批到固海扬水的几个人还有联系吗？"林立功问。

"我和高玉珠有联系，她目前在石炭井矿务局。"高操戈答。

"高玉珠还好吗？"

"好啊！高玉珠在大学毕业之后进了矿山，从技术员一路干到石炭井一矿活性炭厂的厂长。她在咱这一拨人里头，出类拔萃！"

"说明人家把工作干得好！"林立功赞叹。

"当年高玉珠对你林立功心心念念。"徐迎水嬉笑着揶揄道，又问高操戈和高玉珠是怎么联系上的。

"这几年，煤炭企业的日子并不好过。两个月前，我和高玉珠在银川遇见。她说煤炭工业部被撤销了，包括石炭井矿务局在内的全国90多家国有重点煤矿从中央下放到地方。她所在的石炭井矿务局交给了咱们自治区政府。"

话说到这里，起了风，西面的天空变得昏黄。只过了几分钟，这种昏黄之色就笼罩了头顶。红寺堡位于宁夏中部干旱带，常年少雨干旱，年降水量极少，但蒸发量非常之大。一年一场风，从春刮到冬。天上无飞鸟，地上砾石跑。搬来的这些日子，高操戈和乡亲们饱尝风沙之苦。沙尘暴一来，他们新平整的农田被毁，渠道被填，路面被埋，脆弱的生态环境不堪一击。要想立足，大河乡的移民不得不打响治沙保卫战。负责管理移民区的干部请来治沙专家，组织移民在风积沙一线的渠道和移动沙丘的四周围扎麦草方格，对抗肆虐的风沙。

麦草方格，是治沙的一种行之有效的办法。人们把小麦秸秆呈方格状扎进流动沙丘，一部分埋进沙里，另一部分自然竖立。一米见方的麦草方格，一个挨一个，扎满一座流动的沙丘，就能遏制一座沙丘的流动。麦草方格肩并肩、手挽手，像织出一张巨大的渔网，扣住如鱼似虾一般活泼的沙粒。高操戈和乡亲们在渠边、路边、田地边，扎出密密麻麻的麦草方格，又在麦草方格里点种柠条籽。走出西海固的人们，要和柠条一起扎根荒漠。柠条耐旱，一遇点滴的水，就能萌发、壮大，就能让枝干和花朵一律泛出有光泽的金黄色。

高操戈发现，这种麦草方格能够增大地表粗糙度，降低接近地表层的气流速度，从而降低气流的输沙能力，改变风沙流携沙量随高度分布的特征。另外，这种麦草方格还有截留降水和减少沙面水分蒸发的作用。高操戈对麦草方格很感兴趣，他在网上看到，起初人们在中卫治沙，把麦草平铺在地上做沙障。有一次，几个治沙人在休息时，百无聊赖，用铁锹往沙丘上扎麦草。扎了中国两个字，几天之后，全包围结构的"国"字完好无损。在此基础上，宁夏人民在劳动中发明了扎麦草方格的治沙经验。

"不对，不对，这说法不准确！"林立功神情严肃地告诉他，"在小小的麦草方格上，诞生了大大的绿洲。但是，麦草方格大有来历。"他特意停顿一下，继续说，"那是1957年，苏联专家彼得罗夫来到宁夏沙坡头，介绍中亚铁路治沙的芦苇草障经验，指导工人扎下了一小片麦草方格沙障。一经试验，彼得罗夫的办法好得很！是我们宁夏治沙人几经改进，形成了现在的麦草方格。"林立功又说，"科学家和治沙的人们还尝试扎三角形、圆形的格子，但效果都不能与麦草方格同日而语。"

高操戈和乡亲们在沙化严重的渠堤上拉运黏土平垫5厘米，换土保墒，改良土壤。转年，红寺堡开发区的大河乡不但有了连片的新房，人们还开始种树。他们挖树坑，运水运肥，种下上万棵杨树、刺槐、臭椿和沙枣。全村还开出上千亩良田，夏粮秋粮都种上了，移民群众乐滋滋地掀开荒漠变绿洲的新一页。

有了水，有了水浇地，就有了丰收的年景。

红寺堡的开发建设调动了一个个水利人。为引黄河水，林立功、丁玉茹埋头忙碌。他追逐黑山峡，她围绕红寺堡，往往一个季度他俩才能见一面。偶尔见了，也没有几句知心话要说。有天傍晚，林立功从银川回到中宁县城的家，丁玉茹不在，儿子寄养在姥爷身边。读小学三年级的儿子一见林立功，老远跑来扑进他怀里，哭哭啼啼说起在学校的遭遇。这回期中考试，语文老师出了一道问答题："冰融化了以后是什么？"大多数同学的答案写的是水，林邀月和几个同学填的是春天。结果，少数同学被判出错。

"邀月，你没错！"林立功一听，脸上笑开了花。

第二天一早，林立功牵着儿子的小手送儿子去学校，在校门口巧遇语文老师。他客客气气地笑问语文老师，说起儿子出错的考题，又提出自己的看法。"固态的冰，融化为水，完全准确。冰融雪消，大地回暖，春天的脚步翩然而至。在语文试卷上，冰融化了是春天，也对！"见语文老师愣住了，林立功继续说，"在荒漠戈壁里，没有消融的水、没有引来的水，就一定没有绿树和飞鸟，红寺堡人怎么安家？怎么迎来春天呢？"

老师望着他，若有所思地点了一下头。

"春天万物生，"林立功来劲儿了，又以一种哲人的口吻说，"每一个孩子生来都是具有诗性的。在考卷上，孩子给出了我们一个最温暖的答案，应当受到鼓励！"这位老师没被家长反驳过，眼神一下子变得柔和极了。

老师红了脸，笑着主动握了他的手。

当老师牵起林邀月的小手朝教室走去时，邀月边走边扭过头，以钦佩的目光欣喜地回望爸爸。林立功笑了，向儿子挥手。冰融化了不但是液态的水，更是宣告生命萌动的春天的来临。没有谁能预料，林立功和丁玉茹的婚姻会变成一块坚冰。

因为黄河水的滋养，红寺堡千年未垦万年未殖的荒滩上出现了一处处新家园。搬出西海固地区的人们，在这里追寻着春天。红寺堡，在之后的几年里陆续迎来20多万勤劳的西海固人，从而变成全国最大的易地扶贫安置区。

干旱和严重的荒漠化，导致一个个文明的消失，古埃及和古巴比伦就是这样。黄河水资源一旦掌握在水利人手中，就能与荒漠资源结合，就能诞生一处处绿色家园。宁夏的红寺堡区，正是从荒漠里变出的绿洲城市。如今，红寺堡已是一座玲珑的园林城市。

第六章

止渴大宁东

　　沿黄九省区，经济社会发展主要依赖国家分配的黄河水。21世纪之初，陕西榆林、甘肃庆阳、宁夏宁东、内蒙古鄂尔多斯的能源化工并肩起步。人们预见，这里将构成国家巨型"能源航母"；而水资源短缺，也将成为瓶颈。像宁夏，原本就没有工业用水。困局之下，四省区各寻破解之法。在全国，宁夏率先尝试水权转换，率先建设节水型社会，支撑工业发展。

深山有梦，挖煤的畅想煤变油

自治区政协要换届，黑山峡高坝大库的倡导者、78岁的吴尚贤即将离休。此后，尚不知有多少闲暇时光是他自己的。

初春的一天，吴尚贤和同仁们乘坐一辆大巴车，来到黑山峡河段的大柳树坝址。他牵心的仍是河段开发、高坝大库的开建，一如既往地组织中心学习组走进黄河黑山峡。清风拂面，河水流淌，两岸点缀着一小片一小片并不相连的绿树青草，迎面山体上是一道鲜红醒目的水位标高线。自治区水利厅大柳办一位工作人员，站在前面向大家介绍完情况，吴尚贤仰起一张皱巴的瘦脸，打着手势，又向政协委员们说起心心念念的黑山峡。

政协委员们站在河堤上，热议着黑山峡河段。

"建高坝大库对西北的工农业发展具有重大意义。"

"宁夏要和甘肃携手，共建大工程。"

"我们要通过政协渠道，拿提案，推动工程上马。"

吴尚贤的脸上浮现一丝笑意。已是人生暮年，他在对黑山峡热切而长久的关注中把自己变成了一棵大柳树。此刻，他静静矗立在大河之畔，任白发被风吹乱，不忘叮嘱大家，要锲而不舍地为黑山峡工程建言献策。不知是何缘故，吴尚贤当晚在日记中伤感地写道："我喋喋不休地说高坝大库，早已引起一些人的反感，而我行之若素。一再絮叨，皆为国计民生，于我则是，于人则不竟然。"

黄河水利人对水资源的忧患，立足现实，着眼于将来，充满了预见性。果然，在贺兰山深处，另一群人讨论着煤炭工业的出路。

地方工业，前所未有地对黑山峡充满渴望。

石炭井矿务局的办公区建在贺兰山山脊一处平整的地块上，这会儿，老旧且略显简陋的会议室里围坐着一群人。高玉珠坐在最后排紧靠窗户的位置，一缕柔光正温暖地投洒进来。坐在光里的她，面容红润，清秀恬淡，仪态端庄，浑身散发着成熟女性的朝气与美好。

拨开垂在眼角的一缕头发，高玉珠隔窗东望，唯一的一条出山公路黑黢黢的，路面上均匀地铺了一层煤灰。显然，路上好几天没有进出车辆了。搁在往常，不论白天还是黑夜，这条公路上的鸣笛声不绝于耳。不夸张地说，过去一旦遇上煤炭市场紧俏，前来运煤的卡车长队从贺兰山深处一直远远排到几十里之外的山口，司机们开着卡车一寸一寸地向前挪动。一入夜，矿区里灯火璀璨，流光溢彩，俨然变成了一座明星城镇，沿街的饭馆、商铺和歌厅，生意异常火爆。此刻，石炭井的煤炭市场萧条，已经多次出现三天发不出一卡车煤的现象了。

"今天开会，讨论的是我们煤炭企业的生存大计。"石炭井矿务局局长清了清嗓子，伸长脖子一脸严肃地环顾会场。

连空气都有些沉闷。明摆着，这次会议的内容不会让大家轻松。"我们矿务局从中央下放到地方只有几个月，但事关生存和发展的大问题出现了，企业正在严重亏损。究其原因，其一，我们地处产煤大省的环抱之中，煤往东部沿海地区运输，成本过高。其二，我们大量的动力煤，具有中发热量、中高灰分、中高硫特点，不具备竞争优势。其三，我们煤炭产业链短，至今仍以开采、初级产品加工为主，产品单一。以拼资源维持经济发展，能源利用率低，市场竞争力弱……"

高玉珠大学毕业十几年，所学的本领压根没派上用场，以至于她早忘掉自己是个学煤化工的。在矿务局这些年，她不但没用上大学四年所学的知识，就连水利知识也忘光了，但这并不妨碍她成为优秀的人。毕业后她就钻进贺兰山，在石炭井一矿的活性炭厂当技术员，直到最近升任这个厂的厂长。

高玉珠感受到，最近半年，矿务局的困难变大了，退休职工、一线职工、辅助单位和机关人员的工资统统发不出来。昨天晚上，菜市场散时，她看见几个熟悉的老职工低头弯腰在地上瞅，专拣菜贩扔掉的一些烂菜叶。显然，他们已困难到没钱买青菜吃的地步。高玉珠心里难受极了，把自己买到的一把挂在自行车把手上的青菜解下，分给几名老职工。扭过头，她捂住鼻子哭了。

"自治区党委主要领导上个月来石炭井考察，"矿务局局长打起手势讲道，"指出宁夏煤炭产业很大，占宁夏工业比重十分之一，举足轻重，煤炭的出路在发展煤化工。煤化工冷寂多年，我们今后要捡起来。"

"哎，高玉珠，高玉珠在会场吗？"局长忽然提高嗓门。

"在！"想心事的高玉珠一怔，茫然起身。

"请到前排就座。"局长也站了起来，招手笑道，"今天，临时请你给大家讲一讲什么是煤变油？"

听局长突然这么一说，她心生恍若隔世之感。走向会议室前排时，她的脑海倏地浮现一个人——崔敬乾，她当年在甘肃五佛泵站实习时的师傅。崔师傅早年苦学飞机制造，一身本领，梦想造飞机，立下宏愿要为国家效力，却烧了大半辈子的锅炉，最终为救人而跌落滚滚黄河。有时，她认为自己的煤化工知识这辈子恐怕都用不上。每回这么一想，她总觉得自己正走在崔师傅的脚印里。

高玉珠坐定，尽情讲述起煤变油。

"煤变油，也叫煤制油。1913年，德国化学家费里德里希·伯吉斯发明了煤炭直接液化技术。十年后，德国化学家费歇尔、托罗普希研制出煤炭间接液化技术，又称费托技术。直接液化和间接液化，是煤变油的两种技术路线。

"世界上最先进的煤制油技术，不在西方，而是掌握在南非沙索公司手中。南非富煤贫油，为解除石油禁运制裁，孜孜不倦地从事研究，使南非沙索公司成为煤变油巨头。沙索公司保障了南非的油品市场，还提供了300多种化学品。

"山西军阀阎锡山在民国时期尝试过煤变油，工厂一建成，设备就被日本鬼子抢走。解放后，大庆出了油，我们没有发展它。1993年，我国从原油净出口国转为原油净进口国，这时，我国开始重视研究煤变油的两种技术路线。"

矿务局局长插话问："如今国内技术发展到了什么程度？"

高玉珠摇了摇头，苦涩地笑了。

"两种技术路线，我们都不掌握！"她有些不安地说，"南非、德国、美国、日本和俄罗斯，都掌握核心技术。我们如果要建一座煤制油工厂，必然要与技术顶尖的南非沙索公司建立良好的联系。"

高玉珠一口气讲了一个多小时，从现场气氛看，同事们对煤变油是感兴趣的，有的人甚至还做了笔记。高玉珠讲完，散了会，她想这些知识对大家能有什么用处呢？翌日清早，矿务局局长把高玉珠叫到办公室，她一进门见几位班子成员全在场。局长微笑着把高玉珠让到最中间的椅子上，以一种深沉且和蔼的口吻说："咱们矿山要搞煤变油。"高玉珠被吓了一大跳，以一种无比惊诧的眼神看着局长："贺兰山深处的煤炭企业，走煤炭深加工是唯一出路，但你一下子瞄准煤变油，是否有天方夜谭的味道呢？"

局长胸有成竹，她不好再说什么。

"高玉珠，我们的这个动向，必须保密！"局长特意叮嘱。

"嗯。"高玉珠说，"煤制油，自治区计划委员会应该都没听过。"

"什么意思？"

"煤制油的概念，自治区计委可能没人知道。"

"哦，这并不稀奇，我不是最近才知道嘛！"局长语气十分坚定，"高玉珠，你去北京对接煤科总院，盯着尽快拿出项目建议书。"局长说这话时，又冲几位班子成员说，"在这项工作上要花的钱，咱们不能心疼，得花到位。"

班子成员也纷纷点头或表态。

这件事情就压在了高玉珠一个人的肩上。几个月后，一份年产百万吨的煤炭间接液化技术项目建议书出来了。矿务局局长和两位班子成员一起，带高玉珠走了趟银川。他们找到自治区计划委员会负责人，急切地把煤制油的宏大构想呈报上去。

"啥？啥叫煤制油？"自治区计委负责人一听愣住了。

"你们先把水变成油，咱们再来讨论煤制油。"这位负责人拿起项目书，翻了几页，便充满疑惑地放在案头。接着，这位负责人语重心长地反问，"对了，东北有个叫王洪成的'大科学家'，这人应该判刑了吧？"

高玉珠一下回过了神。

她弄明白了，煤变油在此时对国人是十分陌生和遥远的，自治区计委领导也不例外，甚至把煤制油和水变油的骗局联系在了一起。这位领导所说的王洪成，原本是黑龙江省哈尔滨市公共汽车公司的一名司机，这人宣称自己搞出一大发明，能把水变成油。水，当然是不能燃烧的，可王洪成拿一杯水来，滴了两滴药水，再用打火机点燃，似乎让水真的变成了油料。那几年，全国有300多家乡镇企业追逐王洪成，拿出上亿元资金和他搞合作开发。结果，遭到国内科学家的集体质疑，警方调查出所谓的水变油是一场彻头彻尾的骗局。去年底，哈尔滨市中级人民法院判处王洪成十年有期徒刑。

"哎呀，煤制油，不是那种水变油！"

高玉珠对计委领导解释，说煤变油是现代煤化工，技术在多个国家出现并已成熟。对南非、美国、日本、德国来说，煤制油核心技术对外属绝密级。如果宁夏建成了煤制油项目，就能把资源优势转变成经济优势，还能增加大量就业岗位。

自治区计委负责人一听，怔住了，有些尴尬。

"在咱们国内，目前知道煤制油的人很少。"高玉珠笑着说，

"我读大学时，学现代煤化工专业的只有20个同学，课本是教师自编的，黄皮子，白书页，油印的。可以说，当下我们国内现代煤化工方面的专家相对较少。"

高玉珠这么一说，自治区计委负责人如释重负，连忙叫他们坐下说话。

再后来，高玉珠还给自治区领导专门讲煤制油的技术路线。她借机讲，宁夏大量劣质的动力煤不但能够转换成为极佳的特种油品，还能衍生大量化学品。讲了许多遍，质疑声没有了。筹划煤变油项目，逐渐得到坚定的支持。

这是一个全新的梦想。煤制油项目建议书一经提出，立即成为高玉珠和全体宁夏人的新梦想。梦想，能够使人振作，能够给人以力量和希望。很多时候，我们什么都可以缺少，唯独不能缺少梦想。只要拥有了梦想，紧紧抓住了梦想，才有可能展翅飞翔，才有可能创造奇迹，才有可能梦想成真。

煤制油，黑山峡，两者就这么连接在了一起。

·
·
·

壮志凌云，
小省区要干一项世界级工程

　　吴尚贤生病了，是直肠癌。

　　得知消息那会儿，他叼着一支烟斗站在病房的窗台前，扑哧扑哧地吞吐。夕阳映红了他清瘦的面庞，每一道深刻的皱纹都是金黄色的，又像岁月之河翻卷的波涛。他以为医生出错了，叫大女儿手捧着诊断书念："直肠CA，已侵犯骶骨。病检：重度不典型增生并癌变……"二女儿和三女儿坐在椅子上，埋头默不作声。

　　离休只有半年，吴尚贤老人变得消瘦了许多。他主要是肠胃不好，伴有腹泻，是积劳成疾，长期饮食习惯不好，加上不注意保养所致。在女儿们的劝说下，他勉强同意来医院，没想到查出了大病。

　　"咚咚。"

　　轻柔的敲门声一落，有个穿白大褂的医生推开病房的门，接着走进来的是一位自治区副主席和医院专家组成员。霎时，病房显得拥挤了起来。专家组组长向大家介绍，已分析病情，并拿出了治疗意见，建议尽快进行手术。这位医疗专家说，虽然手术存在风险，但有一大半的成功概率。

"吴老总，您把手术一做，别说是3年、5年，8年、10年也是没问题的。"这位副主席笑着劝说他配合手术。

"坐吧，都请坐，劳烦大家了。"吴尚贤把烟斗捏在手上，哈哈大笑起来，挥手从容地招呼大家，请大家坐下吃水果。老人平静淡定，根本不像是一个病人，泰然自若得如同是在家中招待来访的挚友一般。

"马寅初先生90岁患了直肠癌，手术很成功，切除之后仍然活到百岁。"副主席坐下来继续劝说，"书记和主席都讲了，由他们出面，请全国最好的医生做这个手术，前提是您老同意配合手术。"

"谢谢！手术嘛，我坚决不做。"吴尚贤淡淡地说。

"啊？"

"我清楚自己的身体，这么瘦弱，术后恢复难度大。"

"那么您是怎么考虑的？"

"我采取保守治疗，请大家尊重我的选择。"吴尚贤有些倔强地摆了摆手。他是经历过大事件的，也是亲历过大场面的，生性豁达乐观，对生生死死早已看得很开。他在沙发上坐定，扶了扶头上的灰色旧帽，又顺势整理一下蓝色夹克衫，眯眼冲大家谦和地笑着。额头上那个鼓起的大包亮晶晶的，妻女几十年前就叫他做手术摘掉这个包，他说长出来了就让它自然长着，结果这个包陪了他一辈子。

"为了黑山峡，吴老总一定要好好养病。"副主席说。

吴尚贤一听，愉快地笑了，像个孩子。

"再过几天，澳门回归，中央政府对澳门恢复行使主权。几十年了，黑山峡河段开发仍被搁浅……"吴尚贤动情地说。

第二天，吴尚贤执意要女儿接他回家。车子缓缓行驶在市区的街巷，阳光透过车窗洒在他沧桑的脸上，照出他难言的内心。他沉默着，生命对每一个人都是珍贵的，越是想服务社会的人越能掂量出生命的分量。拥抱黑山峡，追逐水资源，那些漫长的日夜在他的思绪中飘出，成为他对岁月一份深情的记忆。手术不做，别的治疗办法他倒乐意一试，至于能活多长，就活多长。他对几个女儿说，生老病死寻常事，既然我们在一起的日子不多，大家都不要愁眉苦脸，一定要欢乐。

坐在自家的圈椅上，吴尚贤静静地思考着什么。这次回到家，他的精神状态反而很好。张存济、林立功结伴去看他，他仍不紧不慢地谈起高坝大库。关于吴尚贤的病情，他俩都没有机会开口问询，以至于让他们感到他根本不是一个大病患者，误以为来日方长。吴尚贤清楚自己的身体，仍滔滔不绝地讲起黑山峡。黑山峡，成了吴尚贤最后时光的精神支柱，完全支撑了他的晚年余光。

"自治区要在石嘴山那边发展煤化工，要建煤化工基地。"有一回，林立功把这个消息讲给吴尚贤老人听。

"哎，立功，我对工业是个门外汉。"吴尚贤自谦地说，"但我知道，一个省区如果没有好的工业，不行！一个省区如果要发展工业，得有可靠的水源。"老人不无忧虑地叹息，"石嘴山那边缺水，不是最理想的场所。"

"嗯。"林立功点了点头。

"在宁夏搞工业，离不开黄河水。"

"是的。"

"高坝大库一旦建成，西北的工农业用水才会有保障。有了高坝，水能自流这本身就是一种节约。"吴尚贤笑道。

"吴老，您说得对。"林立功接过话茬，"像我们这些年陆续建成的固海、盐环定、宁夏扶贫扬黄三大引水工程，基本上与设计中的大柳树灌区重合在一起。高坝大库有朝一日建成了，不用扬水，就能让黄河水自流到灌区的任何一个角落。陕北、陇东、河西、内蒙古西部……陕甘宁蒙四省区缺水的地方，工农业一并受益。"

吴尚贤点了点头，说自己看不到高坝大库建成的那一天了。听他这么一说，大家的心情变得沉重起来。张存济和林立功知道，吴尚贤是不需要旁人来宽慰的，对这位著名水利专家最好的慰藉，就是和他一起畅想黑山峡。

贺兰山深处，高玉珠在忙煤制油项目的预可研报告。

煤制油，在全国是一个新鲜话题，一经石炭井矿务局提出，立即引起自治区党委、政府重视。千禧之年，宁夏把预可研报告呈报国家计委。国家计委很重视，委托有关机构对项目进行评估，经几次论证，这个项目逐渐变成年产400万吨煤炭间接液化项目。这个体量，是煤制油全球单体最大规模。为寻找核心技术，石炭井矿务局与南非沙索公司建立了联系。新闻记者迫不及待，在预可研评估阶段，写出《煤制油产业即将在宁夏崛起》的消息。

高操戈手捏这份报纸，坐越野车心急火燎地钻进了贺兰山。他一走进高玉珠的办公室，就兴奋地扬起手中的报纸，说读了记者写的煤制油项目消息，总觉得这一非凡工程仿佛明天就能实现。高操戈在椅子上坐定，急不可待地打问。

"早呢！"高玉珠边给他沏茶，边笑着说，"在全世界，都是超级工程，总投资约600亿元，超出青藏铁路建设费用。"

"呀！这么厉害啊！"

"当然，咱宁夏一提出要做煤制油，煤制油立即成了一个热门话题。据说，河南省的平顶山煤业要做，还有一家大型骨干企业也要做。这一下，全国冒出好几家有想法的企业，咱宁夏到底能不能做，目前还充满了不确定性。"

"不能够啊！有这么复杂？"高操戈捏着手机皱起眉。

给高操戈介绍这些时，她背靠二楼一扇敞开的窗户。窗外，百米开外，矿山一处相对平整的地块上有无数鸵鸟在散步。这些身躯肥大的鸟儿，伸长了细细的脖子，一边抖动长长的羽毛，一边缓缓地晃动，似乎是在远远地向高操戈展示它们优美的身姿。几名工人猫着腰，正在给鸵鸟的食槽里添水投食。

"鸵鸟没什么好看的，都是非洲和澳大利亚品种。"高玉珠笑了笑，自嘲道，"我们煤炭企业过于困难，为了摆脱困境，想出的办法五花八门，不但跑到首府银川搞房地产，还在山里办起了鸵鸟养殖场。"

"这么说，主业都不干了？"高操戈问。

"发展煤制油，困难会更大。"高玉珠岔开了话题，继续说，"这个项目，我们得有核心技术，还得有充足的水源保障。"

"哦，这么费劲啊！"高操戈一怔。

"哎，你来找我，只为打问煤制油？"

高操戈笑而不答，喝一口纸杯里的茶水，面露神秘之色。他反问："哎，玉珠，你记得我那一年在日本败走麦城的事吗？"

"当然。你拉了两船4万吨榨菜，从浙江走日本，因为添加了苯类添加剂，被检出含有致癌物，没卖掉。"

"现在，我和伙伴把相对安全的食品防腐剂研制出来了！"

"是真的吗？"高玉珠吃惊地望着高操戈。

高操戈兴奋地从椅子上弹起来，在高玉珠跟前走来走去，比画着激动地说："我们的研发团队在山东干了三年，把山梨酸钾做了出来。我们一下子突破了技术难题，把产量做起来了，不只供应了国内，还出口国外。"

"那么，山梨酸钾的价格塌了？"高玉珠问。

"当然塌了！"高操戈兴奋地伸出手指算起细账，"现时，全球大约有13家企业在做山梨酸钾。每吨山梨酸钾，外国企业卖给中国市场8万美金，我们每吨只卖6000美金。在国内，那些进口原料已经销声匿迹了。"

"这么厉害！"

"进口商赚不到钱，气坏了，总说讨厌我。"

"呵呵！"高玉珠笑得合不拢嘴。

"我说，你们老外讨厌我，我无所谓。反正我们把技术瓶颈突破了，打破了你们的技术垄断。"高操戈淡淡地说。

"了不起啊！"高玉珠冲他竖起了大拇指。

"我呀，通过这件事，真切体会到了民族自豪感。"

"那么，你跑来打问煤制油，有什么想法吗？"

"关系可大了！"高操戈神秘一笑，"天地之间，都有精细化工的影子。我们做的山梨酸钾，就是精细化工的一种。我们的生活，实际是离不开精细化工的。煤制油项目一建成，能产出各类油品，还能衍生出各种化学品。"

"没错，像南非的煤制油工厂出了300多种化学品。"高玉珠说。

"将来，我当你们的下游企业。"高操戈喜悦地说。

"原来如此啊！"高玉珠如梦初醒。

"你想啊，你们的煤制油项目，不可能把所有的下游的细分领域都做到。这样，就给我们小型化工企业提供了条件。"

"没错。"高玉珠表示赞同。

"在国外，精细化工，贵过黄金！"高操戈面露神秘之色，"它以技术密集和高附加值，被称为化工皇冠上的一颗明珠。一块煤，可以变成很多你想不到的新产品，比如药品、食品、香精香料、高端化妆品、高档颜料等。"

"高操戈，你真行！在外多年，我得刮目相看。固海扬水管理处当年开除你，对对的，否则耽误了你。"

"哈哈！我是一块出门旅行的煤。"高操戈乐得笑弯了腰，"一块出门旅行的煤，过火山、越冰河，走着走着，忽然就把自己变成了口罩、帽子、桌椅、药品、油料或服装，被人们穿在身上。一块煤的魅力，就是这样。"

说话时，高操戈握在手中的手机嗡嗡蜂鸣。

手机屏幕显示来电姓名：林立功。

"你瞧，是他的电话来了！"高操戈把手机屏幕扬到高玉珠眼前，也不着急接听，笑呵呵地说，"林立功现在是《中国水利报》宁夏记者站站长，兼水利厅信息中心主任，是一个名义上的处级干部。他热爱写作，日常工作他不过问，都由副主任做。信息中心的经费支出，他一律不管。”

“林立功的人生选项，我看不上。”高玉珠说。

“嘿，你年轻时那么欣赏他。”高操戈揶揄道。

高玉珠笑着急忙摆摆手，说林立功一身好本领，做什么不好，非要当什么新闻记者！做具体业务，是林立功的强项。这样，他的发展空间会立即变大。她替林立功感到遗憾，认为林立功没有很好地施展个人才华。

“干吗说这么绝对呢？”高操戈皱起了眉头。

高玉珠认真地说：“你有所不知，严打那年，就是你出走那年，泉眼山三台沉江泵被冻坏了。”她盯着高操戈的眼睛，顿了顿，“林立功跟全国顶尖的冷焊专家陈钟盛，不分昼夜学了四个月冷焊接，他的焊接技术相当了得！打个比方，他林立功要是在公路边上开个电焊铺，早就是百万富翁了。”高玉珠瞅一眼窗外，扭头笑了，“我这么说，只是假设啊。我想说的是，林立功写新闻，没出息，影响了发挥，以他的学识，他能够成为技术大家或优秀管理者。他啊，没做好人生的这道选择题。”

“我赞同你说的。”高操戈笑了。

命运给了林立功很多的考验。

出事那天蹊跷得很。

中午，林立功去单位的卫生间解小手，小便池前多出一行字：珍惜生命之水，关注点点滴滴。他觉得十分好笑，心想，不知是谁，居然把节水提示语贴在了水利厅的小便池上，多此一举。他忍不住笑起来，这时阮副厅长来了。

"立功，下午没紧要事吧？"阮副厅长和他并肩站着，问道。

"没有。"林立功说。

"跟我一起去看黄河塌岸。"

"什么时间走？"

"五分钟之后。"

林立功没有多想，回到办公室，拎起采访包快步下楼。

已是冬季，但黄河上的事情仍让水利人放心不下。凌汛，是黄河冬春季节最突出、最主要的汛情，宁夏、内蒙古河段是黄河防凌的重点。黄河从黑山峡冲进宁夏平原，再到内蒙古准格尔旗马栅镇，全长1200多公里。受两岸地形控制，宁蒙河段的峡谷河段与宽河段相间出现，游荡型河段较长，主流摆动剧烈，变化频繁。现时，流凌封冻由下游溯源而上，受河道影响，容易形成冰塞、冰坝，发生凌汛灾害。另外，由于黄河泥沙在局部堆积而造成通道地势抬高，石嘴山一线的塌岸现象近期屡屡发生。岸边黄叶落尽的一排枯树，孤独地挺立在河畔，黄河水在河湾的回流处，一波一波地回旋着，冲刷着堤岸上的泥土，不时传来堤岸坍塌的轰响。塌岸发生，农田损失，道路受阻。一些没有安全观念的羊儿，常常在黄河边顽皮地蹿来蹿去，稍有不慎就会坠落河道。

"塌岸问题，至今还没解决好？"

车行于路，坐在吉普车副驾驶位置上的林立功，听见后排的朱主任问阮副厅长。朱主任是自治区抗旱防汛指挥部办公室主任。阮副厅长没吭声，似乎是点了一下头。又听朱主任说："木架附重四面体防止沙土质河岸塌方的效果非常明显。"阮副厅长回答："木架附重四面体治理黄河塌岸的效果是好的，但由于我们经费有限，制作数量上还不成规模。这几年，对吴尚贤老人的这项发明，推广应用还很不足。"

"他老人家病情咋样？"朱主任问。

"我前几天去看，消瘦得很。"阮副厅长扭头对朱主任说，"我们的这个龙王爷，固执得很。自治区领导联系到北京大学肿瘤医院的肛肠科专家侯教授，侯教授同意来银川，专门给做这台手术，姑息性切除，开刀取肿块。岂料吴老总不同意，果断从医院搬回家，也不按时吃药。别人和他说病情，他还发脾气。"

"说起黑山峡，吴老总就乐！"林立功插话。

"这个较真的老人。"朱主任感叹，"如果高坝大库建成，黄河宁夏段的泥沙就会大大减少，塌岸现象就会消失。"

"这个工程一旦建成，利处多多。"阮副厅长点头赞道。

说到黄河塌岸，他们无法避开大名鼎鼎的吴尚贤前辈。吴尚贤一生淡泊名利，毕生没有浪费过时间，为了水利事业，走遍宁夏的山山水水。冰冷的天气里，他穿一件棉袄，腰上扎一根草绳，四处跑工程现场。任何时候，都与群众打成一片。

汽车在公路上奔驰着，阮副厅长和朱主任在漫谈吴尚贤先生时，林立功走了神。他猛然想起吴尚贤发表在《宁夏日报》上的一首短诗《宁夏川》。他觉得，若非深沉的爱，很难写出如此饱含深情的诗。

宁夏川，

好河山。

长城连朔漠，

黄河来天间，
屏障自有贺兰山。

展目望，
绿洲横眼前。
昔时盐碱地，
今日米粮川，
水利配套掀高潮，
沟渠纵横阡陌连。
无旱无涝，
稻麦尽高产，西北冠，
米味胜江南。

春迟秋早半高寒，
夏无溽暑免摇扇，
冬有香煤暖房间。
风多雨少日照长，
昼暖夜凉挂果甜。

人人都说家乡好，
我亦然。
仙境谁曾见？
美哉，宁夏川！
不似江南，

胜似江南。

君且看！

走到半途，天下大雪，车轮有些打滑。再往前走，路况只会变得更糟。吉普车停下，阮副厅长和朱主任合计一番，继续朝黄河塌岸方向行驶——不论向前，还是返回，他们都得迎着漫天飞舞的大雪，倒不如朝向塌岸。

雪越下越大，车窗外变成白茫茫一片。

吉普车一过黄渠桥，路面积雪变厚，车速缓了许多。众人也不说话了，和司机一起小心地紧盯前方。这时，轮胎猛地打滑，车子竟原地漂移了两个360°，之后，缓缓地侧停在公路中间。正在此时，迎面轰隆隆开来一辆运载重物的解放牌卡车。司机瞥见解放车即将拦腰撞来，仓促间一踩油门，吉普车向前倏然一跃，跌进了公路边两米多深的阳沟里。当吉普车抬头飙出去，及时躲开被撞的那一瞬时，林立功用眼角余光看到，那辆解放车刷的一声从路面上直直地冲了过去。

副驾驶位置上的林立功从挡风玻璃飞了出去，重重地摔翻在冰冷的雪地里。同车的另外三人受了轻微伤，唯独林立功受伤严重。他脸朝下趴在雪地里，浑身疼痛到昏死过去。过了不知多久，林立功隐约听到朱主任在耳边大声喊："哎，林立功，林立功，可别吓唬我们！"这时，他又断断续续听见阮副厅长在打急救电话，"情况很糟！人坚持不到银川……请就近派救护车，救人……"

林立功不睁眼睛，又昏迷了过去。

救护车谨慎地奔跑在雪地里，车灯照亮了前方飞扬的雪花，也照亮了黄河水利人的一片冰心。林立功被送进10公里外的平罗县人民医院，医生用彩超一查，说是他脾脏破裂，伤口很长，血液淤积在胸腔里，有3000多毫升，必须立即进行手术。此时，平罗县血库告急，医生说林立功是B型血，血库这两天缺的正是B型血。

现场一阵慌乱之后，医护人员和群众排起队献血。术后，林立功苏醒时，已是次日傍晚。病床上的林立功浑身疼痛难忍，同时挂了八只药瓶，双手双脚都在输液，有消炎的，有止痛的，也有输血浆的。他的脾脏已被医生全部切除，难以忍受的疼痛导致他在床上疯狂翻滚，一挥手竟把八只针头全部拔掉。医护人员降服不住林立功，只好请来四个壮汉看管。他们先用几根背包绳把林立功捆绑在病床上，再按压四肢，让他动弹不得。

"我、怕是、不行了，我、要见、邀月。"林立功号叫着。

"邀月是谁？"阮副厅长额头冒汗，急切地问。

"我、儿子，林、邀月，我、要、见他……"

"林立功，你撑住，我叫人把你老婆、儿子都接来。"

转天中午，丁玉茹带着儿子林邀月匆匆赶到平罗县人民医院。一进病房，林邀月见到父亲的惨状，便哇哇哭到出不了声。儿子长得清瘦英俊，个头蹿到了一米五，行为举止已经有了男子汉的气概。丁玉茹看着躺在病床上的林立功，心里难过极了，泪水在眼眶里打转。医生一脸后怕地对丁玉茹说："病人失血过多，那天要是迟送十几分钟到医院，估计抢救就很吃力！要是把人直接送银川大医院的话，路途遥远，加上雪大路滑，时间一耽误，病人肯定抢救不过来。"医生说来说去，赞叹林立功的命真大。

半个月后，林立功出院，留在银川休养。

突来的车祸，对林立功的打击非常大，事后被认定为五级工伤残疾。休养期间，丁玉茹并没有把他接回中宁县城，原因是，他俩几个月前已经在中宁县民政局办理了离婚手续。在婚姻存续的十几年里，他俩大多数时间两地分居，聚少离多。他俩之间，林邀月是一根牢靠的纽带，两人真正剩下的似乎只有一种亲情。预想不到，办离婚手续的那天，他俩表现得都很平静，都很从容。这一回，林立功大难不死，丁玉茹一来便用心地照顾了他半个月。林立功心里是满足的，也是很感动的。

　　离开银川的前一天中午，丁玉茹在照顾林立功的间隙，带邀月去附近的中山公园散步，透透气。母子俩还去了新修的光明广场，顽皮的邀月趴在一头被小孩子们摸得光滑油亮的铜牛背上，怎么都不肯下来。妈妈站在边上，索性叫人给他娘俩拍摄了一张快照。躺卧在病床上的林立功伸手接过这张快照细看，不禁鼻子发酸，眼眶湿润，猛地把头扭向一边，盈眶的泪水倏然滚落。他想，这照片上理应有他，他林立功和丁玉茹有必要和孩子拍一张全家福。现在，这个愿望恐怕今生今世再难实现。

　　丁玉茹把自己"改嫁"给了红寺堡。

　　这片荒原上，出现了一个个齐整的村庄。这些移民村落，像一座座兵营坚韧地挺立在荒漠戈壁，镶嵌在冬日浓重的土黄色里。一群远离西海固的人们，在这里重建家园。简易小街上，已经出现集市，街道两侧有了摆摊的小贩。天气寒冷，但小贩仍在街上经营着百货，贩卖着菜蔬。冷风里，伴着轻微的扬沙，已经算是一个好天气了。开建几年，这片移民区最大的敌人是毫无征兆狂飙而来的风沙。春季风沙大时，不论你骑自行车还是摩托车，走在红寺堡的路上都会寸步难行。眼前黄沙漫漫，什么都看不见，呛鼻的沙尘让人呼吸都感到吃力。一双双粗糙的手，一张张黝黑的脸，一个个灿烂的微笑，逐渐修整出了地球的这个小小角落。

淡水资源的力量，让红寺堡变得生动了起来。

引来黄河水，丁玉茹和同事、乡亲们，在小街上和村庄里种树，种下千棵万棵的树。一到春天，在阳光明媚的日子里，大地上就会出现杨柳依依的景象，有风来时，枝条舞动。上一年春天，她亲手在办公区栽种的一株梨树探出了嫩芽，点点绿意缀满枝干。她很吃惊，这时几只燕子叽叽喳喳地飞来，萦绕在一株梨树枝头。燕子凌空掠飞，盘旋在上空，仿佛在向拓荒者致敬。飞翔的燕子，让她感受到了红寺堡春天的气息。亘古荒原上，有水有人有绿色，就有燕子，也就会变成一片新绿洲。

红寺堡扬黄工程早已建成，通水的日子镌刻在丁玉茹的记忆里。那天，当人们启动泵房的控制电钮时，黄河泉眼山取水口几十组巨型水泵轰鸣着，黄河水被巨大的吸力牵引着，沿一道道圆柱形管道从泵站后侧爬上山坡。水，像奔腾的万马，朝向干涸的红寺堡，朝向缺水人的心上奔流。

"共产党亲，黄河水甜。"

这八个字，是缺水的人们在解渴之后一种发自内心的表示。

丁玉茹记得，通水那天，人们的目光追随水流一起奔涌。青年和少年，在荒原上追赶着黄河水撒欢，老人欢笑的脸上挂着泪……"共产党亲，黄河水甜"，一经红寺堡移民群众叫响，便成了生活在干旱缺水地区的人们对共产党、对时代的深情回响。再后来，这句话成为宁夏百万西海固移民群众一句共同的心声。

汲水黑山峡，很多专家抱憾终身

吴尚贤抗癌两年，带着高坝大库梦抱憾谢世。

自治区的大报小报上，飞快地发出了讣告。林立功拿着一张报纸在发呆，总觉得赤子身影仍徘徊在黑山峡坝址前。七天前一个傍晚，他和张存济去吴家探望。老人消瘦了许多，但精神尚好。他们见面说了话，听说吴老上午还趴在书桌前写日记。吴老累了，躺在病榻上冲他俩笑，吃力地补充："我最近刚刚读完《中国电力》杂志的一篇大文章。作者是中国国际工程咨询公司的罗西北，他在文章中写道，大柳树工程对我们国家而言，是具有战略意义的。我推荐给你们，请你们读一读。"

在旁照料的女儿，从书桌上拿起一本《中国电力》杂志递到林立功手上。在他埋头翻阅杂志时，又听吴老喃喃自语："1986年夏，罗西北率一支30多位专家组成的考察团来看黄河。他们从青海、甘肃一路走到宁夏。在青海时，考察团成员们普遍持有一个观点，支持黑山峡河段的甘肃小观音坝址。一到宁夏，看过坝址，他们的观点发生变化。团员中，张有实为首的几个人，提出推荐宁夏大柳树坝址。罗西北改变了他先前的认识，转而支持在宁夏做一个高坝大库。高坝大库兼顾陕甘宁蒙四省区，受益面广。"

分别时，吴尚贤向林立功提出一个小要求，今后有机会出差北京，请去清华大学代为探望黄万里。"几十年，黄万里反对三峡、反对三门峡，支持黑山峡。万里吾师，90多岁高龄，还穿纸尿裤给学生登台讲课。"

宁夏水利界"活字典"吴尚贤，他的生命与知识一起封存在大河之畔。吴尚贤没有亲眼见到惦念了几十年的"引泾济清"的成功，也没有看到黑山峡河段的开发。1972年，周总理在中南海办公室，向自治区、农业部负责人提出要求，尽快从根本上解决西海固老百姓的用水问题。同年，吴尚贤携同人提出了"引泾济清"方案——有个成语叫泾渭分明，泾，指六盘山的泾河水，源头在六盘山深处的二龙河、老龙潭一带。泾河水从宁夏泾源流走，经甘肃平凉、泾川，在陕西高陵注入渭河，投向黄河。吴尚贤提出，要把西海固唯一的清水源，通过截引的方式，穿山越岭，接通清水河，解渴西海固。

吴尚贤去世多年之后，"引泾济清"梦想成真，所有西海固人自此喝上了自来水。这是一代代人的努力，这是一代代人的期盼，这是一代代人的梦想。2016年的一天，六盘山泾河之源涌出的一支清冽甘泉，经固原中庄水库，顺着一条条水渠和管道，流进了西海固大山深处的千山万壑，流进了祈盼已久的老乡家。

向吴尚贤老人的遗体告别时，社会各界来了很多人，自治区一位领导致悼词，沉痛地回顾老人一生的历程："吴尚贤先生，著名水利专家，1920年生于宁夏青铜峡。1946年毕业于重庆国立中央大学水利系……吴尚贤一生致力于水利建设事业，为治理黄河，造福人民，倾注了毕生心血……"

林立功站在送别队伍的最后一排，用心倾听，默默流泪。想到与吴先生在一起谈心交流的时光，他的眼前出现了一幅幅画面：巨浪滔天的河面上，一位手拄拐杖的老人跌跌撞撞地走进指挥所的帐篷，向自治区主席献计，让泛滥的黄河水重归安澜；寒冬天气，老人穿一件老羊皮袄，嘴上叼一支烟斗，腰上系一根草绳，在水利施工现场跑来跑去；在北京召开的关于黑山峡的论证会上，向来温和的老人居然冲人发火。

生命如水，是一个流动的过程，生命的尊严在不懈的追求中节节拔高。治理黄河的人，有黄河一样博大宽广的襟怀，有黄河一样奔流不息的性格，有黄河一样锲而不舍的精神。林立功觉得，吴尚贤没有浪费过一天的生命，独立自尊的人格、刚毅顽强的气质，在潜移默化中升华了水利人、治黄人的心智和胸怀。

林立功一走出殡仪馆，天就下起了蒙蒙细雨，几个熟人和他打招呼，他仿佛没听见，只顾埋头走路。他想到了吴尚贤的那张书桌，还有挨着书桌的床铺。最后一次见到吴尚贤，夕阳正洒在床头，老人躺在床上平静地说话，晚霞一片金黄。他知道，吴尚贤的生命是随太阳的余晖消失的，禁不住流下忧伤的泪。

几个月后，黄万里先生在北京逝世。

转眼之间，两位对黑山峡倾注心血的著名水利专家，相继辞世，缤纷凋谢。水，淡水资源仍然困扰着黄河两岸的人们。

宁夏要发展煤化工，而宁夏原本是没有一滴工业用水的。

毫无疑问，大型工业企业将成为最大的用水单位。

宁夏的煤制油项目，牵动着人们的目光。

由位于贺兰山深处的石炭井矿务局率先提出的煤制油项目，引起各方高度重视。此时，自治区党委、政府为加快地方经济发展，迅速实施大公司、大集团战略，优化资源配置，提高煤炭行业集中度，决心通过大项目带动工业化进程。故而，自治区决定把包括石炭井在内的三大矿务局合并，组建一个宁煤集团。从某种程度上讲，成立宁煤集团，就是为争取煤制油项目。当时，出现的新情况是国家计委要对煤炭间接液化项目进行投招标。在这节骨眼上，成立宁煤集团，就是要体现煤制油的经济价值和宁夏的投资能力。

此时，高玉珠迎来一桩人生大事，出山进城。她和同事撤出石炭井矿山，集体搬进100多公里外的首府银川。银川市区有了宁煤集团一栋崭新的办公大楼，也有了高玉珠和同事们的一间办公室。到银川上班第一天，从几大矿务局合并而来的干部职工，都在忙碌着相互走访，整栋办公楼喜气洋洋，像过年一样热闹。

"高处长，您研究煤制油，咱们的核心技术能从国外弄来吗？"同一个办公室的小陈和小马刚大学毕业，对煤化工很新奇，凑上来问。

"纠正一下，我是副处长，你俩叫我老高吧。"高玉珠一边整理办公桌，一边笑着对她俩说，"还有，我是学煤化工的，并没有研究煤制油。"她端起暖瓶倒了一杯水，"煤制油技术在国内没有突破，我们正与南非进行接洽。"

"我们只懂挖煤卖煤，从来没接触过煤化工。"小陈说。

"这个困难，是整个宁煤集团的困难。"高玉珠坐下答道。

"我们去年大学毕业，只知煤制油是超级工程，越来越受到国家重视。听您一说，我们没有核心技术，做起来就会很吃力。"

"是的。"高玉珠很坦率地说，"煤制油的核心技术，我们国内正在攻关。目前的既定方案是寻求国外技术，德国、美国、日本和南非都掌握煤制油核心技术。相比，南非的技术成熟，处于世界领先地位。"

"南非技术，我们应该能够拿来！"小马笑盈盈地说。

"为什么？"高玉珠一怔。

"曼德拉访华时，说他遍访友邦，只为感谢。"小马说这话时眼里放着光，"曼德拉说，当南非在孤立无援时得到了一些国家的支持。他出访最后一站是我们国家，还说选择访问中国，对完善自己的政治生涯感到欣慰。"

"没这么简单。"高玉珠严肃地纠偏。

高玉珠清楚，青年人没有亲历技术封锁的困难，因而无法体味国家间的残酷竞争。宁煤集团是中国的企业，沙索公司是南非的企业，虽然两个国家是友好国家，但是企业之间的重大项目合作，各有立场，代表着各自的国家利益。关系再好，也不可能把别人的核心技术随随便便拿到手。

新成立的宁煤集团，一直因为极缺工业用水而苦恼。起初，高玉珠他们想把煤制油项目放在石嘴山。石嘴山是全国闻名的煤城，但自治区考虑到水源的问题，果断放弃了石嘴山，把目光投向宁东煤田。专家组几番实地勘察，编制完成规划和选址报告。宁东位于宁夏中北部地区，是一个新发现的南北长130公里、东西宽50公里，面积达3500平方公里的煤炭富集区，探明煤炭储量大，超过了东北三省煤炭储量的总和，远景规划预测资源量达到1374亿吨，是国内一个极为罕见的整装煤田。

宁东的优势就这样显现了。

煤制油，一个大项目，牵出了一个大型工业基地。

时值21世纪初期，国家的西部大开发战略一经提出，自治区就掀起了"西部大开发，宁夏怎么干"的讨论热潮。干部群众的激情与思考，并没有离开自身的煤炭资源。新选定的工业基地，被人们定名为宁东能源化工基地。自治区党委、政府认为，宁夏虽然是个小省区，但发展的气魄不能小，对国家的贡献不能小。本地煤炭在全国的地位不突出，但立志要让煤炭深加工占据赫赫地位，因而瞄准了现代煤化工。

高玉珠和同伴习惯于称宁东能源化工基地为宁东基地，又满含感情地叫这里是大宁东。宁东基地规划的中心区离黄河只有30多公里，水资源相对丰富，土地资源极具优势，都是盐碱地和荒漠戈壁。宁东区位特征明显，与陕西、甘肃、内蒙古毗邻，离陕北能源重化工基地很近，可形成资源共享，产业互补。

高玉珠和同事说话时，办公室门被敲响了。她抬头一看，推门走进来的是煤化工项目筹建组的负责人姚处长。姚处长身材消瘦，清癯干练，见面不说客套话，兴冲冲地对她搐起两根手指说："今天有两条喜讯，我要通报到你！"

"姚处，什么好事？"高玉珠笑着让姚处长坐下说话。

"北京一条，本地一条，你要听哪条？"姚处长不坐。

"反正都是好事。第一第二，你说了算。"

"哦，我先说本地讯息。"

"快讲，姚处长。"

"宁东能源化工基地的选址落地啦。"姚处长一下子提高了嗓门，欢喜地说，"我们发展煤化工的新地址在宁东一个叫马刨泉的地方。水利上也跟着忙碌了起来，马上要建一个大型水库。"

　　"没想到，最终落到了宁东。"高玉珠很兴奋。

　　"当然，选址到宁东有必然因素。"姚处长说，"这里是发展煤化工的好地方。这个选址得益于自治区党委、政府对大型整装煤田的保护。几年前，亚洲金融危机袭来，煤炭全行业亏损，银行停止贷款，很多在建项目停下，变成半拉子工程。"

　　高玉珠插话："对。在当时那种情况下，很多有眼光的温州商人纷纷北上，带着资金来投资购买煤炭资源，北方的某些地方政府也廉价转让。"

　　"是的。但是一些有原则、有眼光的地方领导，有效保护资源为以后的发展奠定基础。宁夏就是这样，没有分散出售煤炭资源，胸怀大局……自治区政府在这种情形下完整地保留了宁东煤田，为今天的开发创造了条件。"

　　"第二个喜讯是什么呢？"高玉珠问。

　　"下周我们去北京，参加煤制油竞标。"姚处长说。

　　"这么快？"

　　"'非典'疫情一过，工作恢复正常。"

　　"我们的标书是扎实的。"

　　"这一回，自治区党委书记亲自率团参加竞标。"

　　"啊？"

　　"是的。书记还要求，一律着西装。"

　　"还要统一着装？"

"上午开会，书记特别提了这么一条。"

"我还没西装。"

"你还得系领带！"姚处长的手机响了，临出门时还不忘扭过头说，"汇川西服，挺好！宁夏生产，全国驰名。"

高玉珠一怔，脸上露出些许不能理解的表情。她想，国家发改委在全国进行煤制油竞标活动，角逐这一项目的有好几家大型国有煤炭企业，宁夏发展煤制油优势十分明显，这些都详尽无误地写进了标书。虽然不敢说宁夏是稳操胜券，但去北京参加竞标，穿西装系领带真有那么重要吗？高玉珠在贺兰山深处的矿区工作过十几年，穿在身上的只有四季工装，压根就没有穿过西装。

建成鸭子荡，
为现代工业注进黄河的血脉

　　高玉珠和姚处长说话时，徐迎水正带人忙碌在茫茫荒漠。他们要建一座水库，打通工业基地的咽喉工程。

　　话痨徐迎水变成了一个沉默的中年汉子，连白净的皮肤也变得黝黑。这个交二处的子弟，像父辈修路架桥一样，为扬黄引水转战各地，早已习惯了在荒漠里的漂泊生活。从固海扬水、盐环定扬黄、红寺堡扬黄，再到修建水库，为新建的宁东能源化工基地引水，他总是在和荒漠戈壁打交道。歇息时，一起长期忙碌在荒漠戈壁里的同事之间，已经懒得相互说话，他通常就坐在沙丘上痴痴地看沙。他对我说，通过长时间观察风沙，他能清楚风沙是以三种方式在移动：悬移、跃移和蠕动。

　　要修的水库名叫鸭子荡，一个诗情画意的名字。现时，这里的确是亘古荒原，没有人烟，完全是一片风与沙的世界。遍地沙包，像是一座座起伏的山峦，又像是海面上掀起的一浪又一浪的波涛。徐迎水被抽调到宁东，以项目组副组长的身份参加水库建设。他和水电工程专家是最先挺进荒漠的建设者。

第一次来宁东，徐迎水和十几名工作人员肩负勘测地形、划界打桩的任务。这是个晴朗的日子，一丝微风都没有，碧空挂着一缕如纱的薄云。他肩扛水平仪，和同事晃动在光秃秃的沙丘之间。时而有黄鼠和野鸡从身边蹿过，腾起一阵沙尘；时而有几只雄鹰在头顶掠过，发出的叫声深沉地回荡在沙海。细沙和砾石在太阳底下放着亮灿灿的光，猛然从一面沙丘上折射过来，刺得人睁不开眼。

下午，他们正打桩，西面毫无征兆地刮起风，沙尘暴顷刻之间像一道巨柱旋转着朝人扑来。他们眼前一黑，什么都看不见了，徐迎水手上拎着的一只工具包飞上了天。他拽着工具包的带子，工具包在空中飘荡，使他觉得自己似被风推着走。细碎的沙子砸在脸上令人发麻。徐迎水终于抱住了工具包，埋头趴在沙地上，降低身姿。沙尘暴一疲软，人能睁开双眼了，空气中弥漫着呛鼻的气息。大家灰头土脸地集中在一起，一点名，发现少了一名女技术员。大家分头去找，在一处沙丘的下侧，寻见了被沙尘暴卷出几十米远的女技术员。她一动不动地趴在地上，再瞧，人早被吓晕了。

"呀！你太瘦小了。"徐迎水在她耳边哭笑不得地喊。

"是沙尘暴太凶。"女技术员爬起来，边哭边说。

"我有个好办法，确保你下回安然无恙。"徐迎水道。

徐迎水为保护这名女技术员，别出心裁，用铁锹在一处沙丘的背面掏出一个大坑。无风时大家忙工作，沙尘暴一来，女技术员跳进坑里躲避。

万年的荒滩上，扎起了一顶顶帐篷，还出现了几座简易的彩钢房。鸭子荡水库施工现场，周围几公里不见一个人影。这里全是丘陵，土壤以灰钙土为主，黄土极少。帐篷里，技术专家把宁东规划图展开，指给徐迎水看。他这才明白，宁东未来是一个超大规模的工业园区。

"哎，你们这图绘得不鲜艳。"徐迎水指着规划图不屑地说。

"徐副处长，这你就不懂了吧。"青年干部笑道。

"我不懂？这确实不鲜艳嘛！"

"工业绘图的颜色就是不鲜艳。"

"不应该啊！我稍不留神就会看走眼！"

"工业绘图中，每一种颜色都会说话。"

徐迎水拍了一下脑门，一副恍然大悟的样子。他又盯着宁东3500平方公里面积的规划图发起了呆，他知道，宁东是发展工业的好地方，但这里又的确是一片亘古荒原。看来，干部职工是要在这里创大业，下一盘大棋。

> 归骑双旌远，欢生此别中。
>
> 萧关分碛路，嘶马背寒鸿。
>
> 朔色晴天北，河源落日东。
>
> 贺兰山顶草，时动卷旗风。

吟出这首《送李骑曹》的人，不是徐迎水，而是林立功。

那天，林立功来鸭子荡水库采访，均质土坝截渗槽土石方己挖完，让徐迎水这些管理者意想不到的困难接踵而来。施工队在搞截水槽回填时，宁夏水利水电工程局发现施工队使用的土料不合格。按原设计方案，鸭子荡水库为均质土坝，但施工中发现了过杂土质。尽管宁工局投入大量人力四处挑土，还是没有达到技术参数要求。上级领导说，百年大计，质量为本，立即勒令施工队暂缓施工，提取一批土样，送往外省区的几家科研单位化验。徐迎水粗略一算，工期至少得延缓大半个月。

盛夏的正午，七八个人坐进一间彩钢房避暑。一台风扇在吃力地转动着叶片，大家感受不到一丝凉爽。透过窗外滚滚热浪，林立功能看见远处的沙包在炽烈地燃烧。留守人员额头冒着汗珠，后背湿透了。宁东荒原上没有一棵树，没有一片遮阴歇凉的地方。林立功的采访工作没法做，便即兴给大家讲起古诗词，打发无趣的时光。

"林记者，你念的这是个啥诗啊？"

"这诗是唐代大诗人贾岛写的。"

"哦。"

"关键是这首诗写的是我们这里。"

"写的是宁东？"

"当然。"

"这首诗的名字叫《送李骑曹》。李骑曹，是诗人贾岛的李姓好友，也是一位志虑忠纯的小吏，将要赴任宁夏灵武。灵武，囊括了今天的宁东地区。"

"立功，你给大家讲讲，"徐迎水把风扇搬到林立功跟前，自个儿摇起纸扇，"这样能增强我们创业的自豪感。"

"好，迎水。"林立功笑了笑，继续说，"多情的贾岛，祝福朋友李骑曹到边关安心工作，愉快生活。安史之乱后，太子李亨继位于宁夏灵武，在此重整士气，运筹帷幄，一举收复京师。时隔多年，李骑曹心怀抱负，出长安、过萧关，走向盛满火红斜阳的黄河。大河行经处，战马嘶鸣，鸿雁南飞，一派瑟瑟秋寒的雄浑苍茫。"时动卷旗风"，诗人分明说到，高山与黄河之间的苦寒之地，就是男儿建功立业的地方。"

林立功说完，大家纷纷鼓掌叫好。

"我们修鸭子荡水库，也算干大事业吗？"有个青年职工问。

"兵马未动，粮草先行。"林立功兴奋地一挑眉毛，"鸭子荡水库是宁东能源化工基地的咽喉工程，也是关键项目。没有水，什么事情都干不了！水利人在银川黄河大桥下游，选择了一处比较合适的位置，建起两级扬水泵站，铺设了20多公里引水管道，穿戈壁、过隧洞，把黄河水引到宁东，引到咱们鸭子荡水库。"

"我们工程受挫，工期延缓，但没关系。等原料的技术参数和方案确定下来，我们在鸭子荡水库再大干一场。"徐迎水说。

"宁东，为何又称宁东能源化工基地？"有人打问。

"我只能说个大概。"林立功看了一眼徐迎水，愉快地给大家讲了起来，"咱们国家富煤贫油少气，尤其是煤炭的探明储量极大，占到化石能源绝大多数，因此，我们国家发展煤化工潜力巨大。发展煤化工，是提高煤炭作为化工原料的综合利用效能，让它衍生出高端产品，而不是把煤炭当燃料一股脑烧掉。"

"是让煤炭在宁东发挥最大价值？"

"没错！"

林立功补充说："如果煤制油实现了，宁煤集团不仅从传统资源型企业转变成新型化工企业，还将为国家能源安全筑牢一道巍峨的堤坝。"

在鸭子荡水库建设的堤坝上，大家把去现场叫"上山"，因为那里有很多高大起伏的沙丘。徐迎水他们每天吃饭用一只大脸盆盛菜，没有餐桌，他们在露天风沙下吃饭，几个人蹲在地上围成一圈。在严酷的荒原上，激励大家的仍是暖心的故事。

煤和油，都是远古时期沉积的生物体，是在一定压力和温度条件下形成的。它们有着相似的基因，都是由碳氢化合物组成。所谓煤制油，本质上是一种煤炭液化技术，是通过化学反应将煤所含的碳氢化合物转化成其他碳氢化合物，如柴油、汽油。煤炭间接液化核心技术被美国、荷兰、德国、日本等国所掌握，而南非的沙索公司却把煤制油成功地进行了工业化。在国内，中科院山西煤化所、中国煤炭科学研究院两大基地，同时对煤制油核心技术展开攻关。

"为啥国家不提早搞煤制油呢？"有个年轻职工问。

"这跟一个叫王进喜的人有关。"徐迎水笑着说。

"咋能跟他有关？"大家觉得很惊奇。

"新中国成立十周年前夕，东北松嫩平原发现大油田。"徐迎水不紧不慢地讲起故事，"恰好这时，甘肃玉门油田劳动模范王进喜去首都参加庆祝新中国成立十周年观礼活动。到了北京，下火车换乘公交车时，王进喜发现跑在路面的公交车顶部背了个大大的气包。啥原因？国家缺燃油，首都也无奈。王进喜一看，很受刺激，对同伴说咱中国人不能受这种窝囊气！几个月后，王进喜他们转战东北，从大西北去了松嫩平原狼群出没的荒滩上，在呼啸的寒风中拉开艰苦卓绝的石油大会战。东北的天气异常寒冷，他们为何要冒着严寒搞大会战？国家能源匮乏，王进喜他们立志要为祖国找石油。大庆油田出油30年后，到1993年，我国变成石油进口国，石油对外依存度越来越高。现在我们修鸭子荡水库，就是为解决工业用水。宁煤集团有了水就能把煤变成油，保障国家能源安全。”

徐迎水不是演说家，却有着罕见的乐观主义情怀。情到深处，他能讲出很多平实感人的话语。平日里，工人在这里买不到香皂、牙膏，这使大家很难安心。然而，他的话像是定海神针，总能让职工们听得热血沸腾。

立秋后，鸭子荡水库的工期第二次延后。

“喂喂喂，听得见吗？”

星夜，徐迎水捏着手机在工地跑来跑去找信号，四处求助。

“我们的油料供应不上！”

“200辆施工车辆，无法作业。”

“对，现有油料最多支撑3天。”

鸭子荡水库建设时期，有200多辆施工车往来穿梭，同时施工。在亘古荒原上建一座水库绝非易事。此时，施工车辆的油料短缺成为一种常态。因为缺少油料，大多数车辆不得不退出施工现场，只有30多辆施工车留了下来。即便如此，施工队仍得昼夜不停地作业。宁东初秋的夜晚，寒气逼人，放水塔和工作桥桥墩的施工，热火朝天，干部职工坚守建设一线。工人穿一般的鞋在脚手架上无法走稳，往往是一走三打滑，稍不留意就会从高空摔下。这些困难，并没有影响预定进度。

按照计划，冬季之前，鸭子荡水库的土方工程要全部完工。转年5月，就会蓄水。徐迎水提出一个建议，穿插施工。调出一拨闲置的人力，在冬季栽树。把鸭子荡水库一侧的绿化先搞起来。搞绿化，也是一项工作任务。

徐迎水为何会提这样的建议呢？

一个深夜，沙尘暴忽然光临工地，酣睡在彩钢房里的徐迎水被一阵巨响惊醒。怎么回事？再看，是彩钢房的屋顶被沙尘暴掀走了，卷向远处。屋顶缺口处，细碎的沙砾纷纷砸下来，空气中立时充满呛人的味道。突如其来的一幕惊呆了徐迎水，等他回过神，匆匆逃出彩钢房时，圆圆的月亮不见了，天地间没有一丝光亮。徐迎水和几名职工只好躲进自己的汽车里，枯坐静等到天亮。无人知晓，这个难眠的夜晚，蜷缩在汽车里躲避风沙的徐迎水是怎样的心情，又想到了什么。

翌日清早，沙尘暴退去，整个施工现场灰蒙蒙一片。工人们帮助整理彩钢房，加固被沙尘暴掀翻顶部的屋子。这时，徐迎水无意间听到干活的工人在讲："这个水库，修好了又能咋样？天气这么糟糕，鬼都待不住！"

徐迎水听见了，暗自发笑，盘算起一件大事。

这件大事，在他看来与修建水库是同等重要的。

"啥？徐组长，你提出在戈壁滩上种树，大冬天种树？"

"冬天种树，有什么不可以吗？"

"徐组长心太急。绿化，只是辅助项目，并不着急做。"简易会场上，徐迎水向上级提出大搞绿化的建议，但遭到反驳，"我们不是说不搞绿化，而是把绿化放在工程完成之后。我们知道，鸭子荡周围生态变好了，这咽喉工程才亮眼。"

"我提议，穿插施工。"徐迎水毫不退让。

"这么固执！为什么？"上级不解地问道。

"十年树木。早栽一年，会多一些绿色。"徐迎水站起身，两只手搭在会议桌上，环顾一周，抬高嗓门说，"冬季我们的工程要停，利用这段时间栽树，就能早一年改变鸭子荡水库周围的面貌。"

"在宁夏，冬季苗木在休眠，怎么种树？"上级问。

"冬季有冬季种树的办法。"徐迎水笑着回应。

"迎水，你告诉我，黄河水没引来，咋种树？"

"没黄河水，也有其他的种法！"

"徐大组长，你告诉我，怎么做？"上级话里冒着火。

"宁东的冬天能种树，问题在于大家干不干！"徐迎水将了上级一军，以一种很有把握的口吻说，"宁东几乎没有任何植被，我们要立足这里，非得栽树种草。但土地瘠薄，没有营养，地下一两百米没有水。冬季栽树，我们的步骤是挖好树坑，更换土壤，把水和羊粪运来沃土。等到转年开春，直接栽树。"

"好！"上级竖起大拇指，"这的确是个好办法！"

在一个极度缺水的地方搞绿化，难度可想而知。为了把树种活，徐迎水带着干部职工选了一块试验田。冬季，他们用铁锹挖好树坑，只盼能下一场大雪。天不下雪，干部职工就开上运输车，在远处一些阴面的沟渠里找寻冰块。他们把冰块敲碎，运输回来，再徒手小心翼翼地放进树坑。从老乡家收购羊粪时，他们把羊粪撒到冰块上，培土沃田，肥地保墒。一个月的活儿干完，他们在鸭子荡水库边挖出了无数个树坑，参加劳动的每一个人手上都被冻出了冻疮。春季一到，大家再把树苗种下去。

这年冬季，徐迎水带人尝试着种出千亩绿化林。虽然成本高，但转年开春栽种下的刺槐、国槐、新疆杨、火炬树、枣树，全部成活。而今，这些树已蔚然成林，形成汹涌厚重的绿。自此之后，进驻宁东能源化工基地的企业也都这么干。植树种草，主动做好生态建设，进驻宁东的企业都有责任绿化环境。由于年降水量不足200毫米，大家都采用滴灌的办法。对能源企业而言，他们是有实力来做这件事的。

在到处都是风沙的世界里，承载着一个又一个童话般的梦想。

鸭子荡水库一竣工，盛满了一汪黄河水。

黄河水在这里沉沙自清，一改浑黄之色，变得清凌凌的。有风来时，水面荡起波纹，粼光闪闪，像是无数的鱼儿冒出来嬉戏。引进荒漠戈壁的黄河水，开始调节周围气候。鸭子荡水库一亮相，像稳定剂一样，安抚了工业人内心的焦虑，提振了工业人的信心。有了水，荒漠戈壁里的工业基地，变成了自治区的一号工程。

与此同时，北京传来一条特大喜讯。

国家发改委批准，神华集团在陕北、宁煤集团在宁夏，分别建设煤炭间接液化项目。彼时，引进南非沙索公司的核心技术成为首选。为保障国家利益，国家能源局牵头成立国家煤炭间接液化项目对外谈判组，高玉珠奉命参加与南非沙索公司的商务谈判。多年后，真正实施建设这一项目的，只有宁夏。

有天下午，林立功来鸭子荡水库跑采访。

忙罢，徐迎水留他一起吃晚饭，说这是朋友之间的吃请，与工作无关，还特别提示今晚有一位神秘嘉宾出场。听徐迎水这么一说，他也好奇，索性留下。就餐地点在工业基地的生活区。这里只有一条小街，是两排平房相向构成的一条简易街道。听说宁东要搞大建设，大小商家闻风而动，纷纷进驻，川菜馆、湘菜馆、新疆饭馆、东北饭馆，仿佛在一夜间倏然涌现。徐迎水领着林立功，去了家本地饭馆。

林立功一进包厢门，一位中年女士正好扭过头。四目相对，两人同时一怔，都很吃惊，这位女士正是高玉珠。高挑的高玉珠略微有点发福，一颦一笑，别有风韵，透出一种成熟女性的美。他俩热情握手，年少时的朋友已20年未见了。林立功这一回镇定得很，没有任何拘束感地向高玉珠问好，倒是高玉珠脸上露出一丝绯红。除了徐迎水，大家并不晓得高玉珠早年在固海扬水泉眼山泵站时对林立功一往情深。

"请坐，请坐，坐定再详细介绍。"徐迎水热情地招呼。

坐下来，话题的中心却掌握在高玉珠这里。鸭子荡水库一蓄水，宁煤集团的煤化工项目筹建处立即进驻宁东，驻扎在一个叫梅园宾馆的小二层楼里。这栋房子是生活区最高的建筑。按自治区党委、政府的谋划，宁煤集团将在这里陆续建设八个大型现代煤化工项目。项目筹建处副处长高玉珠肩负两项任务：一是在北京参加对外谈判，为煤制油项目寻求核心技术；二是协助项目建设做一些工作。

"真没想到，煤制油项目落户宁东了。"徐迎水主动说起了煤制油项目。大家都知道，这是自治区的一件大事。

"咱们一个小省区，居然这么顺利。"有人附和。

"是自治区党委、政府举全宁夏之力在办，自然成了！"高玉珠笑着说，"竞标那天，我还专门买了套西装。"

"你们参加竞标，还穿西装呀？"林立功问。

"是啊，咱们首先赢在了精气神上！"高玉珠忍不住一抬手，"宁夏与会者走进会场时统一着装，一律西装领带，精神抖擞。评审专家一看，自治区党委书记带队，阵容豪华，志在必得。"高玉珠顿一顿，环视一圈，"几家煤炭企业的标书往桌上一摆，宁夏七大本，把专家关心的问题都考虑到了。另外几家煤炭企业，有的标书只有一本，最多的两本。仿佛在一瞬间，专家的眼睛就被点亮了。"

　　"还有呢？"在座的一个人问。

　　"竞标会上的故事多呢，"高玉珠说，"述标时长规定一小时。述标时播放幻灯片，我方述标人流畅地表达了宁夏对煤制油项目的构想，用时59分钟。最后的打分环节，神华集团仅比我们宁煤集团高出零点几分。在这种局面下，国家发改委不可能让神华集团单独做，折中方案是两家分头来做。"

　　"结果当时就出来了？"林立功问。

　　"是啊！"高玉珠点了点头，"但我们还得等最终宣布。几个月前，北京传来消息，我们心里才踏实了。"

　　"这么说还是比较顺利的。"

　　"不但顺利，极有可能是由宁夏独家来做！"

　　"啊？"

　　"最新消息，国家开始对煤制油设限！"高玉珠开心地说，"但不限制宁夏。比如，某省实力雄厚，但国家也不会让它去做。"

　　"为什么呢？"大家七嘴八舌地问。

　　"简单讲，这是国家一个周全而务实的考量。"高玉珠自豪地解释，"煤制油具有技术风险大、装置间接技术关联复杂、投资高的特点，经济效益受项目规模和国际原油价格波动影响较大。还有，发展它需要充足的水源作保障。国家层面认为国内煤炭间接液化项目处于探索阶段，应该在取得成功经验后再推广。"

"这么说，煤制油只能由个别国企做。"

"没错。"高玉珠说到这里，神色中充满了自豪，"在国家统一组织下，我们即将与南非沙索公司开展可行性谈判。"

"国家挑选了宁夏，时代拣选了宁夏。"林立功感叹。

"立功，你理解到位，说得没错！"高玉珠称林立功是立功，一下子把时光拉回到当年，仿佛他们还在泉眼山泵站一起工作。"是我们宁夏，是我们宁东，是我们宁煤集团，承担起了国家的煤制油示范项目的建设。"

"你们将面临很多的困难和挑战。"徐迎水插话。

"发展煤化工如今成了自治区的头等大事。所以说，还得仰仗你徐迎水把黄河的水徐徐迎进宁东。无水，无工业嘛！"高玉珠越说越动情，把目光从徐迎水那里转向众人，"我们有两个工作现场，一个是宁东建设现场，另一个是与老外在北京的谈判桌上。老外听说我们要发展煤制油，拥有核心技术的国家纷纷向宁夏抛来橄榄枝，与我们对接合作事宜。"高玉珠说着，似乎想起了什么，对徐迎水说，"鸭子荡水库的建成，对我们的谈判帮助很大。"

"为什么呢？"大家疑惑地问。

"老外来了一看，中国人下决心在干。瞧，水库都建成了！老外这才会感到踏实，才会有信心和我们谈下去。"高玉珠笑道。

服务员把冒着热气的菜端上了桌，大家却没有急着动筷子。徐迎水一听，陷入了沉思。在座的人，都盯着高玉珠颤动的嘴唇，听着关于煤制油项目的各种信息。多年不见，高玉珠越发干练，眉宇间透出一股倔强劲儿。

"咱们宁夏是个小省区，但对国家的贡献不能小。"高玉珠语气平稳地说，"小省区的发展气魄不能小，对国家长远发展的作用不能小。宁夏和宁夏人，要用大气魄和积极进取的精神，把资源优势转化为经济优势。"

"因而，自治区党委书记讲了，宁夏煤制油项目竞标成功，艰难程度堪比北京申奥！这将深刻影响到宁夏工业的发展。"林立功说。

高玉珠和在座的各位点头说是。

"国际舆论认为，宁夏获得煤制油项目建设，是国家向探索石油替代战略迈出的重要一步。"林立功看着高玉珠说，"咱们要做的，是年产400万吨煤制油项目，也是世界单体规模最大的煤制油项目，因而在国际上关注度很高。"

"我们刚说要做煤制油项目，外国专家就说干不成。"高玉珠沉默了一下，摊开双手做无奈状，"今年，国际原油售价每桶超过41美元。美国《华尔街日报》和英国《金融时报》提醒人们，原油价格暴涨会对世界经济造成无法预见的后果。国家原油对外依存度不断攀升，对国家能源安全影响巨大。国际风云变幻，一旦出现不稳定因素，很可能会导致原油供应短缺，影响经济快速发展。我们国家没有现代煤化工的人才储备，没有核心技术，没有建设经验，一切都得摸索着来。"

"你说出了问题的关键。"林立功把热切的目光投向高玉珠，发表了自己对煤制油的看法，"第二次世界大战，很大程度上是石油决定胜负。战后，历次中东战争，无不弥漫着石油的气味。我国能源供需变化的分水岭出现在1993年，这一年，我国从原油净出口国转为原油净进口国，结束了大庆油田发现以来自给并略有盈余用于出口的三十年历史，成为最大的能源生产国和进口国。"

高玉珠、徐迎水等人心头一惊，他们觉得林立功广闻博识，惊讶于一个水利工作者有如此丰富的知识。

"今天，全国也没几个煤化工专家。缺核心技术，缺工程建设经验，困难大得很啊！"高玉珠手捏一双筷子停在半空。

"这个问题是有解的。"林立功喝了一口茶，认真地说，"为了项目，你们得放下自己的身段，着手寻才、纳才、育才。简而言之，寻才，五湖四海，唯才是举，用一种包容的精神和开放的气度，寻找需要的人才，要有不求占有、但为我用的境界，可以用协议薪酬的方式把一些大专家请来。纳才，对一些特殊人才，你必须放宽条件，在他们来到宁夏之后，安顿好他们的家眷，甚至要解决好小孩就读、家属就业的问题。再说育才，虽然你们还没来得及搞土建，可你们现在就得着手培养一批生产一线的开车人才，锻炼每一个流水线上的工人。比方，我们当年在固海扬水工程指挥部时，早早去了甘肃景泰当实习工。你们要培育的人才，得提早送到外省区的关联企业培养，不惜成本。"

高玉珠听着，从精致的手提包里掏出记事本，用笔刷刷记录着。

"一个国家，一个民族，要自立于世界民族之林，不搞国产化是不行的。这需要很多能够承担技术难度的企业，进行首台首套产品的研发。煤制油，是国家的一项非凡工程。如果不掌握自主研发技术，在今后发展中还会被'卡脖子'。"林立功滔滔不绝地说着，目光自然而然地从每一个人的脸上掠过，"因此，玉珠同学，你们应当抢抓机会，和国内一些关联的大型企业团结在一起，在关键技术和重大装备、材料方面，搞国产化。这个过程必定会有很多未知的困难，必定要承担起很多的责任。"林立功说得很动情，与高玉珠相视而笑，"国产化是国家装备制造业的一条必由之路。国企，是为国家发展而奋斗的，需要给它试错的机会，不然无法提高和进步，无法与国外大企业同台竞技。"

"林立功，了不起！"高玉珠激动地竖起大拇指。

"没什么。"林立功停下来，有些不好意思地说。

餐厅包厢里的电视正播放一部电影，是由刘德华、刘若英、葛优和王宝强主演的剧情片《天下无贼》。他们原本没有顾得上看电视，只是在热烈交谈，此时一段电影对白忽然飘至耳畔："我可以很负责任地告诉你：黎叔很生气，后果很严重……21世纪，什么最贵？人才！"

林立功把目光移向电视，大家的目光也跟着投向屏幕。接着，大家相互谦让，举起高脚杯，喜悦地说笑。高脚杯里的葡萄酒，来自宁夏本地的贺兰山东麓产区。前不久，贺兰山东麓葡萄酒产业获得国家地理标志认证，欠发达省区这个洋气的产业迈出了一大步。高玉珠邂逅故人，欣喜地看到她心目中的林立功依然是当年的样子，忽然觉得，林立功就是那个偷走自己一颗心的男人。说到底，高玉珠心里仍有一个林立功。

首倡水权转换，破解用水难题

蓄满水的鸭子荡水库，是一片让人肃然起敬的水域。

刚刚落过一场夜雨，清早，从宁东生活区走鸭子荡水库的路上湿漉漉的。水库的大门敞开着，徐迎水驾一辆小轿车，一拐弯轻快地闪了进去。他的驾驶技术，在这一刻显得尤为精湛。没有看到水域之前，车子先进了一片无边的园林。清新的空气扑面而来，很温润。眼前是他们栽种的各色花草树木，姹紫嫣红，郁郁葱葱。一丛火炬树镶嵌在柏树青草之间，鲜红夺目地盛开着，密密的林带似乎连一只猫都穿不过去。火炬树喜欢扎根在开阔沙土或砾质土地上，现在成了鸭子荡水库的绿化树。鸭子荡水库建成之后，徐迎水没有离开这里，上级任命他担任了宁东水务有限责任公司的总经理。

徐迎水一来，就把鸭子荡水库管理区做成了一处风景区。水库这一区域的绿化总面积达3000多亩，其中景观绿化养护面积100亩，一般绿化养护区域2800多亩。水库管理区种了许多树种花草，有新疆杨、河北杨、垂柳、国槐、刺槐、白蜡、丝棉木、桧柏、侧柏、龙爪槐、枣树、苹果树、李子树、桑树、桃树、杏树、梨树、核桃树、金银木、连翘、月季、丁香、红刺玫、水蜡、山桃、山杏、高杆金叶榆、红叶枫香果、爬地柏。鸭子荡水库似乎聚集了所有适合荒漠沙地栽种的花草树种。徐迎水服务社会20多年，从固海扬水、盐环定扬黄、红寺堡扬黄，再到宁东鸭子荡水库，他一直在与黄河提灌事业打交道。如今，宁东能源化工基地的很多项目还没上马，但凡访问者来宁东，必到鸭子荡水库参观。

随着一家家企业的进驻，水供需矛盾会不断凸显。

未来，激增的工业用水将如何保障？

黄河水利人在苦苦地思考这个问题。

这天一早上班，自治区水利厅厅长手拿一份报纸，来到林立功的办公室。

"立功，早上好！"厅长敲了一下敞开的门，笑盈盈地走进来。正在整理桌面的林立功抬起头，急忙问厅长咋来了。

"我咋就不能来了？"厅长假意皱眉反问。

"请坐，请坐。"林立功忙从办公桌前绕出来，伸手请厅长坐。同办公室的两个年轻人忙拿纸杯、找茶叶、拎水瓶，却被厅长拦住了："打搅你们了，谢谢。我与立功说几句话，你们该忙什么忙什么。"

厅长坐定，把报纸往面前的茶几上一搁，说："昨晚我读了你发表在《中国水利报》上的文章。上班来的路上，我在想你似乎对水利工作有很多话要说。"厅长用欣赏的目光望着他。报纸上，文章标题十分醒目，是《极度缺水地区，水资源保护迫在眉睫》。

"是一篇约稿，我写了心得。"林立功扶一下眼镜。

"读完你的文章，我有共鸣。"厅长毫不掩饰地说。

"哦。"林立功感到意外。

"你在文章中说宁夏是极度缺水地区，这个提法虽然十分刺眼，但的确说得实在而恰当。"厅长的目光里满是真诚。"黄委会分给宁夏40亿立方米水，按国际标准，人均水资源低于500立方米是极度缺水，低于1000立方米就是重度缺水。可见，我们宁夏人即便用光了分配的黄河水，仍是重度缺水地区。去年，上游来水量减少，黄委会引水指标减少四成，我们的引黄灌区遭遇50年来最严峻的缺水局面，夏粮减产幅度大。这一年，我们一下变成了极度缺水地区。"

林立功在脑海里快速检索文章中是否有欠妥之处。我国是一个水资源贫乏的国家，由于气候、降水和人口密度的差异，水资源自然分配不均。陕甘宁青新，加上内蒙古，国土面积占到全国的44%，水资源总量只占全国的8%。由于地处内陆干旱、半干旱区域，大西北地区的经济社会发展以及生态维护，对水资源有着双重的依赖性，这样就使得水资源问题更加突出。

"再者，你在文章中说，不合理的开采也加重了宁夏水资源的紧缺。"厅长显然是仔细读过那篇文章的。"水资源短缺，早已引起自治区党委、政府的高度关注。我们虽然有一系列举措，但问题还远远没有得到有力解决。"

"是的，厅长。"林立功平静地说，"咱们宁夏大部分地区年均降水量200毫米，人均占有水资源量不足全国人均水平的1/10，低于陕西、甘肃、青海、新疆和内蒙古。近年来黄河水量骤减，使得我们不能再无节制地使用黄河水。"

厅长用力地点了点头。

"所以，厅长，我在文中呼吁得以水为本，建立和完善合理利用水资源的节水型社会。"林立功忍不住说出了自己的思考。

"看得出来，你费了一番心思。"

"刚签订的《联合国开发计划署与中国政府宁夏节水高效生态农业合作项目协议》，给了我很多灵感。"

"噢，立功，说说。"

"这个协议写得细！"林立功说道，"它说宁夏经济社会发展主要依赖国家分配的黄河水，水资源匮乏制约了宁夏可持续发展。解决这一问题，只有走全面深度节水、水资源优化配置的道路。围绕这个协议，宁夏启动了引黄灌区节水高效生态农业示范项目。发展滴灌和喷灌，推行种植高附加植的作物，帮助农民增收，还培训农民的生产技能。这使黄河水资源供需矛盾得到缓解，生态环境得到改善。往长远看，这远远不够。我们得让节水变成全社会的事，建设节水型社会。"

"看来你思考了很久。"厅长欣慰地笑道。

"这是我的工作，也是兴趣所在。"林立功又扶一下眼镜，真诚地说，"咱宁夏地处西北干旱、半干旱地区，生态环境脆弱，生态用水短缺。中南部浅水层的地下水多是苦咸水，难以利用；深层水，地下水埋藏深达百米以上，作为生活用水尚可，但是作为生态用水，无疑为今后更大的水危机埋下隐患。"

"中卫有一个硬盘石村，你知道吗？"厅长忽然问。

"我知道。"林立功点了点头。

"这个村是典型的问题村。"厅长回忆，"十几年前，村里因为缺水，请来一支水利工程队，热火朝天地打机井，人们想着有了井水搞大面积的农业开发。凭借井水，人们也开垦了大片的地。但在十几年后，意想不到的问题来了，他们遭到大自然无情的报复。"厅长停顿了一下，提高了嗓门，"我去调研时，村里原本肥沃的土地盐碱上升，着苗率低，麦苗生长期枯萎死亡现象严重，产量下跌。"

　　"问题不止于此！"林立功接过话茬，望着厅长说，"在前年，这个村上千亩耕地已完全盐碱化，种子不发芽，勉强长出来的麦苗，很快被盐碱烧死，庄稼绝产。老百姓没办法，在地里种树种草。可是，杨树、柳树、沙枣树和紫花苜蓿都活不了。全村90多户、老少500多口的生存都成问题。"

　　"咱们缺水的地方多。"厅长望着墙上的一幅宁夏地图，又把目光投向宁东，"咱们从宁东的规划上看，要不了几年，这个工业基地的项目一旦陆续建成投产，这里将成为全宁夏最大的用水户。要想发展工业，最缺的还是水！"

　　"我们原本没有这一大块的工业用水。"林立功说。

　　"得益于黄河水的灌溉，让我们宁夏用1/3的耕地，生产了所需的3/4的粮食。随着工业化、城市化发展加快，传统水利观念的局限性出现了。我们水利人要面向未来，非得跳出农业干水利，面向全局求发展。"厅长说。

　　林立功自然清楚，水资源匮乏这个现实如此严峻地摆在了人们面前。工业和城镇，都得从农业用水里朝出挤。全社会要确立节水的紧迫意识，当务之急是要做好一篇大文章——在宁夏建设好节水型社会。

"宁东工业用水，只能从农业上挤出来。"

"当然！"厅长微微一笑，望着林立功点了点头，"在我们的青铜峡灌区，现有灌溉面积3000多平方公里，涉及11个县市，这个灌区用宁夏20%的土地，产出了宁夏所需的60%的粮食，从而被称为引黄灌区的精华地带。但是，这精华地带有80%的干渠，是无衬砌的土渠，渗漏水的现象十分严重，一半以上的水利工程设施严重老化失修，水资源利用率比较低，平均灌溉水利用系数很低。倘若我们把灌区改造成一个节水高效的新型灌区，农业用水就能结余一部分。"

"节约下来的水，就能用到工业上。"林立功说。

"没错。"厅长的语气斩钉截铁。

"农业全方位节水，哺育工业，夯实宁夏工业化和城市化的基础。"

"立功，哎，认识到位！"

"厅长，这实际上是一个用水权转换的问题。"林立功虽然从未迈出国门，然而他凭借着自己对水利、对农业的了解和思考，以及从书本上汲取到的养分，别出心裁地向厅长提出了水权转换这一概念。

"水权转换，凝练！"厅长目光炯炯，由衷地赞叹，又说，"我今天来找你，就是请你拿一个方案初稿。解放思想，革新技术，你专心研究农业用水到工业用水的水权转换问题。"

"目前，水权转换在全国并无成例。"

"立功，你往深处说吧。"厅长的眼里有期许。

"要办成这件事，得下一整盘棋。"林立功严肃地望着厅长，搓出三根指头，"咱们宁夏南、中、北三大片联合行动，北部节水、中部调水、南部开源。通过分区治水，实现既定的水利发展目标。"顿了顿，他在厅长的催促下继续说，"我们畅想一下，第一，北部节水。北部引黄灌区推广节水灌溉技术，推行水稻控灌、旱育稀植等技术，节约黄河水支撑中南部发展。第二，中部调水。中部属干旱风沙区，推行压沙蓄水、覆膜保墒、集雨补灌和膜下沟灌等技术，实现高效节水灌溉，逐步恢复生态，解决人畜饮水困难。第三，南部山区开源节流并举。利用雨水资源，建设库、坝、窖、池、土圆井以及配套集雨场等高标准集雨拦蓄工程，截引沟道潜水、窖蓄雨水，实现人畜饮水与灌溉、生态、特色农业发展的有机结合。建设节水型社会，通过农业综合节水—水权有偿转换—工业高效用水的水权转换，实现水资源高效利用。"

　　厅长听到这里，陷入沉思，猛然站起身对林立功行了一个拱手礼。厅长的这个动作，吓坏了办公室另外两个小年轻。厅长拜托林立功以一个月为期，拿出方案，字数不论，但见干货。此刻，林立功脑海立即浮现一个成语——投桃报李。他想，工业不能白白使用农业节省的水，应满怀深情地反哺农业。

　　水权转换一经提出，立即变成解决工业用水的一种思路。

　　黄河流域，在今天，又被人们称之为"能源流域"，是我国重要的能源、化工、原材料和基础工业基地。有了鸭子荡，引来黄河水，工业的肌体有了流动的血液。宁东这片辽阔的荒漠戈壁，变成了自治区经济建设的主战场。人们热烈地畅想：到2020年，直接增加就业10万人，再造一个宁夏经济总量。

黄河水利人，非得先行交出一份满意的答卷。

徐迎水与宁东基地管委会副主任在鸭子荡的林荫小径漫谈。

"进驻宁东的企业陆续增多，各家企业对种草栽树的认识并不一致。"管委会副主任对徐迎水说道。

"这个现象，我清楚。"徐迎水应道。

"我们管委会有过详细调研，发现在宁东搞绿化，种树成本非常之高，种活一棵树要比养活一个娃娃难。"

"这是一个实际问题。"徐迎水望着管委会副主任，脸上露出理解的表情，"我们宁东基地与毛乌素沙地为邻，地下富集煤炭资源，但地面上的生态非常脆弱，地表物质以沙质土和沙粒为主。拿我们种树来说，不但很花钱，也十分消耗职工的体力。在绿化上出现杂音，也是正常的。"

"迎水，你掌管鸭子荡，是本地的龙王爷，把绿化的好思路贡献出来吧！"管委会副主任笑道。

徐迎水很有把握地笑说："我们在鸭子荡种树时测算过，每亩地每年得浇水200立方米。水，是从水库调出的，都是黄河水。但我们使用的生活用水和工业用水，是同一标准，都经过了净化处理。如果大面积搞绿化，非得做分质供水。绿化用水不必使用净化的黄河水，这样可大大降低成本。用水的成本一降低，就一定会调动企业栽树种草的积极性。"

"迎水，你这设想很好！"

"还有，企业门前、周边空地，种什么树，由管委会提出具体的要求，之后由企业来种。"

"绿化和环保不过关，一个工业基地会原地塌掉！"管委会副主任认真地说，"我们的现代工业，不能像早期的工业革命那样。作家狄更斯曾这样描绘19世纪伦敦的雾：有生命的伦敦是一个浑身煤炭的幽灵……在城市边缘地带，雾是深黄色的……再靠里又再深一点儿，直到商业区的中心地带，雾是赭黑色的。"

"当时人们对环境保护没有概念。"徐迎水说。

"人类是自然的一部分，一切活动应尊重自然、顺应自然、保护自然。我们宁东虽然干旱，年降水量200多毫米，目前我们上的项目和进驻企业屈指可数，但我们要做好绿化工作，让它成为一种制度。"

"是的！"徐迎水深以为然。

话说到此，徐迎水的手机响了，来电显示是高玉珠。徐迎水向管委会副主任打了一个手势，表示抱歉，接通电话。高玉珠说："20分钟后到鸭子荡，讨论分质供水搞绿化。"徐迎水愉快地说："正与管委会领导在聊这事，请快来吧！"

一刻钟后，一辆越野车缓缓驶进库区。一排火炬树下，高玉珠麻利地从车上跳下，老远朝徐迎水他们挥手。跟随高玉珠跳下车的，还有她儿子小哲。10岁的小哲虎头虎脑，个头超过1.5米，长成个半大小子。从矿山搬到银川市区这几年，单身妈妈高玉珠一直围着煤制油项目在忙，一忙起来根本无暇照顾小哲。眼见暑假结束，她带孩子一起来单位，算是陪伴。再过几天，她去北京长驻，继续与南非沙索公司的团队谈判。

"迎水叔，您好啊！"小哲迎面跑过来跟徐迎水打招呼，一笑，小脸上露出了一对可爱的酒窝。徐迎水一见，喜悦地将小哲拥在怀里，挠孩子痒痒，逗得孩子咯咯笑，又拉起他的小手热切地说："半年不见，我们小哲又蹿高一大截啊。"小哲问候了大人，一转身，蹦蹦跳跳地围绕火炬树去抓蝴蝶了。

"不好意思，陪孩子时间太少！过几天又走北京长驻，南非沙索公司的谈判代表要来了。我今早出门，他哭闹着非要跟来。"高玉珠说。

"高处长，真不容易！"管委会副主任和她握手时说。

"因为煤制油项目谈判，你要长驻北京？"徐迎水问。

高玉珠说："宁煤集团和南非沙索公司在北京谈判。商务谈判是一项特别复杂的工作，一旦出现新情况，我们在北京可以随时向国家部委报告，也可以随时咨询北京的专家。双方把谈判地点设在北京，十分合理。"

"这么做便于工作。"管委会副主任附和。

"对！南非沙索公司格外重视这次合作，派了几十号人来到北京，租了别墅和办公场所。我们的谈判将从预可研开始。"高玉珠说。

"玉珠啊，这些老外好接触吗？"徐迎水问。

"南非沙索公司派来的工作人员，波兰人很多，皮肤白，鼻子长，思想开放，热切地希望和我们一起推动这个项目。"

"哎，高处，拥有核心技术的南非人这么真诚？"

"是的！南非人和那些西方企业的人不一样。南非沙索公司的代表对我说：即使沙索不与你们合作，你们中国也能依靠自己的力量建成一座煤制油工厂。不过，在时间上会推迟若干年。我认为沙索公司是相当坦率的。"

他们几个人在鸭子荡水库库区的林荫小径下，边走边聊。新栽的火炬树，长出了直立朝天的圆锥形果实，果穗鲜红夺目。这种在开阔沙土和砾质土壤上生长的树种，是一种优良的绿化树，为鸭子荡水库增添了连片的火红。

"甲醇厂周围光秃秃的，职工一来，心里不安，栽树种草搞绿化，我们非得尽快做起来。"高玉珠说，"这项工作，我们已经把建议报给企业领导层。我去北京，将有人专门负责这件事。有了绿色，有了鸟雀的鸣叫，才算有了生命的存在。"

管委会副主任与徐迎水相视一笑，点了点头。

这时，附近中控室密密匝匝的林带中，跳出一个人，远远地冲他们这边跑来，急切地大喊："不好了！不好了！徐总，有人掉进了水库！"徐迎水蒙了，远远望见是库区的工作人员，连忙迎上去问是咋回事？工作人员气喘吁吁地说："刚从监控上看见，有人掉进了水库。"他们此时一惊，发现身边不见了小哲。

"小哲！小哲！"高玉珠歇斯底里地呼唤儿子。她的眼前一黑，大脑一片空白，有种不祥的预感猛然涌上心头。

徐迎水和工作人员飞奔到出事地点。

出事的地点还没来得及圈围起来。小哲滑倒落水的堤坝位置，离他们谈话的火炬树只有100多米。蓄满水的鸭子荡水库平静无波，看不出一丝异样。暑假是少年儿童溺水事故的高发期，最大原因是家长监管不力。他们在中控室调出监控回放，发现果然是小哲在堤坝上玩耍时，不小心滑进了水库。

两个小时后，一群救援人员把小哲打捞了上来。林立功、高操戈听到消息，飞快地开车朝鸭子荡水库赶去。

苏醒过来的高玉珠失声痛哭，哭天抢地。她扑倒在地，拉起儿子的小手，放声哭诉："小哲，小哲，妈妈和你姥姥，还有你姥爷，为你，操碎了心……你让妈，怎么，活啊！"过了半天，她又哭着唱起儿子平日最喜欢的童谣。

晚风、轻拂、澎湖湾

白浪、逐沙滩

没有、椰林、缀斜阳

只是、一片、海蓝蓝

坐在、门前的、矮墙上、一遍遍、怀想

也是黄昏的、沙滩上、有着脚印、两对半

儿子喜欢的歌，高玉珠是哭着一字一顿念出来的。蹲在小哲边上的救援人员，还有林立功、高操戈他们，没有阻拦，任凭她一字一字地哭念下去。林立功和在场的救援人员全捂住了嘴，哽咽着流下了无声的泪。

徐迎水一个人坐在堤坝上，背对众人，长时间沉默着不说一句话。高玉珠的哭声、歌声、呼唤声，如一枚一枚尖针刺在了他心上。巨大的自责注入了他身体的每一个细胞。徐迎水颤抖着手，点燃一支烟，静静凝望着一库的工业用水。

……………

悲伤的日子还会延续，直到永远。半个月之后，高玉珠决定去北京与同事们会合，参加煤制油项目的谈判工作。宁东煤制油、年产400万吨、世界单体规模最大的项目，这些字眼，一瞬间成为全世界关注的焦点。高玉珠作为一名煤化工专家，在项目关键时刻，虽然遭遇家庭重大变故，但仍无法缺席。

出事的地点在鸭子荡水库，徐迎水心中充满自责和内疚。节骨眼上，徐迎水的儿子徐扬参加高考，徐迎水做主，让儿子填报志愿时报了中国石油大学。徐迎水带着全家去看望高玉珠，指着儿子对高玉珠说："今后，徐扬也是你儿子！"话没说完，徐迎水哽咽了，高玉珠两行晶亮的泪水从眼里涌了出来。

徐迎水和林立功一样，不知如何宽慰一个女人。

高玉珠走北京那天，她没让集团领导和司机去送。她家楼下，林立功坐在轿车里一根接一根地抽烟，静静等她。小轿车缓缓行驶在去往机场的路上，高玉珠坐在后排始终没说一句话。到了机场国内出发的进站口，林立功默默地把行李从后备箱取出。这时，高玉珠猛地抱住他，无助的泪喷涌而出，打湿了他的肩。

林立功拿过机票，撕掉了，把碎片纷纷扬扬地抛撒在空中。

他决定开车陪高玉珠一起走北京，亲自送她去上班。从机场到宁东，再穿过京藏高速公路时，他们看到了车窗外的宁东荒原。在那里，茫茫沙丘连绵起伏，云朵般高低不平地堆满大地，四周没有一条路，沙丘上的细沙在风中飘动，像许多小沙蛇在爬行。按远景规划，这里将建成全国最大的现代煤化工园区。

这片3500平方公里的沙与丘的世界，呈南北长条状镶嵌在宁夏的中东部，像是宁夏挺起的胸膛，袒露出黄河儿女的底气和自信。

有了水，一切梦想皆有可能。在这片严酷而寂寥的大地上，水利人和工业人吞咽了多少揪心的记忆，联袂在荒芜处种下希望的种子。随着时间的推移，这里有了晃动的人影，有了第一座简易彩钢房，有了第一个矗立起来的工业装置，这里也就有了一条通往现实的路。

水啊水，与一言难尽的爱恨交织在一起。

第七章

滴灌贺兰山东麓

　　凭借黄河水的滴灌，今天的人们在贺兰山东麓的戈壁滩上种出了极佳的酿酒葡萄，酿出了比肩波尔多谷地的葡萄酒。敢问戈壁要产业，是一种罕见的风度，是一种信念的坚守，是一种神奇的创造。仔细去想，中国人向来擅长在荒漠绝域里创造传奇。水滴跌落水洼里，发出吧嗒的声响，渗进干渴土地里的黄河水，哺育出蜿蜒600里的葡萄生长带和一项享誉国际的大产业。

江河窖里藏：
节水，是个永恒的话题

　　云腾致雨，露结为霜。水在自然界中不断变幻形态，一度被古人认为取之不尽，用之不竭。今天的人们深刻意识到，可利用的淡水资源只会越来越少。随着时间的推移，水资源短缺、水生态损害、水资源污染越来越受到全社会的关注。

　　"林老师，我想知道，黄河是怎样走过万里路的？"靠窗的一个女中学生站起身，大大方方向校外辅导员林立功提问。

　　系了红领巾的林立功，站在阶梯教室的讲台上，给几百名初中学生做题为"我们的母亲河"的讲座。到了提问环节，他为学生们答疑解惑。这几年，著名水利记者林立功越发吃香，时常被本地学校请去办讲座，向青少年普及水利知识。林立功心热得很，有请必来。

　　"这位同学问得好，表述有诗意！"林立功以鼓励的眼神望向这个学生，"黄河全长5464公里，与长江一起，哺育了中华民族，孕育了中华文明。黄河的万里征途，是一趟自然生态之旅。"他打着手势，绘声绘色地说，"母亲河在青海高原汇聚起超过70%的水量，一路直下。出兰州，越黑山峡，流过年降水量不足200毫米但蒸发强烈的干旱地区，自此向东，开始缩水。她裹挟了大量泥沙，在河套平原出现一次大幅缩水。切开晋陕大峡谷，虹吸渭河、汾河两大支流，离开黄土地，冲破三门峡，一进华北平原，出现第二次大幅缩水。到山东垦利入海时，黄河水已不足总量的1/3。大河拼尽全力，把最后的水和泥沙推进渤海，走完长征。"

"林老师，您说黄河缺水，得补水。水，怎么补？"靠近讲台的一个被主持人点了名的同学提问。

"给黄河补水，是我们黄河儿女一个未圆的梦。"林立功笑着说，"这个梦，正在人们的努力下逐渐变成现实。"他没法对中学生细讲这个话题，只是扼要介绍，"给黄河补水，是黄河流域的一盘大棋。尚未实施的南水北调西线工程，最终将成为解决黄河极度缺水的关键。南水北调的总体规划说明，要从长江上游调水170亿立方米，注进黄河。其中一期调水80亿立方米，二期调水90亿立方米。可以预计，将给黄河补水150亿—200亿立方米。到了那时，黄河丰沛，更能彰显我们民族的精气神。"

在同学们热烈的掌声里，他伸手扶一下滑至鼻翼的眼镜，又乘兴对同学们讲，地球是一个水的星球，我们这个星球上的淡水资源很少，只占水资源总量的3%，可这仅有的淡水滋养了全人类。过去，某个地方淡水资源稀缺，往往被视为这个地方的事情。然而，随着水资源国际冲突的不断出现，说明水资源短缺还是一个全球性问题。人与水的关系一定会影响人类社会发展的进程。

"拿我们宁夏来说，水资源状况十分严峻。"林立功意犹未尽，说到缺水，嘴里就刹不住车。"宁夏的地表径流深，只有14毫米，在西部地区位列倒数第一，属于生态严重缺水地区。宁夏人均水资源量只有150立方米，远低于1700立方米的缺水警戒线。这么一算，宁夏仍位列倒数第一，自然水资源十分贫乏。多年测评数据显示，宁夏一次不落地跻身全国严重水贫困地区。"林立功授课时，台下没有一丝喧哗和杂音，"我们渴盼给黄河补水，不论补多少水，我们都得珍视水。"

林立功说起国家的水贫困，总有一种忧患横在心头。与他相熟的几位水利学者，曾对中国水贫困地区有过详细调查。按聚类分析方法，学者们对各省、自治区、直辖市水贫困情况进行分类，按水贫困程度分为非水贫困地区、微水贫困地区、较重水贫困地区和严重水贫困地区。严重水贫困地区，排第一名的就是宁夏。甘肃、青海、新疆、内蒙古也被列为严重水贫困地区。

当林立功呼吁珍视水资源时，徐迎水第一次领略到工业对黄河水资源的依赖。因为水，寂寞了20多年的徐迎水，红得发紫。

徐迎水是宁东的水务负责人，掌管着工业咽喉——鸭子荡水库。这几年，登门造访的民营企业家络绎不绝。按说，宁东管委会招商时会引领企业的人来考察，可是这些企业家看完宁东，还是喜欢折回来再找徐迎水，继续打问水的事情。徐迎水是一位处级干部，他在办公室搞接待，空间有些狭小。每当三五个人同时来访，办公室里一下子就显得十分局促。鸭子荡水库中控室对面有一座凉亭，亭子里有一张硕大的石桌和几个石凳。亭子四周长满各种花草树木，遮出一大片深浓的绿荫。不知何时起，徐迎水习惯了坐在凉亭里接待访客，一遍遍向来宾介绍工业用水的充沛。他的言谈和神情，犹如一个乡里富汉，蹲在地头上向人炫耀大地的殷实。

有一回，徐迎水在亭子里接待高操戈。高操戈不是一个人来的，还带来几位江苏籍企业家。高操戈来意明确，他与合作者要详细了解用水情况，以便考量是否把项目落地宁东。

"迎水，我们带着问题来请教你的。"高操戈放下茶盏，收了笑容，坐在石凳上尽量把身体挺直，"你知道的，我一心想做化工企业。最近把宁夏、陕北、内蒙古的工业园区考察了一遍，大家想来宁东，但下不了决心。"

"为啥下不了决心？"徐迎水边泡茶边笑着问。

"大家对水资源有顾虑嘛！"高操戈先是看了其余几人一眼，这个举动似乎是在暗示大家说话统一口径。

"你们没和宁东管委会接触？"

"当然接触了。但我们还想多了解一些。"

"你们打算做一个甲醇厂，还是烯烃厂？"

"都不是！"高操戈一笑道，"这类大项目，动辄几十亿上百亿元，我们可没那个实力啊。"高操戈说完，几位江苏朋友点头附和。

"哦，那么你们做哪个方面？"

"在宁东，好几家煤化工企业的甲醇、聚甲醛、烯烃项目眼见要投产。我们要办一家精细化工企业，预计投资3亿元。我们做的是这些大企业的下游产业，它们的产品是我们的原料。"

"你们要做精细化工？"徐迎水瞪大眼睛。

"对！"一个江苏朋友有些激动，急忙说，"处在下游的我们，与上游结合，延伸了产业链。精细化工是国家的重要板块。"

"这是我不懂的新知识。"徐迎水笑着望向对方。

"我们的衣食住行，都离不开精细化工。"这个江苏客商聊兴大，"徐总，精细化工了不得！比如我们的医药、农药、兽药，都来自精细化工，很多是煤化工衍生的。比如，香精香料里的这个香，木头里有，叫柏木香；海洋里有，叫龙涎香；土里有，是植物香；煤炭也可以衍生出来一种香。精细化工是当今化学工业中最具活力的新兴领域。业界的人们形容精细化工贵过黄金，它以技术的密集和高附加值，堪称化工皇冠上的一颗明珠。"

"听你这么说，一块煤的价值是无限的。"徐迎水感叹。

"对喽。煤化工衍生出来的新产品，遍布我们生活的角角落落，覆盖了我们当代人的衣食住行。"这个江苏客商说。

"精细化工与我们同在！"徐迎水由衷地感叹。

在场的人一听，愉快地笑了起来。

"高操戈啊，我又不懂化工，你找我做什么呢？"徐迎水笑着说，"眼见中午，我请大家在食堂品尝我们的工作餐，好不好？"

"来找你，不为吃饭，是为水。"高操戈笑呵呵地打趣。

"你们企业建成投产后，用不了多少水。"徐迎水说。

"是的。我们关心的不是自身企业，而是整体的工业用水。"高操戈站起身，在石桌边上踱起碎步，有些深沉地说，"我们一旦在宁东投资建厂，就能获取大企业的原料。因此，我们特别在意上游企业有没有足够的水用！"

徐迎水一听，恍然大悟。

上游下游，唇亡齿寒。高操戈他们考虑问题是长远的，既然要投资建厂，就得趋利避害，考虑到各方面的不利因素。上游企业能否保证生产用水，能否产出足够原料，这才是他们关心的要害问题。

徐迎水还弄清楚了，高操戈他们不但考察了宁夏宁东，还考察了沿黄地区的内蒙古鄂尔多斯、陕西榆林、甘肃庆阳的能源化工基地，发现这些工业基地面临同样一个问题——未来的水资源短缺，将严重制约工业发展。徐迎水心知肚明，加强黄河水资源的节约和开发利用是解决水资源供需矛盾的必由之路。当然，一旦黑山峡高坝大库建成，这些都不成问题。那时，一座高坝大库把一条大河的水位提高100多米，向陕西榆林、甘肃庆阳、宁夏宁东、内蒙古鄂尔多斯提供自流或低扬程输水，一旦实现，国家的一批主要能源工业基地的用水有了保障，又能明显降低用水成本。

想到这里，徐迎水又觉得高操戈他们有些着急，毕竟烯烃项目出产品还得几年，像煤制油项目，何时做成仍难以言说。

"做精细化工得提早布局。"另一位江苏朋友像是猜出了徐迎水所想，恰到好处地解释，"我们要建设一个现代的化工厂，并不容易。我们选好了工业用地，再办项目审批手续，像环评和安评在内的很多手续，办下来得走一个漫长的流程。前些年，我们在南方建厂，办完土建之前的一切手续，非得两年。再做土建，又一年。仔细一算，从选地到投产没有三年不成。"

徐迎水听明白了，若有所思地点了点头，又对高操戈的几位江苏朋友说："宁东基地创设时，我们宁夏的用水结构是严重失衡的。农业用水占全宁夏用水总量的95%以上，工业用水仅占3%，也可以说几乎没有工业用水。"

说到这里，几个江苏客商蹙着眉，面面相觑。绿荫深处的凉亭里，石桌上的几只茶盏在不断地挪移，他们的谈话渐渐进入深层次。

"不过，请你们不要有任何顾虑。"徐迎水笑道，"这里是宁夏经济建设主战场，自治区早已考量周全。"

"您刚才讲，宁夏几乎没有工业用水。"

"没错！"徐迎水睁大眼睛，拍一下额头，仿佛想起某件重要的事情。"但是宁夏已在全国率先启动了节水型社会建设，这是解决水资源短缺的有力措施，把节水当成一种战略举措，贯穿于经济发展和群众生产生活的全过程。"

"具体到宁东，是怎么做的？"大家追问。

"我们宁夏走在全国前列的水权有偿转让试点，确立了各黄灌区的引水指标和各县市的初始水权，农业用水要援助工业，工业用水将用资金反哺农业。宁东是我们宁夏最大的工业用水户，有水源工程鸭子荡水库提供保障。"

"水权转换？"

"对，打个比方讲吧，"徐迎水笑着说，"前不久，有一家发电企业进驻宁东，它遇到的头号难题是工业用水。这家企业投资几千万元对唐徕渠农灌区进行节水改造，节余了一部分跑冒滴漏的农业用水。节余的这部分水有1400多万立方米。这家发电企业把水拿到手之后实行有偿使用。"

谈到这里，工作人员拎来一暖瓶开水，徐迎水利索地给大家添水。茶盏里的茶水黄澄澄、亮晶晶的，像在宣示着鸭子荡水库的充盈。

"水权转换，十分高明！"几个江苏朋友啧啧赞叹。

"咱宁夏是全国的试点。"徐迎水笑着说。

好风凭借力，送我上青云。试想一下，在原本没有工业用水的一个省区，使用从农业那里挤出的水资源发展能源化工，甚至立下再造一个省区经济总量的目标，这是何等的气魄啊！水权转换试点这一全新探索，是工农业热烈互动、人与自然和谐共生的良性循环，突破了发展瓶颈。

九曲黄河万里沙。黄河，是世界上游荡性最强的一条多泥沙河流，输沙量与含沙量位居世界河流之首。水少沙多、水沙关系不协调，使黄河成为世界上最难治理的河流。一位外国水利专家比喻：黄河流走的不仅是泥沙，还有中华民族的血液，不是毛细血管破裂，而是大动脉出血。治理大江大河的外国专家一致认为，只要中国人治理好了黄河，那么，世界多泥沙河流的治理也将一并迎来曙光。

2002年7月4日，黄河小浪底水库11个闸门次第徐徐开启，泄水洞喷涌而出的巨浪犹如群龙吐水……此时此刻，拉开黄河首次调水调沙试验序幕，这也是人类首开最大规模河流原型调水调沙试验的壮举。

徐迎水接待高操戈他们时，壁挂电视里闪出纪录片画面。

"为什么要调水调沙呢？"一位江苏朋友疑惑道。

"黄河为害，害在泥沙！"徐迎水指着电视画面说，"要保障黄河安澜，必须要做好水沙调节。几千年来，一代代人治理着大河，而黄河水沙关系不协调的特性，至今没有改变。"他又扭过头，神情严肃地对大家说，"因而要调水调沙！纪录片上说的是近几年我国江河治理最大的一项工作。"

"泥沙怎么会为害黄河呢？"

"简单地说，裹挟进黄河的泥沙一多，河道就会淤积，洪水风险就会变大。"徐迎水很有耐心地对客人讲，"水利工作者围绕水和沙，探索拦、排、放、调、挖的策略。我们所说的调，是在现代技术条件下，通过水流冲击，将水库泥沙和河床的淤沙送进大海，减少库区和河床的淤积，让主河道畅通。"

"把大量泥沙冲进大海？以前从没听说过。"有位客人惊讶地说。

"对！调水调沙，国内国外没先例！"徐迎水的语调有些动情，"治黄百难，以沙为最。多年来，黄河平均年径流量为580亿立方米，输沙量却高达16亿吨。因此，早在先秦时代，黄河就被先辈们称为浊河。"

"哦。"大家投来吃惊的目光。

"在调水调沙过程中，我们黄河水利人掌握了一门绝学——人工塑造异重流。这种产生于水库的奇异流体，具有很强的潜游和推动功能，在特定条件下，可以携带泥沙在水库底部向前行进。这个过程，不但精彩，还很神奇！"

"这话没错！"高操戈笑着应了一句。

大家感叹着黄河故事多。徐迎水清楚，黄河水需求量日益增大，供求矛盾加剧。宁夏每年把引来黄河水的95%使用在农业方面。其中，上百万亩水稻田占了很大一块。最近几年，北京以及黄河下游的一些省份，对宁夏种植水稻提出异议。有的外地专家一来宁夏就说，你们宁夏人赶紧不要种水稻了。

种不种水稻，这事徐迎水做不了主。

那么，水稻是种还是不种呢？

宁夏引黄灌溉两千多年，种植水稻在老百姓心中扎下了根。徐迎水清楚，水稻种植每亩耗水超过2000立方米是普遍现象，只有在控灌技术推广区域，每亩耗水才能降到700立方米。黄河上游来水减少时，水稻种植面积被迫从100万亩压缩到70万亩。转年，黄河上游来水量增加，水稻种植面积又相应地增加到100万亩。黄委会多次建议，减少1/3甚至更多的水稻种植面积。水利专家认为，宁夏适当压缩水稻种植面积有必要，但如何压缩应从长计议。然而也有专家说，从生态功能来看，水稻湿地以及种植覆盖对调节气候、改善环境、改良土壤盐渍化、防止土地荒漠化具有重要价值。

"我们这个缺水的内陆省区，要解决好工业用水问题，非得有大的智慧和大的勇气。"徐迎水引领高操戈和江苏客商离开凉亭，漫步在鸭子荡水库的堤坝上。有风吹来，水面泛起粼粼波光，显露着宁东的家底。

"这个工业基地的出现真不容易！"有人感叹。

"再过几年，这里的用水量毫无疑问会突破几亿立方米，甚至更多。"徐迎水说。

"黄委会是否会考虑给宁夏增加用水量？"

"不会！"

"将来工业用水猛然增多，怎么应对？"

"节水！"徐迎水说罢，自顾自地远眺碧波荡漾的鸭子荡水库，有几只白鹭和黑鹳在空中掠过。几位江苏客商兴奋地说："没想到这里的鸟类居然如此丰富。"徐迎水看着鸟儿走了神，又想起了平原上的水稻。工业用水一增加，水稻种植成了众矢之的。减少高耗水的水稻种植，正成为更多人的共识。

当徐迎水对人大谈压减水稻种植时，林立功正在乡下做调研。

这项调研不是工作任务，而是林立功主动承担的。

林立功蹲在贺兰山下的一条干渠边上，和一个村的村委会主任老张讨论减种水稻的话题。在老百姓那里，这个话题已经变得十分敏感。他和老张聊这些时，村上几个青年蹲在边上，竖起耳朵听着。林立功在讲大道理，张主任的脸色变得铁青，埋头一根接一根抽烟。突然张主任抬头粗声大气地开了口："咱们村口这一片低洼的田地，不种水稻，真想不出还能种些啥？"张主任的脸皱得像是蒸熟的花卷馍，涌出层层叠叠的无限愁绪。"这一片盐碱地，小麦、玉米都很难成活，不种水稻，就会撂荒。"

"大家坚持种水稻，工业用水缺口更大。"林立功笑着说。

"你这记者，说得啥话嘛！"张主任站起身，气得连连跺脚，

"咱们的工业在哪里呢？和我们村有什么关联吗？我当了20多年村民委员会主任，只知道我们村不种水稻，全村老百姓在土地上就没有一丁半点儿的收益。"

"张主任，息怒，我只是说说。"林立功有些手足无措。

"这没得讨论啊！你一个知识分子，应该明白，对我们宁夏平原上的老百姓来说，土地是根，水稻是本。引黄灌溉几千年，造就了一个宁夏平原。你去想一想啊，如果没有引黄灌溉，如果我们都不种水稻，咱平原上的农村今天会是一个啥样子？种水稻种的是个啥啊？就是老百姓的根本！"

"嗯。"林立功一怔，点了点头。

"我告诉你，水稻高产还对生态有益。"张主任生气地说。

林立功想说，自己不是说不能种水稻，而是要适当压减，要高效节水地搞种植。他想开口，但被几个青年很不友好地打断：

"你是跑来搞新闻采访，还是来砸我们饭碗的？"

"水在门前过，不用就是错。我们世代住黄河边，就靠水稻。"

"请你离开，我们不欢迎你这号人。"

村上几个年轻人如鹰似隼，火气很大，伸手推搡林立功。年轻人动作过于猛烈，林立功身体往后一退，打了个趔趄，差点摔倒。先前对林立功还算热情的张主任变了脸，眼见几个年轻后生对林立功无礼，也不阻拦，只是站在边上自顾自地抽烟。林立功见势不妙，收起采访本，悻悻地离开干渠。撞了南墙的他才明白，引黄灌溉几千年，水稻种植在当地老百姓心中早已扎下了根。

站在田埂上，林立功回望绿油油的稻田，脑中冒出一连串大词——端好中国饭碗、国家粮食安全，等等。他又一次想起水窖，在西海固的山村人家，无数不起眼的水窖里，收集着雨水、雪水、洪水和屋檐水，隐着一条大江，藏着一条大河。无论如何，这都是一种深度的节水行为，是一种无法想象的壮举。他觉得，宁夏平原种植水稻一定得以供定产、量水而种。人与水资源的矛盾，就这样撞击着人心。

：
：

集雨布、补水机，感动无数的外国访客

密林深处，是人类最初的风景。当人类一走出森林，回过头就砍树建屋、开路架桥、掘井找水，开始了对环境的影响。在很多西方的著述里，认为人们对水的索取和浪费主要是在厨房的洗洗涮涮、卫生间的冲刷上。西方作家言之凿凿，说一个人每天喝掉的水不超过1.5加仑，即大约5.68升，只有厨房和卫生间的用水，才会使用水量变大。还说，澳大利亚郊区居民的用水量在90加仑，美国人大约是100加仑，正是基本生活上的不良用水习惯叠加起来，导致淡水资源的短缺。

西方人士总结的经验，并不适用于中国宁夏这个干旱缺水的小省区。对这里来说，倘若没有较大规模开源节流的可能，人们只能自身挖潜，以建设节水型社会，保障用水安全。宁夏是这样的典型，千方百计开了个头。

徐迎水习惯了这样的场景。站在鸭子荡水库中控室前墙巨幅地图前，戴着雪白手套的手舞动着一根指示棒，一遍遍地对来宾讲解黑山峡河段水多沙少，高坝大库一旦建成，高位供水优势十分显著。黑山峡河段在黄河调水、调沙、调电中具有承上启下和趋利避害的战略地位，能够从时间和空间尺度上有效配置黄河水资源。一旦建成高坝大库，受益区涉及陕西、甘肃、宁夏、内蒙古四省区，生态区辐射面积59万平方公里，涉及人口1700多万。四省区都会实现自流引水，宁东、鄂尔多斯和榆林的能源化工基地，也都能得到用水保障。

北京举办奥运会这年，黑山峡河段的开发再度升温。

初夏，全国政协常委视察团、黄河大柳树工程调研组，同时考察黑山峡。记者林立功分身乏术，选择跟视察团实地考察。视察团成员分乘几艘快艇，沿河逆流而上，详细勘察河段。林立功忙罢回到单位，在办公楼过道里就感受到一种喜庆的气氛。尤其是大柳办的同事，一个个喜滋滋的，像自家遇上了一桩喜事。

"林老师，你从黑山峡回来，带回了什么好消息？"大柳办的小张在楼道里迎面撞见林立功问道。

"自治区主席向全国政协常委视察团提出建议，大柳树一旦建高坝大库，淹没区将近7万的甘肃移民，全部由宁夏安置。"林立功道。

"具体安置点定了吗？"

"说是把甘肃移民全放在宁夏。像中卫南山台子扬水灌区、西夏渠灌区、银川红墩子扬水灌区、陶乐扬水灌区和平罗黄河滩地，都用来接纳甘肃移民。相关部门把这些地方都考察过了，认为这些地方是有接收条件的。"

林立功说罢，拽了拽肩上的采访包，径直朝办公室走去。没走出几步，他又扭头问小张："银川这边什么情况？"

小张笑着说："自治区党委书记与工程调研组座谈，表态说宁夏坚决服从党中央决策部署。第一，积极承担甘肃淹没区移民的安置工作；第二，要在高坝大库建成之后的利益分配上做出最大让步。"

"这么说，高坝大库开建在即！"

回到办公室，林立功坐立不安，依窗遥望西面的贺兰山。他想，半个多世纪了，黑山峡河段的开发应该有结果了。群山隐隐，在傍晚时分像是无数马鬃在波浪般翻滚。望着眼前的景象，他有些激动了，从裤兜里掏出手机打给相熟的老专家，说接下来工作的难点极有可能转向库区几万移民的安置方面。

两个月后，多个国家部委以及相关水利设计研究单位的40多名专家齐聚银川。他们对黑山峡高坝大库的五项专题进行审查，内容涉及工程对维持黄河健康生命的作用，工程生态经济区及供水规划报告，甘肃、宁夏两省区权益分配，库区淹没处理补充研究报告，降低正常蓄水位运行报告。五项专题审查完毕，专家一致认为，黑山峡高坝大库——宁夏大柳树坝的开建时机已经成熟。

也是在这一年，水利部门编制的《黑山峡大柳树生态经济区及供水规划研究》表明，黑山峡高坝大库工程覆盖甘肃、宁夏、陕西、内蒙古四省区的49个县（市、区），总面积32万多平方公里。这一广袤的区域，干旱少雨，水资源短缺，周围分布有巴丹吉林、腾格里、乌兰布和三大沙漠以及毛乌素沙地。山地、高原、沙漠、黄土丘陵、沟壑相间分布，生态环境十分脆弱。不但如此，这一地区又一律属于经济欠发达地区。

不过，黑山峡河段的开发，又被谨慎地按下暂停键。

高峡何日出平湖?

起起落落，走走停停，林立功用这8个字形容黑山峡河段开发的前期准备工作。作为一名水利记者，他留意到一个有趣的现象：围绕黑山峡，前来交流的业界人士很多，也包括很多外国专家。林立功统计过，有一年他居然参与接待了30多拨外国专家，有一瞬间他认为世界就在自己眼前。

国际友人一到，就不得不去贺兰山东麓看看。

此时，汪吕变成了贺兰山东麓的一个大名人。

已无音讯20多年的汪吕，曾经不被林立功、徐迎水和高操戈待见，如今摇身一变，成为贺兰山东麓葡萄酒产区的一名酒庄主。

贺兰山东麓原本是一片狭长而广袤的荒漠戈壁，四季盛产的只有风沙。明代边军遗留的营盘和烽燧散落其间，像眼睛一样张望着这片亘古荒原。中华人民共和国成立后，苏联农业专家组给出意见，说此地没有开发价值。沧桑之变，无人能够预料，几十年后竟变成葡萄的家园。这里能种出极佳的葡萄，也能酿出极佳的葡萄酒。因为美酒，贺兰山东麓变得声名赫赫。这里的葡萄园不占良田，却成为一项杰出的产业。原因在于，贺兰山东麓日照、土壤、水分、海拔和纬度，有助于葡萄的生长，酿出的葡萄酒酒香浓郁纯正，口感温润协调。

在荒漠戈壁上种葡萄，是当代宁夏人的一大创举。

作入西河地，归心见梦馀。

葡萄怜酒美，苜蓿趁田居。

少妇能骑马，高年未识书。

清明重农谷，稍稍把犁锄。

　　元代人马祖常所写的《灵州》诗，描绘了宁夏平原的田园景致，揭示了在遥远的古代，贺兰山东麓就有种葡萄的历史。汪吕喜欢这首诗，专门请书法家写下来，装裱了挂在酒庄的展厅。汪吕的小酒庄建在红寺堡一片葡萄园里，掩映在浓郁的绿荫丛中。办公区是一栋仿唐建筑，酒窖设在办公区的地下室。从酿酒葡萄的种植，再到葡萄酒的酿造，都是汪吕在自己的酒庄里完成的。

　　汪吕的人生跌宕而传奇。

　　20世纪80年代，汪吕在严打中被判一年刑期。国家对汪吕的改造是非常成功的，他获得自由之后，变得温顺又诚恳，立志要做一个有益于社会的人。不过他没脸回西海固老家，也没脸去见对他抱有期待的爸爸妈妈，而是一抬腿上了新疆。对西海固人来说，当年远走新疆是一条险路，也是一条出路。他们把走新疆，叫上新疆。凭借一腔孤勇，人们总能在天山南北顽强地生存下来，并且很快改变家庭面貌。在新疆米泉县红旗公社，走投无路的汪吕被一个绰号叫"老神仙"的老汉收留。他帮老汉放羊种地，老汉管他吃住，付他工钱。"老神仙"有个孙女，刚17岁，没事时喜欢和他聊天，两人互生爱慕。"老神仙"看在眼里，喜上眉梢，觉得这少年踏实，也没啥毛病，一心想收他当上门孙女婿。有一天，"老神仙"捋着山羊胡子慈爱地问："娃娃，你告诉我，是不是想吃仙桃呢？"汪吕一听，吓了一跳。他喜欢那个姑娘，但从来没有当上门女婿的思想准备。当天晚上，他不等结算工钱，连夜不辞而别。后来，他帮人销售挖掘机。汪吕机灵，背上挎包一个县接一个县跑，半年卖出十几台设备。赚到了钱，汪吕在乌鲁木齐开了一家海鲜餐厅，跌跌撞撞许多年，挣下了家业。红寺堡接收出山的移民那年，汪吕的爸爸老汪红了眼，不住山里的县城也要搬到平原上，说是一定要吃上黄河水。最终，老汪办了自发移民搬迁。五年前的一个秋季，汪吕回乡，和妻子住进朋友的酒庄，他被一串串葡萄吸引。

汪吕纳闷，已临近收获季，这一串串葡萄是绿色的，可朋友为何非把种葡萄、酿美酒叫成紫色梦想呢？

接下来的几天，汪吕领略到了一种神奇的变化。

第一天看时，葡萄架下的果实是绿汪汪的。第二天中午，妻子拿着手机拍照时，惊喜地发现葡萄变成了淡淡的粉色，汪吕也留意到了。又隔了一天，他们瞧见果实表面的淡粉色竟变成了淡紫色。第四天，这种淡紫色浓重了，最终变成了黑紫色。此时，酿酒葡萄的采摘季即将到来。汪吕眼见的这种变化，实际上是葡萄的转色期。葡萄架上，小果实颜色的变化触动了汪吕的心弦，自此，他的心上也有了一个紫色的梦。就这样，汪吕被一种良好的感觉牵引着、支配着，有些盲目地变身为一个酒庄主。

此刻，汪吕在自己的酒庄里，正接待一支法国考察团。

詹姆斯·邦德尔蓝眼睛，高鼻梁，40多岁，是一个高人，个头约有两米。詹姆斯·邦德尔是法国一家酒业公司派驻中国的负责人，任务是把世界各国的葡萄酒销往中国。在詹姆斯·邦德尔的眼里，中国已是当今世界葡萄酒的避风港。随着中国人生活水平的提高，以及国际葡萄酒市场的持续低迷，进口关税的大幅下降，世界葡萄酒潮水一般涌进中国，汇聚起几千种国外品牌。

这两年情况有变，贺兰山东麓的葡萄酒频频在国际盲评中夺得金奖，倏然变得炙手可热。先前，像詹姆斯·邦德尔一样的进口商，对中国葡萄酒毫无兴趣，他们乐意了解意大利、西班牙、智利和澳大利亚的葡萄酒，又一致认为中国葡萄酒永远不会对自己构成竞争。现在，他们不再坚持己见。詹姆斯·邦德尔所在的公司也一样，听到了贺兰山东麓产区葡萄酒的美名，不再无动于衷。

　　詹姆斯·邦德尔一行20多人来到宁夏，走进了汪吕的葡萄酒庄。临近中午，日头很晒，汪吕的父亲老汪戴一顶草帽指导几名产业工人在剪枝。产业工人，都是附近的从西海固搬迁来的移民群众。汪吕的葡萄园一建成，立即解决了50多人的就业问题。

　　"汪爸爸，我是詹姆斯·邦德尔。"詹姆斯·邦德尔朝老汪走去，老远张开双臂，大脚把砺石踩得嘎吱作响。

　　古稀之龄的老汪见来了外国朋友，麻利地从葡萄架下走出，抓起脖子上的毛巾擦一下手，急忙迎上前去。

　　"啥名字？您叫007？"老汪粲然一笑。

　　"是！"詹姆斯·邦德尔哈哈大笑，"世界各地的朋友也都这么叫我！"

　　"欢迎您莅临宁夏。"老汪笑得咳嗽了几声。

　　"请叫我007。"詹姆斯·邦德尔认真地说。

　　"Good！Good！"老汪一乐，嘴里冒出外语。

　　"汪爸爸精力充沛，是革命让您年轻。"詹姆斯·邦德尔在华多年，是个货真价实的中国通。

　　在场的中外朋友都被他俩的问答逗乐了。酒窖是仿唐建筑，屋檐伸出梁架的四个角很长，舒展却不张扬，没有繁杂的装饰，尽显古老的东方神韵。法国来宾一行参观了汪吕的酒窖,带着一连串的赞叹回到地面。汪吕对自己的小酒庄是自信的,他不是光着脚丫子走进这个行业的,而是穿了一双漂亮的靴子走进来的。这几年,他把全部积蓄撂进了这片葡萄园,为酿出佳美的葡萄酒,不但请来优秀的种植师、酿酒师,甚至还给产业工人把工资开得很高,一切工作都按高标准在做。

午餐时间,酒窖外面的一处树荫下,凉风习习,人声鼎沸。宾主几十人坐定,面前是一张铺了白布的长条桌,醒着主人酿造的各种美酒,正对着西面的葱郁群山。请来的烧烤师傅,在现场架起几只火炉,烤起羊肉串和玉米棒。对汪吕来说,这是个盛大的日子,他用简约的酒餐搭配来招待大家。

觥筹交错之间,杯光人影灿若明霞。詹姆斯·邦德尔和同伴尝完每一款葡萄酒,都会用眼神交流,尔后不住地点头。不一会儿,每一位外宾的嘴角都泛起了红。詹姆斯·邦德尔端起一杯葡萄酒,独自倚在铁制护栏上,望向起伏的山峦。汪吕走过去,詹姆斯·邦德尔转身兴奋地说:"汪先生,贺兰山东麓神似波尔多谷地,风土极佳。不过,我难以想象,在偏僻干旱的中国内陆,居然产出了一流的现代葡萄酒。"

"这里是宁夏。"汪吕眉毛一挑,颇有几分得意之色,"这里是中国一个小省区,和大省区比较不一样。"

"哦?此话怎讲?"詹姆斯·邦德尔觉得新奇。

"我们一起分析一下吧!"汪吕抓住杯脚轻轻摇晃,"大省区每天要做的事情很多,对吧?但小省区只要瞄准一件事,就会专心致志地坚持做下去。比如我们的现代葡萄酒,1982年在贺兰山东麓一个叫玉泉营的农场发端。几十年来，政府没有发生游离，热情地推动着这个产业发展。"

"汪，这是个十分有趣的现象。"詹姆斯·邦德尔望着他。

"干旱、少雨，风土条件也不容被忽视。"汪吕说。

"NO，风土条件只是先决条件。"詹姆斯·邦德尔摇了摇头。

"您的意思是？"汪吕问。

"我要说，是当地政府的支持决定了一切。"詹姆斯·邦德尔认真地说，"在全世界，我走过很多地方，见到了一些风土条件极好的地区，它们也在发展葡萄酒。然而，它们不像贺兰山东麓葡萄酒产区，用心坚持做。"

汪吕点了点头，赞同这个说法。

下午，阳光依然炽烈，詹姆斯·邦德尔和他的考察团忙碌了起来。这支考察团，除了几位管理人员，主要是地理、土壤、气象和水利专家。其中一位老先生是土壤专家，比老汪的年龄似乎还要大一些，满头鸭绒般的卷发全白了，用鹰钩鼻子嗅着贺兰山东麓的风土。汪吕和父亲老汪陪他们来到酒庄外面的戈壁滩上，介绍土地政策，考察黄河水利和可种葡萄的一些荒漠资源。外宾对土壤极感兴趣，在戈壁滩考察时，上了年龄的土壤专家跟着大家，一步路都没少走。老汪眼尖，看见外籍老专家停下脚步，弯腰随手抓起一小撮土送进嘴里，有滋有味地咀嚼。

"嘿！你们就这样检测土壤吗？"老汪惊得张大了嘴巴。

"奇怪吗？"詹姆斯·邦德尔笑着停下脚步，抬起手揩一把额头上的汗。"汪爸爸，对有经验的土壤专家来讲，他们只需通过品尝，就能尝出土壤的滋味，以此判断土壤的盐碱量以及各种信息。"

"这不就跟品酒是一样的嘛！"

听老汪这么一感叹，懂中国话的外宾都笑了。

土壤专家不但把土壤送进嘴里咀嚼，同来的地质专家又蹲在地上看断层、看剖面、看结构以及土壤的丰富程度。此时，眼前一条渠道里的黄河水缓缓涌来，灌进了葡萄园，詹姆斯·邦德尔看见这一幕，不再说话，只是摇头。

汪吕心里一怔。

汪吕从詹姆斯·邦德尔的复杂表情中，感到一丝不妙。果不其然，詹姆斯·邦德尔用母语与同伴叽里咕噜起来。

"这里为什么会有大水漫灌的现象呢？"詹姆斯·邦德尔回过头，耸耸肩，皱眉询问汪吕，"对于世界上绝大多数国家而言，农业用水量大是造成缺水的主要原因之一。宁夏是极为缺水的地方，发展这项产业必须采取滴灌。假如水被损耗殆尽，贺兰山东麓的酒庄也会因缺水而使苗木干渴。"

詹姆斯·邦德尔说他们来宁夏的第一天，在同心县一个村庄看见很多农民朋友在使用一种移动式的"注射器"，给地里的西瓜、玉米和马铃薯定量补水。每一次补水，穴灌1000毫升左右，以此保证它们生长所需。他们一窝窝、一株株地补水，像对待自己孩子一样。詹姆斯·邦德尔动情地说，这种极致的节水让他们十分感动。

这位外国朋友所见到的"注射器"，实际上是从中国农村常见的一种背负式手动喷雾器改造过来的，主要是把喷头改造成尖状。使用时，把水、农药和化肥在药液箱里溶解，变成肥水。给一株玉米青苗补水时，人们会把尖状喷头扎进玉米旁边松软的土里，深入

20厘米，再按动手柄，这样就能给大地输进1公斤水。老百姓把这种改良的背负式手动喷雾器称之为移动补水机，也称之为"注射器"。

"两种不同的用水方式，让我看到了两极的表现。"詹姆斯·邦德尔认真地说，"早就知道你们中国人喜欢用一个'治'字，表明对河流的爱护和关照。治水，当然也包括节约水和更好地利用水。"

边上的老汪被詹姆斯·邦德尔的话呛着了，原地愣住，一时竟不知说什么好。但从詹姆斯·邦德尔的表情里，看得出他在期待有人来回应这种困惑。

"当地政府从20世纪90年代开始，就一直在推行节水措施。"汪吕急忙说，"詹姆斯·邦德尔先生，您观察得很细致，我们贺兰山东麓的葡萄园，从一个叫玉泉营的农场起步。大家最近几年认识到这是一项优势产业，这个产业便开枝散叶了，玉泉营之外才开始大量种葡萄、建酒庄，人们又担心幼树的成活率。"汪吕手指着眼前的漫灌，"大多数葡萄园已经采取滴灌，同时逐步禁止漫灌的用水方式。"

詹姆斯·邦德尔听懂了，笑着点了点头，汪吕如释重负。

这时老汪想起了什么，拍一下詹姆斯·邦德尔的肩，另一只手指向几十米开外的一座小山包。小山包像一栋三层办公楼，孤独地兀立于葡萄园一角。老汪介绍说这是他们改造荒漠戈壁，筹备葡萄种植时，和工人一锹一锹筛出来的石块。这些石块没有好的去处，经他提议，造出了这座小山包。詹姆斯·邦德尔一听，又乐了，迈开腿走向小山包，几十号人浩浩荡荡地跟了过去。考察团的法国人像发现了新大陆，喜悦地站在层层叠叠的小山包下合影留念。他们说，小山包是勤劳和创造的象征。

"在这里，种植酿酒葡萄当然是一项节水产业。"汪吕热情地补充道，"在贺兰山东麓产区，这原本广袤而狭长的荒漠戈壁地带，不适宜种植玉米和小麦，但它是葡萄的世界。我们发展这个产业，没有和良田沃土争抢土地。"

詹姆斯·邦德尔没有打断汪吕，继续认真地听他讲下去。

"为推广滴灌技术，政府组织我们去以色列考察。说起来，以色列的自然条件比我们宁夏要差些，以色列沙漠多，农业方面十分缺水。在以色列，谁家院子里能够生长一棵遮阴的绿树，说明这家人的经济条件是优渥的。以色列人运用滴灌技术，在寸草不生的荒漠和丘陵山地上建起了各类种植园。如今，我们这里很多葡萄园引进滴灌技术，还自建蓄水池，拦截和收集山洪。大家在努力把每亩灌溉用水，控制在300立方米。"

"汪先生，我理解了！"詹姆斯·邦德尔竖起大拇指，喜悦地对汪吕说，"在欧洲，山间坡地的葡萄园里，苗木在幼年期会采取滴灌的方式补充水分。三年之后，自然降雨就完全能满足葡萄的正常生长。比较起来，这个产业在宁夏能发展到现在，的确是不容易的。要知道，在欧洲的大多数葡萄园里是没有水利设施的。"

"葡萄的用水问题，一定会解决好！"汪吕自信地说。

"贺兰山东麓是一块种葡萄、酿美酒的好地方！"直到此时，詹姆斯·邦德尔这才说出了自己此次率团来宁夏考察的目的，"如果我们来贺兰山东麓投资一家小酒庄，除却水的问题，最关切的还有土地承包年限。"

"土地承包期限不应让您感到困惑！"汪吕特意提高嗓门，摆出了主人翁姿态，"中国政府的政策具有延续性。比如，乡村减贫工作，从改革开放至今都在持续。我们贺兰山东麓的葡萄酒产业也参与其中，提供了几万个就业岗位。"

"冬天埋土，春天出土，是宁夏葡萄种植的一大特色。"白发苍苍的土壤专家插话，"这样增加了劳动成本。在欧美国家，根本不存在埋土和出土这一复杂的环节。即便这样，欧美国家的产业工人仍然十分紧缺。"

"贺兰山东麓的葡萄园里，产业工人主要是从西海固地区搬来的移民群众。他们数量庞大，乐意通过自己的双手，付出劳动，换取报酬。相比欧洲，我们不缺工人，管理葡萄园的工人主要是一些中年妇女。"汪吕解释。

"你们中国有一句谚语，妇女能顶半边天。她们勤劳坚韧，没有她们的付出不会出现这个杰出产区。"詹姆斯·邦德尔感慨道。此时，天边飘来一团团硕大的流云，众人的身影和葡萄园一起嵌进了云朵的影子里。

接下来的几天，汪吕陪同詹姆斯·邦德尔一行，对贺兰山东麓进行考察，走访了已经建成的几座小酒庄。这支考察团离开宁夏一个月后，汪吕收到了对方邮寄来的一堆礼物，有香烟，有酒水，还有法国香水。詹姆斯·邦德尔打来电话，对汪吕的接待表示感谢，还说贺兰山东麓是一块种植酿酒葡萄的好地方，但缺水和土地承包年限两个问题让他们不踏实，因此，他们不敢贸然前来投建酒庄。

"唉！007不来了！"汪吕有些惋惜地说。

"怎么，你想不通啊？"老汪不以为意地笑了，"显然，他们对社会主义中国的了解远远不够。"

"嗯。"

"老外还对你说什么了？"

"他说，虽然不能来宁夏建酒庄，但可以与我们直接展开合作，弥补遗憾。"汪吕笑呵呵地说。

"嗨，这不就对了嘛！"老汪也乐了。

听父亲这么一讲，汪吕的心情似乎好了许多。

不过，老汪提醒儿子汪吕，这伙法国人所说的滴灌节水，很有道理。贺兰山东麓葡萄酒产区普及滴灌，迫在眉睫。汪吕去以色列考察过，他对滴灌技术有所了解，因而下决心要把自家600亩葡萄园全部改造成滴灌。

汪吕早已不是年少时轻狂草率的汪吕，他变了，待人厚道，行事真诚。汪吕并无多少光彩的青春岁月，林立功、徐迎水和高操戈都是见证者。汪吕偶尔会想起他们，总觉得很对不起高操戈。自己当年偷鸡摸狗，反害得高操戈丢了工作。不过，甘肃景泰川和固海扬水那段经历，也是他生命中最深刻的记忆。

让汪吕和大家重新建立联系的，是丁玉茹。有一回，丁玉茹来葡萄园检查工作，与汪吕相遇。汪吕涨红了脸，觉得不可思议，可人家明明是红寺堡水务公司的总经理。自打红寺堡创建，丁玉茹压根没离开过。在感情上，丁玉茹把红寺堡当成了家。她做好了扎根红寺堡的精神准备，事实上她早已扎根在红寺堡。

遇见丁玉茹的第二天，汪吕开车走银川，专程拜访林立功。

去之前，汪吕也没打个电话。

汪吕不打电话，是因为心上有些担忧，生怕林立功不愿见他。

汪吕是在水利厅的大门口堵住林立功的。汪吕的出现，着实让林立功吃了一惊。不过汪吕反倒表现得相当坦率，详细打问了高操戈的现状，心里似乎坦然了一些。

晚上，汪吕在银川市区的酒店设宴，特意请来林立功和徐迎水。酒店是首府的一家广东餐厅，在一座大楼的第16层，汪吕站在落地窗前一低头就能看见在灯火通明的路面上蚁行的车辆。华灯初上，车灯哗啦啦亮了起来。他提早点好菜，静静等待老同事。分别许多年了，大家再见，一开始有些拘谨。相互问候，坐定之后，汪吕诚恳地检讨自己当年的错误，一个劲儿说对不起高操戈。林立功岔开话题，对徐迎水介绍说，汪吕现在可是一位永恒的贵族——从事特色产业，创办了葡萄酒庄。

汪吕连忙摆手，有些不好意思地说自己是毫无准备地进了这个行业。既然与水利人坐在了一起，索性就说水利上的话。痴迷于江河的水利人说话，不出三句总能拐到黄河边上。汪吕顺势说起自己的困惑，向他们讨教葡萄园节水。

"以色列的节水做得极好。"徐迎水边用毛巾擦额头上的汗，边笑着说。

"我倒是去过一回以色列，三天时间，走马观花，看得也不怎么仔细。"汪吕脸上流露出谦逊之色。

"秀才不出门，便知天下事。我们立功有这能力。"徐迎水背靠在椅子上，瞅着汪吕说，"来自以色列的启示，立功虽然没去过以色列，但他讲得可好了。"

"别，可别这么说。"林立功冲徐迎水摆摆手，又扭头略显不好意思地对汪吕说，"我迄今没有走出国门，始终没有机会去以色列考察节水项目。我的这方面知识都从书本上来，浅尝辄止，这句成语说的就是我这样的人。"

"立功，你说说吧。"汪吕认真地说。

"说起来，以色列和我们宁夏地区有相似之处。"林立功说，"以色列的面积是非常之小的，比咱宁夏还小，大部分土地是沙漠和山地，年平均降水量约200毫米，人均水资源量不到300立方米，不足世界人均水平的3%，淡水资源奇缺。然而，它的农业产值非常高，创造出了非常可观的经济效益，相当于一个农民供养了90个人。以色列每年都有大量的农副产品出口，但通常只进口一部分粮食、糖、油、咖啡和茶叶等。"

林立功一开口，既有数据也有条理，一下吸引了大家。

"在以色列，买一瓶牛奶0.3美金。"林立功顿了顿，又笑问，"你们猜一猜，在以色列买瓶矿泉水得花多少钱？"

"像个谜语，实在不好猜。"在座的一个人说罢，另外几个也连忙摇头。林立功见状，只好自答："买一瓶矿泉水得1.3美金，是买一瓶牛奶的4倍多。"大家听罢，交头接耳地唏嘘感叹着，说又是一个水比油贵的地方。

"不得不承认，以色列率先迈进了滴灌时代。滴灌，还能防止土壤盐碱化和板结。从某种程度上讲，它有开拓性贡献。"林立功说。

凉菜热菜一股脑儿上齐，桌面上冒着腾腾热气，林立功连忙说菜点多了。手抓羊肉、羊肉小炒、碗蒸羊羔肉、糖醋黄河鲤鱼，道道都是硬菜，食材主要是盐池滩羊。这家广东酒店仅有的一些宁夏地方菜肴，全摆在了这张餐桌上。汪吕嘿嘿发笑，端起一只斟满葡萄酒的高脚杯站起身，把杯子上沿举得与眼睛平齐，分别与林立功、徐迎水碰杯。高脚杯映出汪吕满脸的喜悦，20多年了，今天是他极为欢乐的一天。能被年少时的朋友重新接纳，还有什么比这更幸福的事情吗？

"汪吕，我呢，想对你提一个要求。"徐迎水说。

"迎水，请讲。"汪吕端着高脚杯站在对面。

"如今你在做酒庄、种葡萄呢，得带头搞滴灌。"

"对！迎水的提议很好。"林立功插话，"西海固的老百姓最近几年流行用一种集雨布。哎，老汪，你知道不？"

汪吕摇了摇头。

"集雨布是一种收集雨水的工具。"林立功说，"这集雨布，是水利厅、林业局、气象局和扶贫办几家单位联合科研机构合作研发出来的，利用无毒、抗拉性强的新型塑料做成。通俗点讲，集雨布是200平方米到300平方米不等的大薄膜，摆放在老百姓家的庭院，天一下雨，老百姓就用这种集雨布接雨水。降雨过后，收拢起来的雨水会通过集雨布的一个排水口，流进老百姓家的水窖。"

"嘿，还有这玩意？"汪吕大吃一惊。

"无奈之举啊。为了应对干旱缺水，宁夏想尽了办法。"林立功停住了笑，"好多西海固人利用自家庭院的空地，把集雨布铺在地上接雨水。有了集雨布，雨水不流失。有些领导干部一来西海固，一见集雨布，总觉得很难堪。可是，西海固老百姓不这么想，只为尽可能多地收拢雨水而感到自豪。"

"这么说集雨布很管用？"汪吕追问。

"当然！我们西海固，或许是全世界收集雨水最多的地方。"

林立功放下筷子说，"没有水窖，没有集雨布，不收集雨水，一些缺水的老百姓就没法在西海固生存下去。最近几年，随着人畜饮水工程的实施，很多水窖废弃了，这是一个漫长时代的结束。但水窖集雨仍发挥着重要作用。前年，宁夏的集雨布被推广到甘肃的平凉和环县。有人算了经济账，说集雨布累计为两地蓄水500多万立方米，产生的经济效益有3000万元……不起眼的集雨布，体现出人类的智慧。所以啊——"

"所以啊！"汪吕抢过话茬，"葡萄园滴灌，我一定要做。"

"这么干，必须的！"徐迎水一字一顿地说。

"迎水的话，你汪吕得听。20多年前，迎水就是你的带头大哥。"林立功揶揄汪吕，惹得众人大笑，又把酒杯高高举起。

汪吕仰起脖子喝掉了杯中酒，抹一下嘴角的葡萄酒汁，把身体完全靠在椅背上，双手按住桌面。汪吕若有所思地埋下头："不知是喝酒上脸，还是为往事羞惭。"这晚，他们从酒店走出时都已醉眼蒙眬，连走路都有些跟跄不稳。

山脚下，一串串水珠跌落在干渴的大地上

碧蓝的天空，晴朗无风，没有一丝云朵，干部职工远远观望着一座高高的工业装置。当对讲机里传来"点火"的信号时，大家齐刷刷仰起脖子，看见天空中一团火炬在冉冉升起。红红的火苗一跳一跳地，不断地向上飞升，像是一面劲风吹动的猎猎红旗，忽地点燃了蓝天的梦想和激情。在场的人们，有的热烈鼓掌，有的欢呼雀跃，有的抹着珠泪，都在喜悦地迎接着即将产出的甲醇。

宁夏在荒漠戈壁里开辟的工业主战场，诞出了第一片钢铁森林。经过产业工人多年的奋斗，首个煤化工项目——年产25万吨煤制甲醇项目——投料试车。这个项目，在今天看来并无任何技术难度，但当时却是全国体量最大、困难最大的项目。

让所有人没有想到的是，时间过去仅仅13秒钟，那团火炬居然缓缓变矮，再变矮，最后像闪电一样在一瞬间消失了。现场空气瞬时凝固，接着人群发出一阵惊叹、一阵唏嘘。很多干部职工瘫坐在原地，现场的悲观情绪立即蔓延开来。

13秒跳车！

这是人们心里永不能忘的痛。

正值炎热的夏天，原本没有多少植被的项目现场沉闷极了。姚处长头皮发麻，浑身冰凉，捏一只对讲机跑到户外的空旷处，眼睛盯住火炬装置，不断和各环节上的工作人员沟通。他点着了一支烟，大口地吸，又用颤抖的手，不断去点原本就燃着的烟。他们又试了一遍，装置是可以运行的，但仍然会频繁跳车。不但如此，装置上存在跑冒滴漏现象，这在工业生产中是要不得的。

这时，高玉珠从北京打来电话，告知现场负责人，半个月后，南非沙索公司的代表会从北京来宁夏，专程来看现场。

管事的姚处长一听感到十分头疼，叹息一声："我如实相告吧，咱们的甲醇装置一试车，频繁跳车，跑冒滴漏现象严重。这个时候，你带南非沙索公司的客人来看，只会让这些南非朋友看到咱们的短板。他们见我们能力不济，一定会轻视我们，反而不利于你们在北京的煤制油项目谈判。"

"姚处长，你说得不无道理。"高玉珠在电话上说。

"我想，你在北京设法把行程往后拖延半个月一个月的。"姚处长说这话时，心里像被滚开水浇过一样难受。

"恐怕很难，我尽量争取。"

"南非沙索公司的人这次来，主要看什么？"

"水，沙索公司的专家主要还是想看水。"高玉珠说到的水，就是鸭子荡水库。鸭子荡水库是一个叫她又爱又恨的地方，但凡提起鸭子荡水库，她总以一个"水"字来替代。从事工业生产的人，把水看成最重要的先决条件。南非沙索公司要和宁夏合作，反复考察鸭子荡水库也很正常。

"频繁跳车的原因是否查明？"高玉珠急切地问。

"问题出在气化装置上。"姚处长挠挠头，苦笑着说，"咱们这套气化装置是从首钢买来的二手货。你知道的，这套装置被我们买来之前，在首钢的库房闲置了十几年。当我们发现这套装置有问题时，它的美国生产厂家早倒闭了。"

"这的确是一件糟糕的事情。"

"高处长，你忘了吗？我半路出家。"

听姚处长这么一说，高玉珠才想起姚处长读大学时学的是机电专业，之前从没接触过煤化工。他被上级派遣到宁东，领导煤化工项目建设时，只能依靠手里的两本工具书，一本是《碳一化学》，另一本是《甲醇操作问答》。煤化工忽然热起来，整个国家在这一阶段都缺煤化工人才，又能去埋怨谁呢？

"你抓紧时间处理现场，让火炬烧起来，让装置动起来，我设法把南非专家来宁夏的日期往后拖。"高玉珠只能这么宽慰。

气化装置是煤基甲醇项目的核心装置，他们的装置是德士古全废锅流程水煤浆加压气化装置，原本在化学过程中不会损失较大热量。现有的这套装置，流程技能和能量转化效果按说是很好的，但它的工业实践不成熟。姚处长和同事为了尽快解决困难，火速聘请一家德国能量回收公司来看，并在现场做改造评估。这伙洋专家，从一登上飞往中国的航班起，就开始按小时计算报酬。到了现场，洋专家看了两天，纷纷摇头，给出一个残酷的结论：仪表老化、煤浆泵卡壳、废锅频繁结焦，无法实施改造。换句话说，你要是强行改造的话，是开不好车的！

姚处长不接受这个事实，决心啃下这块硬骨头。

德国专家离开的当天，他们成立了一支20多人组成的技术攻坚小组，下达指令，边开车、边摸索、边改造。技术攻坚小组的成员，是一群平均年龄不到30岁的年轻人，他们要在毫无成熟经验可以借鉴的前提下进行技术攻关。他们每天都得在废锅里钻进钻出，爬上爬下。废锅是一个什么概念呢？实际上是一个直径接近4米，高22米的大炉子。这个大炉子比林立功当年在泉眼山维修的沅江泵大多了。炉内壁结有很多煤焦，每一块煤焦都比砖块大，比砖块硬。每一次清理他们都要背着20多公斤的设备爬上爬下。夏天炉内是一个蒸汽罐，冬天又像一个冰窖。每一回清理炉内壁的结焦都要持续好几天，干完活儿的人回到地面，除了牙齿和眼白，浑身黑乎乎的。作业过程中，挂在炉内壁上的煤焦会毫无征兆地砸落，人若躲避不及，极易受伤。

一个月后，这群年轻人经过反复试验，完成了第一轮改造，一举改变了煤基甲醇项目13秒跳车的尴尬局面。后来，他们又陆续进行了上百次技术改造，完全降服了这套设备，最终实现了零跳车目标。通过引进吸收再创新，他们不但把"一堆废铁"组装好了，更把"一堆废铁"开好了。

第一批甲醇运往华东时，高玉珠陪南非客人来到宁夏。

当20节车皮装载着1000多吨甲醇徐徐从银川站出发时，干部职工兴高采烈地来到现场，举着横幅，欢送第一批煤化工产品走出宁夏，走向全国。这让人动容的一幕，恰好被南非客人看到，他们按动相机快门，拍下了这一幕。

又过了几天，非洲十六国新闻采访代表团来宁夏考察。

南非、坦桑尼亚、肯尼亚等国家的主流媒体负责人和记者，组成一支30多人的非洲新闻代表团，在自治区外办工作人员的陪同下来到宁东。短短几年间，这个基地不但有了煤基甲醇项目和鸭子荡水库，还有了以煤基烯烃为代表的一批现代煤化工在建项目。非洲新闻采访团对宁东感兴趣，原因在于南非的沙索公司要与中方企业在这里合办煤制油工厂。看完宁东，非洲新闻采访团一行驱车前往红寺堡移民区参观访问。

非洲新闻采访团来到红寺堡的大河乡三村，实地了解当地移民群众的生产生活情况。得知村民是依靠特色种养业走上致富路的，家庭人均收入达到了搬迁前的好几倍，非洲记者惊叹着，牙白、眼白，连同笑容一起在阳光下闪闪发光。

采访贺兰山东麓葡萄酒产区，是非洲记者访问中国的一项重要安排。他们走进的，正是汪吕的葡萄酒庄。

碧绿的葡萄园深处，各色头巾上下起伏，产业女工正忙着在葡萄架下除草。工长老张，一个50岁出头的汉子，穿一身迷彩服，鼻梁上架了副能遮住半张脸的宽大墨镜。他用手指丈量主根裸露面与土壤之间的长度，裤腿儿挽到小腿肚上，鞋面沾满了新鲜的泥巴。离采摘季尚早，可枝蔓暗绿的叶片间，已缀满一串串葡萄，晶莹剔透，颗粒饱满。老张猛然一抬头，才发现身边站了一圈非洲来宾。老张原本是西海固山区农民，如今在平原上从事技能型的特色种植。中方翻译拽着老张，邀其为大家讲一讲个人经历。

老张笑了，摘掉墨镜，露出满脸漂泊过的痕迹。他的脚下，滴灌的水珠落在水洼里，发出啪嗒啪嗒的声响，一滴一滴渗进干渴的土壤里。

"滴灌技术，是从何时采用的？"非洲记者的采访从滴灌开始。

老张笑了笑，支支吾吾地，有些难为情。自治区外办的工作人员拍拍他的肩，说："老张师傅，你实话实说嘛！"老张这才说："这种滴灌技术，是我们酒庄在半个月前用上的。"老张说了大实话，又急忙解释，"按说政府很早就要求大家采用滴灌技术，可我们这一带十分干旱，大家总担心葡萄苗木不能扎根。几年下来，长势很好，度过了幼年期，我们这才放心地采用了滴灌技术。"

　　"滴灌比起漫灌，节水成效明显吗？"非洲记者问。

　　"明显，比去年同期节约了一大半水量。"老张答。

　　"每亩葡萄园耗水会控制到什么程度？"

　　"300立方米。"

　　"哦，这相当于一亩小麦或玉米的用水量。"

　　"在葡萄园，滴灌的优势还有什么？"

　　"省水、省工、省力，当然也省钱啊！"老张掰着手指笑呵呵地给非洲记者算起细账，"有利于葡萄园地温的提高和控制葡萄行间的空气湿度，有利于减轻病虫害发生，能促进葡萄产量和品质的提高，经济效益比较明显。"

　　"宁夏的葡萄园滴灌技术普及程度如何？"

　　"哎呀，不好说。我们这个产区干旱少雨，缺水得很。我想不出一两年，各家葡萄酒庄也都会用上滴灌。"

　　非洲记者问完滴灌，又问老张是从什么地方搬迁出来的？为什么非要背井离乡来到陌生的红寺堡呢？

　　"还不是因为缺水嘛！"

　　非洲记者听蒙了，耸耸肩，咧开嘴露出两排白牙："既然在老家缺水，离开家也缺水，那为何非得离开老家呢？"

"我说的缺，有两种意思。"老张急忙说，"我老家在西海固的一座山上，联合国相关组织说那里不适宜人类生存。老家山里，种粮食难，吃水更难。村里300多人，有两眼泉水，一个泉眼叫青石缝，另一个泉眼叫红石缝。泉眼是我们老家的水源地，你们知道我们为什么把泉眼叫石缝吗？"

"因为水是从石缝里流出来的。"有个记者猜测。

"对啊！"老张大手一扬，露出一副哭笑不得的表情，"这两眼泉，都是高山石缝滴落的水珠，汇聚在一个平处的水槽里。青石缝跌落的泉水，供人饮用，我挑水时得排队等好几个小时，之后才能从水坑里舀出两桶水。把挑回家的水沉淀一会儿，水桶底部出现些许黄泥。我们把清澈的泉水倒进水缸，烧开了喝，口感很好。"

"红石缝呢？"记者们追问。

"红石缝的水，人和牲畜是不能饮用的。在西海固老家，很多山泉水是苦涩的，和红石缝的水一样也是不能饮用的。村里妇女洗衣服，一准去红石缝挑水。村里人形成了一个共识，青石缝挑来的甘甜的山泉水是不能用来洗衣的。"

非洲记者们似乎一下子都听懂了，纷纷竖起大拇指，他们在心理上与缺水的老张达成了某种共识。听老张说这些时，非洲记者似乎又一次体会到了极端缺水的滋味，有的记者紧紧地抿着嘴，有的记者拿起矿泉水瓶仰起脖子往嘴里灌。非洲记者纷纷上前，与这位擅长讲故事的劳动者合影。

每天黎明时分，红寺堡很多移民家的灯光早早亮起来。人们吃罢早餐，拎起农具走出家门，三三两两朝村街走去。之后，分乘一辆辆中巴车，前往周边的产业园区和葡萄园上班。大河乡的老百姓现在有了一个响亮的名字——产业工人。管理葡萄园，非常适合妇女来做。比如剪枝，只要技术员一讲，妇女们就心领神会，掌握要领。采摘葡萄果实时女人手巧，便于操作，而男人一上手就容易把葡萄捏碎。清晨，他们趁天气凉快，早早赶到葡萄园，分好定额任务开始干活，上午11点收工。这么一算，他们已经忙碌了6个多小时。中午和下午天气炎热，是他们的居家休闲时光。

汪吕开车回到葡萄园时，老张和一群非洲记者正聊得火热。酒庄的庄主汪吕插不上话，只是站在外圈认真地听。

"张，你是一个有梦想的中国农民。"有位非洲记者用蹩脚的汉语说。

"是的，您说对了！"老张也不客气地笑答。

"对喽！"汪吕一激动，推推搡搡地挤到人群中央，把老张的左臂高高托起，"瞧一瞧，他的胳膊上刻了一个'梦'字。"在场的非洲记者们看见健谈的老张小臂上还真的镌刻了一个紫色的"梦"字。这个字早已洇进皮肤，成了一种永恒的烙印。这一幕惹得非洲记者哈哈大笑。有个记者说："张，这是你的中国梦！"老张一听，满脸认真地说，这是年少时坐在山坡上放羊，用小刀刻的。那时，老张对缺水的现实生活十分不满，立志长大后要改变现状，索性把梦想刻在手臂上。

葡萄园里飘出的欢笑声传得很远，掠过碧蓝的天空，掠过高大的白杨，掠过花红柳绿间的酒庄……无论非洲记者，还是产业工人，他们都是一群在现实生活中曾经面临缺水之困或是正经受缺水之困的人，这种漫谈触动了他们心底同一根神经，让他们一瞬间有了高度的默契感。贺兰山东麓葡萄酒产区，是一个公认的能酿出极佳葡萄美酒的产区，就连气候、土壤和地理条件都优于波尔多。同一条纬度线牵起两个不同的种植区，老张每天和一群移民一起走在这条神奇的纬度线上，散发着光和热，成为这条纬度线上最亮的发光体。

贺兰山东麓产区，水滴落在水洼里，发出吧嗒吧嗒的声响。一滴一滴的黄河水，渗进了干渴的大地，最终哺育了百万亩葡萄生长带，诞育出一个响当当的大产业。

马儿庄，200方水滋养一亩良田

党的十八大以来，以习近平同志为核心的党中央，把黄河流域生态保护和高质量发展作为事关中华民族伟大复兴的千秋大计。总书记考察黄河沿线，足迹遍布上中下游九个省区，为母亲河的保护和治理工作把脉定向，作出部署；提出"节水优先、空间均衡、系统治理、两手发力"新时代治水思路，确立国家"江河战略"。

新时代，大江大河与每一个城市、每一个村庄、每一个家庭，产生了空前密切的连接。这种体会，是徐迎水在马儿庄得到的。

马儿庄是个村，处于盐环定扬黄十泵站灌区。

有天清早，徐迎水开车走在上班路上，听到中央人民广播电台介绍，在宁夏中部干旱带冒出一个马儿庄模式。还说马儿庄昔日极端干旱缺水，如今是农业高效节水的典范。马儿庄，徐迎水并不陌生，这是他青年时期参加盐环定扬黄工程建设奋斗过的地方。农业是用水大户，节水方面潜力巨大，马儿庄的表现让他惊喜。

在马儿庄，老支书白万河与妻子杨凤英都已80多岁，身体康健，每逢镇上的集市日，老两口还骑着电动三轮车去凑热闹。盐环定扬黄工程1996年秋季竣工，黄河水上来的那一天，时年60岁的白万河跟着渠道里涌动的黄河水跑，像个孩子一样撒欢。最后，老白站在渠道边上挺直身板，接受电视台记者采访。

徐迎水至今记得那回在电视里看到的白万河。

记者问："等黄河水来，您等了很久吧？"

白万河回答："等了好几辈子！我爹对黄河水太渴望了，给我们兄弟四个分别取名白万江、白万海、白万湖、白万河。我们这辈子等来了黄河水，生产生活上有了保障，自此，我们马儿庄人再也不用牵着驴子去驮水了。"

记者追问："老书记，那么你高兴吗？"

白万河郑重宣布："驴都高兴！"

盐环定扬黄工程竣工庆典是庄严的，只有受水地区代表白万河的形象是那么的自然而鲜明。白万河与记者的问答，笑翻了电视机前的观众。盐环定扬黄工程一通水，马儿庄人吃上了黄河水，开垦出了水浇地。白万河知道，青年一代的马儿庄人牙齿洁白，再不用伛着腰、黑着牙、罗圈着腿，每一个人都挺直了腰板。徐迎水听到了马儿庄的好消息，又想起往事，很激动，决定约上林立功一起去看一看。

在马儿庄村的草原上，一座座沙丘消失了，变成了一坨坨低矮的土堆。土堆上长满开枝散叶的芨芨草，草势笼罩了土堆。新发的绿色长叶，箭镞一般朝天生长，夹杂着一些枯黄泛白的细枝。在芨芨草之间，白蒿、老瓜头、木头刺和长叶车前紧贴地面，密如针织般铺满大地。一束束高大的柠条点缀其间，开出鲜亮的金黄色小花，盛开在春日渐浓的绿意里。

曾经因缺水导致的荒漠化，以及由此引发的当地人与来挖甘草的西海固人之间的激烈冲突，早已随风远去。往日严重荒漠化的土地，在人们的改造中重获青青。

"国家把缺水问题缓解了，也等于把人与土地的矛盾、人与人的矛盾解决了。搁在今天，人们的生活都过好了，挖甘草的人也没有了。我们去请西海固人来挖甘草，人家也不会来！"白万河说到这里，长叹一声，把目光深情地投向远方。

今天的马儿庄，虽说村"两委"负责人早已换了好几茬，而白万河依然深孚众望，还被青年一代亲切地称为老支书。时过境迁，让这个当年缺水和严重荒漠化的村庄在全宁夏、全中国出了名的，竟然还是水。有了黄河水，还得研究如何利用黄河水。马儿庄村针对农业用水瓶颈制约，积极探索高效节水灌溉运行管理模式，实现了一家一户与统一管理的有机融合、种植模式与灌溉方式的配套衔接，为干旱地区发展高效节水农业蹚出了一条新路子。

白家庭院里，一棵杨树下，徐迎水、林立功和几个村民围坐在一起，大家喝着茶水，说着马儿庄村的变迁。坐在林立功对面的一个年轻村干部说："20多年前，水利人把黄河水扬到马儿庄村，并未解决全部问题，水资源紧缺仍是制约经济发展和生态建设的短板。有了黄河水，还得用好黄河水，否则，黄河水是不够用的。"

"说得好！小同志。"徐迎水立即抛出师传的那句口头禅，"我们的问题不在于获得了多少淡水资源，而是在于如何利用、如何节约淡水资源。"

白家的院门敞开着，屋外几米处就是玉米田。上千亩半米高的玉米，像草甸一样井然有序地铺满大地。地面上，一串串小水珠正从一根黑色的滴灌带里冒出，精准跌落在玉米株的根部。村上人说，因为滴灌，玉米亩产量已超800公斤。

"亩产量要比之前多出两百斤。"

"把人解放了，再不用大半夜忙浇地。"

"200方水，滴灌1亩玉米地。"

徐迎水吃惊地张大了嘴巴，心想，节水优先的具体实践，在这个名不见经传的村庄探索得很好。说到治水，既包括开发利用、治理配置，也包括节约保护在内的若干环节。但在当前，关键环节是节水，从观念、意识、措施等各方面都要把节水放在优先的位置。徐迎水清楚极了，宁夏全境干旱少雨，经济社会发展主要依赖过境的黄河水。宁夏虽然拥有多个扬黄工程，但每年可引用的黄河水是定量的。随着经济社会的快速发展，宁夏工业、农业以及生态用水都很紧张，并且日趋严重。

这是一个让老支书白万河有了很多隔膜感的时代，自己的那些经验早不够用了。徐迎水与村上的青年喝茶漫谈时，年迈的白万河一言不发，只是静坐在边上听，偶尔与徐迎水目光相触时轻轻点一下头，算是回应，那张褶皱遍布的脸上满是慈爱。为了让每一滴黄河水都发挥更大的作用，县上把马儿庄作为试点，引导群众自愿参与高效节水灌溉示范区建设，转变农业生产方式和用水方式，实现高效节水灌溉项目良性运行。在以往的几次大旱之年，高效节水为稳定村里的粮食生产发挥了稳定器作用。

"县上投资，帮我们这个千人大村实施高效节水、土地平整、水肥一体、自动灌溉、农田防护、农田道路升级等工程。"村上的青年人七嘴八舌地说，"这样种地就不需要太多人。闲下来的人，有的进城务工，有的进村办企业上班。"还有人介绍说：

"高效节水保障养殖业的饲草供应，全村每户养殖滩羊60只，存栏2万多只。"

"马儿庄有这么神奇？"林立功笑问。

"是啊！自动控制阀早就装到田间地头，实现灌溉设施标准化、控制自动化、监测信息化。缺水需要滴灌时，手机会收到提示，滴灌时也凭手机控制。"

林立功一听乐了，起身就往田野走。众人浩浩荡荡地走在田埂上，通过走访，打探并了解着马儿庄的秘密。在田间自动灌溉控制中心，数字大屏、视频监控、水位监测、水压监测、电压监测、自动控制等设备一应俱全，实现了运行管理可视可控。灌溉自动化，安装了一体化闸门，对干渠直开口和斗口实现自动计量和控制；通过安装田间远程控制电磁阀，对田间灌水实现精准控制、均衡灌水，实现灌区用水全过程精细调度和自动化管理。采用互联网技术，利用灌溉管理决策系统，根据土壤墒情、作物长势和气象变化，进行供水调度和适时灌溉。农户由过去大水漫灌时的扛锹、排队、守夜灌溉，变成指尖触碰PC端和手机端实时操控；由过去的灌多灌少凭经验、田间淌水浪费大，变成精准用水、精准灌溉；全村耕地单次灌溉用时由过去的15天变成6天；全村灌溉管理仅用工11人，灌水效率大幅提升，劳动用工和劳动强度大幅降低。

"通过努力，马儿庄在经济效益上实现了四省三增。"先前一直没有说话的村文书是个返乡的大学生，高高瘦瘦的，有着超越年龄的沉稳，来到村委会办公区他才开了口，"四省，是省水、省工、省肥还省机械。说省工吧，村上把原来一家一户的田间管理方式变为自动化管理，节省劳动力570人。再说省水，每亩地节水300

多立方米。还有省肥、省机械，实行农机全程作业，比起一家一户自耕自种，每亩节省机械费好几十元。"

"三增呢？什么是三增？"徐迎水追问。

"增加面积，增加产量，增加收入。"村文书掰着指头算起了细账，"这是三增。规模化经营取代了传统的分散种植，把种植面积扩大了。村里原有灌溉耕地7600亩，现在变成1万亩，增加了2000多亩。实施节水滴灌，每亩玉米的产量增加200多斤。按现时的行情算，每亩地增收上千元。"

"想不到啊！"徐迎水隔窗眺望纵横交错的防护林，喃喃自语。田成方、树成行、林成网、路相通，这里已是一个现代化生态灌区。他看了一眼几个年轻后生，由衷地说："马儿庄在防风固沙、保持水土和改善区域小气候方面发挥了示范作用。"猛然间他想，一定得请林立功来写马儿庄变迁，让更多的人知道。

马儿庄，宁夏中部干旱带上一个干涸的村庄。摆脱高氟水的撕咬，迎来的黄河水并不允许人们肆意使用。地方政府带领群众克服极度干旱缺水的环境制约，找到一条治水兴农的有效路径。徐迎水知道，马儿庄为宁夏下一步解决中部干旱带和南部山区农业用水短缺问题提供了参考，带来了很多启示。他觉得，马儿庄模式的实践表明，实现中南部干旱地区可持续发展，必须把高效节水灌溉作为破解缺水瓶颈、应对干旱瓶颈、确保农业稳产保供的重要抓手，支撑农业高质量发展。

徐迎水想到这些时，两辆豪华大巴一前一后开进了村委会院里。车子停稳，下来几十个男女，他们是专程来学习观摩高效节水的。徐迎水看着眼前的景象，恍若隔世，当年干旱缺水少雨的马儿庄，如今在高效节水中重获青春。

黄河水哟，从我家门前过

一朵朵浪花哟

一个个传说

是谁留下这片壮美的山河

这里的黄河水为什么那么清澈

黄河水哟，从我家门前过

好一派风光哟

好一派山色

是谁留恋这片最美的烟波

……

与徐迎水一样，林立功一片忧心在黄河，也喜欢这首礼赞黄河的歌儿。马儿庄，宁夏中部干旱带上这个朴素的村庄，让林立功、徐迎水一致认为，江河治理大业，已经真真切切地与每一个中国人展开了热烈的互动。

是的！

在大河行经的塞上江南，无数个马儿庄，在主动或被动中一律珍视起了每一滴黄河水。田间地头，毛细血管一样密布的水渠，改造提升，杜绝渗漏。一道道渠口测控一体化闸门，使农田灌溉避免浪费。农业用水与科技结合，精准滴灌，追逐着高效节灌，追逐着农业现代化。人们精打细算，特色种植，科学种植，让每一滴宝贵的黄河水都有去处，都能发挥最大的社会效益和经济效益。

这是一个新的用水时代。

新旧对比，云泥相悬。几千年的漫灌用水，发生了根本性转变。绿色发展方式和新的用水观念，融进了人们的生活。

古语有云："水利之在天下，犹人之血气然，一息之不通，则四体非复为有矣。"水资源危机，是一个全球性问题。水，已经成为我国严重短缺的产品，成为制约环境质量提升的主要因素，成为经济社会安全发展的重要一环。节水，是治水的关键，对国家、对民族功德无量。节水，是开源、是增效、是减排、是治污，也是文明。节水，不论在何时、何地，都是一种必然的举措。然而，节水并不能解决黄河流域的资源性缺水问题——生态保护、粮食安全、能源保障都离不开水。

母亲河不堪重负，黄河水利人的心情更加迫切。

第八章

见微知著江河情

　　美丽中国的画卷上，镌刻着和谐共生的警语。我们熟知的林立功们，像历史书上望梅止渴的人，遥望黑山峡，不多取一滴黄河水，建成大型能源化工基地、实现西海固百万移民出山、开辟享誉世界的贺兰山东麓葡萄酒产业……他们的接续者，在一点一滴的细节处，践行黄河流域生态保护和高质量发展战略。新时代的治水思路，落在无数寻常人的行动中，还有内心的情感上。

种出来的大产业：
植绿六百里，沟通东西方

与上一代黄河水利人相比，儿女们的人生可以有很多选项。林立功、徐迎水他们，一生中最具决定性的改变只有一次，就在黑山峡，他们从干山枯岭的西海固深处走出，成长为改革开放后第一批黄河水利人。在这个缤纷世界里，儿女的职业选择又并未远离水利，年轻一代深受林立功他们的影响。

手机提示音叮咚响了，微信来了！

徐迎水拿起手机一看，是儿子徐扬发来的微信。此时，徐迎水正组织宁东水务干部职工听讲座。一间会议室，坐满了人。五十来岁的徐迎水，没有像某些同龄人一样谢顶，倒是两鬓杂生了些许白发。他精神饱满，看起来仍然年轻。他们前几年的预测没有出错，宁东能源化工基地已成为宁夏第一用水大户。

"爸，我通过了国家能源集团的面试，组织人事部安排我回宁夏，参加宁东的煤制油项目建设。哈哈哈！"

"不能麻烦你高玉珠阿姨。"徐迎水回复一句。

"请您放心，我的书不是白读的。我的专业是您选的，和宁东能源化工基地对口，不回宁东，能去哪里？"徐扬秒回。

"宁东的'三清博士'有不少，你要谦虚。"

"嗯！"

"祝你一切顺利。"

时间过得飞快啊！儿子徐扬今年30岁，一口气在中国石油大学读到博士毕业，不过，至今还没顾上谈女朋友。给父亲发微信时，徐扬已被一辆小车送进了宁东。徐扬长得一点儿也不像父亲，中等个头，眉毛很浓，戴一副近视镜，英俊的面庞透出浓浓的书卷气，就连步态也显露出一种学者的沉稳。徐扬站在一座金字塔状的橙色大楼前，抬头一望，一缕流云正驻足楼顶，云罅处的阳光照得大楼通体闪亮。大楼脚下，是一汪被垂柳和杨树环抱的湖泊。金山银湖，有一种美好的寓意。这里是徐扬今后工作的地方，他心情愉悦，扶正架在鼻梁上的眼镜，走进办公区。

在金山大楼的二层，姚处长接待了徐扬。

姚处长目前有了新职务，是这家企业的煤化工项目统一管理处主任，负责所有建成的和在建的煤化工项目。虽然负责的板块大，肩上责任重，可姚处长级别不变，大家见了面仍叫他姚处长。姚处长热情地欢迎徐扬博士的到来，还问了徐扬的学习情况和研究方向，当场提出让其下基层锻炼。

"我服从安排！"徐扬立即回应。

徐扬的快速反应，让姚处长一惊，不由得把这个青年仔细打量一番。姚处长清楚，分配工种是一件很让自己头痛的事，一些青年认为，进了工作单位，工种一旦确定下来，这一辈子就很难有大的变动。按照惯例，高学历的职工总期待有一个好的工作岗位，所谓好的岗位，并不一定有多少技术含量，但肯定不在生产车间。眼前这个青年不一样，只在乎尽快投入工作，至于被分配到哪里，似乎并不在意。

"要你去生产车间，这么痛快？"姚处长笑问。

"我虽然博士毕业，但对生产一线不了解。既然我未来有可能从事研发，非得熟悉生产流程。只有这样，研发才不会脱离实际。"

"说得好！不熟悉生产现场，搞研发会很吃力。"

"请姚处长安排我的去向吧。"

"好！你就从一名操作工干起。"姚处长站起身，双手按住办公桌愉快地说。坐在边上的办公室主任也跟着站起身，走到徐扬跟前拍着他的肩膀说："徐博士啊，姚处长动员你下车间，你这一进车间的大门，就实现了历史性突破。"

徐扬一愣，茫然地盯着办公室主任。

"工人中的博士，博士中的工人。"办公室主任脸上放着光，伸出右手的食指，"你一下到生产车间，经过了班组锻炼，和别的博士就不一样了！在咱们单位，在宁东基地，你是博士下到班组第一人，一定得珍惜机会。"

徐扬迎着姚处长的目光点了点头。

不一会儿，烯烃分公司来了一位副总经理，接走了徐扬。烯烃分公司的装置区塔台林立，管廊纵横，到处都是高温高压环境，噪声也大。两人到了办公区，副总经理递给徐扬一套崭新的工作服，让他就地换上。要下班组，就不存在和旁人去挤一间办公室了。往操作间走的路上，这位副总经理瞅一眼穿着工装的徐扬，有些不好意思地问："哎，听说你在中国石油大学一路读到博士毕业，一直在钻研能源化工，他们说得对吗？来到单位的博士，一般都进了研究机构。你到底是不是博士？"徐扬反倒有些不好意思了，笑道："只有接受了工人师傅的培训，我才能算得上是一个真正的博士。"

副总经理一怔，以欣赏的目光看了看他。

徐扬的性情有随遇而安的烂漫，这一点倒是像极了父亲。在聚合车间的轰鸣声里，副总经理把徐扬介绍给车间主任，车间主任又把他介绍给马班长。副总经理和车间主任一走，他就变成了聚合车间的一名实习工，跟马班长学习扳阀门、开机泵、维护装置运行。他对轰鸣的聚合车间充满好奇。

上班第一天的经历，让徐扬刻骨难忘。马班长给他讲解工作流程时，他用钢笔在小本上飞快地记录。马班长一见博士的认真劲儿，脸上乐开了花，一下子有了博士生导师的自豪感，把一个简单的问题对徐博士叮嘱了好几遍。过了一阵，车间主任急匆匆地跑到现场，老远对马班长打了一连串手势——意思是说捞渣机出了故障。马班长冲对方高高地抬起右手，大概是说马上处置。

捞渣机一旦发生故障，就会停止运行，渣聚攒得满满的。这时，就得人工清理这些工业废渣。快速清理捞渣机，绝对是一项体力活。马班长对徐扬说："徐博士，走吧！"又顺手递给他一把铁锹。整个班组的工人，来到车间外部，一个挨一个低头弯腰钻进了捞渣机。捞渣机像一间黑暗潮湿的大房子，面积很大，但高度不足以让一个人直起身。他们埋头用手上的锹铲着废渣，一锹一锹地通过一只小孔朝外抛。马班长说，捞渣机带动刮板、带动链条，被工业废渣一堵塞就得停机，就会造成生产损失。这种情形下，非得把废渣从捞渣机里掏出来，保持设备整洁，使之持续平稳运行。

徐扬自小到大没干过体力活，第一次在捞渣机里干活，很不适应。一钻进捞渣机腹部，他就感到了压抑感和窒息感，但也只好学马班长的样子埋头干，只一阵子手上就磨出好几个水泡。额头咸涩的汗珠直往眼睛里灌，他见周围谁也没有停下歇息，于是硬撑着坚持把活儿往完干。埋头忙碌了四个小时，临近下班，大家拖着疲惫的身躯，带着一股难闻的气味走出捞渣机。

儿子第一天上班，徐迎水开车专门来接。在金山银湖的边上，借灯光看见徐扬的工装上满是污垢，又听说儿子在烯烃分公司当上了见习工，他居然开心地笑了。徐扬在副驾位置上坐定，浑身散发出来的工业废渣味儿，让徐迎水感到新时期产业工人的坚韧。这时，徐迎水忽然想起自己参加工作第一年，在甘肃景泰川五佛泵站实习的情景，想起了自己在黄河水面上管理拦污栅、捞草的时光，又一次想起了自己的恩师崔敬乾……崔师傅对他的恩情，像岳母刺字一样烙在了他的生命里，他的心情一下变得复杂起来。徐迎水把车窗摇下来，任凭凉风一股脑灌进车厢。

徐扬第一天走上工作岗位，进了车间一线，心情愉快。他抬头望一眼夜空里的星星，觉得伸手就能摘下来一颗。

林立功的儿子林邀月，此时也在宁煤集团工作。

就像工业和水的紧密关联一样，林邀月也服务在宁东。

说来很巧，林邀月几个月前从北京外国语大学毕业，没想找工作，也没考研的想法，回到银川就一个人窝在家里打游戏。林立功既当爹又当妈，对儿子的未来感到几分忧愁，每一次劝说总被儿子一句话顶回来："休息一段时间再做职业规划。"有一回亲友聚会，高玉珠提出她的身边缺一名翻译，可以带林邀月去北京实习，发挥专长，以编外身份参加煤制油项目在北京的工作。林邀月不顾父亲反对，跟上高阿姨走了北京。

林邀月来到北京，宁煤集团与南非沙索公司的谈判已近尾声。

中外双方围着一张谈判桌谈了十年，彼此都没有得到预期结果。谈判桌上得不到的，是买不来的，更是求不来的。国家计划引进的煤制油核心技术——南非沙索公司的费托合成技术充满变数。林邀月来北京的第二天，高玉珠在办公室约见沙索公司代表。双方人员围在一张会议桌前，面对面地开始了长时间沟通。谈判一开始，气氛陡然紧张。

"沙索公司在决策上的拖延，是最失策的地方。"高玉珠说一句，林邀月立即向沙索公司的代表翻译一句。

"拖延？NO！NO！"沙索公司的代表库布斯耸耸肩，举起双手，"我们沙索公司的原则，是把一切工作做到细处。"

库布斯是南非沙索公司的一名高级工程师，长着一双碧蓝的眼睛，满头卷发，是一个懂技术又善于权衡利弊的人，通常能听得进去中方人员的意见。相比另外的几个代表，库布斯善于用心思考，并非固执己见的人，因而这些年与中方人员相处得非常融洽。每次谈判一开始，库布斯先生在谈判桌前一坐下来，准会把衬衣袖子挽起来，露出两只胳膊上茂盛的毛发，像一头气势汹汹的雄狮。高玉珠觉得这人的架势有些滑稽，便给库布斯取了个绰号"屠夫"。库布斯知道了大家叫他"屠夫"，也不生气，反而乐滋滋的。

"在我们最需要沙索的时候，并没有谈拢。"高玉珠真诚地说。

"我代表南非国企，如您代表中方利益一样。"库布斯回应道。

"现在我们中国的情形发生了变化，我们的费托合成技术已在内蒙古走完中试。总部提出，可以考虑采用国内核心技术。"

"中试，并不代表它成熟，你们将要面对的是工业应用。"

"可是国内技术的出现，让我们多了一种选择。"

"没错，我承认。"

"我们正准备对国内技术进行审查。"

库布斯沉默了好一阵，缓缓地抬起头说："如果是这样，你们可以依据合作协议，向我方提前一个月以书面形式提出终止合作。"

是啊！一个国家，一个民族，要自立于世界民族之林，不搞自主的国产化是不行的，这需要很多能够承担高难度技术的企业，进行核心技术的突破与首台首套产品的研发。

早年，林立功在宁东生活区的小餐馆里，当众对高玉珠说过的这句话，如今应验。中外瞩目的煤制油项目，最终要实现高度的国产化、成套技术的国产化。回想起来，命途多舛的煤制油，先向西方国家，再向南非寻求核心技术受阻，漫漫十年，很多人的青春年华竟然是围着一张谈判桌度过的。这使高玉珠和同事们深刻意识到，如不掌握自主研发技术，在今后的发展中还会被人处处"卡脖子"。很快，国内的煤制油核心技术通过技术审查，众多院士和专家给出评审结论："加快项目推进，实现工业应用。"

宁煤集团与沙索公司的联合工作组，最终宣布解散。

联合工作组解散的那一天，中外双方人员开了一个简朴的茶话会，互道珍重。回想起这些年在工作上的点点滴滴，库布斯先生有些动情，站起身来与高玉珠相拥而泣，还不忘幽默地说："唉，我们最终还是离婚了！"在场的所有人不胜唏嘘。这是林邀月跟高玉珠来北京实习的第三个月，他与南非沙索公司的专家并不熟，但被现场气氛感染了，眼泪不由得哗哗往下流。林邀月一瞬间明白了一个道理，南非虽然与我们是友好国家，也唯有南非与我们有谈判的可能，然而，无论是中方还是南非，每一家企业所代表的都是自己国家的利益，这个结果并非沙索公司愿意看到的。在谈判桌上的一次次争论，并不妨碍双方人员一起度过了很多愉快的时光。

这支宁夏工业团队，仍然驻扎在北京，并没有撤回来。在国家多个部委的指导下，中国人完全自主的煤制油项目指挥部在北京成立。高玉珠代表宁煤集团，率领上百名工作人员，驻京调研走访全国各大科研院所和设备材料商。国家发改委对项目实施提出了严格要求，一定要实现85%以上的国产化率。

不能否认，离开了南非沙索公司，煤制油项目推进中遇到的困难会很多。有一回，一位国家部委领导在办公区忧心忡忡地说："没有高端装备的国产化，就无法实现国家的现代化。煤制油是一项世纪工程，也是一项非凡工程，理应肩负起国产化大任。如果我们不能利用好这次机会，就会丧失一次推行国产化的绝好机会。没有实际地干，空谈国产化必定是虚无主义。推进国产化，就得给国内企业提供尝试的平台。"

高玉珠夜不能寐，短短几个月下来，她苍老了许多。

围绕煤制油的重大装备和材料保障，他们常常出差，调研并确认国内企业是否有能力承担起国产化重任。技术人员都清楚，此前国产的很多装置、设备以及仪表阀门，质量是不过关的。既然要搞国产化，他们就得认真走访，与供应商交流，看对方产品的参数和制造能力，摸清和梳理国产化内容。

有天凌晨3点,高玉珠忙罢,站在办公室的落地窗前。北京夜色迷人,她目光低垂,看着流光溢彩的街灯,大道上没有了繁忙的车辆,映得路面像一条条流金的河。崔工打了一个哈欠,仰起一张困倦的脸,站起身原地甩甩胳膊、捏捏肩,缓缓地朝落地窗跟前走去:"高处长,你先歇息吧。"

"都说北京人生活节奏快,和我们比呢?"高玉珠扭头笑问。

"我们的节奏和强度远远超过北京人!"崔工说。

"上级来电话,说煤制油项目建成那一天,要为我们庆功。"

"嗬,我们这里可是一个看不见的战场。"崔工笑道。

"崔工,上级要求我们加快工作。你明白吗?"高玉珠说。

"这是要求我们充分考虑细节,消除短板。"

"是的。"

林邀月揉着惺忪睡眼,从办公桌上抬起头来,瞧了瞧。只听见办公区一些工作隔断里,传出此起彼伏的呼噜声。原来这天晚上大家照例在加班,有些人太累了,便伏案睡着了。林邀月迷迷瞪瞪地说:"高处、崔工啊,这里真忙,比我读高三那年还要忙!"高玉珠和崔工相视一笑。白天忙,晚上忙,他们通常要忙到凌晨两三点,天亮了照常工作。一切的忙碌,只为保证工作进度不受影响。

北京煤制油项目指挥部远离宁东,是一个看不见的工作现场,早一天编制出国产化方案,煤制油项目才能早一天开建。

在一个周末的上午,汪吕开着车载上林立功、高操戈和徐迎水,穿行在自家酒庄弯曲起伏的路上。路两侧是成排的防护林,像一张天然的保护网守卫着这座葡萄园。透过林带的缝隙望去,一道道五线谱似的葡萄架整齐有序，呈一条线。毫无疑问，汪吕把真金白银连同真心真情一股脑儿投进了葡萄园。像这样的小酒庄，贺兰山东麓葡萄酒产区已经涌现200多家，葡萄园手手相挽，伸出贺兰山下，蜿蜒600里。

这里是贺兰山东麓，一个享誉世界的葡萄酒产区。不沿边不靠海的欠发达地区，何以有此创举？美国《纽约时报》说："宁夏酿造了中国最好的葡萄酒，唤醒山麓荒漠的，不仅是葡萄，还有勤劳而努力的人们。"当然，也离不开黄河水的滴灌。

汪吕的葡萄酒庄位于贺兰山东麓葡萄酒产区的最南端，在红寺堡区的地界。红寺堡在荒漠戈壁里崛起，经过多年的开发建设，已形成一定规模。这里的城区，楼房林立，一条条笔直的公路两侧绿树红花，青草芬芳，俨然一个小巧的园林城市。城外，过境铁路横空跨越，高速路绕城而过，山梁上矗立着无数风车。银色的硕大发电扇叶镶嵌在高高的装置上，在阳光下迎风转动，像时代巨轮不动声色地行进。

"葡萄美酒，三分在酿，七分靠种。"汪吕边开车边介绍，"高操戈，咱贺兰山东麓有一句话——好的葡萄酒是种出来的。"

"水的问题是怎么解决的？"高操戈问。他早年第一份工作是在黄河边上的扬水泵站，这么多年过去了，他仍关注着水资源。不用细说，这与高操戈从事能源化工行业有关，也与当年他在扬水泵站工作时的刻骨记忆有关。

"地下井水已被禁绝开采，只能靠黄河水滴灌！"汪吕笑着说，"多亏立功和迎水，他俩早几年动员我做滴灌，我照办了。"又一脸严肃地补充，"不搞滴灌节水，酒庄没法做。由于我的滴灌做得好，还得了政府节水奖。这荣誉买不来！"

汪吕说到节水的话题，脸上仍带有曾经是一名黄河水利人的自豪感。每天，他只要两只脚踏进葡萄园，看见大地上青葱的苗木和果实，心里就踏实得很。这种美好的成就感，也是他当年混社会时所体验不到的。

车子在一座下沉式酒窖门前停下。酒窖四周是绿油油的一眼望不透的葡萄园，有几个产业工人在葡萄架下忙碌着。汪吕几人站在地头上，仔细察看绿叶间缀着的一串串青色果实。这些果实在漫长的生长期呈白色，成熟时猛然转成黑紫色，被称为紫色葡萄。

"做到今年，投资收回了吗？"高操戈忍不住又问。

"没有！"汪吕嘿嘿笑了，"经营酒庄，投资周期漫长，回报过程漫长。一时半会儿，我们把投资收不回来。"

"大的投资集中在哪一块呢？"

"主要在支付劳务费用上。"

"产业工人都是移民群众吗？"

"对，都是西海固来的移民。"汪吕手指着远处的葡萄架下几顶起伏的红头巾，"在世界葡萄酒强国，都缺产业工人，这个现象无一例外。葡萄酒产业是劳动密集型产业，直到今天，法国波尔多的很多酒庄为确保有优质的原料，仍沿袭了人工采摘的方式。但是波尔多的酒庄通常在采摘季找不到产业工人。法国人为解决工人短缺问题，雇请外国劳工。西班牙人和乌克兰人乘坐大巴车浩浩荡荡地拥进了法国。"

"咱们贺兰山东麓是个年轻产区。"

"对。但种葡萄的故事，咱多得很。"

"哦，都有哪些故事？"

"说起来，跟尼克松访华有关。"汪吕神秘地笑了笑，继续说，"当年美国总统尼克松来到东方，踏上破冰之旅。周总理设宴招待，尼克松却拿出自己带来的干红葡萄酒。尼克松出生在加利福尼亚州，他访问中国时所带的正是加州纳帕谷出产的一款葡萄酒。我们此时才惊讶地发现，我国酿造葡萄酒的工艺还停留在解放前，都是甜型葡萄酒，而国际上通用的交流酒是干型葡萄酒，也被称为现代葡萄酒。尼克松回国后，周总理指示轻工部，改变我国与国际先进葡萄酒酿造业长期脱轨的境况。"

直到20世纪80年代末期，我国干红葡萄酒的进口量只有区区几吨。这个数字说明国内市场狭窄、有限，也说明国内自主生产的葡萄酒会滞销，可宁夏人还是坚持种葡萄、酿美酒。宁夏人在贺兰山东麓孜孜不倦探索了几十年，让中国的现代葡萄酒实现了质的飞跃，如今发展到开枝散叶的重要阶段。

酒庄的品酒间是葡萄园深处一栋独立的矩形平房，足有500平方米。一张长长的桌子上铺了洁白的桌布，摆了一排开启的葡萄酒瓶，每一个人眼前都立有好几只高脚杯。杯中的葡萄酒，有赤霞珠、黑比诺、西拉酿出的，也有品丽珠所酿的。这些酿酒葡萄苗木的发源地，不是在波尔多，就是在勃艮第。品酒间安静、明亮，空气清新，汪吕轻轻摇晃高脚杯，带领大家品酒。

汪吕煞有介事地看一看高脚杯，嗅一嗅，品一口，努力捕捉葡萄酒的颜色、气息和口感。罢了，还乐呵呵地说这一款酒里有青草和皮革的味道。林立功并不掌握葡萄酒的知识，这一回只是坐下来安静地听大家谈论。

"咱们通过这一系列动作分析葡萄酒，比如它的外观隐藏了什么？香气透露出了什么？口腔的触感又暗示了什么？"汪吕说。

"这里可有大学问呀！"徐迎水笑道。

"但也不能像你那样咂吧着嘴，随意发出对某一种葡萄酒的感叹。这样，会干扰到别的品酒人。"高操戈揶揄汪吕。

"嗯，你说得对。"汪吕点了点头。

"品酒的场合要布置得再白净光亮一些，这是对葡萄酒的尊重。"高操戈又说。

"嗯，你说得对。"汪吕又点点头。

"葡萄酒可以让你展开想象的翅膀。"高操戈端起酒杯，继续说，"成熟的品酒师通过观察葡萄酒的颜色，能获取到葡萄酒的很多信息。能准确判断出有没有氧化，什么葡萄品种酿造的，产区来自哪里，采用了怎样的工艺，酒的年龄大小以及酒精度的高低……轻轻摇晃酒杯，可以让葡萄酒的香气放大，不同工业原料酿造的葡萄酒有不同的香气特征。口腔尝试是最后的品试，含在口腔里的葡萄酒会反馈很多信息，比如酒酸是否优异、单宁酸是否细腻。这时，葡萄酒的潜在品质也会突显出来。"

"老高，你是一个高人啊！"汪吕竖起右手大拇指。

"你们这些酒庄主总纠正别人抓酒杯的要领，正确的姿势应当是托住杯底，或抓住杯子细长的脚。"高操戈笑着说。这时徐迎水插话："请注意，不要托酒杯的脖子，手上的体温会传递到酒体，影响葡萄酒的口感。"

汪吕乐呵呵地看着他们，愉快极了。他心中有愧，乐意被高操戈揶揄，甚至乐意被高操戈痛痛快快地骂一顿、揍一顿。这一回，因为徐迎水和林立功从中说和，汪吕这才把高操戈隆重地请到红寺堡，请到自己的酒庄。

"高操戈，你对我们葡萄酒人还有何建议？"汪吕说。

徐迎水乐了，说这个问题绝对问对了人。又说高操戈现在是一家精细化工企业的大老板，要说他手上握了几个亿的资产，都是我们说少了。还说到高操戈对葡萄酒的了解可是一般人比不了的。早在十几年前，高操戈就和朋友结伴去波尔多采购过葡萄酒。高操戈听了，连忙摆手，说只是喜欢葡萄酒而已。

"非要我提意见，那我只提一条。"高操戈笑着说。

"请讲。"汪吕急忙抬手说。

"请你们酒庄传递一个理念，品酒的人不要嘲笑喜欢干杯的人。"高操戈这么一说，在场的人全笑了。

"我和朋友一起喝葡萄酒时总喜欢干杯，也总被朋友笑话。"高操戈这么一说，在场的人都笑了。高操戈反而认真地说："咱们中国是一个快速发展的国家。西方人习惯慢慢品酒，这是西方节奏，意在倡导一种悠然闲适的生活。中国人不一样，讲究快，像饮葡萄酒，咱们在餐桌上也讲究中国速度，喜欢干杯。"

"东方和西方，人的习惯是不同的。"徐迎水说。

"外国人独自饮酒，中国人喜欢和朋友一起。"汪吕说。

他们接下来用中国人自己的习惯大口喝酒。汪吕与高操戈一笑泯恩仇，大家轻松畅快地说笑，一次又一次地干杯。醉眼蒙眬时，林立功一改往日的持重，兴奋地嚷嚷着叫人取来笔墨纸砚，要在酒庄留言簿上写留言。他真心为汪吕的事业发展而喜悦，为荒漠变绿洲而喜悦，为贺兰山东麓的葡萄美酒而喜悦。

宽大的留言簿打开了，林立功提笔要写，却被汪吕拦住。汪吕拽着他的胳膊走到一面洁白的墙壁前指了一下。林立功略作沉思，一抬头，在壁上题诗：

业立贺兰山，功成戈壁滩。

植绿六百里，沟通东西方。

写了诗的这面墙的对面墙上，镶嵌着汪吕酒庄近几年所获得的十几项国际大奖的精美展板，下方摆着奖杯、证书和琳琅满目的瓶装葡萄酒。这些年，汪吕的酒庄业绩斐然，走进贺兰山东麓的人们，很难想象在一个干旱少雨、极为缺水的地方，人们付出了怎样的努力才换来今天的收获。

贺兰山东麓葡萄酒自信地登上了时代舞台。

·
·
·

黄河之滨，一群子孙，
筑牢国家能源安全堤坝

到了下午，徐迎水被左搀右扶着走出酒庄的品酒间。坐在回银川的小车上，徐迎水瘫坐在后排，嘴里不停地念叨："品丽珠、赤霞珠和蛇龙珠长对了地方，黄河水滴灌出了享誉世界的葡萄美酒。"心里搁了事，他不醉才怪。儿子徐扬今年30岁出头，还没对象。妻子江小雨一着急，总和他拌嘴，两人一见面，说不了三句话就吵。江小雨粗声大气地责怪他对儿子的婚事漠不关心。

博士徐扬进入了操作工角色。媒人介绍的姑娘，见面一问在什么岗位上工作，他便坦荡回答："目前是操作工，至于今后会调整到什么岗位上，还不好说。"

与异性对视时，徐扬觉得自己正被温柔地抚慰，总以为对方是喜欢自己的。他觉得自己只要拿出了全部的真诚，就一定能够赢得女孩子的青睐，却一次次被自以为是的感觉蒙蔽。每一回见完面，姑娘们再也不愿打搅这位博士级操作工。

徐迎水醉酒为儿子闹心时，他儿子正和姚处长在谈心。

"这一年，我在一线工人师傅身上学到很多。"徐扬有些动情地说，"我应该感谢处长您果断把我下放到基层。"

"说说。"姚处长拿一只纸杯，站在饮水机前一边接开水一边笑问，"我想知道，我们的大博士在工人师傅那里学到了什么？"

"我有几点心得。"徐扬双手接过姚处长递来的水杯，认真说，"第一，通过基层锻炼，我的心态更加平稳，会把自己做得到的事情做到最好！像一线的工人师傅，他们许多年如一日，坚守在不起眼的岗位上，让我感受到了工人群体特别能忍耐、特别能奋斗的实干精神。第二，我在班组工作岗位上的长期学习，有助于我业务能力的提升。在我们这样的大型国企，或者是在我们宁东能源化工基地，根本不缺博士。然而，很多博士来到宁东基地后，很少有人再去接触书本。我这一年，养成看流程图的习惯，有疑问随时去翻资料，随时向工人师傅请教。理论和实操相结合，让我增长了本领。"

"怎么样，徐扬，想回来搞研发吗？"

"想啊，但更想在基层多一些锻炼。"

"我同意你继续留下来。"姚处长指了指杯子，让他喝水。

"好的。"徐扬笑着点了点头。

"哎，徐扬，有什么实际困难吗？"

"要说困难的话，我还真有一个。"

"哦，你说。"

"到了车间，我的对象不好找！"

"哈哈，你算是走进了一线工人的心里。"

徐扬有那么一点儿不好意思地挠了挠头："记得我刚去操作岗实习时，年轻工人就劝我说：博士哥，你不能在操作岗干得太久。

我问为啥？他们说，你再干下去，娶媳妇都难！果不其然，我找对象屡屡受挫。我们操作工每天早出晚归，带一身尘土回家，很多女性不理解我们。"

"这是一线工人的普遍困难。"姚处长叹息道。

"我家亲戚给我介绍对象，安排我相亲见面，每回加上一个女孩的微信和QQ，总是没聊几天，对方就说，原来你是生产车间的一名操作工啊！再后来，一个个女孩在我微信和QQ上消失了，她们不愿和产业工人谈恋爱。"

徐扬懂得操作岗的苦与累，却爱上了现代煤化工行业。他对姚处长说，工人长年累月倒班，生产一线既脏又累，每次一下班，裸露的皮肤就变得黝黑，像是从一幅油画里走出来的。他新买了一辆小轿车，网购了一套米黄色的坐垫，不出一个月，驾驶员位置上的坐垫就变成了黑色的。一洗再洗，坐垫洗不出本色，只好扔掉。

"要不你先留在生产一线，"姚处长以一种鼓励的目光望着他，"可以在一线多走几个岗位，下一步公司对你另有安排。"

"我心里盼望着将来参加煤制油项目。"徐扬迎着姚处长的目光。

"徐扬，你在一线安心干！你们搞研发的人都是企业的宝，你今天积蓄的能量有一天会爆发出来的。"

姚处长动情地说完这句话，冲徐扬笑了笑，又把目光瞥向窗外一片巍峨的钢铁森林。荒原之上，茫茫的沙丘连绵起伏，云朵般高低不平地堆满大地，走近时只能看见流沙在涌动，四周根本没有一条路。在这严酷而寂寥的大地上，人们在荒芜处植下了希望的种子。渐渐地，这里有了晃动的人影，有了第一栋简易彩钢房，有了第一片矗立起来的工业装置，也有了一条通往现实的路。

　　北京，煤制油项目指挥部。

　　这个机构的负责人高玉珠，迎来了人生的高光时刻。

　　或许，对高玉珠来说只是一瞬的幸福。2013年7月的最后一天，清早上班，高玉珠、崔工和几位同事怀里抱着编制出的煤制油项目实施方案，心怀忐忑地走进国家发改委。这一摞一摞的实施方案，经国家发改委核准之后就能投入工程实施阶段。高玉珠和同事十分激动，围绕煤变油，她已工作了十几年。现在想来，她人生中最美好的一段青春年华是在对外谈判、寻找核心技术中度过的。

　　过了一个月，国家发改委批复项目开建。

　　国庆节前夕，宁东能源化工基地，晴朗无风。全球单体规模最大的煤制油项目——宁煤集团年产400万吨煤炭间接液化项目，宣布开建，项目采用我国具有自主知识产权的成套技术。这一天，世界的目光关注宁东。西方专家依据旧观念，凭借想象用"不成熟""问题多"之类的字眼，判定中国的煤制油前景。

　　宁东沸腾了，3万工人从四面八方拥向建设现场。

　　煤制油项目宣布开建12个小时前，凌晨，北京。

　　有一群年轻人忙完工作，不加班也不急于下班。他们轻松惬意地坐在会议桌前，说起煤制油，每一个人的脸上都布满笑容。他们是煤制油项目指挥部留驻北京的工作人员，为了工程开建，已在北京忙碌了好多年。眼见即将开建，他们岂能无动于衷？忽然，有人说，在这么一个重要时刻，我们怎能缺席开建仪式呢？没想到，这句话触动了众人的心弦。有人问，一路走京藏高速，如果不遇塞车，10小时能否赶回宁夏？林邀月大喊：可以！

大家相视一笑，会心地朝楼下走去。

他们发动汽车，一路向西，向千余公里外的宁夏飞奔。

碧波荡漾的鸭子荡水库，盛满了一汪黄河水，盛满了一个小省区的大梦想。人们要用农业节余的水，让一个世界级的现代工业项目原地起飞。此时，工业人最能意识到，水，是经济社会发展的基础性、先导性、控制性要素。

高玉珠奉命从北京撤回宁夏，仍然很忙，负责与全国各地的制造企业保持沟通。以水为基，国内众多企业与宁煤集团联合承担起几十项重大技术、装备以及材料的研发制造。围绕这一非凡工程，国内企业联袂赶考，广袤的中国大地上迸发出创新实干的激情。

崔工，五十多岁，白了半个头，伏案久坐导致身体虚胖。在技术专家里，他是出了名的计较人，事无巨细，但凡能想到的都会操劳到底，这样的人心累。这天上午，崔工陪同吴忠仪表有限公司的几名技术代表爬上高高的框架，现场说起特种阀门的生产要求。吴忠仪表有限公司是国内一家著名的仪表生产企业，在煤制油项目上承担了所需阀门和仪表的生产任务。一切的生产要求，在采购合同里已讲清楚，可崔工不放心，喋喋不休地一再强调。他伸手指向对面远处的一排高塔，对仪表公司的代表："有些阀门安装在高塔顶端，如果质量不可靠，就会发生微小的故障。设备一旦出现故障，你我双方无法维修。从地面到高塔顶端，太高太悬，人即便爬上去了，也无法实施维修作业。"

"对！"仪表公司的代表应道，"这一回特种阀门的研发，对我们企业是一次绝好的机遇，当然也是一次挑战。"

"你们仪表公司的销售人员很清楚，在前几个煤化工项目上，你们在整个宁东总共签了多少单，卖了多少产品。"

"崔工，之前我们供货款合计只有200万元。"

"这一回，你细算过吗？"

"拿到的前期订单已有4亿元。"仪表公司的代表说话时，脸上乐开了花。

"我想，后期还会有追加，这得你们拿出研发本领。"崔工认真地说。

"是啊！煤制油项目给了我们一次机会。"

"煤制油项目要带动国内企业搞国产化。"

仪表公司的代表感慨道："我们憋了一股劲儿，为了能参与煤制油项目建设，全体研发人员热情高涨。这几年，我们攻克了高端阀门在高温、高压、腐蚀和磨损等复杂工况下，长周期运行的多项关键技术。"

"预祝你们成功！"崔工高兴地说。

"预祝项目成功！"仪表企业代表回应。

刚说完话，崔工扭头转身时突然栽倒在地。

这一下把在场的供货商代表吓坏了，他们忙拨打急救电话，又急忙向煤制油指挥部报告。对于崔工的突然晕倒，老同事觉得这与他长期的高强度工作有关。崔工这些年在北京，不管四季，每天只睡五个小时。"吃三睡五干十六"是项目全体人员的一种工作状态，即每天吃三顿饭花三个小时，每天睡觉花五个小时，每天干工作得用上十六个小时。崔工忘我的工作，严重透支了身体健康。当煤制油项目真正开建时，他却住进ICU，抢救了三天三夜后才苏醒。

煤制油建设如火如荼，徐扬有些心焦了。

自煤制油项目开建以来，徐扬还是照例在烯烃公司的生产一线忙碌，他每天眼巴巴地看着煤制油项目火热的建设现场，有些按捺不住。应煤制油建设的需要，一些骨干力量纷纷被抽调到项目上。虽然姚处长说过让他安心在一线锻炼，今后有他施展的机会，可徐扬不安心，去不去煤制油不是他能说了算的。借午饭时间，徐扬开车跑到附近的鸭子荡水库，一进父亲的办公室，便懒洋洋地坐在沙发上。

"找我有事吗？"徐迎水瞥了一眼儿子。

"当然。"徐扬摸一下鼻子说。

"是工作上的事情？"

"是啊！"

"和煤制油项目有关？"

"是啊！"

"臭小子，光会说是啊、是啊。"徐迎水看到儿子眼里的某种苦涩，笑着问道，"究竟是怎么一回事？"

徐扬皱着眉说："我下车间当操作工两年了。煤制油项目开建也有大半年了，分配我去烯烃项目的姚处长是不是忘记了我？他说过会安排我去。眼下，煤制油建设在提速，很多人陆续去服务了，唯独没我什么事。"

"让你当一名操作工你后悔了？"徐迎水问。

"爸，我不后悔！"徐扬说，"我想，我应该去服务煤制油项目，发挥更大的作用。如今，大家都在忙，但没我什么事。"

"那么，你可以主动找姚处长谈一次。"

"我不好意思去。"

"有一个词——主动请缨，你知道不？"

徐扬一怔，想了一下，又摇头。这时，手机响起，是办公室打来的，通知他下午一上班准时到姚处长办公室。徐扬喜悦地挂掉电话，脸上笑开了花。显然，姚处长必然是有新任务安排给他。徐迎水替儿子高兴，提醒儿子在任何一个工作岗位上，都要时刻保持一种干事的精神状态。

下午一上班，徐扬走进姚处长办公室，看见了一屋子的人。很多人他不认识，他认识的人有人事处的、建设处的、气化厂的、动力厂的、合成油厂的，无一例外都是负责人。等人员一到齐，姚处长开门见山地说："煤制油项目推进到现在，要逐步实施全场大链接，这项工作等同给煤制油做一个完整的保护系统。经管理层与专家组细致而慎重的考量，一致认为徐扬同志能够胜任这项工作。集团公司决定由徐扬同志牵头。"姚处长说到这里，郑重地望向徐扬，"怎么样？我们的大博士有没有信心啊？"

在场的干部都看向徐扬，徐扬的脑海一片空白。旁边的一个女干部用胳膊肘碰了一下他的胳膊，他这才清醒了过来，连忙站起来向在场的人鞠了一躬，算是和大家认识了一下。

"怎么？害怕打硬仗？"姚处长向他投来了鼓励的目光。

"害怕。"徐扬慢吞吞地吐出两个字。

众人一怔，有人发出了惊叹。

"我怕打仗不用我！"徐扬猛然高声喊道。

接着，徐扬还听到人事处处长宣读了他被任命为煤制油合成油厂总工程师的任命。昨天还是操作工，今日竟成总工程师。散会后，他翻滚的心绪才渐渐平复，认为之所以获得这个任命，得益于他在车间当了两年操作工，熟悉了装置，学到了本领。在生产一线，他们每周开两次讨论会，与技术人员探讨棘手问题。比如，空分和气化之间的技术原理，气化和净化之间、动力和全厂之间的关联。比如，动力站的锅炉跳闸了，会影响到哪个环节？是影响空分还是影响合成油？具体会带来多大影响？

当天晚上，徐扬在单位宿舍激动得难以入眠，打电话向父亲报告了今天的情况。他深刻体会到企业的公平，胸中总有一股热血在浮升，铆足了劲儿要干好工作。每一天，似乎都有一种豪迈感在支撑着他，比起以往他越来越忙碌了。高玉珠阿姨给他介绍了一个对象，他没时间见。林邀月刚参加完本地公务员考试，在家闲着，徐扬索性怂恿林邀月代劳去和姑娘见面。接下来，林邀月好事连连。其一是，没想到这姑娘和林邀月一来二去很投缘，两人成了无话不谈的朋友。其二是，林邀月在考公中一路过关斩将，获得成功，还偏偏被分配到宁东能源化工基地管委会。

博士中的工人，工人中的博士，徐扬拥有了施展才华的广阔舞台。他以精湛的技能转战煤制油建设，担任总工程师，负责全厂装置大链接工作。

林邀月当上了公务员，一边忙上班，一边谈对象。

一束晨光从窗外投进办公区，洒在林邀月身上，照亮了他俊美面庞上一圈细细密密的汗毛。林立功觉得，青春的热情和憧憬在儿子这里有了延续。他替儿子高兴，一再叮嘱林邀月要向徐扬学习，每次把话说给儿子，儿子总是打个哈哈，点点头应付一下。

林立功心上放不下，又觉得自己在杞人忧天。

这一年，社会上人和人见面流行一句口头语："时间都去哪了？"林立功有时也会问自己，时间怎么过得这么快？眨眼就到了得给儿子操心婚事的时候。和天下父母一样，一代黄河水利人同样对儿女有着很多期待，很多祝愿。

就像歌里唱的那样：

> 肉嘟嘟的小嘴巴
> 一生把爱交给他
> 只为那一声爸妈
> 时间都去哪儿了
> 还没好好感受年轻就老了
> 生儿养女一辈子
> 满脑子都是孩子哭了笑了
> ……

这天清早，林立功一边走路一边打着电话。一进水利厅大门，就有一只大手忽然响亮地拍在他肩上，惊得他差点把手机掉在地上。回头一看，是一个不曾谋面的老人。细看，这人虽脸面褶皱纵横，但头戴一顶礼帽，露出鬓角的一小撮白发，着装是时尚而现代的，蓝色背带裤搭了件粉色的长袖衬衣，锃亮的鞋面上能映出人影，手上居然还拎了一根细长的文明棍。林立功匆忙挂掉电话，有些茫然地端详起眼前这个奇怪的人。

"林立功，不认识我了吗？"老人笑嘻嘻地问。

"哎，您是……"林立功愣怔了几秒。

这人身高体胖，气宇轩昂，像是一位离休干部。然而，林立功实在记不起这人是谁，只好赔着笑脸搭话，说："您老怎么有空来厅里了？"老人把文明棍突突突地磕在地面上，表达着严重不满，语气中有些嗔怨，"林立功啊林立功，我，是老庞啊！"

"哎哟，庞叔，咋是你嘛！"林立功一拍脑壳，激动地握住对方的手。经对方提醒，林立功一下想起，当年在泉眼山泵站，他和老庞跟北京来的著名冷焊专家陈钟盛一起维修过三台被冻裂的沉江泵。因为修泵，他们并肩工作了几个月。

"同在银川城，咱俩30多年不见喽。"老庞愉快地笑了。

"算下来，您今年快80岁了。"

"接近了，78岁。"

"身体硬朗？！"

"但也有犯愁的事儿，让我心里不得安宁。"

"庞叔，咋了？"

"起因呢，还是在修沉江泵那一年。"老庞这么一说，林立功很困惑，盯着老庞的眼睛往下听。老庞不紧不慢地说："修完沉江泵，我一回银川就和喜欢我的那个四川女人结了婚。当时我40多岁，这女人在第二年给我生养了一个可爱的女儿。今年啊，我女儿从中国水利水电学院博士毕业了。"

"恭喜恭喜！庞叔，后继有人！"林立功喜悦地说。

"唉，女大不中留，何喜之有嘛！"老庞皱起眉头。

"话可不能这么说！"

"哎，一言难尽。女儿学的是水利，博士一毕业，不愿到水利上工作。拿她没辙，我想跟厅长聊一聊。"

"厅里啊，热烈欢迎高层次人才。"

他俩边走边聊。老庞说得最多的，居然还是黑山峡。还说，1970年代，自己还是干练青年时，有专家提出黑山峡建高坝大库的坝址有问题，说河床下有顺河大断层，是不能建坝的。国家拿出经费，在黄河河床下打了个直径3米、长达308米的隧洞，横穿黄河底部。结果否定了有顺河断层的说法。接着，又有专家说，坝址地震烈度应提高……反正，专家勘探一回，他当一回"穿山甲"。

说话间，两人已走到了厅长办公室门前。老庞来水利厅没别的事，只是来转悠一圈，厅长是自己当年的徒弟。林立功急忙说有工作要忙，面露歉意地对老庞说没法陪他进厅长办公室。说罢，扭头要走。岂料老庞一把按住他的肩胛骨："哎呀，林立功，你急什么嘛！"又特意叮嘱一句，"将来黑山峡要是动工了，你可一定要在第一时间通知我啊！"

"你快80岁了，咋还想着黑山峡？"林立功笑着打趣。

"有一件事你可能忘掉了。"老庞一脸严肃地望着林立功。

"啥事？"

"黑山峡大柳树坝址那些隧洞，全都是我当年打的。"老庞顿了顿，提高嗓门说，"洞口，也是当年我封的。最关键的是，我熟悉河底具体情况。黑山峡动工，你要通知到我，我想给高坝大库出最后一把力！"

林立功听到这里，心头一热，两眼泛起红潮。

老庞见状，不由得握紧了林立功的手。

回到办公室，林立功有些心神不宁，但又说不上是何原因。临近上午下班，有一条不幸的消息在微信上传来。前一天下午，继崔工之后，高玉珠居然也晕倒在煤制油建设现场。那时，她一只脚刚踩上框架，忽然眼前一黑，身体晃了晃，一头栽倒在地，安全帽都被砸落脚下。同事们伏在耳边叫不醒她，吓坏了在场的人。大家紧急把她送进银川的大医院，忙了一宿，人已经清醒了，但经检查，发现她疑似患了一种恶性肿瘤。

高玉珠无儿无女，父母都已故去，身边没有照料的人。高玉珠生病的消息，是徐扬打电话告知林立功的。

晚上，林立功坐在沙发上抽烟，电视开着，他眼睛压根没朝屏幕上瞅。到了晚上10时许，房门忽然被打开了，林邀月拎着一只公文包进了门，弯腰换鞋。林邀月发现气氛不对，平日里并不抽烟的父亲竟锁着眉在屋里抽上了烟。

"爸，今儿加班，回来晚了。"林邀月向父亲打招呼。

"嗯。你来，我们坐一会儿。"林立功抬头对他说。

"您有什么心事吗？"

"有一件事，我想跟你商量一下。"

"爸，你说。"

"你玉珠阿姨生病了，挺严重的。"林立功缓缓地说，"今天上午，是徐扬通知我的。你玉珠阿姨，里里外外只她一个人，马上又得走北京查病，我有些不放心。"

"爸，玉珠阿姨生病的事，我知道的。"

"哦！你咋知道的？"

“实话实说，爸，我刚见了徐扬，正说这事。”

“哦！”

“爸，我准备向单位请一周假，陪玉珠阿姨走北京。”

林立功猛然一抬头，仔细地盯着儿子看，心里很想对儿子说一声“谢谢”，但话到嘴边又感到实在难为情，憋了半天说不出来。他站起身，以欣赏的目光看着林邀月，那眼神仿佛在说，邀月长大了，懂事了，通情达理。

“我采访任务一完成，立即去北京替换你，保证不让你续假，不过分影响你在单位的工作。”林立功说。

“爸，你跟我说这些做什么？玉珠阿姨既是我们的朋友，也是我们的亲人，她带我在北京实习那阵，我感觉她真不容易。”林邀月动情地说。

“你玉珠阿姨还像刚参加工作时那么泼辣。”

“玉珠阿姨的病都是干工作累出来的。”

父子俩坐在客厅沙发上聊了一阵子，林邀月回了卧室，连夜收拾行李。林立功若有所思地枯坐在沙发上，一言不发，似乎在想着什么。等林邀月忙完一切，洗漱完毕回到卧室，林立功这才站起身，默默地去自己卧室歇息了。

林邀月陪高玉珠去北京的第三天，给父亲打了电话。林邀月显然是找了一处僻静的地方，带着哭腔对林立功说：“爸，事情不顺！我玉珠阿姨在医院的挂号检查倒是十分顺利，但她的病情特别糟糕，确诊了。医生做了一个会诊，说是要尽快手术。手术在三天之后，医院说成功与否，不敢保证。”

“那么你玉珠阿姨知道了吗？”林立功问。

"瞒不住，她清楚。"林邀月叹息一声。

按照父子俩的约定，林立功准时赶到北京。

走出首都机场，林立功打了一辆出租车直奔肿瘤医院。肿瘤医院人满为患，他一进前厅，看见一个中年女人埋头坐在住院部大厅的地上，哭得身子一抖一抖的，过往的行人看见了都避开，就像溪水避开小石子。上住院大楼的几部电梯异常拥挤。他在电梯口被人挤来挤去，花了半个小时才上到高玉珠所在的楼层。走到病房门前，他屏住呼吸，轻敲一下房门，推开一道缝隙朝里瞧。他把脑袋探进去，确定是不是高玉珠的病房。

"说话呢，我的家属就来了。"

半躺在病床上的高玉珠望见了林立功，笑着对正和她交谈的几名医护人员说。林立功进门，朝前走几步，向医护人员鞠躬，说辛苦大家了。

"患者家属，这是手术通知单，"一位医生把几页纸递到他手上，又指点说，"请仔细阅读。"

"好的，那我还要做什么？"

"在同意一栏签上姓名。"

林立功坐在病床边上，认真地阅读起来。

这会儿林邀月下楼去打午餐了。医护人员说是准备手术要找家属签字，高玉珠正为此犯难，恰巧林立功赶来。林立功捏着手术通知单在看，不经意一抬头，病床上的高玉珠也正瞧着他，两人目光相触，都笑了，那么自然，那么默契。他颤抖着手，在通知单上刷刷签下名字。这个过程，他与高玉珠没有任何交流。窗户半开着，一缕冬日的暖阳静静地洒进来，窗台上一束三角梅开得正艳。

身体虚弱的高玉珠被医护人员推向手术室，林立功心上悬了一块巨石。巨石像是被一根头发丝吊在半空，人要从底下穿过，悬得很。高玉珠能否从手术台顺利下来，不得而知。忽然，高玉珠泪眼婆娑，向林立功提出一个要求："立功，抱抱我吧。"高玉珠话音刚落，站在一旁的林邀月倒先捂住嘴，眼圈红了。林立功鼻子一酸，倏然涌出的珠泪砸落地面，像珍珠一般闪亮。

林邀月扭过头，明白了一个词，铁骨柔情。

时间已是2016年底，煤制油项目到了最后的试车阶段。煤制油项目系统复杂，系列多，流程长，最关键的费托合成技术要工业放大20多倍，这个过程很容易出现工程问题和技术问题。为了确保成功，几千名干部职工回不了家，白天做生产准备、检查和验收，晚上还要审查方案和培训，预先消除安全隐患。

冬季，宁东能源化工基地奇冷无比，气温比银川市区要低好几度，风又很大。世界煤化工的目光聚集到煤制油项目的合成油厂，煤炭将从这里变成油品，汩汩涌出。而意外在此时出现了！费托合成器即将运行，可重质油管线居然被冻僵堵死，轻质油像糨糊一样流出来。合成油厂的魏厂长和总工程师徐扬一检查，发现管线被堵死2公里。

深夜，试车指挥部灯火通明。

这里的每一张脸上都写满焦灼，姚处长和指挥部成员坐立不安。有人背着手来回踱步，有人躲在角落里不停地抽烟，有人隔窗远眺2公里之外的合成油厂。迟迟没有接到抢修现场的消息，指挥部里的气氛骤然紧张。

"试车指挥部，试车指挥部，我是合成油厂总工程师徐扬。"忽然，对讲机里传来一阵急促有力的报告声，"我在事故排查现场，现在由我报告事故原因。现场查明，这起事故的原因有三：第一，重质油管线没有做表面保温系统，存在先天性的设计缺陷。在最初的设计阶段，我们的工作人员疏忽大意，没有考虑到它会被冻住堵死。第二，本次事故的主要原因是，按照我们原定的试车进度，我们在本年度冬季不开车。原定开车时间是明年春夏之交，这个时间段根本不存在管线冻僵堵死现象。第三，作为全世界单体规模最大的一套煤制油装置，首次开车，原本就存在各种不可预知的情形，这些问题的出现都需要我们逐步完善。"

"合成油厂，合成油厂，拿出补救措施，迅速完善。"煤制油试车总指挥捏起一只对讲机，发布号令。

"请指挥部放心，合成油厂正在实施补救。"徐扬报告。

新问题的出现，让所有人始料未及。

合成油厂的厂长老魏是抢修现场压力最大的人。他让徐扬向试车指挥部报告现场状况，自己压根儿没露脸。那会儿，老魏在冰冷的寒夜里，两手抱着重质油管线放声大哭。魏厂长和徐扬面临的是一项硬任务，他们必须带领技术人员增加管线的表面保温设施。合成油厂是厂长负责制，老魏一想到会影响煤制油的试车投产，不禁落下泪来。老魏身高体胖，仍然爬上30多米的框架，跪在重质油管线前一寸一寸地摸温度，边哭边干，边干边哭。都说男儿有泪不轻弹，而老魏哭声很大，爬上爬下更显得笨拙。老魏跪着查管线、放声大哭的一幕，牢牢镌刻在全体煤制油项目干部职工心里。

指挥部随时掌握合成油厂信息。

"姚处长，要不你去看一看抢修现场？"集团领导说。

"我不去！"姚处长顶了回去，"零下20多摄氏度的天气，魏厂长他们抱着管线掉眼泪，你让我去现场，这不得逼疯他们！"

姚处长心里清楚，此时他若去了事故现场，在场的人内心都会崩溃。老魏厂长在现场哭罢，带领一群技术员奋战在抢修管线的前沿，全力排除故障。第四天凌晨，老魏厂长他们完成抢修任务，整个重质油管线疏通了。试车工作如期进行，合格油品涌了出来。在场的干部职工欢呼雀跃，每一个人眼里都噙满泪花。

元旦前几天，煤制油项目油品A线打通全工艺流程，产出合格油品。捷报传来，这天成为一个值得铭记的重要日子。至此，宁夏回族自治区与国家能源集团联袂向党中央交出了一份沉甸甸的答卷。中国人的煤炭间接液化项目成功了，新华社对外庄严披告：国家能源集团成为世界上唯一同时掌握百万吨煤以上直接液化和间接液化技术的公司。

"五年工期，三年干完，真了不起啊！"

"项目国产化率接近百分之百。"

林立功在北京的肿瘤医院病房里陪着高玉珠，一边等待收看中央电视台晚7点的新闻联播，一边激动地说起煤制油项目。高玉珠躺在病床上，眼含热泪，脸上露出欣喜之色，笑声也渐亮起来："煤制油项目的建成，可不是三年五载，是整整十八年啊。哎，林立功，我国驻南联盟大使馆被美国轰炸那一年，我们在贺兰山的矿山上开始讨论煤制油的。"

林立功一怔，只见两行清泪从高玉珠脸颊上滑落。

新华社的一条新闻一闪而过，高玉珠十八年的青春年华也随之一闪而过。这十八年啊，一代人的青春为之付出，一代人的热情为之倾注，一代人的梦想为之萦系。原本被几个煤炭大省环抱的宁夏，忧患思变，抢抓机遇，以改造自我的勇气完成了蜕变，不仅建成世界单体规模最大的煤炭间接液化示范项目，完成了从"卖炭翁"到"卖油翁"的转变，更为国家的能源安全筑起了一道巍峨的堤坝。

这一刻起，每天晚上，宁东的煤制油工厂都会亮起10万盏明灯。这里，总面积有560个足球场那么大，矗立的26万吨钢结构是一片钢铁森林，3200多公里的管道是银川到三亚的距离，敷设电缆接近中国高铁的运营总里程。

"高操戈的精细化工该投产了。"高玉珠说。

"你咋知道？这些天我没接到老高电话。"

"嗨，你迂呀，还用老高打电话告知？"高玉珠关了电视，"上游有了大宗原料，老高的企业就能运转。"

"哦。"林立功恍然大悟，笑了起来。

这时，林立功的手机响了，一看是高操戈。果然，高操戈问候了高玉珠病情，得知已过危重阶段，就对林立功说，你在北京要照顾好高玉珠，要她安心养病。接着才说，煤制油项目建成之后，下游企业有了大宗原料。还说自己等待这么多年，守得云开见月明，他们的精细化工厂准备在半个月之后投产。

"等玉珠从北京回来了，我们企业的产品就会生产出来，就会填补国内空白，就能替代进口产品。"高操戈兴奋地说。

"玉珠和我正聊你呢，她预测你的企业要投产了。"林立功说。

"我们企业生产所需的七种原料，高玉珠他们单位提供五种，我用一根地下管道就能接收到。另外两种原料，我们从周边200公里之内就能轻松调运。立功啊，便捷地关联到上游企业并获得原料，这样我的企业就能又好又快地发展。"

　　听见高操戈的好消息，高玉珠不由得笑出了声。挂掉电话，林立功的微信又响了，是徐扬发来信息："煤制油合成油厂魏厂长今早乘出租车回单位途中，不幸遇车祸罹难。此事是否告知玉珠阿姨，请您定夺。"

　　林立功一怔，放下手机，没敢多说话。高玉珠此时兴致很高，说煤制油建成，助推了国内技术和民族工业的发展。

　　"立功，你看嘛！"高玉珠掰着手指，娓娓道来，"杭氧，为煤制油研发的大型空分设备，一小时生产的氧气可充满14座北京水立方，是世界最大的单机制氧装置，杭氧因而一举成为世界空分强企。沈鼓，围绕煤制油，生产出大型先进制冷压缩机，大大提升了我国装备制造业的国际竞争力。再说近处，宁夏的吴忠仪表为煤制油研发的调节阀，寿命比进口的延长了三倍，价格还不到国外著名品牌价格的一半。"

　　"煤制油带着国内企业集体赶考。"林立功笑着说。

　　"这个说法生动！"高玉珠冲他竖起大拇指，又说，"国产化率达到98%，实现了一次跨越，直接有力地终结了进口技术和装备制造产品的暴利时代。同样，我们与西门子、三菱重工、壳牌同台竞技，让中国制造扬眉吐气！"

　　"我们赶上了一个好时代！"

　　一到晚上7点整，电视机里就响起熟悉的旋律。央视主持人播报："习近平总书记对煤制油示范项目建成投产作出重要指示，指出这一重大项目建成投产，对我国增强能源自主保障能力、推动煤炭清洁高效利用、促进民族地区发展具有重大意义，是对能源安全高效清洁低碳发展方式的有益探索，是实施创新驱动发展战略的重要成果。"

这是一个叫人热泪盈眶的时刻。

高玉珠情不自禁地流下眼泪，林立功也跟着流泪了。黄河"八七"分水方案公布后，原本没有工业用水的宁夏，通过节水和水权转化不断挖潜，哺育了自己的工业基地，从而有了煤制油的成功，在荒漠里建起一个现代化的大宁东。

此刻，在离北京千余公里的宁东能源化工基地，连片的钢铁森林，流光溢彩的工业区，明亮欢快，仿佛正在演绎一场无声的音乐会。分离塔、合成塔、冷却塔、管廊和火炬，各样工业装置高高矮矮，或在空中翩翩起舞，或在平地宁静憩息，炽白的、殷红的、深绿的，各样灯火交相辉映，像是一道道流淌的音符。

这个在地图上找不见的地方，世界知道了它。

百万移民扎根，绿水青山回归

黄河一直体弱多病，水患频繁，当前黄河流域仍存在一些突出困难和问题。究其原因，既有先天不足的客观制约，也有后天失养的人为因素。可以说，这些问题，表象在黄河，根子在流域。2019年，黄河流域生态保护和高质量发展成为一项国家战略。不久，宁夏被党中央赋予时代重任——建设黄河流域生态保护和高质量发展先行区。

家里没有女人，离婚多年的林立功和林邀月父子俩结伴过日子。晚饭后，林立功在洗锅刷碗，还不忘扭头冲儿子说起见闻。自己话一多，儿子就坐在客厅的沙发上不吭声了，他想，儿子是不是也像自己当年第一次走出西海固，站在固原红星旅社门口等车时，反感父亲絮絮叨叨一样呢？

"爸，先行区建设，您怎么看？"林邀月突然破天荒地开了口。

系了围裙的林立功从厨房探出脑袋，扯着嗓门说："要知道，黄河流域生态保护和高质量发展，是总书记站在实现中华民族永续发展的高度上提出的！"他刻意停顿一下，语气平缓地说，"宁夏是唯一全境属于黄河流域的省区，面临水资源严重短缺和生态极度脆弱的挑战，既有能源化工基地、引黄灌区发展基础较好的地区，还得巩固脱贫攻坚成果。"他忘情地走了过来，双手比画着，"若从你妈工作的红寺堡算起，这些年黄河两岸安置了100多万移民群众。这些移民安置区，一片片绿色家园，哪一处以前不是荒漠戈壁？都是！先行区，就是要率先在黄河流域探索出一条生态良好、生产发展、生活富裕的发展之路。"

林邀月认真地点了点头。

"那么你是怎么理解的？"林立功问。

"先行区的建设，就是要把黄河流经的这一区域，率先变得比以往更美好，人与自然和谐共生。"林邀月望着父亲说。

"凝练！"林立功冲儿子竖起大拇指，"就像总书记说得那样，让黄河成为造福人民的幸福河。既要绿水青山，还要金山银山，各行各业得有好的发展。"他猛然想起了什么，说："像宁东工业基地，你们这些环保工作者，必然是要有所动作的。"说完这话，他转身进了厨房。

林邀月已是宁东能源化工基地管委会的一名青年干部，在环保局工作。入职这几年，干的可都是一些硬扎事。最近，他和同事把基地四条排污口全部堵死。这个基地，要在全国同类工业园区中率先实现一滴废水不进黄河的目标。

说林邀月干的都是硬扎事，果然，硬扎事就一桩接一桩地来了。转天上午，环保局局长临时给林邀月派了个任务，要他和另一名新入职的同事去一家大型国企作动员，督促对废水近零处置工作的落实。林邀月出了办公室，准备下楼。局长追到电梯口，特意叮嘱，去了大型国企，一言行要得体，二说话一定得把嗓门放洪亮些。

林邀月和同事一进大型国企的办公区，立即被工作人员迎进一间小会议室。这家企业的班子成员都在场，围坐在会议桌前专等他俩，表示出对环保工作的高度重视。林邀月第一次独立向大型国企高管提要求，手心捏了一把汗。

坐下后，同事用胳膊肘撞一下林邀月，提示他说话。

"董事长您好，上级派我俩来企业。"林邀月起了个话头。

"小林同志，请传达管委会要求吧。"董事长笑着抬起手。

"管委会有要求，今后对工业废水的处置有了新思路。"林邀月不急不缓地说，"其一是中小企业的废水由宁东基地管委会的集中污水处理厂处置。其二是要求像你们这种大型企业，一律自行做废水处置。对大型企业来说，实现污水近零排放，明显有一些困难。"林邀月说到这里，猛然觉得嗓子眼被什么堵住了，硬是说不出话，一着急，脸涨红了。

"哎，小林同志，喝口水再说。"董事长连忙说。

"谢谢，不渴，不渴。"林邀月停顿了几秒，咽下一口唾液。

"小林同志，不要紧张。"企业董事长一脸诚恳地说，"我30岁出头当副县长，当时口才差得很，给群众一讲话就红脸。好多次，事先想好要说的内容，上台去讲，站在大家面前就忘了一半，另一半讲起来也磕磕巴巴的。等自己讲完了，干部群众散了，我才发现漏了内容。慢慢锻炼，就会好的。"

"董事长，对企业要……要说的，我……我没忘。"林邀月话音一落，在场的人都笑了。他不由得挠了一下头，也跟着大家一起笑了，现场气氛立即活跃起来。林邀月告知企业管理人员，今后宁东基地不再设置排污口，只有进来的黄河水，没有一滴排出的废水。另外，针对大型企业的污水处置，管委会一方面会尽快对高盐水的处置技术进行全球招标，另一方面已向国内院士专家团发出邀请，由他们帮助基地和企业确定技术路线，尝试建起一套适合的工业废水处置系统。

"这么做，是执行最严苛的废水处理举措。"董事长边记边说。

"那么大型企业会有什么样的困难呢？"林邀月问。

"困难主要来自两个方面。"董事长表情有些凝重地说，"其一，企业经营太费钱，我们的污水处置系统没有6亿或7亿元做不起来。其二，国内目前还没有一条可靠的成熟的技术路线。"

"费钱，的确是费钱！"林邀月说。

"基地的废水处理厂给中小企业提供帮助，处理成本比大型企业处理成本要低，但每吨也有20元钱的代价。大型企业的污水处理成本自然会高一些，至于能高到什么程度，现在我们还没有精确的数据。"企业总经理说。

"小林同志，企业的实际困难，我必须要向管委会的环保部门提出来。"董事长说，"但实不相瞒，我们企业对废水、废渣、废气的处置已有考量，之前开会也讨论过很多次。按管委会的要求，我们要迅速且扎实地做好废水处置。"

"太好了！"林邀月竖起大拇指，"大型国企作了表率。"

"这是本分，是国企应有的姿态。"董事长说。

听了这位大型国企负责人的表态，林邀月长舒一口气，感到一种前所未有的轻松。林邀月刚走出这家大型国企的院子，手机响了，是局长打来的。局长询问林邀月是否忙完，叫他俩跟上去处理一起异味投诉。

　　此时，另外一个棘手问题横在他的面前——有一家已投产的精细化工厂四周，几支施工队正在搞基建。最近两天，工人们嗅到一股刺鼻的异味。这股异味是从这家精细化工厂飘出来的，忽东忽西，四处熏人。异味重时，施工队只能停工，工人们捂住口鼻，或蹲或坐在墙角，通过俯下身体来保护自己。施工队长原以为这是偶然现象，没想到这异味久久散不掉，时不时就会袭击他们工地。工人们受不了，出工不出力，施工队长只怕耽延工期，毫不犹豫地拨打了举报电话。

　　林邀月和局长一会合，三人就匆匆朝事发地赶去。环保局工作异常繁忙，遇上这类投诉，按工作纪律非得三人一组，采取先暗访、后明察的形式做工作。他们在车上换装，化装成工地务工人员，在肇事企业周边晃来晃去，用鼻子嗅，拿仪器测。忙碌了一天一夜，完成调查取证。最终结果是：群众举报属实。

　　进厂明察，也是一场突击检查。

　　环保局局长带领林邀月一行，佩戴执法记录仪进企业。企业负责人不在，值班的生产经理赔着笑脸迎过来，随同环保局工作人员边走边介绍，说企业专业生产胞嘧啶，也是全亚洲甲醇钠、硼氢化钾和硼氢化钠产品的重要生产工厂。再往下做，这些都是名贵药品。又说企业是从烟台市八角港园区迁来的。为什么迁来？在烟台的厂区面积局促，企业已经没有工业用地，产能跟不上，一直满足不了市场需求。还说企业负责人是宁夏人，前些年建厂时考察了很多地方，最终投在家乡。

　　在生产车间的一面墙上，张贴着一系列产品的图片介绍。环保局局长盯住图片看时，生产经理快步跟上来。

"精细化工是国家的基石。"额头冒汗的生产经理笑盈盈地说，"这个说法越来越得到人们的认可。我们看得见，老百姓的日常生活离不开精细化工。譬如医药、兽药、农药等，主要原料来自精细化工。精细化工的工业原料，不外乎煤炭、石油和盐。它们通过演变，最终会走进我们的生活，影响到我们的衣食住行。可以说，天地之间都有精细化工的影子。"

环保局局长边听边点头，向生产经理报以微笑。生产经理像是得到了一种鼓舞，言谈之间立即表露出一种极大的热情。"我们可以设想一下，倘若我们在这方面的技术不发展，技术都被老外掌握在手中，那将是一件十分可怕的事情。像粮食增产与病虫害防治，这些对国家的影响都是巨大的。"

"的确，你们企业有了不起的地方。"局长说。

"我们是高新技术企业，从未停止创新和研发。"生产经理强调，"只有这样，我们才能得以发展，才能赢得民族自豪感。"

"赢得民族自豪感之前，得把环保工作做到位。"局长说。

生产经理的脸红了，有些不好意思地频频点头。这时，企业负责人一路小跑，气喘吁吁地赶来，老远就冲环保局局长挥手。企业负责人稀疏又柔软的长发，让汗水泡成一摊淤泥，额角冒出一颗颗汗珠子，衬衣的前胸后背早被汗水洇透，湿漉漉的。企业负责人不是旁人，正是高操戈。

"各位领导，我接到信息就往回赶。"高操戈喘着粗气说着话，瞥见来检查的人里头有林邀月。林邀月侧身一躲，仍被认出。

"邀月，局长带你们来企业，你咋不给我吱一声？"高操戈语气中有些嗔怨，对一头雾水的局长解释，"林邀月，我侄子，比亲侄子还亲。我和他爸林立功是好兄弟，同年走出西海固，在一个单位参加工作。"

"高叔，我们有工作纪律！"林邀月涨红了脸，"咱家企业涉嫌违规，环保局要暗访明察，我不能向您泄露信息。"

局长听完，满意地点头，高操戈也跟着点头。

环保局对这类违规情形一律毫不手软。这家企业虽然是按高标准来建设的，但设计环节存在一定缺陷，因而出现异味，触碰了环保红线。环保局给企业下达了责令停产整治决定书，出具行政处罚决定书。林邀月当众宣读处罚决定，向企业提出要求："快速完善各项配套污染防治设施建设，加快安装PTO焚烧炉在线监控设施，与基地联网上传国家自动监控平台，对厂区异味源进行彻底排查。"

"感谢环保局，我们将不打折扣地完成整改。"高操戈真诚地说。

高操戈、林邀月叔侄俩因工作而发生了身份转变，在工作中就连语境也发生了转变。这一切的转变，又那么的自然。听完高操戈的表态，环保局局长主动上前和其握手："希望贵公司尽快予以整改，趋利避害，远离环保红线。"

高操戈手捏一张处罚单，目送环保局的车子开出大门，消失在行道树的绿荫深处。高操戈觉得这张单子沉甸甸的，因而他掏出手机，发给林立功一条微信："咱们家邀月长大了，工作尽责，这回给我下了一张30万元的罚单。"

林邀月在环保工作中不屈从私人交情，坚持秉公办案的事迹传开了，管委会领导很高兴，为此专门来环保局办公室看望了林邀月，认识了一下。时隔不久，一天下午，管委会领导打电话找林邀月。林邀月心怀忐忑，一进办公室，领导便热情地请他坐下，又说："眼下正在为一件事情头疼。"原来，小煤场在宁东基地的无序开设现象十分严重。自打基地开建，煤化工企业和火电企业的用煤需求量不断变大，而周边煤矿无法及时保障，就得依靠陕西、内蒙古调运的外来煤炭作为补充，基地在这一背景下出现了大小4个煤炭交易区，约120家小煤场。现在，4个煤炭交易区不知不觉形成10平方公里的污染区。

"这的确是一个遗留问题。"林邀月说。

"邀月呀，你了解吗？"领导问。

"有了解，但不全面。"林邀月望着管委会领导，继续说，"这些小煤场的经营者都是来自陕西和内蒙古的煤炭商人，他们每一家都有几个或十几个人驻场经营，每一家小煤场都布置有装载机和粉煤机。他们把煤炭从外省转运到小煤场，就地配成企业所需的煤炭指标，再往用煤企业供应。这些年，基地煤炭市场行情火爆，效益也好。对我们来说，小煤场造成的安全和环保问题如鲠在喉，黑色污染遮天蔽日。"

"噢，你领教过？"

"是。"林邀月皱了一下眉，"我几天前去过惠民巷，这是四个煤炭交易区中最大的一个。很久以来，这个地方没有人烟，空留一个地名。有一条河流从中穿过，上游来水清凌凌的，一旦从煤炭交易区流出来就变得黑乎乎的。这里没有硬化道路，一脚踩下去，煤灰就没过了我的脚踝。车轮一卷，扬尘滚滚，天空立即变成了黑色的。这里的小煤场生意极好，但水污染、空气污染和扬尘污染极端严重。"

"我刚调来，有的班子成员建议不要触碰。"管委会领导和蔼地说，"但我想听一听你们年轻人的思考。"

林邀月清楚，黄河流域生态保护和高质量发展先行区建设，不允许一个大型工业基地存在这样一块疮疤。这块疮疤，可是足足10平方公里的重污染区。在此之前，基地管委会针对这个问题已整顿过三次，可每一回都以失败告终。小煤场经营者强烈反对，不惜与政府工作人员发生激烈的肢体冲突。上百家小煤场的社会关系网复杂，管委会整顿一次，这里的矛盾就被激化一次。几番下来，管委会个别领导班子成员出现动摇。

"这不是一个解不开的方程式。"林邀月说。

"邀月，请讲。"领导抬手示意他讲下去。

"对基地来讲，煤炭交易市场非得有，咱离不开它。它的存在，的确有积极而现实的一面，我们不能消灭它。"林邀月盯着领导的眼睛，接着说道，"但同时，管委会必须要主动帮助这一群体找到一条更好的出路。这条更好的出路，就是规范煤炭交易市场，帮助它们健康持续地发展，让遵纪守法的小煤场企业主服务宁东的同时，都挣到钱。"

"哦！"管委会领导陷入了沉思。

谈话结束时，领导请林邀月拿出一个调研方案。

工业经济的血脉里，注入了黄河的气质。

像林立功是一个用情的黄河水利人一样，儿子也是一个正直的工业基地管理者，两者紧密关联。

林立功万万没有想到，初出茅庐的儿子，将迎来自己人生的高光时刻。林邀月接受了整改小煤场的任务，下决心先找出问题症结。他先花半个月时间走访了一部分小煤场经营主，摸查详情。不经调查研究不知道，这上百家小煤场问题很多。林邀月在记事本上罗列的主要问题如下：小煤场安全生产主体责任不实，制度不健全，不具备安全生产条件；除造成严重的水污染、大气污染和严重破坏生态环境，普遍属于非法经营；土地、环保、消防合法性手续不全，无证企业较多，税收流失严重。

既然找出了问题的症结，就一定能拿出解决办法。

林邀月提出几点建言。其一，散乱污小煤场必须依法关停。其二，由管委会统一规划一个新的煤炭储运港，遴选接纳一小部分优秀小煤场，以补充基地的煤炭供应。其三，新的煤炭储运港，建设经费由多方投资，管委会出一部分资金，大部分资金由优秀小煤场出资。谁建设，谁收益。林邀月在报告中说，如果新的煤炭储运港完全由政府来建，至少得拿8亿元。可是，经营者有能力开拓市场，就一定有能力与政府合建一个现代化的煤炭储运港。

管委会领导拿着这份报告，在办公室兴奋地走来走去。随之，上级坚定了整治散乱污小煤场的信心。林邀月被破格任命为整治小组副组长，带一拨人前往小煤场，下发停产停业整顿决定书和责令停止违法行为通知书。他们的任务，是劝说涉嫌违法违规经营者，自行拆除地面建筑，搬离盘踞多年的场所。

第一次去时，林邀月他们被经营者围堵得水泄不通。抱怨声、咒骂声不断，气氛骤然紧张。

"基地一开建，我们就来到这里，建设厂地，购置设备。"

"我们干了十几年，过去能干，现在能干，将来也能干！"

"建了这个场地，我就是要在这里干一辈子的。"

这些小煤场的经营者想法普遍单纯，只想从事煤炭的运输和销售活动。像前面的多次整顿一样，小煤场经营者激烈反对，联合起来对抗工作人员。林邀月发现，这些煤老板并不懂国家的土地使用政策，也不了解安全生产和环境保护的法律法规。林邀月也清楚，但凡与具体的人发生利益冲突，工作极不好做。

果不其然，林邀月遇上了大麻烦。

牢固的人墙忽然裂开一道缝隙，几个壮汉左推右搡地挤进了里圈，鼻子碰鼻子地围住林邀月。为首的一个大高个儿凶巴巴的，一把将林邀月推了个趔趄，差点儿摔倒在地。情况不妙了，现场的人群骚动了，帮腔声和恐吓声起来了。林邀月带领的这个工作组只有四人，其中两人还是女性。这个冒冒失失的大高个儿姓朱，是一家小煤场的老板，这两年因为经营不善，非但没赚到钱还亏空了不少。

"你爹叫林立功，在水利厅工作，是个记者。你妈丁玉茹和你爹离了婚，你家是父子俩过日子。"朱老板叫嚣着，嘴角的唾沫星子溅到了林邀月脸上。

"说这些有用吗？"林邀月厉声问。

"坏了我的生意，宰了你父子俩！"朱老板嚣张地说。

"我们得依法办事！"一名女工作人员反驳。

"你叫张娜，我知道。"朱老板掉过头，睬眼对女工作人员狠狠地叫嚣道，"你信不？我让你一周之内离开公务员队伍。上一回让我拆，我也是这么回答你们的！"说罢，朱老板一巴掌扇在张娜脸上。张娜尖叫一声，捂住脸，蹲在地上。

林邀月见状，冲上去伸手拦住打人的朱老板。朱老板恼羞成怒，一记重拳砸他脸上，他立即感到眼前一黑。此时，有人把一只破麻袋蒙在了他头上，接着一顿拳打脚踢。林邀月感到额头、脸上、脖子、前胸后背一阵难忍的疼痛。他倒在了地上，很快失去知觉……醒来时，躺在医院病床上，父亲坐在边上。

"哎，儿子，邀月，认识我吗？"爸爸俯下身，晃一晃手。

"爸，你真逗啊。"林邀月缓缓地说。

"是皮肉伤，你被人砸晕了，流了血。"

"我同事怎么样？没伤着吧？"

"都没事，就伤了你。"

"好！"

"让你锻炼身体，你不听，经不住人打。"

"哎，爸，你嘲笑我。"

"儿子，这顿打，咱不能白挨。"林立功把脸凑近了，拉住儿子的手说，"干工作，得讲策略。我告诉你，你这一次是去干工作的，他们打人，不守法嘛。你要借被打的机会，办成此事。只要你把好的政策给煤老板们谈透了，一定有人接受。这样，他们的联盟就会土崩瓦解。"

"爸，你说得对！"林邀月一乐，激动得翻身想从病床上爬起来，这才觉得脑袋疼痛眩晕得厉害。

林立功急忙扶儿子躺定，说明天一早开车陪儿子一起回现场，争取把这事干成。林邀月不同意，一个劲地说这事和爸爸没关系，不必在那种场合露面。林立功一听不高兴了，倏地把屁股从椅子上抬起，揸着右手食指比画——

“习总书记的十六字治水思路，第三条说的是系统治理。系统治理，是坚持山水林田湖草沙一体化保护和治理。头痛医头，脚疼医脚，怎么能保护生态环境？我一个水利人的本职工作，现时涉及的面可广啦！”

见父亲认真起来，林邀月忍不住就想笑。

父子俩说定，明早借机溜出医院，一起去现场。

他们的谈话被进了病房的护士听见了。护士拿一只药瓶给林邀月输液，白了林立功一眼，噘起嘴摇了摇头。林立功看着护士说：“这没什么！”护士惊叹：“我的妈呀！世上还有你这样的爹，病人失血过多，不能走动！”

林立功一听，把脸瞥向别处，没敢再看护士。

第二天一早，医生查完房，脑袋缠了绷带的林邀月下了地，穿着病号服和拖鞋悄悄溜下住院部大楼，坐上父亲的车，飞速赶往宁东。在现场，工作人员明显增多了，小煤场来的人更多，黑压压地有上千人。经营户与工作人员处在一种相对温和的对峙状态，说情的、观望的、咒骂的、变法子搞威胁的，花样百出。

林邀月头缠绷带，穿一身病号服，仰着一张乌青肿胀的脸，醒目地出现了。在场的小煤场老板们、帮手们纷纷侧目，不约而同地投来不可思议的眼神。林立功递来一只扩音喇叭，邀月拿起，放在嘴前，用力地喊话：

“各位经营户，朋友们，大家听好了，我是管委会工作人员，也是昨天在这里被打伤的林邀月。我们通过前期对税务、工商的调查，已经查明，100多家煤炭经营户里头，大多数并不是实体经营，只是简单的贸易商。这一部分群体对宁东基地的发展毫无贡献，反而造成严重的环境污染。我们要从你们中间公平公正地遴选一部分优秀小煤场，欢迎你们进驻新的现代煤炭储运港。政府不是要消灭这个行业，而是在确保安全和环保的前提下，发挥好这一群体的作用。"

站在日头底下讲话的林邀月，因昨天失血而煞白的脸上亮晶晶的，不时露出微笑。他的信念和镇定，让一些小煤场经营户看到了政府的决心。

"朋友们，听我讲，"林邀月在一个女同事的搀扶下，继续说，"小煤场，但凡没有发生过事故，没有偷税漏税记录，都是好的。这种资质的小煤场，我打保票，一定有资格进驻现代煤炭储运港。"林邀月动了情，"你们通过参与建设现代煤炭储运港，今后合法合规地做煤炭贸易，与工业基地一起实现高质量发展。"

说到这里，有一个叫陆明亮的煤老板，拎了只小板凳晃晃悠悠地走了过来。林邀月犯了嘀咕，心想这人是不是要砸我？边上的几个同事也紧张起来，向着林邀月靠拢。陆老板走到跟前，把小板凳哐当一声重重地搁在地上，冲林邀月说："小林，昨天把你打得重，你坐到板凳上歇一歇再说话吧。"林邀月见状，强压内心的喜悦，硬是没笑出声来，顺势很自然地坐下说话。

"在宁东的120多家小煤场中，我的煤炭供应量最大，我作出的贡献最大。"陆老板蹲在地上，吐着烟圈，开始向林邀月大吐苦水，"我呢，是第一个在宁东扎根的煤炭贸易商，我按时向国家纳税，我的小煤场没有出过一起安全事故。一年四季，我的市场不能断，基地的两家大型国企还等着我供煤呢！"

"对你，我是了解的。"林邀月对陆老板说话时，手上继续捏着扩音器，生怕众人听不见，"我在前期调查时，看过你的纳税记录和安全经营记录，很好！还有，你算是一个经营大户，如果你今天能按照政策办事，是绝对有资格进驻新的煤炭储运港的。我负责任地讲，这煤炭生意你今后还能做。"

"煤炭储运港怎么进？"

"由政府统一规划，政府和经营户共同投资，详情由其他同事向你介绍。但你最先要做的是自行拆除小煤场。"

陆老板冲林邀月点了点头，不再说话，当场找另一名工作人员了解政策。回家后，陆老板主动拆除了自家小煤场，争取要当第一家进驻煤炭储运港的经营户。工作的突破口，从这里一下子打开了。当天下午，林邀月回到医院，前脚刚进病房，一个孙姓老板竟撵来了。林邀月对孙老板是知情的，这人从陕北来宁东做生意10多年，既无安全事故，也无偷税漏税记录，和陆老板一样有很好的资质。孙老板在林邀月这里得到了确认，当场打电话从银川调了一辆推土机，回去拆除自己的小煤场。

神奇的一幕出现了，但凡有机会参加煤炭储运港建设的煤老板们，思忖着，争先恐后地自行拆除小煤场。短短十几天，盘踞宁东的100多家小煤场全部拆除。再之后，小煤场之间有了竞争。筛选参加煤炭储运港的贸易商时，林邀月把工作纪律放在第一位，杜绝说情，全程摄像，不留钻空子的余地。

小煤场消失了，设备搬走了，地面建筑推倒了，然而大地上却留下了大片寸草不生的污染区，黑黢黢的，成了疮疤。基地管委会下属的市政建设公司开始做污染区的生态恢复治理，半年时间栽草种树将近2万亩。为了保障树苗的成活率，市政建设公司的工作人员在黑色污染区敷土30厘米，一举使10万平方公里的土地重新焕发勃勃生机。与此同时，一个现代化的煤炭储运港诞生了。经此一战，林邀月声名鹊起，前来宁东基地考察和交流的业界人士，都说小煤场治理是一个教科书式的范例。

林邀月陪父亲来采访过一次。那一回，林立功看到了遍野绿意，昔日饱受黑色污染的场景留在一张张老照片上。时值初秋，坡地上的刺槐、柠条和沙棘泛黄的叶子随风摇曳，金黄亮眼。冰草、红豆草、披碱草、沙打旺依然很绿，紧贴大地，铺向远方。林立功欢乐得像个孩子，在林带里跑来跑去，端着相机拍，又放无人机尽情地拍摄这一片热土上的今昔变化。小煤场存在期间，当地一段公路上，矮小的樟子松深受其害，煤尘在樟子松的身上落下厚厚一层，往来的司机索性称那些樟子松是"非洲树"。曾经遭受重度污染的大地被植绿了，林邀月和同事们仔细地清洗了"非洲树"，而让大家感到遗憾的是，被清洗过很多遍的樟子松已无法变回本来的模样。

"依然坚挺的樟子松，目睹了黄河儿女变黑色污染为绿色发展的治污治乱行动，迎来荒芜处回归的绿水青山。"林立功在自己的文章中这么写道。

这里的一点一滴，就是先行区建设。

一个省区，一方水土，一群人，在一个个细节上，用心用情地融进了黄河流域生态保护和高质量发展。水资源、水生态、水环境、水灾害，四水同治，水土流失实现总体逆转，黄河干流本地段水质保持在Ⅱ类进、Ⅱ类出；严格保护地下水源，依法关停了用于工业和农业的地下水开采，有效提升地下水源涵养，为子孙后代留下了可持续发展空间；新旧动能转化，包括新型材料、清洁能源、装备制造、数字信息、现代化工和现代葡萄酒在内的一批新、特、优产业蓬勃发展。从西海固山区搬迁到黄河边的百万移民，在平原上宜居宜业，领受民生红利，过上了自尊惬意的生活，腾挪出了山区生态修复的空间。雪豹、野马一遍遍地靠近乡间村落，黑鹳、白鹭一遍遍地从人们头顶掠过……

自觉或不自觉中，人们共享高质量发展的成果。

．
．
．

红灯警讯频传：
忧思水安全，直面水危机

大河之上，盘桓着我们的欢乐，还有忧伤。

孜孜不倦地探测月球资源，是人类探索宇宙的重要一步。中国航天探月工程，展示了我们航天事业的强大实力，也为人类探索宇宙、认识月球提供了重要科学数据和信息。探月工程嫦娥五号探测器完成月球表面自动采样，在预备上升起飞返回之前，着陆器携带的一面五星红旗在月面上成功展开。

"爸，快看直播！你跟前有电视吗？"林邀月语气急切，"嫦娥五号把五星红旗带上了月球，还展示了出来。我和同事正在学习室集中观看新闻直播。"

"这可是我国航天史上的一次突破。"林立功平和地说。

"没错！"林邀月语气十分激动，"爸，这面五星红旗，不是喷涂，是织物。爸，你知道五星红旗为何能成功展开在月球上吗？"

"哦，莫非与你有关？"林立功笑着揶揄道。

"也不能说与我无关。"林邀月说。

"什么意思？"

"此事和我们宁东有关啊！"

"臭小子，快说！"

"产自我们宁东的芳纶纤维材料，是这面五星红旗的主要材料。"林邀月认真地说，"武汉纺织大学的研究团队历时多年研制，做成了高品质的国旗面料。"林立功一听也激动了，但根本插不上话，只好听儿子继续讲，"这面五星红旗，克服了太空中高低温循环的极恶劣环境，不褪色，不串色，不变形。"

林立功对芳纶这种新材料并不了解，只是隐约记得，本地自主研发的高性能芳纶系列产品填补了行业空白，已应用于航空航天、现代交通、安全防护等领域，与人们的吃住行以及日常生活密切相关。除此之外，徐迎水和林邀月总向他抱怨，说宁东工业用水仍有缺口，面临的最大矛盾是水资源短缺。

"喂，爸，你听着呢吗？"林邀月在电话里追问。

"嗯。"林立功一怔。

"这就是高质量发展！"

"邀月，你说得对！"林立功欢快地说，"登月的五星红旗，折射出黄河流域生态保护和高质量发展的成就。"

林立功的大半生，养成在黄河，志趣在黄河，忧患在黄河。老朋友一见面，总动员他写一本关于黄河的大书，他不干，说自己要写的都被水利人写在了大地上，却热衷于在校园里办公益讲座。他给孩子们讲节水与黄河，每回精心制作PPT，务求所讲的内容生动活泼，能够走进孩子们的心里。林邀月开玩笑说，他操着党和国家领导人的心。有一次，林立功没忍住，纠正儿子说我国水安全已全面亮起红灯，高分贝的警讯已经发出，部分区域出现水危机……

黄河流域今天所面临的最大矛盾仍是水资源短缺。黄河以占全国2%的水资源，支撑起全国12%的人口、17%的耕地，水资源开发利用率达80%。林立功的书桌上放着新一期《人民黄河》杂志，翻开的书页上赫然有一条加粗加黑的标题：黄河流域缺水现状。林立功用红笔把书页上画花了，着重线歪歪扭扭。这篇研究文章指出，黄河流域目前的缺水量已达到了触目惊心的90亿立方米。

黄河流域为何如此缺水？

来自权威刊物的这篇文章说，主因有五个。其一，受自然气候变化和人类活动影响，黄河河川径流呈现衰减趋势。目前流域地表水开发利用率已达80%，上中游地区开发利用率已超过60%，远超承载能力，为资源型缺失地区。其二，由于长期缺乏灌溉用水，即便在农耕技术飞跃、种子改良、农肥高效助产的前提下，黄河流域人均粮食产量仍达不到人均粮食产量400公斤的标准。陕西、甘肃、青海、山西的粮食安全隐患突出。其三，工业用水无法保障，制约了经济社会的发展。随着国家发展战略的推进，黄河流域的能源化工产业发展迅速，宁夏、甘肃、内蒙古等省区通过农业节水、水权转让解决了部分工业缺水问题。资源性缺水导致流域内各省区耗水已接近或超过黄河年度分水指标，宁东、神东、晋中、晋北、晋东、陕北、黄陇、陇东等地的能源化工基地的可持续发展受到水资源的严重制约。其四，黄河流域生态用水不足。其五，地下水超采问题严重。过去不合理、高强度的开采，形成大量的地下水超采降落漏斗……

节约是我国的基本国策，节约用水是我们的国家意志。党的十九大报告中指出："推进资源全面节约和循环利用，实施国家节水行动，降低能耗、物耗，实现生产系统和生活系统循环链接。"随之，坚持人与生态和谐共生的我们，发起了空前浩大的国家节水行动。国家发改委、水利部联合印发的《国家节水行动方案》异常犀利地指出，中国人多水少，水资源供需矛盾突出，用水粗放，浪费严重。《国家节水行动方案》明确了近远期有机衔接的总体规划目标：到2035年，水资源节约和循环利用达到世界先进水平。短短几年，万元国内生产总值用水量、万元工业增加值用水量下降，农田灌溉水有效利用率系数提高，再生水等非常规水源利用量快速扩大，全社会节水意识明显增强。

黄委会测算，到2035年，黄河流域经济社会缺水量将达133亿立方米。节水，是一种必然。然而，即便是充分的节水，仍不能从根本上解决黄河流域长远的缺水之困。

这一点，林立功清楚极了。

如何破解黄河流域水资源短缺的瓶颈呢？接听电话的林立功一走神，拐到了黄河边上。

"我们有解决好水的问题的智慧。"林立功猛然说。

"爸，我没和您谈水资源。"林邀月在电话另一端对爸爸嗔怨道，"我，我对象，提出要结婚。"

"邀月，哎呀——好！"

儿女一朵花，人前不可夸。林邀月是优秀的，读小学、中学缺少父亲陪伴，大学毕业参加工作也没让父亲操心。虽然脸上稚气未脱，但在工作上已显露了出众的才干。林立功心里对儿子有愧，自然也不会去炫耀儿子的成绩。

听到儿子要结婚的消息，林立功脑中一片空白。他又一下想起当年自己和丁玉茹在黄河边的中宁县结婚时，借了固海扬水管理处一间废弃的办公室当婚房，劳动机关的厨师备了两桌宴席。婚礼简朴，量力而行，可谓有多少汤，泡多少馍。黄河水资源的总量是一定的，生态建设要用水，发展工农业经济、吃饭过日子也要用水。要坚持"四水四定"原则，以水定城、以水定地、以水定人、以水定产，把水资源当成最大刚性约束，合理规划人口、城市和产业发展，坚决抑制不合理的用水需求。

"新闻上说，北京城区七成供水是南水北调。"林立功没问林邀月的婚事，而是把话题随口扯到了南水北调上。从林立功潦草的大半生来看，他不是一个称职的丈夫，也不是一个称职的父亲，他念念不忘的只有黄河黑山峡。

"爸，您又抛锚了！"林邀月有些不开心，在电话里嘟嘟囔囔道，"南水北调的水，原本在规划时是作为北京的辅助水源，但现在却变成了主力水源。还有天津，天津城区的供水几乎全是调来的南水……真不敢想。"

我国水资源分布的显著特点是南丰北缺。党和国家实施的南水北调工程建设，就是要对全国的水资源进行科学调剂，促进南北方均衡发展、可持续发展。历经半个世纪规划论证和12年艰辛建设，南水北调的东线、中线工程已于2014年全面建成通水。林立功清楚，南水北调中线、东线工程已发挥出关键作用。业已建成的中线、东线工程，为京津冀协同发展、雄安新区建设、黄河流域生态保护和高质量发展等国家重大战略实施提供了水资源保障。

"不过汉江水一来，北京人、天津人普遍爱上了绿茶。他们相信，南水在北京能泡出上佳的绿茶。"林邈月又问，"南水北调西线工程什么时候实施呢？"

"说不上来，不过——"林立功有意顿了顿，等林邈月催促时才说，"倘若黑山峡河段的开发有了动静，南水北调西线工程必定动弹。到时，宁夏全境的扬黄提灌，绝大部分会变成自流灌溉。当然，大西北的面貌也会焕然一新。"

"南水北调西线工程与黑山峡有何关联？"

"关系大喽！"林立功没有说下去，想见了面再谈。

南水北调西线工程，黑山峡水利枢纽工程，正是林立功心心念念的破解黄河流域水资源短缺的关键环节。

像中医给人把脉，按住病人手腕的寸口，就能诊断出脏腑的生理和病理变化一样，治理江河的人触摸着黑山峡这道河段，同样能微观到整个黄河流域的情形。林立功坚信，破解黄河流域水资源短缺的瓶颈，必然要在全面节水、充分节水、深度节水的前提下，实施南水北调西线工程，实施包括黑山峡在内的重大调蓄工程建设，完备黄河大水网，为黄河流域生态保护和高质量发展提供强有力的支撑。

挂掉儿子的电话，林立功坐在办公桌前陷入思考。眼前的电脑屏幕上不断浮现一帧帧画面，手边是一摞摞垒得高过他脑袋的书。

按照预测，黄河流域即将转入枯水年，极有可能出现连续多个枯水年或特枯水年。水量调度形势严峻，本地水利单位在致社会的一封公开信上说，要有抗大旱、抗长旱的准备。

深度节水永远在路上！

江河并非永远川流不息，如果不善加保护，就会枯竭。想到这里，林立功心上急躁，嘴里干渴，不由得抿了一下嘴唇。他又想起第一次走向黄河的情景——他们一群青年乘长途班车从西海固山区走向平原，到固海扬水管理处去报到，途经同心县，为喝一口开水竟与饭馆老板吵闹扭打。如今，黄河水、泾河水已被引进了西海固的山村人家，那种困难日子已成为过去，但深度节水也早已成为人们的一种习惯、一种传统、一种生活方式。在漫长而缺水的日子，水比油贵，今天的孩子已无法想象。

电脑屏幕上，闪动着一幅幅画面，黄万里、吴尚贤、张存济、司志明、赵业安……正慈爱地望着他。这些治理江河的人，早已凋谢，只把无尽的期许留给后来者。林立功与他们静静地对视着。时间如水，眼见退休，他已捆扎好了私人物品。办公室里，年轻的同事忙碌着，没有谁能猜得到这位水利老兵在思考什么。

哦！这一代代苦苦求索的黄河水利人啊！

古琴曲《流水》起始时明朗欢快，泛音清越，犹如深林幽静处的淙淙细流，在岁月的长河中涌动了两千年。琴曲中有星辰大海，有无限遐想，有诗意表达，也有林立功们的心绪。他们有黄河一样宽广博大的襟怀，有黄河一样奔流不息的品格，有黄河一样锲而不舍的精神。世界上，水资源供需矛盾在不断加剧，受气候变化和人类活动的双重影响，与水有关的突发事件也将日趋严重。包含节水

在内的治水，理应是每一个家庭、每一个人的自觉行动，需要你我
他用一种刻苦的精神来支撑。

　　林立功的思绪和映在办公室墙壁上的阳光一起不断地挪移，最
后落在一张硕大的黑山峡水利枢纽工程辐射图上。

•
•
•

尾声

深情的幸福河

　　幸福河，展开了她美丽画卷的一角。

　　初秋的一个清晨，一支车队穿行在绿意汹涌的贺兰山东麓，朝向黑山峡。红日温柔的光芒里，一个个写有酒庄名称的路标迎面跳过，快速移动的一道道车影闪动在山体上。公路两侧是葡萄园，产业工人在葡萄架下起伏，各色头巾闪耀在绿荫深处。公路更像是一条长长的绿色甬道，不见首尾。

　　跑在前面的是一辆新能源汽车，驾车的高玉珠面色红润，精神很好。病愈后，她到企业工会任职，不久退休。

　　"宁夏宁东买了四川阿坝1500万立方米黄河水。"高玉珠说。

　　"哦，消息可靠吗？"坐在副驾上的林立功问。

　　"全国首单跨省区水权交易即将达成。这水，是阿坝草原上3个畜牧县好不容易节约的黄河水。卖给我们宁东的8家缺水工业企业使用，算是救了工业的急。"

　　"补水宁东，向来都是一件大事。"林立功愉快地感叹，"煤制油投产后，百企进驻，产业链越拉越长，新型材料产业发展强劲。新部署的一批再生能源制氢耦合煤化工项目，以氢代煤，绿氢消碳，宣告了氢能时代的到来。"

葡萄长廊的两侧，车窗外不时有移民村落一闪而过。高玉珠透过前挡风玻璃，瞥见村街上嬉戏的孩子，还有坐在柳树下悠然休息的老人，随口说："黄河两岸这些年，不知不觉接纳了西海固山区转移来的百万人口。"

林立功说："将来宁夏平原的官话是西海固方言。"

"是吗？"高玉珠吃惊地问。

"毋庸置疑！"坐在后排闭目养神的徐迎水撑开了眼皮，"人随水走，人在迁徙，语言也跟着迁徙。"

车速缓了下来。退休的林立功，一只手插进依然浓密的头发，望向群山。贺兰山东麓早先是一条狭长而广袤的荒漠带，70年前，中外专家认为这里没有开发价值。有了黄河水，这里变成了宝地。今天，贺兰山东麓与波尔多谷地共同以葡萄酒闻名于世。宁夏葡萄酒变成一种媒介，登上国际大场合，沟通起世界的东方与西方。

在这里，人与自然相互依存，紧密而从容。

车行于路，窗外的景致飞快地一闪而过。和我并坐在后排的徐迎水，捏着手机有些夸张地冲我大叫："有情况！"又伸手捣一下林立功的肩，"怪不得呢，你今天一早非要叫大家走黑山峡。"接着，低头动情地诵念一条新闻："始于1952年的黄河黑山峡河段的开发规划，正一步步走向现实……"

因为筹备河段开发，甘肃和宁夏分别发出通告。通告说，黑山峡工程是黄河流域水沙调控体系的控制性骨干工程、国家水网主骨架和大动脉的重要节点工程，占地和淹没区，涉及宁夏3个乡镇7个建制村、甘肃3个县区12个乡镇46个建制村。

林立功默不作声，只是认真地在听。

这是一项发展工程、民生工程、生态工程，对保障黄河长治久安、优化水资源配置、深入推进黄河流域生态保护和高质量发展的作用无可替代。想到这里，我眼前出现幻象——陇上几万农民舍小家为大家，挥泪别故园，踏上搬迁路。

"黑山峡河段的开发有了动静，南水北调西线工程也将会有所动静。"林立功的语气里透出喜悦，"和黑山峡工程一样，南水北调西线调水从1952年开启调研，历经几代人，走过了70年。"

"黑山峡河段的开发与南水北调西线工程如影随形！"徐迎水接过话茬，"黑山峡，是每一个黄河儿女的黑山峡。高坝大库建成后，还将承担南水北调西线工程水量调节与供水。按西线调水规划，西线工程把水从长江上游调到黄河上游。第一期调水80亿立方米，第二期调水90亿立方米，总共170亿立方米。"

黄河是国家水网骨干水系，四横三纵总体布局，西线调水是四横三纵的最后一纵。南水北调西线调水工程一旦建成，将给黄河上游补水，黄河流域的满盘大棋就都活了。

"黑山峡是南水北调西线工程的蓄水盆。"我忍不住说。

"我们的问题——"林立功和徐迎水同时开了口，他俩相视一笑，又一起大声说出了这句话的后半段，"不但在于获得了多少淡水资源，更在于如何利用、如何节约淡水资源。"

让黄河成为造福人民的幸福河。幸福河，是安澜、富民、宜居之河和生态、文化之河的集合与统称，是一种国家理想，也是人民心上的热情期盼。

黑山峡河段的出口。

黄河水挣脱两面青山的羁绊，冲出峡口，河道倏然变得开阔起来，水流顿时平静舒缓。大河左岸立有一块写有"黑山峡"三个鲜红榜书大字的巨石。我们站在巨石边的一棵柳树下，面朝黄河。沐浴在沁人心脾的风里，感受着温润清爽的气息。林立功的目光，沿河流的走向投往峡口之外平坦的原野。

不知何时，堤上来了另一拨人。这群人簇拥着一位白发老者，老者双手扶住栏杆，观望出峡的黄河水。

谁会来这里看黄河呢？

徐迎水好奇地一瞧，吃了一惊。他在人群中瞅见一张熟悉的面孔，是几十年不见的吴买骡。吴买骡容貌未变，依然清瘦，满头黑发仍在，只是满脸皱纹深刻得很。大家和吴买骡握手，热情拥抱。吴买骡和女人在泉眼山当了一辈子扬黄泵站的运行工，退休后回中宁县城居住。

"哎！立功，你们来。"吴买骡挽着白发老者的胳膊，郑重地问，"认得吗？"老者颤颤巍巍抬起手，笑着跟大家打招呼。大家围上来，都没想起老者是谁，尴尬地笑。老者用拐杖把大地磕得突突响，表示抗议。

"马虎处长，草包科长。"吴买骡抬高嗓门，"曹科长啊！"

大家深感意外。

曹科长85岁了，须发皆白，身体状况大不如从前。40多年前，曹科长是宁夏固海扬水管理处从甘肃景泰川电力提灌工程引进的技术人才，林立功跟陈专家在泉眼山泵站维修冻裂的沅江泵时，曹科长认识了这群刚走上岗位的"泥鳅们"。一别多年，今日相逢，曹科长兴奋地望着他们，目光炯炯，像将军检阅自己的队伍一样。

"我十几岁时就听说要开发黑山峡，"曹科长沉重地喘息着，"转眼大半个世纪啦，我最后一次来看坝址。"

"您能看到高坝大库的建成。"林立功笑着宽慰。

"你可以，而我不能。"曹科长干咳几声，调整一下气息接着说，"一旦开发，我老家甘肃五佛川会被淹没。我父母的坟茔在高山顶上，淹不到，不迁了。"曹科长又望着林立功说，"你的节水文章还得写下去。"

"不节水，即便有了高坝大库，也不够用。"林立功说。

"对！"曹科长点了点头，白发也在剧烈的抖动中表示赞同。"你们当年来泉眼山时，还是一只只'小泥鳅'，背后叫我们是马虎处长、草包科长，我们是清楚的。事实证明，我们水利人不马虎，也不草包。"大家忍不住开怀大笑。

欢乐徜徉在峡口上空，而我却在这欢笑声中，听到了黄河水利人的忧患。

少年时代饱尝干渴的林立功、徐迎水和高玉珠们，从西海固走出，一生没有走出对黑山峡的期盼。

"迎水、立功，差点儿忘了告诉你俩，"吴买骡忽然说，"我家姑娘在宁夏大学环境资源学院读硕士，哎，不得了！"吴买骡有意停顿一下，只等他俩竖起耳朵，"卡塔尔花了十几亿美元，专门给世界杯绿茵场搞保养，我家姑娘就读的学院研发的地下渗透灌溉技术派上了大用场。"

"这事知道。"林立功笑着说，"卡塔尔干旱得很，每天每个球场的维护，得耗水1万升。卡塔尔人为了展示节水理念，跑遍世界找方案，最终选用中国技术。这种技术，能把水肥注进草根，以最大可能减少水蒸发。"

"一片绿茵场，牵出了世界瞩目的水资源问题。"高玉珠摊开双手，以难以置信的口吻说。

在黄河黑山峡河段的坝址前，他们的目光掠过宽阔的主河道，投向对面山体上一串刷白的水位线标识。刷白线的顶端是红色阿拉伯数字，醒目地注明待建高坝大库的最高水位线——1380米。不知从何时起，坝址边上长出了一片葱郁的柳树，河风吹来，无数枝条在轻柔摆动。

"中国技术亮相世界杯，大有原因！"林立功搀着曹科长缓缓走在堤坝上，"在黄河流域，宁夏率先开展'四水四定'，以水定城、以水定地、以水定人、以水定产，把水资源当成最大的刚性约束，坚定地走水安全、水资源、水生态集约节约发展之路。这样，促使我们开拓了很多治水创举。"

"这是先行区该有的样子！"吴买骡乐了，满脸自豪感，"不然，我们这怎能算是黄河流域生态保护和高质量发展先行区呢？"

中华文明几千年来一直建立在对水资源的治理基础之上，今天，世界各国正面临同一个苦恼，大江大河提供的水资源开始达到极限。联合国人居署提出警告，预计到2050年，全球严重缺水人口将占到1/4。

河川之危、水源之危，是生存环境之危、民族存续之危。水危机，触动了中国人对自身与自然关系的反思。从趋利避害，变水患为水利，再到今日尊重自然、顺应自然、保护自然的理念，植根于心。党的十八大以来，我国的江河面貌实现根本性改善，越来越多的河流恢复生命，越来越多的流域重现生机。

——消灭黑臭水体，长江干流历史性地实现全 Ⅱ 类及以上水体。

——水资源集约利用水平不断提升，各行各业拧紧了水龙头。

——华北地下水位回升，白洋淀生态恢复。永定河、潮白河、滹沱河等一大批断流多年的河流恢复全线通水，京杭大运河百年来首次全线贯通。

············

中国政府以开放为必由之路，主动融入全球水治理体系，深化水利多边合作，推动"一带一路"建设水利合作，借鉴吸收国际先进技术经验，无私地分享治水领域的中国理念、中国智慧和中国方案。中国帮助许多国家建立完善的水电站和农业灌溉系统，提高了水能利用率。为了全人类的共同福祉，中国坚持生态优先、走绿色发展之路，以共同构建地球生命共同体理念为指引，携手各国，持续为全球水治理作出贡献。

地球把生命联系在一起，形成共同体，从中起到纽带作用的是水。没有幸福河，没有生态系统，就没有一切物质基础。

瀑布，是黄河一瞬的磅礴气势；开河，才是黄河动人的激越时刻。林立功们一生都在以破冰开河的勇气追逐幸福河。

"我们的问题不在于获得了多少淡水资源，"站在坝址前，我用心感受着一种忧思，揣摩这句话并脱口而出。他们听见了，相视一笑，又一次同时说出下半句。"更在于如何利用、如何节约淡水资源。"

40年前，林立功们走出西海固大山，还是一群"小泥鳅"时就已经投进黑山峡的怀抱，苦学一名黄河水利人所要掌握的本领。崔师傅说过的话，像是一句永不过时的智慧箴言，被他们牢记在心。显然，这句话他们不但要告诉自己的孩子，还一定要让孩子们告诉以后的孩子。应答历史，告诉未来。

完稿于2023年4月1日
《中华人民共和国黄河保护法》施行之日